Philipp R

MW01673430

Denkwürdigkeiten des Generals der Infanterie Markgrafen Wilhelm von Baden aus den Feldzügen von 1809 bis 1815

SALZWASSER VERLAG

Philipp Röder von Diersburg

Denkwürdigkeiten des Generals der Infanterie Markgrafen Wilhelm von Baden aus den Feldzügen von 1809 bis 1815

Unveränderter Nachdruck der Originalausgabe von 1864.

1. Auflage 2022 | ISBN: 978-3-75259-672-4

Verlag: Salzwasser Verlag GmbH, Zeilweg 44, 60439 Frankfurt, Deutschland
Vertretungsberechtigt: E. Roepke, Zeilweg 44, 60439 Frankfurt, Deutschland
Druck: Books on Demand GmbH, In de Tarpen 42, 22848 Norderstedt, Deutschland

Denkwürdigkeiten

des

Generals der Infanterie

Markgrafen Wilhelm von Baden

aus den Feldzügen von 1809 bis 1815.

Nach dessen hinterlassenen eigenhändigen Aufzeichnungen.

Mit Noten und Beilagen herausgegeben

von

Freiherrn Philipp Röder von Diersburg.

Karlsruhe.

1864.

Vorwort des Herausgebers.

Indem ich die vorliegenden Denkwürdigkeiten des dahingeschiedenen erlauchten Chefs der badischen Armee der Oeffentlichkeit übergebe, mögen einige Worte über ihre Genesis vorausgehen.

Von der Zeit an, wo seine als Folge der furchtbaren Strapatzen des russischen Feldzugs, den er kaum 20 Jahre alt, mitmachte, erschütterte Gesundheit den Markgrafen Wilhelm von Baden zwang, sich vom öffentlichen Dienste des Vaterlandes zurückzuziehen, widmete er die Stille des Privatlebens einer Arbeit, wozu er den Gedanken längst in sich getragen, deren Ausführung ihm aber sein früheres höchst angestrengtes Berufsleben unmöglich gemacht hatte, — der Aufzeichnung der wichtigsten Umstände und Ereignisse seines bewegten Lebens, wozu ihm die großartige Zeit, in die dasselbe fiel und in der er zu wirken berufen war, reichen Stoff, ein treffliches Gedächtniß und seine sorgfältig geführten Tagebücher die Mittel gewährten.

Der Markgraf — dreizehn Jahre mein unmittelbarer hoher Chef und stets wohlwollender Gönner — erzeigte mir die Ehre, mir von Zeit zu Zeit einzelne Abschnitte seines Manuskriptes mitzutheilen. Ich sprach ihm den Wunsch aus, nach diesem reichen Material seinen ruhmvollen Lebenslauf, gleich wie den seines berühmten Stammverwandten Markgrafen Ludwig von Baden-Baden, niederzuschreiben; aber obgleich mein Wunsch ihn zu freuen schien, vermied er dennoch sich darüber bestimmt auszusprechen und als ein unerbittliches Geschick ihn am

1*

11. Oktober 1859 aus dem Zeitlichen abrief, schien jede Aussicht verschwunden, daß mir vergönnt sei, ein solches Zeichen der Pietät und Anhänglichkeit auf sein Grab niederzulegen. Wie groß war aber die Ueberraschung, mich dennoch in der letztwilligen Verfügung des unvergeßlichen Fürsten auf das Ehrenvollste bedacht und Kraft derselben in Besitz seines handschriftlichen Nachlasses eingesetzt zu finden.

Bei eingehender Prüfung fand ich nun, daß der hervorragendste Theil desselben — die Aufzeichnungen über die Feldzüge — für den Rahmen einer Biographie zu umfangreich, ihre auszugsweise Einverleibung in eine solche hinwieder unverträglich sei mit ihrer historischen Bedeutung und dieß bewog mich, den rein militärischen Theil auszuscheiden und abgesondert in vorliegender Gestalt herauszugeben, um alsdann erst später ein umfassendes Lebensbild des Markgrafen in selbstständiger Bearbeitung folgen zu lassen.

Ein weiterer bestimmender Grund hiefür war, daß der Markgraf lange bevor er seine Aufzeichnungen niederschrieb, die Feldzüge der badischen Truppen unter seiner Führung durch Officiere des Generalstabs bearbeiten lassen wollte, was aber zu seinem großen Leidwesen der Zeitverhältnisse wegen unterblieb. „Darum entschloß ich mich“ bemerkt er zu den Aufzeichnungen über den russischen Feldzug, „nachdem mir früher die Muse fehlte, es jetzt am Abend meines Lebens selber zu übernehmen, dem heranwachsenden Geschlechte die Thaten seiner Väter vorzuführen und so viel an mir ist, der Vergessenheit zu entreißen.“

War es nun, wie hieraus hervorgeht, des Markgrafen Absicht, seinen Waffengefährten aus den ewig denkwürdigen Feldzügen von 1809, 1812, 1813, 1814 und 1815, soweit an ihm lag, die wohlverdiente Anerkennung der Nachwelt zu sichern, so erwuchs daraus für mich die Pflicht, das ihnen gewidmete Vermächtniß in Vollzug zu setzen, ehe und bevor die wenigen noch lebenden Veteranen aus jener großen Zeit ihrem erlauchten Führer in die Ewigkeit nachgefolgt sein würden.

Hiernach ist nun allerdings diese Schrift zunächst und hauptsächlich der badischen Armee gewidmet und wird fortan eine der Hauptquellen des Stücks badischer Kriegsgeschichte bilden, die sie behandelt. Sie greift indessen doch auch wieder in eine erweiterte kriegsgeschichtliche Sphäre hinüber und beansprucht darum zugleich allgemeines Interesse. Denn einmal befehligte der Markgraf nicht nur seine eigenen Landsleute, sondern auch Russen, Oesterreicher, Würtemberger und Hessen, für das Andere verschaffte ihm seine ausgezeichnete Persönlichkeit, Geburt und anerkannte militärische Reputation Verbindungen mit vielen hervorragenden Notabilitäten seiner Zeit und dadurch tiefere Einblicke in die Verhältnisse und Ereignisse, als anderen Generalen in seiner Stellung der Regel nach vergönnt ist.

Die Aufzeichnungen bringen daher in schlichter, anspruchsloser Form manche interessante und neue geschichtliche Details und Aufschlüsse, ergänzen, berichtigen oder widerlegen häufig unrichtige oder wahrheitswidrige Angaben in bekannten Schriften und sind somit, indem sie uns zugleich die kriegerischen Züge des unvergeßlichen Fürsten zurückrufen, unter dem die badische Armee den Gipfel des Ruhms und der Kriegstüchtigkeit erreicht hatte, nicht allein ein ächt vaterländisches Soldatenbuch, sondern auch ein höchst schätzbarer Beitrag zur militärischen Memoirenliteratur über die erste französische Kaiserzeit und die deutschen Befreiungskriege.

Die beigefügten Beilagen wurden einer im Verfolg der Vorbereitungsarbeiten für den Druck angelegten Sammlung von Aktenstücken entnommen und so ausgewählt, wie ich glaubte, daß sie sich zweckmäßig dem Texte des Buches anreihen ließen und geeignet seien, seinen geschichtlichen Werth zu erhöhen.

Inhalt.

Feldzug von 1812.

Feldzug von 1813.

Feldzug von 1814.

Feldzug von 1815.

Beilagen.

Feldzug 1809.

Feldzug 1812.

Feldzug 1813.

Feldzug 1814.

Feldzug 1815.

Der Feldzug von 1809.

Erster Abschnitt.

Markgraf Wilhelm Marschall Massena zugetheilt. — Zum ersten Mal im Feuer bei Pfaffenhofen 19. April. — Ordonnanzritt zum Kaiser nach Ingolstadt. — Schlacht bei Abensberg 20. April. — Schlacht bei Eckmühl 22. April. — Rückzug des Erzherzogs Karl durch Regensburg auf das linke Donauufer 23. April. — Der Heertheil des General Hiller verbleibt auf dem Rechten.

Schon im Oktober 1808, als badische Truppen nach Spanien marschirten[1]), fanden in Oesterreich Rüstungen statt, welche auf einen nahen Krieg deuteten. Indessen erhielt mein Vater noch am 17. Oktober einen Brief von Napoleon, worin dieser ihn versicherte, vorerst sei nicht daran zu denken. Aber im Anfang des Jahres 1809 hatte sich die Lage der Dinge anders gestaltet und mit Sicherheit konnte man auf den Ausbruch eines Krieges zwischen Oesterreich und Frankreich rechnen.[2]) Damals glaubte man dieser würde der letzte sein, da außer Oesterreich keine Macht auf dem Kontinent sich im Stande befand Napoleon zu widerstehen, nachdem Kaiser Alexander von Rußland durch die Erfurter Verhandlungen mit ihm sich verbunden hatte.

Mächtig stieg in mir der Wunsch auf, mit in das Feld zu marschiren. Ich war zwar noch nicht siebenzehn Jahre alt, aber von guter Körperkon-

---

1) Das 4. Infanterieregiment und eine Fußbatterie unter dem Obersten von Porbeck.

2) Beilage 1.

stitution, an Fatiguen gewöhnt, ein Jagdfreund und leidenschaftlicher Reiter. Das badische Feldkorps, welches Anfang März 1809 auf Kriegsfuß gesetzt wurde, bestand aus dem Leibinfanterieregiment Großherzog Nr. 1, Erbgroßherzog Nr. 2, Graf Wilhelm von Hochberg Nr. 3[1]), dem Jägerbataillon Lingg, leichten Dragonerregiment, einer halben reitenden und einer Fußbatterie — 12 Geschütze — im Ganzen 6850 Mann. Generalmajor von Harrant befehligte dasselbe und hatte zum Chef des Generalstabs Oberstlieutenant von Franken.[2])

Die badische Infanteriebrigade bildete einen Theil der ersten Division Legrand des 4. Armeekorps unter Marschall Massena, die 2. Division dieses Korps befehligte General Carra-Saint-Cyr, die 3. Molitor, die 4. Boudet. Das badische Dragonerregiment stand bei der leichten Kavalleriedivision des Korps unter Marulaz. Außerdem waren noch General Oudinot mit den Divisionen Claparede, Tharreau, den vereinigten Grenadieren und Voltigeurs, sowie die Kürassierdivision d'Espagne an die Befehle Massenas gewiesen.

Den 14. März marschirte ich als zweiter Oberst beim Leibregiment unter Oberst von Neuenstein von Karlsruhe nach Pforzheim. Eine Menge Bekannter umdrängten mich noch, um mir die Hand zum Abschied zu reichen. In Pforzheim weckte mich den 19. der Generalmarsch. Es sollte eine Besichtigung unseres Feldkorps durch Marschall Massena stattfinden, und ich zu dem Ende mit meinem Bataillon vor die Stadt auf die Karlsruher Straße rücken, allein die enge Brötzinger Gasse stack so voll Artillerie der Division Carra-Saint-Cyr, daß es nicht möglich war durchzukommen. In meiner Verlegenheit erblickte ich eine offene Hausthüre, die in einen Garten führte. Schnell ließ ich mein Bataillon diesen Weg einschlagen und gelangte glücklich auf den Sammelplatz unserer Truppen, wo bald darauf der Erbgroßherzog Karl mit General von Harrant eintraf. Mein Bataillon nahm den rechten Flügel der Aufstellung ein. Kurze Zeit darauf kam der Marschall angefahren, stieg aus dem Wagen und setzte sich sogleich auf ein für ihn bereit gehaltenes Hofpferd. Da der Erbgroßherzog sich in

---

1) Seit dem Jahre 1817, wo der Markgraf den Titel Graf Hochberg ablegte und den eines Prinzen und Markgrafen von Baden annahm, führte sein Regiment den Namen Markgraf Wilhelm Nr. 2.

2) Bald darauf formirte sich ein kleineres Korps unter Oberst von Stockhorn, bestehend aus dem Leibgrenadier-Garde-Bataillon, einem kombinirten Bataillon, einem Detachement von Dragonern und Husaren, nebst zwei Geschützen, in der Bodenseegegend und focht in Gemeinschaft mit französischen und würtembergischen Truppen gegen die in Waffen aufgestandenen Bewohner von Vorarlberg.

diesem Augenblick auf dem andern Flügel befand, so ließ ich präsentiren, Marsch schlagen und ritt dem Marschall entgegen. Bei dem Diner, das der Erbgroßherzog hierauf gab, sagte mir der Marschall, er wolle mich in seinen Generalstab nehmen, ich solle noch auf acht Tage nach Hause, den 27. März aber in Ulm eintreffen.[1]) Diese neue Bestimmung war mir nicht ganz angenehm, ich hätte den Feldzug weit lieber bei der Truppe mitgemacht. Da mir aber der Erbgroßherzog sehr zuredete und ich zugleich erfuhr, daß meine Mutter sich selber bei dem Marschall darum verwendet hatte, so fügte ich mich und reiste Abends nach Karlsruhe zurück, meine Reit- und Wagenpferde aber schickte ich nach Ulm voraus. Hier fand ich mich befohlenermaßen am 27. März pünktlich ein. Gefühle eigener Art beschlichen mich, als ich Ulm in der Ferne gewahrte; ich ging einer ungewissen Zukunft entgegen, in einer mir völlig fremden Armee, in fremder Umgebung, unter neuen, ganz ungewöhnten Verhältnissen. Mein erster Gang war, mich beim Marschall zu melden, der mich sogleich anwies mit seinen Adjutanten Dienst zu thun, deren er zwölf hatte, nämlich: Major St. Croix, die Chefs d'Escadron Casa Bianca und Campy, die Kapitaine Pelet[2]), Pariset und Loverdo, die Lieutenants Torcher, de Barral, d'Epenou, d'Aguessau, Massena, Sohn des Marschalls, und Renigue.

Gleich des andern Tags traf mich die Reihe als Officier de service, dessen Dienst darin bestand, Tag und Nacht im Vorzimmer des Marschalls zu bleiben, über die eingehenden Depeschen Empfangsscheine auszustellen und alle sonstigen dienstlichen Aufträge zu besorgen.

Sehr angenehm war mir die Ankunft des badischen Lieutenants von Bulach von den Husaren, der als Ordonnanzofficier in unser Hauptquartier geschickt wurde. Ich hatte nun Jemanden, dem ich mich anvertrauen, über Alles sprechen und von der Heimath unterhalten konnte.

Den 6. April traf General von Harrant mit den badischen Truppen bei Ulm ein, worauf ich ihm sogleich in seinem Quartier zu Weißenhorn meinen Besuch machte. In der Nacht vom 11. April wurde ich nach Augsburg vorausgeschickt, wohin das Hauptquartier nachfolgte. Ich speiste andern Tags mit dem Marschall bei General Oudinot und begleitete ihn auch zu dem französischen Gesandten Otto.

---

1) Beilage 2.

2) Nachmals Generallieutenant, Pair von Frankreich und Direktor des **Dépot général de la Guerre**, zugleich bekannter Militairschriftsteller, dessen Werk: „**Mémoires sur la guerre de 1809, Paris, 1824, 4 Vol.**“ öfters citirt werden wird. Pelet zählt übrigens unter die unbedingten Bewunderer und Lobredner Napoleons, weßhalb die Benützung seiner Schriften vorsichtige Kritik erfordert.

Den 17. traf der Kaiser von Paris in Donauwörth ein, und übernahm den Oberbefehl, den bis dahin der Major General Prinz von Neufchatel geführt hatte.

Auf die Nachricht, daß die Oesterreicher über denn Inn gegangen und Landshut bereits besetzt hielten, marschirten wir den 18. von Augsburg ab, und über Aichach nach Schrobenhausen, wo wir Abends ankamen. Den 19. April stiegen wir frühe zu Pferd, man hörte in der Entfernung schießen, worauf wir scharf zuritten. Bei dem Städtchen Pfaffenhofen war Oudinot mit den Divisionen Claparede und Tharreau auf den Feind gestoßen, der sich jedoch bald zurückzog. Hier sah ich die ersten Verwundeten und hörte die erste Kugel pfeifen. Nach Beendigung des Gefechtes verwies mir der Marschall, daß ich in seiner Suite einen Schecken geritten hatte, indem er mir sagte, er leide nicht, daß man in seiner unmittelbaren Umgebung Pferde mit so weit kenntlichen Abzeichen reite, worauf ich während des ganzen Feldzugs auf den Gebrauch dieses Thieres verzichten mußte. Ich hörte nachher, daß vor Gaeta ein Verwandter neben ihm auf einem Schecken erschossen worden sei.

Kaum war das Gefecht vorüber, schickte mich der Marschall fort, das badische Dragonerregiment aufzusuchen und vorwärts Pfaffenhofen in den Biwak zu führen. Hierauf gab er mir Befehl in das Hauptquartier nach Ingolstadt zu eilen, um dem Kaiser die Nachricht von der Eröffnung der Feindseligkeiten zu überbringen. Zu dem Ende frug er mich, was ich melden wolle. Ich erwiederte, daß das, was ich mit angesehen, in der Gefangennehmung von ungefähr 50 Mann und dem Verlust von nur sehr wenig Leuten bestünde. Er entgegnete mir hierauf lebhaft, dieß dürfe ich dem Kaiser nicht sagen, denn ich würde einen Bericht mitbekommen, in welchem der Verlust der Oesterreicher zu 400 Gefangenen und einer großen Anzahl Todter angegeben sei, wonach ich mich zu richten hätte. Hier lernte ich, wie man in der französischen Armee Bülletins zu schreiben pflegte. Nachdem ich die Depesche an den Kaiser entgegengenommen, verschaffte ich mir einen Wagen und schlug den Weg nach Ingolstadt ein. Indessen zerbrach derselbe schon gleich jenseits Pfaffenhofen, so daß ich umgeworfen und vom Rade gestreift wurde, was mir starke Schmerzen verursachte. Nach langem Suchen trieb ich einen Leiterwagen auf und setzte den Weg fort, übrigens nicht in der besten Verfassung, wie man sich nach dem gehabten Unfall und bei ausgehungertem Magen — ich hatte den ganzen Tag Nichts gegessen — leicht denken kann. Nach einiger Zeit begegnete ich einer badischen Infanteriepatrouille, deren Führer mir sagte, es seien Oesterreicher in der Nähe, was mich aber nicht abhielt meinen Auftrag weiter zu verfolgen. Auf der Poststation Reichertshofen angelangt, hoffte ich Etwas zu essen zu bekommen, erhielt aber nur ein halbes Glas Wein verstohlenerweise in einem kleinen Nebenzimmer, welches ich verschloß, da Alles geplündert war und die unglücklichen Hausbewohner in steter Furcht lebten auch des Wenigen beraubt zu werden, was sie noch hatten.

Da die Brücke zunächst dem Orte abgebrochen war, so mußte ich durch das Wasser fahren, das mir bis in den Wagen lief. Endlich erreichte ich gegen Abend Ingolstadt und begab mich sogleich in das Schloß. Auf der Treppe begegnete ich General Rapp, er nahm mir die Depeschen ab, worauf ich sogleich in das Zimmer des Kaisers gerufen wurde, der mich genau über das Gefecht bei Pfaffenhofen ausfrug. Getreu meiner erhaltenen Instruktion gab ich ihm über Alles Auskunft, was ihn zu interessiren schien, da es das erste Gefecht des Feldzugs war. Der Kaiser befahl mir in Ingolstadt zu warten und setzte sich zu Pferd. Ich ließ mich hierauf einquartiren und benützte die freie Zeit, die Stadt und ihre Festungswerke kennen zu lernen. Dazwischen ging ich öfters in das Schloß zurück, um mich zu erkundigen, ob der Kaiser noch nicht da wäre, allein jedes Mal vergeblich.

Den andern Morgen — 20. April — sagte mir General d'Hastrel, ich solle dem Kaiser nach Vohburg folgen, da ich ihn aber daselbst nicht fand, fuhr ich weiter über Neustadt nach Abensberg und kam eben gerade zur Schlacht, die in vollem Gange war. In der Unmöglichkeit bei dem ungeheuern Gedränge zu Wagen weiter vorwärts zu kommen, setzte ich mich auf ein bairisches Kavalleriepferd, das ein Dragoner von Minucci am Zügel zurückführte und war endlich so glücklich den Kaiser zu finden, und ihm mein Anliegen um Rückbeförderung vorzutragen; allein ich mußte ihm weiter folgen und bis zu Ende der Schlacht bei ihm bleiben. In Ried, wohin das kaiserliche Hauptquartier kam und wo ich den Kronprinzen von Baiern sprach, fand ich Gelegenheit den Prinzen von Neufchatel wiederholt um eine Abfertigung zu bitten. Der Kaiser ließ mich rufen, sagte mir, sein Mameluke Rustan werde mir Etwas zu essen geben, worauf dieser den Schlag des kaiserlichen Wagens aufmachte, mich auf den Tritt desselben sitzen ließ und mir Wein und Brod reichte. In einer kleinen Bauernstube wurde nun die Depesche für Massena geschrieben, mir behändigt und dabei große Achtsamkeit anempfohlen, zugleich ging aber auf einem andern Wege, mit einer gleichlautenden Depesche ein zweiter Officier ab, von dem ich später hörte, er sei den Oesterreichern in die Hände gefallen.

Nach einiger Anstrengung gelangte ich wieder zu meinem Wagen, der dem Artillerietrain gefolgt war, und begegnete bald dem Korps des Generals Oudinot, für den ich ebenfalls eine Depesche mit erhalten hatte. Da dieser aber im Augenblick nicht zugegen war, übergab ich sie General Tharreau, der sie öffnete und mir nach genommener Einsicht mit der Versicherung zurückstellte, ich würde den General Oudinot später treffen.

Da die Trainsoldaten auf dem sehr schmalen Wege nicht ausweichen wollten, so warf ich abermals um; kaum wieder im Stande den Weg fortzusetzen, stieß die Achse einer Kanone an meinen Wagen und schmetterte ihn in Stücke. Ich konnte nur mit Mühe unter demselben vorkommen und mußte mich entschließen, zu Fuß weiter zu gehen. Zum Glück war gutes Wetter und Mondschein. Ich mochte wohl schon über zwei Stunden im Walde gelaufen sein, als ich das Freie gewann und in einiger Entfernung ein Licht entdeckte, auf welches ich zueilte. Meine, durch die Beschwerden der Reise, öfteres Umwerfen, sowie durch die Entbehrung des Schlafes und der nöthigen Nahrung äußerst geschwächten Kräfte zusammenraffend, gelangte ich endlich an den Punkt, wo ich das Licht gesehen, — es war eine ausgeplünderte Jägerwohnung, die mehrere Blessirte beherbergte. Die Leute sagten mir, es sei erst kurz zuvor eine österreichische Uhlanenpatrouille da gewesen, die noch in der Nähe stünde. Nur nach vielem Bitten und Drohen brachte ich es so weit, daß man mir im nächsten Dorf einen Leiterwagen holte, auf dem ich weiter fuhr. Kaum fing der Tag zu grauen an, da erblickte ich ein österreichisches Infanteriepiket. Ich versteckte mich so gut es ging unter das auf dem Wagen befindliche Stroh, befahl dem Bauer rasch zuzufahren und kam so unentdeckt bald darauf nach Pfaffenhofen. Anstatt den Marschall, welcher bereits nach Freising abgegangen, traf ich General Oudinot, dem ich nun die für ihn bestimmte Depesche überlieferte. Von Pfaffenhofen eilte ich, so schnell als es das Gedränge auf der ganz mit Truppen bedeckten Straße nur immer zuließ, nach Freising, fand aber auch hier unser Hauptquartier nicht mehr, es war schon weiter nach Moosburg. Ich konnte vor Erschöpfung kaum mehr von der Stelle. Doch der Gedanke, mich des ersten bedeutenden Auftrages mit Ehren zu entledigen, trieb mich zur letzten Kraftanstrengung und so erreichte ich endlich Moosburg Der Marschall empfing mich wie den verlornen Sohn, denn er und seine Officiere glaubten mich bereits verloren.

Kaum hatte ich mich etwas mit Speise gestärkt, so wurde zum Aufsitzen geblasen. Man vernahm in der Entfernung ein lebhaftes Feuer. Bald erblickten wir Landshut in Flammen und an der Spitze der leichten Kavallerie näherten wir uns der Stadt, hinter der sich die Baiern noch mit den Oesterreichern schlugen. Auf der Brücke war ein fürchterliches Gedränge, an derselben lag die Leiche des erschossenen baierischen Generals von Zandt; dessen Adjutant, Lieutenant von Bulach — Bruder meines Kameraden — stand daneben. Es war das Korps des Erzherzogs Ludwig, welches hier so großen Verlust erlitt.[1]) Eine Menge österreichischer Wagen und Pontons versperrte die Straße. Hier sah ich das erste österreichische Papiergeld, das aus den Wagen gerissen, von Niemand beachtet wurde, da man dessen Werth nicht kannte.

Bald kam auch der Kaiser, aber von einer anderen Seite. Wir mußten die ganze Nacht völlig angekleidet zubringen, da man jeden Augenblick Befehl zum Aufbruch erwartete.

Gegen 8 Uhr Morgens — 22. April — ritten wir mit dem Kaiser, so schnell die Pferde nur konnten, Eckmühl zu. Um Mittag hielt der Kaiser auf einer Anhöhe und sagte uns, er halte nun die ganze österreichische Armee fest, wir würden sie heute noch schlagen. Bald ging es wieder weiter, wobei ich mit meinem Pferd in einem Hohlweg stürzte, die ungeheuere Suite über mich wegging und ich getreten wurde. Wir erblickten einen Theil der österreichischen Armee vorwärts Eckmühl; das Gefecht begann mit Heftigkeit. Der Kaiser ließ eine würtembergische Batterie auffahren, und richtete mehrmals selber eine Kanone. Die feindlichen Kugeln schlugen dicht bei uns ein, General Servolaz wurde neben mir erschossen. Berthier gab mir Befehl das badische Dragonerregiment zu einer Charge vorzuführen, allein kaum war ich mit dem Regiment bis Eckmühl gekommen, das bereits brannte und voll Todter lag, so erhielt ich Weisung, es vor dem Ort halten zu lassen.

Darauf kam der Kaiser herbei und befahl mir die würtembergischen Truppen aufzusuchen und sie längs der Höhen hinzuführen. Ich sprengte fort, gerieth aber in einen Sumpf, in welchem mein Pferd stecken blieb. Glücklicherweise kam eben ein würtembergisches Bataillon, welches mir aus

1) Aus dem Gefecht von Landshut erzählt Pelet, Bd. 2, S. 48, folgenden denkwürdigen Zug heroischer Aufopferung eines österreichischen Grenadiers: „L'histoire doit conserver le souvenir du dévouement sublime d'un grenadier autrichien. Dans nos dernières guerres si animées, on a trop oublié cette noble confraternité des braves de tous les pays, qui les associe à toutes les actions d'éclat. Deux compagnies de grenadiers de Teutschmeister, poursuivies de très-près par notre cavalerie allaient être enveloppées. Un grenadier court à un caisson de munitions, qui était vers nos soldats et y met le feu; il saute avec lui, mais il sauve les siens à la faveur de cette terrible explosion et de l'admiration, qu'il inspire à nos cavaliers." Auch in Stutterheims Feldzug 1809 zwischen Oesterreich und Frankreich" I., S. 232, in der Geschichte der Kriege in Europa VIII, S. 41, und in Kaußlers Kriegen von 1792—1815, S. 429, geschieht dieser heroischen That des österreichischen Grenadiers von Teutschmeister Erwähnung, allenthalben forscht man jedoch vergeblich nach dem Namen des opfermuthigen deutschen Kriegers.

der Verlegenheit half und mit dem ich in der von dem Kaiser angegebenen Richtung marschirte: bald stießen wir auf ein Bataillon vom Regiment Jordis, das angegriffen, in Unordnung gebracht und mit Verlust einer Fahne geworfen wurde. Man brachte diese zum Kaiser, der hierüber sehr zufrieden schien. Zugleich trafen zehn Regimenter Kürassiere ein, denen der Kaiser alsbald Befehl zum Angriff ertheilte. Nie habe ich ein schöneres Schauspiel gesehen; die Sonne funkelte auf den blanken Kürassen der Eisenmänner, deren Aeußeres Muth und die Gewißheit des Sieges verrieth. In kurzer Zeit war die feindliche Position genommen, der linke Flügel umgangen, viele Gefangene gemacht und 20 Kanonen erobert. Vor dem Dorfe Egloffsheim versuchten die Oesterreicher noch einmal Widerstand zu leisten, allein die dazu verwendeten vier Kavallerieregimenter wurden beinahe ganz aufgerieben, und die Schlacht hierdurch vollständig zu unserm Vortheil entschieden. Erzherzog Karl zog sich nach Regensburg und von da nach Böhmen; nur General Hiller blieb mit seinem schwachen Heertheil vereinzelt der französischen Hauptmacht auf dem rechten Ufer der Donau gegenüber.

Wir biwakirten nach dem heißen Tag von Eckmühl bei Egloffsheim: der Kaiser nahm sein Hauptquartier in einem in der Nähe befindlichen Schloß.

Mit Tagesanbruch — 23. April — setzten wir uns wieder zu Pferd. Der Kaiser schlug die Straße nach Regensburg ein, der Marschall kehrte zu seinem Armeekorps zurück, das rückwärts stand und an der Schlacht keinen Theil genommen hatte. Der Weg führte über das Schlachtfeld und hier sah ich die Schattenseiten des Krieges in ihrer dunkelsten Färbung. Die Nacht hatte gestern Manches verborgen, was nun der Tag auf Abscheu erregende Weise enthüllte. Mehrere Stunden weit lag die Erde voll Todter und Verwundeter, das Aechzen der letzteren, die aus Mangel an Chirurgen nur sehr langsam und unvollkommen verbunden werden konnten, erfüllte die Luft; am empörendsten dabei war das Benehmen der Marodeurs, Marketender und einer Masse Gesindels, welche Verwundete mit Gewalt ausplünderten, und wenn sie ihre Habseligkeiten nicht gutwillig hergeben wollten, oft schwer mißhandelten, ja sogar grausam ermordeten.

Zweiter Abschnitt.

Massena sammt Suite beinahe gefangen. — Entsetzt Passau und passirt den Inn. — Zerstörung von Schärding. — Das badische Dragonerregiment zeichnet sich bei Neumarkt aus, 1. Mai. — Nochmals bei Efferding, 2. Mai. — Massena erzwingt den Traunübergang bei Ebersberg, 3. Mai. — Musterung des 4. Armeekorps durch den Kaiser. — Massena stellt den Markgrafen vor und verlangt für ihn die Ehrenlegion. — Hiller passirt bei Mautern die Donau zur Vereinigung mit Erzherzog Karl, 8. Mai. Kapitulation von Wien, 12. Mai.

Nach der Schlacht bei Eckmühl wurde Massena mit der Verfolgung der im Rückzuge auf Straubing begriffenen feindlichen Abtheilung beauftragt. Während dieser Bewegung ereignete sich ein Zwischenfall, der hier Erwähnung finden möge. Der Marschall, ungeduldig Straubing zu erreichen, hatte — auf keinen Widerstand gefaßt — das ihm als Eskorte dienende badische Dragonerregiment dem Feinde nachgeschickt und ritt vereinzelt mit seiner Suite auf der Landstraße. Als wir aus einem Walde in das Freie kamen, zeigte sich plötzlich feindliche Kavallerie. Ohne die Fassung im geringsten zu verlieren, befahl der Marschall seinen Adjutanten, — wir mochten ihrer ungefähr fünfzehn gewesen sein — die Säbel zu ziehen und im Trabe keck auf den Feind loszureiten. Dieser kehrte jedoch schlennig um, da sich zum Glück im nämlichen Augenblick eine Abtheilung badischer Dragoner mit Gefangenen und erbeuteten Wagen von einer andern Seite zeigte, und so gelangten wir ohne fernere Belästigung nach Straubing, wohin das Hauptquartier verlegt wurde. Spät Abends brachten die badischen Lieutenants von Gayling und Bulach zwanzig meist mit Officiersbagage beladene Wagen ein. Als diese kaum vor der Wohnung des Marschalls aufgefahren waren, stürzte sich Alles darauf, um sie zu plündern. Ich rieth nun den beiden Officieren, um nicht ganz leer auszugehen, die besten Pferde zu ihrem Regiment mit fortzunehmen, indem ich die Verantwortung für etwa daraus entstehende Folgen auf mich nahm. Als der Marschall, bekannt wegen seiner Habsucht, den andern Morgen die Wagen geplündert und die besten Pferde verschwunden sah, gerieth er sehr in Harnisch und trug mir den Vorfall noch lange nach.

Den 24. marschirten wir bei großer Hitze und unerträglichem Staube, verursacht durch die Kürassierdivision zwischen oder hinter welcher wir fortwährend ritten, bis Pladling, den folgenden Tag nach Vilshofen und den 26. bis Passau. Da der Marschall die feindliche Arriergarde Miene machen sah, den Uebergang über die zum Theil abgebrochene Innbrücke zu vertheidigen, so ließ er den General Köhorn mit einem Bataillon tirailleurs corses auf Schiffen bis an das mittlere Joch der Brücke fahren und so den noch stehenden Theil derselben, ungeachtet eines heftigen Kleingewehrfeuers ganz aus der Nähe, mittelst Leitern ersteigen und den Feind vertreiben, wobei uns gegen vierzig Gefangene in die Hände fielen. Der Marschall sah aus einem zunächst an der Brücke stehenden Haus zu, während die wohlgezielten Kugeln des Feindes links und rechts neben uns einschlugen.

Durch unser siegreiches Vordringen bis zum Inn und das Zurückwerfen der Oesterreicher über denselben, wurde zugleich auch Passau, in dessen Fort die Baiern seit einem Monate blokirt waren, wieder befreit.

Nach Wiederherstellung der Brücke passirten wir den Inn und betraten nun zum ersten Mal den feindlichen Boden. Den 27. marschirten wir stromaufwärts auf Schärding, wohin der Marschall die Division Legrand schon früher längs dem linken Ufer dirigirt hatte. Als diese vor Schärding eintraf, fand sie die Stadt von den Oesterreichern besetzt, die Brücke abgebrochen. Es entspann sich nun in der Nacht eine Kanonnade, während welcher die Brücke durch die badische Artillerie hergestellt und der Uebergang und die Wegnahme der Stadt bewerkstelligt wurde. Dabei brannte diese aber völlig nieder, so daß der Marschall das Hauptquartier nach St. Florian, einem nur aus wenigen Häusern bestehenden Ort in der Nähe, verlegen mußte. Die hier vorfindlichen wohlgefüllten Scheunen kamen uns vortrefflich zu statten, es konnte wieder einmal ordentlich gefüttert und abgekocht werden. Der Mangel an genügenden Unterkunftsräumen brachte mich und einige meiner Kameraden auf den Gedanken, unser Quartier in einem Schweinstall aufzuschlagen, wo wir wenigstens Schutz vor dem lästigen Regen hatten und auch ganz herrlich schliefen.

Den 28. fand keine Bewegung statt, um nähere Nachrichten von Marschall Bessières abzuwarten, welcher am 24. bei Neumarkt mit den Divisionen Boudet und Wrede auf überlegene feindliche Kräfte unter General Hiller gestoßen und zum Rückzug bis nach Vilsbiburg genöthigt worden war.

Am 29. machte der Marschall eine Rekognoscirung gegen Suben, wo General d'Espagne stand. Den 1. Mai bestand das badische Dragonerregiment, welches die Avantgarde machte, mit der Arrieregarde des Hiller'schen Korps ein höchst ehrenvolles Gefecht bei Riedau. Nachdem das Regiment sich Tags zuvor, der Uebermacht weichend, bis Siegharding hatte zurückziehen müssen, ging es, unterstützt von würtembergischer Kavallerie, unter Leitung des Adjutanten des Marschalls, Oberstlieutenant St. Croix, nochmals vor, machte auf ein Bataillon des Regiments Jordis eine Charge, wobei dieses überritten wurde, seine Fahne verlor und der Oberst, der Major, nebst vielen andern Officieren auf dem Platze blieben.[1]) Ein badischer Trompeter raffte die auf dem Boden liegende Bataillonsfahne auf, leider aber entriß ihm Oberstlieutenant St. Croix dieselbe wieder und brachte sie dem Marschall, mit dem Vorgeben, er habe sie erobert, wofür er zum Obersten befördert wurde, weil dieß die erste derartige Trophäe beim 4. Armeekorps war. Nachdem die Meldung über das Gefecht bereits an den Kaiser abgegangen, erfuhr der Marschall den wahren Hergang der Sache. Nun war es aber zu spät.

Den 1. Mai kam das Hauptquartier nach Siegharding, von wo wir des andern Tags schon Morgens 3 Uhr wieder gegen Efferding aufbrachen; die Division Carra-Saint-Cyr hatte die Spitze. Im Schlosse Weidenholz wollte der Marschall Mittag machen; kaum setzten wir uns indessen zu Tische, so hörte man schießen und mit nüchternem Magen mußten wir wieder zu Pferd, fort nach Efferding, vor dessen Thoren sich unsere Avantgarde bereits mit den Oesterreichern schlug. Die badischen Dragoner hatten zwei Kanonen genommen, welche aber wieder verloren gingen, weil erstere nicht rechtzeitig unterstützt wurden. Das Regiment verlor bei dieser Gelegenheit den tapfern Rittmeister Schimmelpfennig.

Die Division Carra-Saint-Cyr schritt nun zum Angriff und zwang die Oesterreicher zum Rückzug, wobei wir 500 Gefangene machten. Der Marschall nahm sein Quartier in dem schönen Schlosse des Fürsten von Starhemberg. Von hier wurde Lieutenant von Bulach verschickt und dabei von einer österreichischen Patrouille gefangen, was mir sehr leid that, da wir gut zusammen standen.

Am 3. erreichten wir das sehr romantisch im Donauthale gelegene Linz; es wurden Einquartierungsbillete ausgegeben; wir konnten aber keinen

---

1) Bei dem Sprengen des Carres erfolgte eine ergreifende Nachscene. Der brave Bataillonskommandant, Oberstlieutenant Beck, voll Verzweiflung über sein Unglück und entschlossen es nicht zu überleben, wollte sich nicht ergeben, wehrte sich mit dem Säbel in der Faust, bis er mit Wunden bedeckt zu Boden stürzte. Ja, gefangen und verwundet, verlangte er noch, daß man ihn tödten solle. Rgts.-Gesch. d. bad. leichten Dragonerregiments.

Gebrauch davon machen, da es gleich weiter ging, um dem Hiller'schen Korps dicht auf den Fersen zu bleiben, welches sich hinter die Traun in seine starke Position von Ebersberg zurückzog. Ich erhielt Befehl die Kürassierdivision d'Espagne zu holen, welche ich an dem Thore von Linz traf, und nun in starkem Trabe auf die mir bezeichnete Stelle führte. Der Marschall war unterdessen mit der Division Tharreau vorgegangen, wobei sein Generalstabschef, General Becker, eine Kontusion erhielt und Kapitän Pelet, sowie mehrere andere Adjutanten des Marschalls verwundet wurden, so daß ihm nur noch drei zum Dienst verblieben.

Die Oesterreicher suchten so schnell wie möglich die Traunbrücke zu erreichen, um sie abzubrechen. Dieß zu verhindern setzte sich der Marschall, der überall selbst sehen, Alles selbst leiten wollte und nie eine Gefahr scheute, an die Spitze der Division Claparede und führte sie unter dem heftigsten Feuer der jenseits des Flusses postirten feindlichen Artillerie und der die nächststehenden Häuser diesseits besetzt haltenden Infanterie heran. Rasch überschritten wir die lange hölzerne Brücke und erreichten das Thor von Ebersberg, durch welches wir, nachdem es mit Aexten eingeschlagen war, in den Flecken eindrangen. Hier wurde dem General Köhorn das Pferd unter dem Leib erschossen. Wir gingen nun mit den tirailleurs corses und du Po immer weiter durch den an einem steilen Abhang erbauten Ort vor, ein stehengebliebener österreichischer Munitionswagen flog in die Luft und mein Pferd wurde leicht verwundet. Schon waren wir Meister der Anhöhe rechts des Orts; wir hatten 20 Kanonen genommen, nur das Schloß inmitten des Fleckens hielt sich noch. Da fing derselbe plötzlich an mehreren Punkten zu brennen an, das Feuer näherte sich schon der Brücke. Zu gleicher Zeit hatte General von Hiller neue Sturmkolonnen gesammelt und seine Position sammt den 20 Kanonen, die wir nicht hatten fortbringen können, wieder genommen. Diesem überlegenen Angriff vermochte die sehr geschwächte Division Claparede nicht zu widerstehen, Unterstützung war keine zur Hand, Ebersberg nicht mehr zu halten, die französischen Bataillone wichen in Unordnung gegen die Brücke. Der Marschall befahl mir nun zurückzureiten und die Division Legrand herbeizuholen — bei der auch die badische Infanterie. — Ich traf sie bei Linz und obgleich die Mannschaft durch die starken Märsche sehr abgemattet war, so gebührt ihr doch der Ruhm, daß sie dem Ruf zum Kampfe freudig folgte. Als ich mich mit der Division der Brücke näherte, wollte der französische General Küster, welcher die badische Brigade kommandirte, durch einen Hohlweg dahin marschiren. Ich litt es aber nicht, er mußte mir im Freien folgen, da ich nicht wollte, daß unsere Infanterie, das erste Mal, wo sie in diesem Feldzug ernstlich an den Feind kam, sich eines Deckungsmittels bediene, das ihr in den Augen des Marschalls leicht hätte schaden können. Auf der Brücke begegneten wir einer Kolonne österreichischer Gefangener. Dieses brachte Stockung und Unordnung in die entgegenrückenden Truppen. General Küster, ein alter, abgelebter Mann, wußte sich nicht recht zu helfen, und nun glaubten die noch rückwärts der Brücke stehenden Bataillone, als sie das Stocken und Gedränge auf derselben sahen, die Division Legrand sei geworfen und auf dem Rückzug.

Bei dem fürchterlichen Lärm und Durcheinander befahl mir der Marschall an die Tete zu reiten und den Truppen die Weisung zu bringen, die Brücke zu räumen. Ich konnte aber diesen Auftrag gar nicht vollziehen, da mein Pferd bei dem ungeheuern Gedränge ganz auf das seinige gedrückt wurde und nicht von der Stelle konnte. Die Menge Verwundeter und Todter auf der Brücke hemmte jede Kommunikation der beiderseitigen Ufer und veranlaßte den Marschall zu dem schrecklichen Befehl, sie ohne allen Unterschied in die Traun zu werfen, die hier so tief und reißend ist, daß jene Unglücklichen, unter denen manche nur leicht Verwundete, den augenblicklichen Tod in den Wellen fanden. Ich sah sogar verwundete französische Stabsofficiere, welche von ihren eigenen Leuten in das Wasser geworfen wurden.

Unterdessen drohte das Feuer, welches mit ununterbrochener Heftigkeit fortwüthete, auch die Brücke zu ergreifen. Der Marschall ließ daher die Division Legrand unter dem dichtesten Kugelregen zu einem neuen Sturm vorgehen, gefolgt von den gesammelten Ueberresten der Division Claparede. Ebersberg wurde zum zweiten Mal genommen, das Schloß forcirt, die Besatzung zu Gefangenen gemacht. Es kamen immer mehr frische Truppen in das Gefecht, auch das badische Jägerbataillon, welches einen rühmlichen Antheil daran nahm. Dieser zweite heftige Stoß und der Verlust des Schlosses entschied das Treffen zu unsern Gunsten, die Oesterreicher wurden zum Verlassen ihrer starken Position genöthigt und zogen sich, übrigens mit vieler Ordnung, hinter die Enns gegen Amstetten zurück. Auf beiden Seiten mögen wohl bei 4000 Mann gefallen sein, der Flecken und die ganze Umgegend waren mit Leichen besät, sehr viele Verwundete, welche sich in die Häuser verkrochen hatten, um nicht in der engen Straße überritten oder überfahren zu werden, waren in denselben verbrannt, und ich sah im Vorüberreiten verkohlte Leichen mit ausgestreckten Händen an den Fenstergittern hängen, die gleichsam das Mitleid der Vorübergehenden anzuflehen schienen. Ein grausenerregender Anblick, welcher den tiefsten Eindruck auf Jeden machen mußte, der nur einiges Gefühl besaß. Wie beneidenswerth erschien mir dagegen das Loos Derjenigen, deren Leben eine Kugel in die Brust oder vor den Kopf ein schnelles Ende gemacht hatte!

Abends 9 Uhr kehrte ich mit dem Marschall nach Linz zurück, — in sehr erschöpftem Zustande, wie man sich denken kann, da ich den Weg an diesem Tage nicht weniger als fünf Mal gemacht. Schon um 2 Uhr frühe des andern Morgens mußten wir wieder parat sein. Als ich in die Wohnung des Marschalls trat, hörte ich, daß er in der Nacht nach Ebersberg zum Kaiser berufen worden, welcher nach Beendigung der Schlacht dort eingetroffen war. Ich eilte ihm nun dahin nach. Hier erfreute er mich mit der Aeußerung, er sei gestern sehr mit mir zufrieden gewesen, was mich um so angenehmer berührte, als es nicht seine Art war, viele Worte und Komplimente zu machen und er sich bisher ziemlich kalt gegen mich bezeigt hatte.

Auf unserm Weitermarsch zur Verfolgung der Oesterreicher kamen wir am 4. Mittags nach Enns, dem großen Hauptquartier. Unterwegs begegnete ich dem badischen Lieutenant Grafen Sponeck, Ordonnanzofficier bei General d'Espagne; er war aus Irrthum einer würtembergischen Vedette schwer verwundet worden, und erhielt später auf Verwendung des Marschalls das Kreuz der Ehrenlegion.

Nach unserer Ankunft in Enns wurde sogleich an Herstellung der von den Oesterreichern zerstörten Ennsbrücke gearbeitet und zum Schutz der Arbeiter einige Kanonen aufgefahren, worauf der Feind am andern Ufer, nachdem er einige Schüsse mit uns gewechselt, seinen Rückzug fortsetzte.

Da die Instandsetzung der Brücke einige Zeit erforderte, so benützte der Kaiser diesen Halt am 5. und 6. zu einer Musterung über das 4. Armeekorps. Die Divisionen Carra-Saint-Cyr und Legrand traf zuerst die Reihe. Der Marschall hatte mir befohlen, mich auf den rechten Flügel der badischen Truppen zu stellen. Als der Kaiser ankam, nannte er demselben meinen Namen und lobte mein Benehmen. Der Kaiser erinnerte sich sogleich, mich bei der Schlacht von Eckmühl mehrmals verschickt zu haben. Hierauf verlangte der Marschall das Kreuz der Ehrenlegion für mich; der Kaiser bemerkte, er werde es mir bei dem bevorstehenden Avancement geben, gab es mir aber erst nach der Schlacht von Aspern. Dem badischen Dragonerregiment verlieh er zwölf, dem Jägerbataillon drei Kreuze.

Hohes Interesse gewährte die Art, wie der Kaiser seine Musterung vornahm. Er erkundigte sich nach Allem, sah sogleich, wo es fehlte, Nichts entging seinem Scharfblick. Bei einem leichten Infanterieregiment frug er den Obersten: „Qui est le plus brave?“ Dieser stellte ihm einen kleinen Voltigeur vor, zu welchem der Kaiser nun sagte: „Je te fais Baron avec cinq mille livres de rentes.“ Außerdem nahm er eine Menge Beförderungen vor. Es braucht wohl kaum erwähnt zu werden, wie sehr dieß Alles den Enthusiasmus in der Armee steigerte.

Noch am nämlichen Tag begleitete ich den Kaiser und den Marschall auf einer Rekognoscirung längs der Donau; auch begegnete ich hier dem Prinzen Emil von Hessen, der eben erst im Hauptquartier angekommen war, um in demselben den Feldzug mitzumachen. Am 6. Mai erfolgte die Musterung über die Divisionen Boudet und Molitor, worauf wir, da die Brücke über die Enns inzwischen fertig geworden, den 7. nach Amstetten marschirten.

Es war bisher für General von Harrant eine große Zurücksetzung, daß der französische General Küster ihm als Vorgesetzter zur Seite stand. Ich hatte keine Mühe gespart, auf den Marschall zu wirken, daß dieses peinliche Verhältniß gelöst wurde, was mir denn endlich auch gelang. Küster kam als Gouverneur nach Salzburg und Harrant kommandirte von nun an unmittelbar unter dem Divisionsgeneral Legrand.

Den 8. Morgens 4 Uhr setzten wir uns nach Mölk in Marsch. Da der Ort ausgeplündert, so bezog der Marschall die prächtige, auf einer Anhöhe liegende Abtei. Allein hier fanden wir zwar schöne Gemächer mit reizenden Aussichten, aber keinen Bissen zu essen. Zur Erquickung konnten wir nur Wein erhalten, diesen jedoch in solcher Menge, daß er für das ganze Armeekorps ausreichte. Die auf einem Felsen thronende Abtei, auf einer Seite von der Donau bespült, auf den anderen drei Seiten vom Städtchen umgeben, bildet ein in schönem Styl erbautes Viereck; unmittelbar daran stößt der herrliche Garten mit Terrassen und Alleen. Das Wetter war sehr warm und es that uns unbeschreiblich wohl im Schatten dieser Bäume zu ruhen und unser Auge bald an dem Anblick der wild unter uns brausenden Donau, bald an den Reizen der reich vor uns ausgebreiteten Landschaft zu waiden. Aber welche düstere Kehrseite enthüllte uns die hereinbrechende Nacht! Wir zählten sieben brennende Dörfer, deren auflodernde Flammen den Horizont weit hin erleuchteten. Auch der Ort Mölk selbst gerieth in Brand, das Feuer ergriff verschiedene Stallgebäude, wobei einige hundert französische Kavalleriepferde und mehrere Leute zu Grunde gingen.

Den 9. kamen wir bei großer Hitze nach St. Pölten, den 10. nach Burkersdorf. Von St. Pölten an fand das 4. Armeekorps nur noch eine schwache Abtheilung des Hiller'schen Korps vor sich, dessen Gros zur Vereinigung mit dem Erzherzog Karl die Donau am 8. bei Mautern passirt hatte. Kaum in Burkersdorf angelangt, schickte mich der Marschall nach St. Pölten zurück, mit dem Befehl an alle Truppen, die ich unterwegs treffen würde, den Marsch zu beschleunigen, indem der Kaiser bereits in Schönbrunn sei und ihrer bedürfe. Abends kam ich in höchster Erschöpfung nach Burkersdorf zurück, denn ich hatte an diesem Tage 26 Stunden Weges auf ein und demselben Pferde, ohne zu füttern, meist im Trabe gemacht. Da ich unter den Adjutanten des Marschalls am besten beritten, so wählte er meist mich, wenn es ihm um beschleunigte Ueberbringung seiner Befehle zu thun war.

Den 11. Mai um Mittag brachen wir von Burkersdorf auf und bald erblickten wir von einer Anhöhe vor uns das prachtvolle, unermeßliche Wien. Wir trafen den Kaiser, in dessen Gefolge wir, rechts wendend, um die ganze Stadt bis zur Vorstadt Landstraß und von da bis an den Arm der Donau ritten, welcher den Prater einschließt. Uns gegenüber lag das von den Oesterreichern unbesetzt gelassene Lusthaus, am Ende der großen Praterallee, welche in die Leopoldstadt führt. Hier schickte der Kaiser einen Officier nach dem andern weg, um Truppen zu holen, die übergesetzt werden sollten; wir waren abgesessen und ich hielt, auf dem Boden liegend, mein Pferd am Zügel. Da traf die Reihe auch mich. Der Kaiser winkte und gab mir Auftrag die Division Carra-Saint-Cyr herbeizuholen, welche ich bald antraf, allein die Nacht war unterdessen hereingebrochen und nur ein einziger schmaler Weg über sumpfige Wiesen vorhanden, welchen ich trotz aller Anstrengung lange nicht finden konnte; dabei schrie General Saint-Cyr beständig, ich würde ihn falsch führen, was meine äußerste Verlegenheit nur noch vermehrte. Doch gelang mir endlich die Division auf die bezeichnete Stelle zunächst dem Donauarme zu bringen. Unterdessen war ein einzelner französischer Soldat über letzteren geschwommen, hatte einen Kahn geholt, mit welchem Mannschaft nach dem Lusthaus übergesetzt wurde, die den nun beginnenden Brückenschlag deckte. Während dem ließ Marschall Lannes die Stadt aus einer Batterie von 20 Haubitzen bewerfen. In der Nacht des 12. machte Erzherzog Max einen fruchtlosen Versuch den Brückenschlag zu stören, worauf er Wien mit dem größten Theil der Besatzung räumte, auf das linke Donauufer abzog und die Donaubrücken hinter sich verbrannte.

Um Mittag passirte die Division Boudet die vollendete Brücke am Lusthaus und besetzte die Leopoldstadt. Da sich Wien noch nicht ergeben hatte, that der Marschall aus einer reitenden Batterie einige Schüsse auf das rothe Thurmthor, worauf die Stadt kapitulirte. Massena nahm sein Quartier in der Leopoldstadt, in einem Hause des Fürsten Esterhazy.

Den 13. Mai rückten wir der abgeschlossenen Kapitulation gemäß in Wien ein. Ich kam mit dem Marschall in den Pallast des Fürsten von Lobkowitz in Quartier. Es dauerte nicht lange, so wünschte die Fürstin, er möchte ihr einen Officier schicken, welcher sie vor Zudringlichkeiten schützte, die ihr von verschiedenen Seiten gemacht wurden. Da ich den Dienst hatte, erhielt ich diesen Auftrag, den ich zur Zufriedenheit der alten Dame ausführte, die mich ganz wie einen Verwandten behandelte und nur den „Durlacher“ zu nennen pflegte.[1])

---

1) Die hier genannte Fürstin von Lobkowitz war eine geborene Prinzessin von Savoyen-Carignan, ebenso wie auch die Mutter des berühmten Markgrafen Ludwig von Baden und folglich mit dem Hause Baden verwandt. Sie nannte den Markgrafen „den Durlacher“, weil er zu der Linie Baden-Durlach gehörte.

Dritter Abschnitt.

Brücken über die Lobau. — Uebergang der französischen Armee auf das linke Donauufer. — Schlacht bei Aspern 21. und 22. Mai. — Der Markgraf erhält das Kreuz der Ehrenlegion. — Schlacht bei Wagram 5. und 6. Juli. — Gefecht bei Hollabrunn 9. Juli. — Treffen bei Znaym 11. Juli. — Waffenstillstand bei Znaym. — Die badischen Truppen im Lager bei Hosterlitz. — Des Markgrafen Aufenthalt in Wien. — Feierlichkeiten am Namenstag des Kaisers. — Friedensabschluß 14. Oktober. — Der Kaiser läßt dem Markgrafen französische Dienste anbieten. — Abschied von Massena. — Heimkehr in das Vaterland.

Erzherzog Karl erwartete nach der Vereinigung mit Hiller in einer Beobachtungsstellung zwischen Korneuburg und Stamersdorf die weiteren Unternehmungen Napoleons, der, um ihn anzugreifen, sich jedenfalls vorher zu der schwierigen Operation eines Donauübergangs im Angesicht des feindlichen Heeres entschließen mußte. Der Kaiser wählte hiezu den Punkt unterhalb Wien bei der Insel Lobau und beauftragte Massena mit dem Schlagen der Brücken.

Den 18. spät Abends begleitete ich den Marschall nach Kaiser-Ebersdorf, wohin er die Division Molitor mitnahm; eine Abtheilung derselben wurde mittels Kähnen auf die Lobau übergesetzt und faßte daselbst Posto. In der Nacht vom 18. auf den 19. war die Brücke über den großen und den 20. die über den letzten schmalen Donauarm vollendet. Der Rest der Division Molitor, sowie die übrigen Divisionen unseres Korps rückten auf die Insel nach, das Gros der Armee nahm seine Aufstellung zwischen Simmering und Kaiser-Ebersdorf, des Befehls zum Passiren der Brücken gewärtig.

Um Mittag kam der Kaiser, wir ritten mit ihm über alle drei Brücken, welche er besichtigte, worauf ein Theil unseres Armeekorps auf das linke Ufer überging, die hier befindlichen Vortruppen der Oesterreicher nach einem schwachen Gefecht vertrieb, Aspern und Eßlingen besetzte und die leichte Kavallerie über beide Dörfer vorgeschoben wurde. Bei angebrochener Dämmerung bestieg ich mit dem Marschall den Kirchthurm von Aspern, von wo man eine weite Aussicht hat; da er nur noch mit einem Auge sah, nachdem ihm der Kaiser das andere bei der Jagd verletzt, nahm er mich gewöhnlich zu Hülfe, wenn er einen Gegenstand genau erkennen wollte. Er fragte nun, was ich beobachten könne; da der Himmel soweit mein Auge reichte, von Biwakfeuern geröthet war, hielt ich dafür, daß wir hier die ganze österreichische Armee vor uns haben müßten. Dieß glaubte er aber durchaus nicht, sondern schalt mich einen jungen Menschen, der das nicht verstehe; was man sähe sei höchstens eine starke feindliche Arrieregarde. Ich schwieg still, konnte es aber nicht unterlassen, ihn des andern Tags beim Angriff der Oesterreicher daran zu erinnern, was ich ihm den Abend vorher gesagt.

Den 21. Mai in der Frühe ritten wir mit dem Kaiser, welcher das Terrain vor der Brücke zwischen Aspern und Eßlingen selbst rekognosciren wollte, lange hin und her und hielten zuletzt in Eßlingen, während lebhaft an einem Brückenkopf gearbeitet und der Uebergang der auf der Lobau und dem rechten Ufer zurückbefindlichen Korps beschleunigt wurde. Gegen Mittag setzte sich die österreichische Armee gegen die übergegangenen Truppen in Bewegung. Um 2 Uhr erfolgte der Angriff auf die Division Molitor in Aspern, und die dem Marschall Lannes zugetheilte Division Boudet in Eßlingen. Aspern wurde unter großem Menschenverlust fünf Mal nach einander genommen und wieder verloren. Der Marschall hielt im stärksten Feuer, zunächst der Kirche unter drei großen Bäumen, deren Aeste durch die einschlagenden Kugeln beständig auf uns herabfielen. Oberst Aubry blieb, von einer solchen getroffen, während er mit dem Marschall sprach.

Von den badischen Truppen war nur mein Regiment, das Dragonerregiment und die Fußbatterie bei der Schlacht; der übrige Theil befand sich bei dem Korps des Generals Lauriston, welches der Kaiser nach Steiermark zur Herstellung der Verbindung mit der unter dem Vicekönig über den Semmering heranziehenden italienischen Armee und zur Bekämpfung der ungarischen Insurrektion abgesendet hatte. Gleich beim Beginn der Schlacht erhielt ich Befehl unser Dragonerregiment auf ein österreichisches Infanteriebataillon einhauen zu lassen, was mit großer Bravour geschah, wobei der Oberstlieutenant des Regiments, Graf von Sponeck fiel. Später befahl mir der Marschall die badische Fußbatterie zu holen und rechts von Aspern zu placiren. Der Batteriekommandant, Hauptmann Holz, entschuldigte sich, daß er erst, nachdem die Schlacht schon begonnen, von Wien eingetroffen sei. Ich erwiederte, er komme noch früh genug um sich todt schießen zu lassen. Leider wurde mein Scherz nur zu schnell zum erschütternden Ernst. Kaum war die Batterie aufgefahren, riß ihn eine feindliche Kanonenkugel vom Pferde, so daß er sogleich todt zu Boden stürzte.

Der begonnene Kampf tobte mit wechselndem Erfolg ohne Entscheidung fort, bis ihm die späte Nacht ein Ende machte. Ich brachte dieselbe, da ich den Marschall durch das öftere Verschicken in der Dunkelheit verloren, mit einigen Kameraden im Biwak zunächst Aspern zu, ohne seit vierundzwanzig Stunden auch nur einen Bissen gegessen zu haben.

Des andern Tags, schon Morgens 3 Uhr, fing die Schlacht von Neuem an. Der Kaiser hatte in der Nacht frische Korps über die Brücken herangezogen. Der Kampf drehte sich abermals, wie Tags zuvor um den Besitz von Aspern und Eßlingen. Der Marschall, den ich bald wieder gefunden, ließ mein Regiment und die Hessen zum Angriff von Aspern vorrücken, allein mit gar keinem Erfolg. Plötzlich hörten wir hinter uns Sturmmarsch schlagen, es waren 3 Bataillone der jungen Garde. Der sie kommandirende General ritt zum Marschall und meldete, er sei vom Kaiser beauftragt, das Dorf zu nehmen; jener, dem der laute, zuversichtliche Ton dieses Generals zu mißfallen schien, sagte, er wolle ihm Jemand mitgeben, der den Weg kenne, und befahl mir die Garde zu führen. Die Bataillone marschirten in geschlossener Kolonne in schönster Ordnung in das Dorf hinein, bis zu dem Punkte, wo die Straße sich gegen den Kirchhof wendet, der von zahlreicher feindlicher Artillerie besetzt war; diese überschüttete uns mit einem Hagel von Kartätschen. In einem Augenblick machten die 3 Bataillone Kehrt und eilten in größter Verwirrung und unter großem Menschenverlust, so schnell sie konnten, rückwärts. Ich erhielt hiebei eine matte Kugel an das linke Knie, mein Pferd einen Streifschuß. Als ich dem Marschall von dem so übel abgelaufenen Angriff der Garde Meldung erstattete, sagte er, er habe zum Voraus gewußt, daß es so kommen würde.

Zweiundzwanzig Mal hatten wir heute das Dorf genommen und wieder verloren, wobei wir einige hundert Oesterreicher gefangen bekamen. Es fiel mir dabei sehr auf, daß die Gefangenen der deutsch-österreichischen Regimenter häufig ihre schweren Kaskete vom Kopfe nahmen, auf den Boden warfen und mit Füßen traten, ein sicheres Zeichen, daß diese Kopfbedeckung eine lästige und unzweckmäßige war; die ungarischen Regimenter dagegen trugen leichte Tschakos von Tuch.

Gegen 9 Uhr Vormittags trat ein Zwischenfall ein, welcher der Schlacht einen ganz anderen Charakter gab, und unserer Armee leicht den Untergang bringen konnte. Die Brücken über den Hauptarm wurden nämlich, theils durch die Gewalt der hochangeschwollenen Donau, theils der vom Feinde herabgesendeten Kähne, Flöße und anderer Zerstörungsmittel zerrissen und damit alle Verbindung mit dem rechten Ufer und den daselbst zum Nachrücken bestimmten Korps vollständig unterbrochen. Es blieb nun Nichts übrig, als die Schlacht mit Aufbieten der letzten Kraft bis zum

Einbruch der Nacht hinzuhalten, um sich unter deren Schutz in die Lobau zurückzuziehen.

Gegen 7 Uhr Abends wurde der Marschall zum Kaiser gerufen, der an der kleinen Brücke die Korpschefs versammelte, um wegen dem nun unvermeidlich gewordenen Rückzug die nöthigen Befehle zu ertheilen. Hier sah ich diesen mit der größten Gemüthsruhe die so höchst kritisch gewordene Lage der Armee mit seinen Generalen besprechen, zugleich auch den Marschall Lannes, welchem eine Kanonenkugel bei Eßlingen beide Beine zerschmetterte. Der Kaiser schien von diesem Anblick sehr bewegt und suchte, über seinen sterbenden alten Waffengefährten hingebeugt, ihn zu trösten.

Unsere Verluste in dieser mörderischen Schlacht waren ungeheuer; auch die badischen Truppen, die sich während dem ganzen Verlaufe mit großer Tapferkeit und Ausdauer geschlagen, hatten ihren reichlichen Antheil daran.

Gegen 9 Uhr neigte der Kampf zu Ende. Alles, was man vom Schlachtfelde fortbringen konnte, Verwundete, demontirte Kanonen, blessirte Pferde, Kürasse der gefallenen Reiter rc., wurde auf die Lobau geschafft. Um 12 Uhr Nachts defilirte zuerst die Garde, dann die übrigen Korps und zuletzt das unsere. Schon sollte die Brücke über den kleinen Arm abgebrochen werden, da erblickte ich noch vier badische Munitionswagen, die sich verspätet, und bewirkte, daß sie noch passiren durften und nicht verloren gingen.

Gegen 5 Uhr Morgens erschien eine Abtheilung feindlicher Kavallerie vor dem Brückenkopf, welche sich aber nach einigen Kanonenschüssen wieder zurückzog, worauf derselbe nun von uns verlassen wurde. Der Marschall nahm sein Quartier in dem Jägerhause, dem einzigen auf der Insel befindlichen Gebäude und so beschränkt im Raum, daß nur er und sein Generalstabschef Unterkunft darin fanden. Zunächst dem Hause lag ein offener Schoppen, zur Fütterung der Hirsche bestimmt, die in großer Zahl auf den Donauinseln vorhanden waren; in diesen stellten wir unsere Pferde. Zu essen hatten wir vorerst gar Nichts, als das Fleisch der verwundeten Pferde, die mit auf die Lobau geschleppt und geschlachtet wurden. Es gewährte einen ganz eigenthümlichen Anblick an dem jenseitigen Ufer noch sicherlich über 2000 solcher blessirter Thiere ledig herumirren zu sehen, als wollten sie ihre früheren Reiter aufsuchen. Die Lage der vielen auf der Insel angehäuften Verwundeten war im Anfang schrecklich. Auf dem einzigen Stuhle, der sich in dem Jägerhause vorfand, wurden eine Menge Amputationen vorgenommen und überall sah man abgeschnittene Glieder menschlicher Körper umherliegen. Die Ausdünstung der vielen in Verwesung übergehenden Kadaver von Menschen und Thieren verbreitete einen pestilenzialischen Geruch, in Folge dessen, sowie der Ausdünstung des ausgetretenen stagnirenden Wassers und Mangels an Nahrungsmitteln eine Menge Krankheiten entstanden. Die allgemeine Noth erzeugte unter den Soldaten die Sucht, sich in den Besitz fremden Eigenthums zu setzen; so wurden mir zwei Pferde gestohlen, die ich bei meinem Dienste schwer vermißte. Der Marschall gab mir Erlaubniß sie zu suchen; mit Hülfe des Obersten vom 12. Husarenregiment, der mir ein Pferd zum Reiten und eine Ordonnanz mitgab, gelang es mir, nach großer Mühe und langem Herumreiten, sie wieder zu bekommen. Ich erfüllte dabei zugleich den mir gegebenen Auftrag, bei jeder Batterie zu erheben, wie viele Schüsse noch vorhanden seien. Da vernahm ich denn, daß fast allen die Munition völlig ausgegangen. Hätten die Oesterreicher die beiden ersten Tage nach der Schlacht, wo die Brücken noch nicht wiederhergestellt waren, angegriffen, wir würden höchst wahrscheinlich einen ungeheuern Verlust, ja noch Schlimmeres erfahren haben.

Den 25. in der Frühe, nachdem die Brücken wieder ausgebessert, ließ der Kaiser alle Verwundeten auf das rechte Ufer schaffen, und hierauf die sämmtlichen übrigen Truppen folgen, mit Ausnahme unseres Armeekorps, das auf der Lobau verbleiben mußte. Das große Hauptquartier kam nach Kaiser-Ebersdorf, von wo der Kaiser sich häufig auf die Insel begab, um die getroffenen umfassenden Vorbereitungen zu einem zweiten Uebergang einzusehen und zu beleben.

Den 31. Mai langte der badische Hauptmann von Kageneck von Karlsruhe an und erfreute mich mit Briefen von meinem Vater, er überbrachte zugleich den Fidelitas-Orden für den Marschall.[1])

Den 1. Juni wurde mir die Ausfertigung über das Kreuz der Ehrenlegion zugestellt, welches mir der Kaiser schon bei Enns versprochen; zugleich mit mir erhielt es der Sohn des Marschalls. Da mein Regiment und die badische Artillerie nicht weit von dem Jägerhause im Biwak standen, verbrachte ich die viele freie Zeit des sechswöchentlichen Aufenthalts auf der Lobau meist in Gesellschaft der badischen Officiere. Mein Regiment war vom Kaiser für sein tapferes Verhalten mit vier Ritterkreuzen der Ehrenlegion bedacht worden. Den 27. Juni gab das Officierskorps desselben General Legrand und mir ein Festmahl, wobei es sehr munter zuging.

Bei Behändigung des Kreuzes der Ehrenlegion hatte mir der Marschall gesagt, er werde dem Kaiser bei erster Gelegenheit das Officierskreuz für mich verlangen und schrieb dieß auch dem Großherzog.[2])

---

1) Beilage 3.
2) Beilage 4.

In unserm Hauptquartier ergaben sich verschiedene Veränderungen; General Becker nahm den Abschied und an seine Stelle als Chef des Generalstabs trat General Fririon; mehrere Adjutanten wurden zu Obersten und Regimentskommandanten ernannt und ihre Stellen durch andere besetzt, so unter anderen durch den Kapitän Marbot, bisher Adjutant des zu Kaiser-Ebersdorf seinen Wunden erlegenen Marschalls Lannes.

Den 29. Juni erhielt ich Urlaub nach Wien, um den kranken General von Harrant zu besuchen und Abschied von General Becker zu nehmen. Den 30., während ich eben bei diesem weilte, hörte man fernen Kanonendonner. General Becker sagte mir, man werde über die Donau gehen. Ich eilte also den 1. Juli am frühesten Morgen nach der Lobau zurück und traf den Marschall schon jenseits der Donau auf demselben Fleck, wo der frühere Uebergang stattgefunden hatte; übrigens war es nur ein Scheinangriff und es geschah weiter Nichts, als daß daselbst sehr eifrig an einer stehenden Brücke und einem Brückenkopf gearbeitet wurde. Die bei der Expedition nach Steiermark und Ungarn verwendet gewesenen badischen Truppen fand ich auf der Lobau und der Division Legrand zugetheilt; Oberst von Neuenstein kommandirte an Stelle des Generals von Harrant.

Den 2. stieg der Marschall schon 3 Uhr Morgens zu Pferd. Der Kaiser kam, wie Tags zuvor, und ich sah ihn in seinem grauen Ueberrock, trotz des heftigen Feuers, von einem Baum zum andern gehen, um die Stellung des Feindes zu beobachten, von dem uns nur ein schmaler Arm der Donau trennte.

Den 3. hatte der Marschall bei einer abermaligen Rekognoscirung mit dem Kaiser das Mißgeschick zu stürzen und sich dabei den Fuß so zu zerquetschen, daß er längere Zit nicht zu Pferd steigen konnte. Im Laufe des 4. trafen der Prinz Eugen mit der italienischen Armee und Bernadotte mit den Sachsen auf der Insel ein, und nun begann das große Drama der Schlacht von Wagram.

Um 10 Uhr Nachts setzte sich der Marschall in den Wagen, wir Adjutanten ritten neben her. Unter dem Schutz der sämmtlichen Batterien der Lobau erfolgte das Debouchiren an verschiedenen Punkten. Unser Korps ging zuerst über; man hatte alle Vorkehrungen so vortrefflich eingeleitet, daß sich nirgends ein Anstand ergab. Das Geschützfeuer war fürchterlich, in den Donner von 109 Kanonen, die von den Inseln aus ihr Feuer theils auf die Verschanzungen der Oesterreicher, welche sie zwischen hier und Enzersdorf aufgeworfen, theils auf ihre vorgeschobenen Truppen richteten, mischte sich ein heftiges Gewitter unter Sturm und Regenströmen. Durch dieses schreckliche Getöse, während einer stockfinstern Nacht, glaubte man sich wahrhaft in die Hölle versetzt. Der Uebergang, den der Kaiser dieses Mal auf der östlichen Seite der Lobau unterhalb Enzersdorf bewerkstelligte, wodurch die Verschanzungen des Erzherzogs umgangen wurden, dauerte die ganze Nacht ununterbrochen fort. Da das Feuer der großen Batterie nachließ, schickte mich der Marschall mit dem Befehl dahin, es zu beschleunigen. Als ich die Batterie erreichte, graute kaum der Tag, 4 Kompagnien des badischen Leibregiments waren der Artillerie zugetheilt, um die Geschütze bedienen zu helfen. Major von Brandt, der sie kommandirte, hatte schon großen Verlust durch die österreichischen Jäger erlitten, welche, jenseits der Donau sehr gut gedeckt, unsere Artilleristen beschossen, ohne daß man im Stande war, ihnen zu schaden.

Unser Armeekorps hatte mittlerweile die Donau passirt. Die Truppen stellten sich in tiefen Kolonnen auf und beständig defilirten neue Korps über die vier Brücken. Auf das schreckliche Wetter der Nacht war ein herrlicher Tag gefolgt. Enzersdorf, das in hellen Flammen stand, wurde nun angegriffen und schnell erobert. Die Armee fing an sich immer mehr zu entwickeln und breitete sich von der Donau bis Neusiedl aus; unser Korps, den linken Flügel bildend, marschirte gegen Eßlingen und Neue-Wirthshaus. Der Marschall folgte im Wagen, war sehr ungeduldig und verschickte seine Adjutanten jeden Augenblick. Bald hatten wir die Befestigungen von Aspern umgangen und genommen. Die Divisionen Molitor und Carra-Saint-Cyr rückten gegen Breitenlee, die Division Legrand gegen Süßenbrunn vor, fortwährend im stärksten feindlichen Kanonenfeuer. Hier ereignete sich ein an und für sich unerheblicher, aber ganz eigenthümlicher Zufall. Oberst von Neuenstein führte die badische Brigade zu Fuß und ließ sein Pferd nachführen; nun kam eine Kanonenkugel geflogen, traf die Pistolenholfter am Sattel, schleuderte die darin befindliche Pistole in die Höhe und machte sie in der Luft losgehen.

Der Tag neigte sich zu Ende, ohne daß er eine Hauptentscheidung gebracht hätte. Der Angriff des französischen Centrums spät Abends auf den österreichischen linken Flügel, zwischen Markgrafen-Neusiedl und Wagram, war an dem energischen Widerstand der Oesterreicher vollständig gescheitert, wobei die Sachsen, wegen ihren weißen Uniformen von den Franzosen für Feinde angesehen, großen Verlust erlitten, und der sächsische General Lecoq eine Wunde erhielt. Der Marschall brachte die Nacht in Breitenlee, der Kaiser rechts von uns zwischen Raasdorf und Großhöfen inmitten seiner Garde zu.

Den 6. Juli erneuerte sich die Schlacht mit Tagesanbruch. Der Kaiser durchritt die ganze Linie seiner Armee, sie zum Kampfe ermunternd. Man sah bei Stamersdorf am feindlichen rechten Flügel starke Kolonnen sich gegen unsere Linke in Bewegung setzen, deren Bajonetspitzen in der Sonne glänzten. Gegen 8 Uhr trafen wir die Sachsen; nun ließ der Marschall die Division Carra-Saint-Cyr zum Angriff von Aderklaa schreiten, der aber mißlang; die Sachsen wurden ebenfalls zurückgeworfen und zerstreuten sich. Der Kaiser eilte herbei, stieg einen Augenblick zum Marschall in den Wagen und ertheilte ihm den Auftrag, den österreichischen rechten Flügel, der immer stärker vorwärts drängte, zurück zu werfen. Unter einem furchtbaren Kanonenfeuer nahm nun unser Korps die Richtung auf Aspern, welches die Division Boudet besetzt hielt. Der Wagen des Marschalls diente der österreichischen Artillerie förmlich zur Zielscheibe, dabei wurden drei seiner Adjutanten, Oberst St. Croix, Kapitän Barein und Cavalier verwundet, dem badischen Hauptmann von Freydorf der reitenden Artillerie ein Bein zerschossen.

Inzwischen vermochte Nichts die Fortschritte des österreichischen rechten Flügels unter Klenau aufzuhalten. Gezwungen dem Feinde Aspern zu überlassen, wurde die Division Boudet zuletzt mit Verlust von 8 Geschützen über Eßlingen bis in den Brückenkopf der Lobau zurückgeworfen. In diesem Augenblick schickte mich der Marschall zum Kaiser, um ihm von der höchst kritischen Lage des 4. Korps Meldung zu machen. Ich traf ihn mitten im heftigsten Kanonenfeuer bei der Division Lamarque vom Korps Macdonald. Nachdem ich ihm meine Meldung erstattet, frug er Berthier, wie viel Uhr es sei. Dieser erwiederte: „Zwölf Uhr, Sire“, worauf der Kaiser folgende Worte an mich richtete: „Allez dire au Maréchal, que la bataille est gagnée, parceque l'Archiduc Jean n'a pas encore paru.[1]) Ich eilte mit dieser Antwort zum Marschall zurück, der große Augen machte und mich anfuhr, wie ich so Etwas sagen könne, worauf ich ihm wiederholt bemerkte, nicht ich sei es, sondern der Kaiser, der das gesagt habe. Uebrigens kann ich nicht läugnen, daß ich bei meiner Zurückkunft das 4. Korps nicht in der besten Lage fand, ja daß Alles mehr einer verlorenen als einer gewonnenen Schlacht glich. Die

---

1) „Dieß ist“ bemerkt der Markgraf im Manuskript zu dieser Stelle „buchstäblich, was der Kaiser zu mir sagte, und ganz irrig, wenn ihm Pelet Bd. IV., S. 221, die Worte in den Mund legt: „Courez dire à Masséna qu'il attaque et que la bataille est gagnée sur tous les points.“ Diese Berichtigung dünkt uns von großer historischer Bedeutung in so fern daraus hervorgeht, daß beide Feldherren das Erscheinen oder Nichterscheinen des Erzherzogs Johann auf dem Kampfplatz als den entscheidenden Moment der Schlacht betrachteten und es gewinnt somit die von österreichischen Stimmen erhobene Beschuldigung eines folgenreichen Versäumnisses von Seiten des Erzherzogs Johann dadurch eine neue Stütze.

Ebene war bedeckt mit Verwundeten und Fliehenden, sowie mit zurückjagenden Geschütz- und Munitionswagen.

Demungeachtet ging die Vorhersagung des Kaisers ihrer raschen Erfüllung entgegen. Die große Batterie des Generals Lauriston von hundert Geschützen, welche Napoleon dicht vor dem österreichischen Centrum auffahren ließ und der gleich darauf folgende Hauptangriff Macdonalds führten den Gewinn der Schlacht herbei, welche bis Abends mit wechselndem Erfolg und gleicher Tapferkeit von beiden Seiten geschlagen wurde. Die österreichische Armee zog sich in guter Ordnung auf den Straßen von Znaym und Nikolsburg zurück, die französische lagerte die Nacht zwischen Florisdorf und Schönkirchen, der Marschall brachte dieselbe in Leopoldsau zu, wo diesen Tag General Lasalle, ein ausgezeichneter Kavallerieofficier, geblieben.

Ich fühlte mich gänzlich erschöpft von dem vielen Reiten bei großer Hitze, sowie durch die anhaltende Entbehrung des Schlafes und der Nahrung. Dazu kam noch, daß ich gestern während einer längern Unterredung zwischen dem Marschall und Bernadotte vom Pferde gestiegen und vor Uebermüdung eingeschlafen war und so den Sonnenstich auf die linke Wange bekommen hatte, was mir keine geringen Schmerzen verursachte. Bei einer meiner Verschickungen begegnete ich den beiden Adjutanten des Kaisers von Rußland, den Majoren Tschernitscheff — später Kriegsminister — und Ozorofski auf dem Schlachtfelde, welche sich bei mir über die Lage der Dinge eifrigst erkundigten.

Der Marschall, der den Hauptheil der österreichischen Armee auf der Straße nach Stockerau verfolgte, brach den 7. um 8 Uhr Morgens nach Jedlersee auf, wo er in einem ausgeplünderten Hause das Hauptquartier aufschlug, Abends aber noch bis Korneuburg vorging, welches sogleich angegriffen wurde. Hier verdiente sich Oberstlieutenant von Franken das Officierskreuz der Ehrenlegion, indem er durch die Zimmerleute des Leibregiments das fest verrammelte Thor einhauen ließ und den badischen Jägern die Möglichkeit verschaffte in den Ort einzudringen und einige hundert Gefangene zu machen[1]). Den 8. Juli marschirten wir

1) Obgleich in der Regimentsgeschichte des Leibinfanterieregiments und Jägerbataillons übereinstimmend angegeben wird, daß letzteres Bataillon, unterstützt von einigen Voltigeur- und Füsilierkompagnien der übrigen badischen Regimenter Korneuburg erstürmte und die Oesterreicher zu Gefangenen machte, und obschon Oberstlieutenant von Franken dafür das Officierskreuz der Ehrenlegion vom Kaiser erhielt, überträgt Pelet nichtsdestoweniger die Ehre dieser Waffenthat ohne Weiteres auf das französische 26. Infanterieregiment und erwähnt der Badener mit keiner Silbe.

nach Stockerau, wobei der Marschall zum ersten Mal wieder zu Pferd stieg.

Den 9. gegen Mittag setzte sich das Korps von Neuem in Bewegung. Beim Schlosse Schönborn kam uns der österreichische General Weißenwolf als Parlamentär entgegen, um Pässe für den Fürsten von Lichtenstein zu begehren. Wir nahmen Hollabrunn nach einem blutigen Gefecht, wobei sich die badischen Truppen abermals rühmlich auszeichneten.

Am 10. trafen wir den Feind abermals in einer starken Stellung bei Schöngrabern, die er aber bald verließ, weil sie durch das Vorrücken des Marschalls Marmont von Laa her im Rücken bedroht wurde. Bei Guntersdorf kam es zu einem neuen Kampf, wobei wir dem Feinde viele Gefangene abnahmen.[1]) Hier sahen wir den Fürsten von Lichtenstein, der sich zu Napoleon in das kaiserliche Hauptquartier begab.

Von Guntersdorf setzten wir uns den 11. sehr frühe in Bewegung und erreichten gegen 10 Uhr bei ganz abscheulichem Wetter die Thaya, auf deren jenseitigen Höhen der Feind eine starke Stellung inne hatte und Kloster Bruck und Znaym vor seiner Fronte festhielt. Der Marschall ließ das 18. und 26. Regiment nebst der badischen Brigade zum Angriff schreiten. Es dauerte nicht lange, so war die Brücke über die Thaya genommen und Kloster Bruck erobert; zu gleicher Zeit hörten wir die Kanonade von dem Angriff, welchen der Kaiser mit dem 11. Korps auf unserer rechten Flanke unternahm. Inzwischen ließ Erzherzog Karl die uns gegenüberstehenden Truppen ansehnlich verstärken und zwang die Division Legrand sich wieder zurückzuziehen. Der Marschall, der sich heute des schlechten Wetters wegen wieder in seinen Wagen gesetzt, wollte gegen die Brücke

---

1) Bei Gelegenheit des sehr hartnäckigen Gefechts von Guntersdorf bemerkt Pelet, daß alle Dispositionen des Erzherzogs Karl, während des Rückzugs vom Schlachtfelde von Wagram bis Znaym mit großer Umsicht und Geschick getroffen, und mit einer bewunderungswürdigen Ruhe und Ordnung ausgeführt wurden. Diese Haltung des österreichischen Heeres beweist mehr als alles Andere, daß die Schlacht von Wagram nicht völlig ausgefochten, sondern vom Erzherzog abgebrochen worden war, als er sich durch die große Uebermacht und geschickten Manöver seines Gegners im Nachtheil und den Erzherzog Johann ausbleiben sah. Das französische Heer war von dem zweitägigen Riesenkampf am 5. und 6. bei drückender Hitze, ohne Lebensmittelaustheilungen so erschöpft, — man sah viele Officiere und Soldaten bewußtlos oder unter konvulsivischen Zuckungen niederstürzen, — daß die Verfolgung der Oesterreicher nicht sogleich vom Schlachtfelde aus, sondern erst den folgenden Tag begann, daß der Kaiser in der Frühe des 7. über die Rückzugsrichtung des Erzherzogs vollständig in Ungewißheit, selbst am Abend noch nicht bestimmt wußte, ob er mit seiner Hauptmacht auf der Straße von Znaym oder Nikolsburg marschire.

vorfahren, als eine Kanonenkugel das Kissen des Bocks, auf dem sein kleiner, aus dem preußischen Feldzug mitgebrachter Diener saß, erfaßte und weit weg schleuderte, ohne letztern zu beschädigen. In diesem Augenblick geschah ein neuer Angriff des Feindes; einige Kompagnien des 18. Regiments zur Vertheidigung von Schallersdorf bestimmt, hatten sich zum Schutz gegen den Regen in das Trockene begeben, wodurch es einem österreichischen Grenadierbataillon möglich wurde ungehindert die Brücke zu passiren, in Schallersdorf einzudringen und dort die Generale Fririon, Stabenrath und Lazouski zu Gefangenen zu machen. Der Marschall ließ seinen Wagen schnell umwenden und General Berkheim durch mich den Befehl geben, mit seiner Kürassierbrigade augenblicklich vorzurücken und das feindliche Bataillon anzugreifen. Dieses geschah, die Attake konnte aber wegen des durch den Regen aufgeweichten Bodens nur im Trabe ausgeführt werden. Ich ritt während derselben am linken Flügel, eine Kanonenkugel nahm dem Kürassier unmittelbar neben mir den Kopf, so daß mir das Gehirn in das Gesicht spritzte. Da kein Gewehr losging, hatten die Kürassiere leichtes Spiel; sie überritten das Bataillon, nahmen, was nicht niedergehauen oder zertreten wurde, gefangen und drangen bis gegen Znaym vor. Gleichzeitig erschien die Division Carra-Saint-Cyr, mit deren Unterstützung es gelang, das Gefecht wieder vortheilhaft herzustellen und schon befand sich unsere ganze Linie im Vorrücken, als plötzlich die überraschende Nachricht von dem zwischen beiden Armeen abgeschlossenen Waffenstillstand eintraf. Der Marschall befahl mir die im Feuer befindlichen Truppen davon zu benachrichtigen und dasselbe einstellen zu lassen. Kaum war ich einige Schritte weggeritten, rief er mich wieder zurück, gab Kapitän Marbot diesen Auftrag und schickte mich mit einem andern in das Hauptquartier des Kaisers. Eine Kugel verwundete Marbot bei Vollziehung dieses Befehls, — wohl der letzte Schuß, der in diesem Feldzug fiel.

Da die Räumung des Bezirks von Znaym eine der Bedingungen des Waffenstillstandes war, so wurde ich nebst Pelet zu dem Fürsten Reuß dahin gesandt, um dessen Abzug zu beschleunigen. Sein Armeekorps stand hinter dem Ort aufmarschirt und ich staunte, hier noch eine so zahlreiche Kavallerie zu finden, während die französische leichte Kavallerie derart zusammengeschmolzen war, daß die Kürassiere Vorpostendienste versehen mußten. Von da ritt ich in das zwei Stunden entfernte kaiserliche Hauptquartier zum Marschall, mit welchem ich Mittags nach Znaym zurückkehrte, das unterdessen von den Oesterreichern geräumt worden. Mein Quartier bekam ich bei einem quiescirten Hauptmann Tempis und es that mir unbeschreiblich wohl, wieder ein Mal die Annehmlichkeiten des gewöhnlichen Lebens genießen zu können, die man erst dann recht schätzen lernt, wenn man sie anhaltend entbehrte. Seit lange hatte ich keine Uhr mehr schlagen hören, hatte mich nicht ausgekleidet, in keinem Bett geschlafen, selten eine ordentlich zubereitete Kost genossen. Wie schmeckte mir das Alles nun so herrlich!

Die Tage während des Waffenstillstandes verflossen ziemlich gleichförmig. Um 10 Uhr wurde im Quartier des Marschalls gefrühstückt, um 5 Uhr Abends gespeist, die übrige Zeit verbrachten wir mit Spazierritten und Jagen. Die badischen Truppen standen im Lager bei Hosterlitz nur einige Stunden von Znaym entfernt. Ich machte den 10. August einen Ausflug dahin, traf General von Harrant wieder hergestellt und lernte zugleich den Hauptmann von Kalenberg kennen, der kurz vor Beginn des Feldzugs aus preußischen Diensten in badische getreten war; auch erfuhr ich hier das Nähere über den Tod unseres braven und tüchtigen Majors von Killinger, welcher vor Raab bei Visitation der Vorposten durch ein unglückliches Mißverständniß von einer badischen Vedette erschossen worden.

Den 11. August schickte mich der Chef des Generalstabs General Fririon mit Briefen an den Marschall nach Wien. Dieser befahl mir, bei ihm zu bleiben und gab mir den Rath, mich öfters in Schönbrunn den Augen des Kaisers zu zeigen. Während dieses Wiener Aufenthaltes führte mich der badische Geheimerath Oehl — Marschkommissär im kaiserlichen Hauptquartier — bei Staatsrath Bignon, den beiden Ministern Maret und Champigny und General Andreossy, Gouverneur von Wien, ein. Diese Herren luden mich öfters zu Tisch, wo ich Gelegenheit fand, wieder andere interessante Bekanntschaften zu machen, so die vom Generalintendanten Daru, von Laborde, Mathieu Dumas und Denon, der vom Kaiser beauftragt war, eine Auswahl der bedeutendsten Wiener Kunstschätze zur Verbringung nach Paris einpacken zu lassen.

Den 15. August gab das Namensfest des Kaisers Anlaß zu einer Reihe prunkender Feierlichkeiten, welche mit einer großen Parade in Schönbrunn begann. Hierauf fand eine glänzende Cour statt, dann kehrten wir nach Wien zurück. Um 2 Uhr begleitete ich den Marschall zum Vicekönig von Italien, dann zu dem in der Stephanskirche celebrirten feierlichen Gottesdienst; die Festlichkeiten beschloß eine Illumination und ein Feuerwerk. Marschall Massena, bisher Herzog von Rivoli, erhielt den Titel Prinz von Eßlingen, mit einer sehr ansehnlichen Dotation.

Bei meinen fast täglichen Besuchen in Schönbrunn redete mich der Kaiser, so oft er mich sah, sehr freundlich an; auch vom Marschall empfing ich fortwährende Beweise der Zufriedenheit und seines besonderen Wohlwollens.[1])

Mit dem Minister von Andlaw, der zur Vertretung der badischen Interessen bei den bevorstehenden Friedensverhandlungen zu Altenburg von Karlsruhe kam, und dem badischen Geschäftsträger Oberst von Rosenfels unternahm ich mehrere Ausflüge in die reizenden Umgebungen von Wien. Der interessanteste war der am 15. September nach Preßburg, Neusiedl, Esterhazy, über Oedenburg nach Wien zurück.

Dem Marschall, welcher am 20. September von Wien nach Znaym ging, folgte ich den andern Tag dahin nach. Die Friedensunterhandlungen zu Altenburg gingen nur langsam von statten, da der österreichische Kaiserhof durch die Landung der Engländer auf Walchern neue Hoffnungen schöpfte. Um nun auf alle Fälle gerüstet zu sein, ertheilte der Kaiser dem Marschall Befehl, Alles so in Stand zu setzen, um auf den ersten Wink in Böhmen einzufallen. Es folgten nun Truppeninspektionen auf Truppeninspektionen. Nebenbei suchte man sich die Zeit, so gut es ging, zu vertreiben. Abends versammelten wir Adjutanten uns gewöhnlich bei einem Glas Punsch, den bald der eine, bald der andere zum Besten gab. Dabei würzte besonders Kapitän Marbot die Unterhaltung durch seine Gesprächigkeit und witzige Laune.

Von Tag zu Tag erwartete man den Kaiser zu einer Revue über unser Armeekorps. Indessen überraschte uns plötzlich die Nachricht, der Friede sei am 14. Oktober in Schönbrunn geschlossen worden und die Revue unterblieb.[2]) Der Marschall verließ sogleich Znaym und ich kehrte mit ihm nach Wien zurück. Hier gab er mir neue Beweise seiner Zuneigung, indem er mir davon sprach, in französische Dienste zu treten; hiezu hatte ich jedoch keine Lust. Staatsrath Bignon, der mich viel zu sich einlud, sagte mir, der Kaiser wolle mir eines der neu zu errichtenden illyrischen Regimenter verleihen, wenn ich es wünsche, aber auch dieses stimmte nicht mit meinen Neigungen.

Der Kaiser reiste über München, wo er die Nachricht von der Ratifikation des Friedens erhielt, nach Frankreich zurück. Der Marschall, welcher das Kommando über die zur Eroberung von Portugal bestimmte Armee

---

1) Beilage 5.

2) Napoleons Schreiben an den Großherzog Karl Friedrich mit der Nachricht vom geschlossenen Frieden, ddo. Schönbrunn 14. Oktober unter Beilage 6.

übernehmen sollte, schickte sich an ihm zu folgen. Den 26. Oktober Mittags nahm ich Abschied von ihm. Er entließ mich sehr herzlich, gab mir noch verschiedene gute Regeln mit auf den Weg, unter andern die ächt napoleonische: „Souvenez-vous toujours, mon chèr Comte, qu'il n'y a rien d'impossible!“ und fügte bei, er würde mich bald in Karlsruhe sehen; zugleich stellte er mir eine sehr ehrenvolle Ausfertigung über meine in diesem Feldzug geleisteten Dienste zu.[1])

Ich reiste nun auch für meine Person am nämlichen Tage von Wien ab und kehrte über München, Augsburg und Stuttgart in die Heimath zurück.

1) Beilage 7.

Der Feldzug von 1812.

Erster Abschnitt.

Der Markgraf Befehlshaber der ausmarschirenden badischen Truppen. — Deren Zusammensetzung und Stärke. — Marsch bis Kassel. — Mehrtägiger Aufenthalt des Markgrafen am westphälischen Hofe. — Kommandant auf Rügen. — Blutige Raufereien zwischen den französischen Garden und badischen Soldaten in Stettin. — Einrücken der badischen Brigade in das 9. französische Armeekorps bei Tilsit. — Dessen Zusammensetzung und Stärke.

Das innige Verhältniß, in welches seit dem Tilsiter Frieden Rußland und Frankreich zu einander getreten waren, hatte sich mehr und mehr getrübt und immer näher rückte das verhängnißvolle Drama heran, welches das Jahr 1812 ewig denkwürdig in der Weltgeschichte macht. Napoleon setzte von allen Seiten her große Truppenmassen nach dem Norden in Bewegung und auch bei uns begannen die Rüstungen. Den 7. Februar ließ mir Großherzog Karl eröffnen, daß er mir das Kommando der ausmarschirenden Truppen bestimmt habe, — eine Auszeichnung, die mich nicht wenig überraschte, denn noch nicht zwanzig Jahre alt, fühlte ich nur zu sehr, wie Vieles mir noch fehlte, um dem in mich gesetzten Vertrauen zu entsprechen. Meine Ernennung erfolgte des andern Tags; beigegeben wurden mir Generalmajor Lingg, Oberstlieutenant von Grolmann als Chef des Generalstabs, Kapitän von Kalenberg und Lieutenant Fischer als Adjutanten, Lieutenant von Strauß als Ordonnanzofficier.

Die unterstellten Truppentheile waren: das Leibregiment Nr. 1 — 2 Bat. — mein Regiment Nr. 3 — 2 Bat. — das leichte Infanterie=

bataillon Lingg, das Husarenregiment von Geusau — 4 Esk. — 4 reitende und 4 Fußgeschütze. Ferner wurde das schon seit 1811 nach Danzig ausmarschirte 2. Infanterieregiment nebst den ihm beigegebenen zwei Geschützen an mich angewiesen; die Gesammtstärke betrug 7666 Mann. Weil ich mein Kommando erst den Tag vor dem Ausmarsch zu übernehmen hatte, so konnte ich keine Specialmusterungen mehr vornehmen und daher nicht für die so nothwendige Ergänzung der noch sehr mangelhaften Ausrüstung der Brigade in Zeiten sorgen.

Nach einem eingetroffenen Befehl des Prinzen von Neufchatel sollte ich den 16. Februar mit derselben in einer Kolonne abmarschiren, was aber nicht thunlich war; es wurden daher zwei Kolonnen formirt, von denen die erste, bestehend aus meinem Regiment und dem leichten Infanteriebataillon unter Oberst Brückner von Mannheim, und ich mit dem Leibregiment, dem Husarenregiment und den acht Geschützen von Karlsruhe aus den Marsch antraten. Ueber Bruchsal, Heidelberg und Heppenheim erreichte ich mit meiner Kolonne den 19. Februar Darmstadt, wo ich sie vor dem Großherzog von Hessen an dem Schlosse vorbei defiliren ließ. Ich speiste hierauf nebst einigen meiner Officiere bei Hofe und besuchte Abends die Oper, wo uns zu Ehren die Vestalin gegeben wurde. Des andern Tags fuhr ich den Truppen nach Frankfurt voraus, wo ich die Bekanntschaft des Generals Dändels, meines künftigen Divisionärs machte. Von hier wurde der Marsch bei sehr schlechtem Wetter über Friedberg, Gießen, Marburg, Gemünden an der Wohra und Wabern bis Kassel fortgesetzt, das wir den 27. erreichten. Der König und die Königin von Westphalen sahen dem Defiliren vom Balkon aus zu, während die auf dem Friedrichsplatz exerzirenden westphälischen Truppen gegen die unsrigen paradirten. Letztere wurden auf dem Lande einquartiert, wogegen ich Quartier in der Stadt erhielt, wo ich diesen Tag mit meinen Obersten bei dem Kriegsminister Comte de Hune zu Mittag speiste. Den folgenden Tag wurde ich Jerome beim Lever vorgestellt, worauf er mich einlud einige Tage in Kassel zu bleiben und an den bevorstehenden militärischen Festen Antheil zu nehmen. Er bewohnte, da das Schloß kurz zuvor abgebrannt war, das Palais Bellevue. Abends aß ich bei einem alten Bekannten Oberkammerherrn Landgrafen von Hessen-Philippsthal, welcher sich kurz zuvor mit einer Prinzessin von Hessen-Philippsthal vermählt hatte. Diese sehr schöne und liebenswürdige Dame war eine Tochter des bei der Einnahme von Frankfurt gebliebenen Landgrafen Karl, ihre Mutter in zweiter Ehe mit einem Grafen Wimpffen verheirathet. Den dritten Tag meines Aufenthaltes widmete ich den Merkwürdigkeiten der Stadt, wobei mich ganz besonders im königlichen Marstalle das von Jerome dem Oberstallmeister Grafen Mario errichtete Monument interessirte, den ein französischer wegen übeln Betragens aus dem Dienste entlassener Schmidt meuchlings erschossen hatte.

Den 1. März wohnte ich der feierlichen Verleihung neuer Fahnen bei, welche die Gardegrenadiere, die Garde-Chasseurs und die Chasseurs-Carabiniers für die beim Schloßbrande verlorenen frühern Fahnen erhielten. Außer den genannten Truppentheilen standen noch das 2. und 6. Linien-, das 1. leichte Infanterieregiment, das 1. und 2. Kürassier-, das Garde du Corps-, das Garde-Chevauxleger-Regiment und 14 bespannte Geschütze, im Ganzen 10 Bataillone, 16½ Eskadrone in der Parade. Die Königin befand sich während diesem militärischen Schauspiel mit dem Hofe unter einem Jagdschirm vor dem Orangeriepallast, der König umgeben von seinen Adjutanten seitwärts auf einer Estrade. Nach der Einsegnung der Fahnen durch seinen Beichtvater hielt der König eine Anrede an die Truppen, worauf diese nach erfolgter Uebergabe in sehr schöner Haltung defilirten. Bei dem nun folgenden Dejeuner kam ich neben die Königin zu sitzen. Später mußte ich mit dem König nach Napoleonshöhe reiten, wohin die Königin mit vielen Damen folgte; im Rückweg schoß Jerome einige Mal mit Pistolen auf zahme Schweine, was mir als ein sehr seltsamer Zeitvertreib für einen König erschien. Abends mußte ich wieder bei Hof speisen, es waren aber nur Damen bei der Tafel; hierauf fand großer Cercle statt, bei welchem Anlaß ich manche interessante Bekanntschaften machte. Den folgenden Tag ritt ich mit dem König zur Revue seiner Garden, — eine ausgezeichnet schöne Truppe — und eines Parks von 28 bespannten Kanonen, welchen General Alix vorführte.

Da es mich drängte, den mir anvertrauten Truppen wieder nachzukommen, nahm ich nach eingenommenem Dejeuner bei Hofe Abschied bei dem König, der sich überaus verbindlich und zuvorkommend gegen mich bezeigte und die Hoffnung äußerte, mich bei dem bevorstehenden Feldzuge unter seinem Kommando zu sehen, indem er beifügte, er werde es dem Kaiser rühmen, wie sehr er mit mir und unsern Truppen zufrieden gewesen sei.

Der westphälische Hof machte auf mich einen ganz eigenthümlichen Eindruck; man sah an demselben neben einer großen Zahl angestellter Franzosen, eine Menge Glücksritter aus aller Herren Länder; am meisten fiel mir auf, daß so viele Personen aus den ältesten Geschlechtern Deutschlands sich an Jerome herandrängten und um seine Gunst und Anstellungen buhlten.

In Seesen, wo ich unsere Truppen wieder einholte, fand ich ein Schreiben vom Generalstabschef des Marschalls Davoust General Romeuf mit der Weisung, nicht nach Magdeburg, wie ursprünglich befohlen war, sondern nach Rostock zu marschiren. Ich eilte daher nach Braunschweig voraus, um daselbst die neue Marschroute entwerfen zu lassen, traf hierauf den 6. März in Königslutter, und den 8. in Klötze ein, von wo ich mich nach Vollnitz zur Besichtigung des Husarenregiments begab. Den 10. März passirte die erste Kolonne bei Dömitz die Elbe, während die zweite Rasttag hielt; andern Tags musterte ich das 1. Regiment bei Lübow und übernachtete in Dannenberg; den 12. folgte die zweite Kolonne der ersten über die Elbe. Tags darauf speiste ich zu Ludwigslust beim Herzog von Mecklenburg-Schwerin, welcher mir Wagen und Pferde nach Grabow entgegen geschickt hatte. Den 14. nahm ich in Parchim, den 16. in Goldberg, den 17. in Güstrow mein Nachtquartier. Zufolge eines eingetroffenen Befehls des Marschalls Davoust mußte von hier aus mein Regiment nach Stettin abgehen, ich selbst mit den übrigen Truppen nach Stralsund marschiren, wo ich den 21. über Rostock, Ribnitz und Barth eintraf.

Hier in Stralsund fand ich General Dändels, zu dessen Division meine Brigade gehörte. Den 27. erhielt ich Befehl das leichte Infanteriebataillon ebenfalls nach Stettin zu entsenden, wo mein Regiment schon eingetroffen, ein Bataillon desselben aber als Besatzung nach Küstrin verlegt worden war. Es verblieben mir daher in Stralsund nur noch das Leibinfanterie- und Husarenregiment nebst der Artillerie.

Da die Division Friand vom 1. Korps unter Davoust noch vollständig in Schwedisch-Pommern stand, so hegte ich die Hoffnung demnächst mit diesem vorwärts marschiren zu dürfen, meine Bemühungen beim Marschall blieben indessen fruchtlos, woran der noch sehr mangelhafte Zustand der zu unserer Division gehörigen bergischen Brigade viel Schuld gewesen sein mag.

Bei meiner Ankunft in Stralsund erfuhr ich, daß der französische Gouverneur General Morand achtundzwanzig Kisten mit werthvollen Effekten, welche die schwedische Regierung als Privateigenthum der vertriebenen Königsfamilie ausgeliefert, mit Beschlag belegt hatte. Ich erhob sogleich Einsprache und schrieb darüber sowohl dem Großherzog, als dessen Schwester der Königin Friederike von Schweden. Letztere schickte mir hierauf durch einen vertrauten Diener eine Vollmacht und es gelang mir, nicht ohne mancherlei Schwierigkeiten, die Auslieferung der Effekten durchzusetzen und der Königin zum Wiederbesitz zu verhelfen, indem ich die Kisten unter Bedeckung einiger felduntauglich gewordenen Soldaten nach Karlsruhe transportiren ließ.

Den 29. März erhielt ich den Befehl, die großherzoglich bergischen Truppen, welche die Insel Rügen besetzt hielten, zu inspiciren. Mit dieser Musterung verband ich eine Rekognoscirung aller Landungsplätze der Insel, wo die Engländer oder Schweden hätten Etwas unternehmen können und erstattete hierüber einen ausführlichen Bericht, welcher Marschall Davoust vorgelegt wurde. Ende März zog sich das 1. französische Korps von der Oder nach der Weichsel; Davoust, der jedoch das Kommando aller deutschen Küsten der Ost- und Nordsee vor der Hand noch behielt, ließ die Division Dändels zur Beschützung des Strichs zwischen der Oder- und Travemündung zurück; an die Division Dändels schloß sich westlich die Division der kleinern deutschen Fürsten unter General Dürütte an. Den 4. April wurde ich angewiesen mein Quartier nach Greifswalde zu verlegen; General Lingg erhielt das Kommando über die drei in Stettin stehenden badischen Bataillone; ich wurde den 25. April zum Kommandanten von Rügen ernannt und mir zu dem Ende außer dem Leibregiment, 2 Eskadronen Husaren und der halben reitenden Batterie, ein bergisches Bataillon mit 2 Geschützen zugetheilt. Meiner Instruktion gemäß sollte die Küste auf das strengste bewacht, Kontrebande und jede Gemeinschaft mit dem Feinde durch den Tod bestraft werden; kein Schiff durfte auslaufen, welches nicht einen vom Kaiser Napoleon eigenhändig unterschriebenen Paß aufzuweisen hatte; sogar der Fischfang in der See war verboten; auf den Landungsplatz Pert sollte ein Hauptaugenmerk gerichtet werden. Zu dem Bau der großen Verschanzung bei der Klewitzer Fähre mußte ganz Schwedisch-Pommern Arbeiter stellen. Meine Vorposten standen längs der Küste, den größeren Theil der Truppen hielt ich aber bei Bergen koncentrirt, um sie von hier schnell an jeden bedrohten Punkt werfen zu können. Fanale waren zu Arkona, bei Brege in der Batterie zwischen Ruskewitz und Swenk, zwischen Zirkow und Beierwitz, zwischen Sultitz und Lanken, auf dem Pert und auf dem Vorgebirge Thiessow errichtet.

Die bunt zusammengesetzten Massen des französischen Heeres, welche sich allmählig der russischen Grenze näherten, begannen mit Anfang Mai sich auf die gewöhnliche Weise in verschiedene Armeekorps zu bilden, zu deren Kommando der Kaiser selbst aus dem Innern von Spanien Marschälle herbeizog. So erhielt nun Marschall Davoust, der bisher das Kommando über mehr als 100,000 Mann und alle deutschen Seeküsten gehabt hatte, das eines Armeekorps von gewöhnlicher Größe — des 1. Korps — und mußte die starke Division Dändels an das 9. Korps — unter Marschall Victor, Herzog von Belluno — abgeben, welches sich aus zum Theil noch weit entfernten Truppenabtheilungen formiren sollte. Beim badischen Korps erfuhr man dieß Alles nie offiziell, sondern nur diskursive und mittelbar durch Schemas von Stärkerapporten, die vom General Dändels und dem Gouverneur von Stettin im Namen des Herzogs von Belluno einverlangt wurden.

Den 1. Mai erhielt ich Befehl Rügen zu verlassen und ebenfalls nach Stettin zu marschiren. Bei dem Ueberschiffen nach Stralsund sprangen mehrere Pferde in das Wasser und schwammen über den Arm der See, welcher die Insel von dem Festlande trennt. Den 2. war mein Quartier Greifswalde, den 3. Anklam, den 4. Ferdinandshof, den 5. Pasewalk. Das 2. Bataillon des Leibregiments wurde zur Besetzung von Peenemünde und der Inseln Usedom und Wollin detachirt; General Lingg, der das Kommando auf beiden Inseln erhielt, nahm sein Quartier in Swienemünde. Den 6. kam ich nach Löcknitz, eilte aber den Truppen nach Stettin voraus, um noch mit dem Gouverneur Divisionsgeneral Liebert und General Dändels Verschiedenes zu besprechen.

Das 2. Bataillon meines Regiments und das leichte Infanteriebataillon, welche ich bei meiner Ankunft in Stettin fand, blieben auf dem rechten Ufer der Oder in der Vorstadt Lastadie und in dem Fort Damm; die übrigen Abtheilungen der Brigade kamen nach ihrem Eintreffen in die Vorstädte auf dem linken Ufer. Zur Versehung des Ordonnanzdienstes bei Marschall Victor mußte ich einen Offizier mit 23 Husaren nach Berlin entsenden.

Lieutenant von Massenet brachte einen Transport von 2000 Stück neuen französischen Gewehren zum Austausch der vielen schlechten, womit unsere Infanterie ausmarschirt war. Dem 2. Infanterieregiment, welches unter Oberst von Böcklin schon seit einem Jahre in Danzig stand, nun aber, statt der gehofften Vereinigung mit mir, dem 1. Armeekorps zugetheilt worden, schickte ich seinen Antheil nach Strippau, wo es sich um diese Zeit befand. Am 24. Mai rückte Major Asbrand mit einem 700 Mann starken Ergänzungsbataillon bei mir ein. An eben diesem Tage kam es zwischen badischen und hessischen Soldaten und Soldaten der französischen Garde zu Raufereien, welche leicht die schwersten Folgen haben konnten. Der Streit begann in der Vorstadt Unterwik; von dem von badischer Infanterie besetzten Thore eilten Patrouillen herbei, um die Streitenden auseinander zu bringen; die Franzosen sahen dieses rein dienstliche Einschreiten als eine feindselige Demonstration an und riefen ihre Kameraden in der Stadt zu Hülfe; diese stürmten nun zu Hunderten bewaffnet aus den Thoren heraus und feuerten gegen die Patrouillen, so daß ein förmliches Tirailleurgefecht entstand. Ich eilte auf den ersten Lärm vor das Thor, nachdem ich meinen Leuten in der Stadt den strengsten Befehl gegeben hatte, ihre Quartiere nicht zu verlassen; gleichzeitig rief General Laborde seine Regimenter[1]) durch

---

1) General Laborde befehligte 4 Regimenter Tirailleure und 4 Regimenter Voltigeure der jungen Garde.

den Generalmarsch auf den Königsplatz innerhalb der Stadt und so wurde die Ruhe nach und nach wieder hergestellt, wozu die Mäßigung und Subordination unserer Leute Vieles beitrug. Graf Laborde bestrafte einige seiner Officiere und Unterofficiere, wobei ich mich um so mehr beruhigte, als ich voraussah, daß alle weitern Klagen und Reklamationen erfolglos bleiben würden. Auf die Nachricht des Abmarsches der Garden am 27. ließ ich Tags zuvor alle badischen Truppen zum Exerciren ausrücken und manövrirte bis es dunkel wurde und die Thore geschlossen waren. Nach dem Einrücken kamen einige Sergeant-Majors der Garde in die Lastadie, luden zur Versöhnung die Feldwebel meines Regimentes zu sich ein und bewirtheten sie auf das Freigebigste. Den 30. und 31. Mai besichtigte ich die Postirungen auf Wollin und Usedom und kehrte am 1. Juni über das Haff nach Stettin zurück.

Auf die von Napoleon in den vergangenen Monaten mit wenig Geräusch aber in großartigster Weise eingeleiteten Rüstungen folgten nun mit Anfang Juni die entsprechenden Bewegungen: französische Armeekorps zogen auf allen Straßen durch Polen und Preußen den vorausgewählten Positionen hinter dem Niemen zu; selbst die wichtige Festung Danzig, die bisher immer eine sehr starke Garnison gehabt hatte, wurde dadurch dermaßen entblößt, daß man dringend nothwendig fand, den Abgang durch nachrückende Truppen zu ersetzen, indem die englischen Schiffe die Kapereien in der Ostsee immer kühner trieben und die französischen Truppen längs den Küsten fortwährend bedrohten und in Athem erhielten. General Dändels mußte daher den 5. Juni mit seiner Division die Odergegenden verlassen und schleunigst nach Danzig aufbrechen; mir wurde der Befehl meinen Abmarsch so einzurichten, um den 15. Juni mit der ganzen Brigade daselbst zu sein. Dieß war indessen nicht möglich, denn von Stettin bis Danzig waren es dreizehn Märsche und vor dem 7. konnte ich nicht fort, weil sonst Stettin ganz ohne Garnison geblieben wäre. Ich machte daher bei meinem Divisionär dringende Vorstellungen gegen diesen Gewaltmarsch; da solche aber ohne Erfolg blieben, entschloß ich mich auf eigene Verantwortung einige Tage zuzusetzen. Den 7. Juni fand der Abmarsch unserer Truppen statt; den 9. erreichten sie Witznitz. Für das Husarenregiment, welches ich in Stettin zurücklassen mußte, wurde mir das hessische Chevauxlegersregiment zugetheilt. Ich formirte nun zwei Kolonnen zum Weitermarsch nach Danzig und kam den 10. mit der zweiten Kolonne nach Köslin, von wo ich einen Ausflug nach dem von Preußen besetzten Kolberg machte. Der Zufall wollte, daß um dieselbe Zeit Generalmajor von Borstel von Dresden kommend, wohin er den König von Preußen begleitet hatte, in Kolberg eintraf, um das Kommando der Festung zu übernehmen. Das Officierskorps der Garnison gab ihm zu Ehren ein Mittagsmahl, dem ich beiwohnte und hier lernte ich zum ersten Mal den später überall eingeführten Gebrauch kennen, den Hut zur Begrüßung nicht abzuziehen, sondern mit der rechten Hand eine Bewegung gegen denselben zu machen.

In Köslin traf mich der Befehl, das hessische Chevauxlegersregiment, da wo es sich befand, bis zur Ankunft der Division Partouneaux stehen zu lassen und dafür unser Husarenregiment wieder an mich zu ziehen. Den 13. erreichte ich mit der zweiten Kolonne Stolpe, den 14. Lupow, wo ich in einem der Familie von Bonin gehörigen kleinen Schlosse einquartiert wurde. Schon seit mehreren Tagen hatte ich mich unwohl gefühlt; es waren die Vorboten der Masern, die nun zum vollen Ausbruch kamen, so daß ich liegen bleiben und das Kommando an General Lingg abgeben mußte. Alle Mitglieder der Familie von Bonin hatten aus Furcht vor der Ansteckung das Schloß verlassen, bis auf die alte Großmutter, die mich bis zur Wiederherstellung getreulich pflegte. Diese erfolgte so schnell, daß ich bereits den 24. Juni in Danzig sein konnte.

Unterdessen war das 1. Bataillon meines Regiments von Küstrin und das Husarenregiment von Stettin eingetroffen. Den 27. Juni wurde die Proklamation bekannt, womit Kaiser Napoleon unter dem 22. Juni aus Wilkowiski, kurz vor dem Uebergang über den Niemen, Rußland den Krieg erklärte.

Die Danziger Besatzung bestand außer den badischen Truppen aus einem würtembergischen, einem anhalt-lippischen und einem bairischen Regiment, fünf bergischen Bataillonen und dem Bataillon der Stadt Danzig. Jeden Sonntag hielt der Generalgouverneur General Graf Rapp eine große Parade auf dem Langenmarkt ab; vorher mußten sämmtliche Officiere der Garnison ihre Aufwartung bei ihm machen, wobei er mit dem Hut auf dem Kopfe und umgeben von allen Generalen die Officierskorps an sich vorbei defiliren ließ. Sein Chef des Generalstabs war Oberst Hericourt, Festungskommandant Oberst Lorinet. Hier muß ich noch einer komischen Scene auf einer unserer Paraden erwähnen: der Gouverneur ließ nämlich einen Wirth, der die Soldaten ungebührlich übernommen hatte, zur Strafe unter allgemeinem Gelächter mit einer großen Kasserole am Hals längs der Fronte hinunterführen.

Ein von den bergischen Truppen erhobener Rangstreit gab zu sehr unangenehmen Reklamationen Veranlassung: General Dändels und die französischen Behörden behaupteten, der Großherzog von Berg habe als französischer Prinz den Rang vor dem Großherzog von Baden, ich behauptete hinwieder das Gegentheil, weil Letzterer der erste Großherzog im Rheinbund sei, eine Ansicht, der auch der Gouverneur beitrat. Da sich

General Dändels jedoch damit nicht zufrieden stellte, so übergab ich eine schriftliche Reklamation, welche bis an den Major-General Prinzen von Neufchatel lief und von diesem zu meinen Gunsten entschieden wurde. Eine andere nicht geringe Verlegenheit bereitete mir der Gouverneur selbst; derb und rücksichtslos wie er war, und in dem Gefühle der Gunst, in der er bei dem Kaiser stand, griff er, so oft es ihm einfiel, in das Justiz- und Administrationswesen der ihm untergebenen Bundestruppen ein. So sollte ein badischer Soldat, der zu den Engländern auf Hela desertiren wollte, aber ergriffen worden war, ohne Weiteres auf Befehl des Gouverneurs erschossen werden. Gegen diesen offenbaren Eingriff in die Souveränitätsrechte des Großherzogs, der mir die Befugniß über Leben und Tod seiner Soldaten übertragen hatte, wehrte ich mich aus allen Kräften und wußte mir zuletzt nicht anders mehr zu helfen, als daß ich den gedachten Soldaten zur Bestrafung nach Hause schickte und dadurch dem Streit, wer ihn erschießen zu laßen habe, ein Ende machte. Im Uebrigen zeichnete mich der Gouverneur vielfach aus und lud mich häufig zu Tisch auf sein in überaus schöner Gegend gelegenes Landhaus bei Oliva ein.

Den 28. Juni machte ich mit dem Gouverneur eine größere Exkursion; wir ritten zuerst nach Weichselmünde, wo mein Regiment lag und besichtigten die neu angelegten Befestigungen; dann ging es längs der See bis zu einem Badhaus, wo gefrühstückt wurde; hierauf schifften wir uns ein, um eine zwei Stunden davon gelegene Schanze zu besichtigen; während dieser Wasserfahrt hatten wir beständig drei an der Küste kreuzende englische Kriegsschiffe im Gesicht; Abends kehrten wir nach Danzig zurück.

Bekanntlich mußte beim Beginn des Feldzugs das fremde diplomatische Korps dem Hauptquartier des Kaisers folgen; zur Vertretung der badischen Interessen schickte der Großherzog den Generallieutenant von Harrant. Derselbe kam auf seiner Reise durch Küstrin, bekümmerte sich aber nicht im Mindesten um die badischen Truppen; überhaupt trat er während des ganzen Feldzuges weder in schriftliche noch mündliche Kommunikation mit mir; ich sah ihn nur ein einziges Mal bei meinem Durchmarsch in Königsberg, wo alle Diplomaten so lange bleiben mußten, bis sie der Kaiser nach Wilna berief; als ich beim Rückzug dahin kam, hatten sie die Stadt bereits wieder verlassen.

Den 22. Juli traf Oberstlieutenant von St. Julien mit 18 beladenen Munitionswagen, 4 Rollwagen mit Kraftsuppenmehl, 8 Rollwagen mit Schlafsäcken, die ich für die Truppen zum Biwakiren verlangt hatte, 800 neuen Patrontaschen, 100 Paar Stiefeln und für jeden Mann zu Fuß mit einem dritten Paar Schuhe bei mir ein. Ich ließ hierauf die bisherigen vierspännigen Züge bei der Artillerie sechsspännig machen und deponirte 15 unbespannte Munitionswagen bei der Artilleriedirektion der Festung; für jeden Sechspfünder nahm ich 267, für jede Haubitze 217 Schuß, im Ganzen 1603 Kanonen-, 434 Haubitz- und 138,000 Gewehrpatronen mit; durch diesen ansehnlichen und rechtzeitig eingetroffenen Transport von Hause wurde die beim Ausmarsch der Brigade noch sehr mangelhafte Ausrüstung vervollständigt und in einen Zustand versetzt, daß man den kommenden Ereignissen mit Ruhe entgegengehen konnte. Der Führer des Transports Oberstlieutenant von St. Julien verblieb als Depotkommandant in Danzig.

Nachdem schon früher das leichte Infanteriebataillon nach Elbing abmarschirt war, erhielt ich am 26. Juli den Befehl, mich mit den übrigen Truppen nach Labiau in Bewegung zu setzen. Ich verließ demgemäß Danzig den 28. Juli, kam denselben Tag bis Dirschau, den 29. nach Marienburg und den 30. nach Elbing. Die Halbkranken hatte ich von Danzig bis hierher zu Wasser geschickt. In Elbing wurde mir durch den Divisionsgeneral Baillet-Latour eine Abtheilung der französischen jungen Garde übergeben, die grobe Excesse begangen hatte, mit dem Befehl, dieselbe bis Königsberg zwischen dem 1. und 3. Regiment marschiren zu lassen. Den 31. erreichte ich Frauenburg, wo ich mich auf dem frischen Haff nach dem befestigten Pillau einschiffte, um das daselbst unter Oberstlieutenant von Etzdorff liegende 2. Bataillon des 2. Regiments zu sehen; ich traf dasselbe in einem sehr übeln Zustand, da Oberst von Böcklin, als er Befehl erhielt mit dem 1. Bataillon dem Korps des Marschalls Davoust zu folgen, die besten Soldaten und Gewehre, alle Bagagewagen und alles Geld mitgenommen hatte. Ich gab mir alle Mühe abzuhelfen, so gut ich konnte, auch gelang es mir durch den Gouverneur General Corsain preußische, für das französische Kaliber ausgebohrte Gewehre für dasselbe zu erhalten. Den 2. August begab ich mich über Fischhausen nach Königsberg, wo ich mit meiner Brigade wieder zusammentraf. Den 5. August setzten wir den Marsch über Labiau bis Tilsit fort, wo ich den 9. anlangte, und den Marschall Victor fand. Sein in und um Tilsit sich sammelndes Armeekorps, dem unsere Division angehörte, — das 9. der großen Armee — bestand aus einer Kavallerie- und 3 Infanteriedivisionen in folgender Zusammensetzung:

Kavallerie-Division.

General Fournier.

1. (30. in der Armee) Brigade.

General Delaitre.

Bergisches Lanciersregiment, 4 Esk.

Hessisches Chevauxlegersregiment, 3 Esk.

2. (31. in der Armee) Brigade.

Der badische Oberst von Laroche.

Sächsisches Dragonerregiment, Prinz Johann, 4 Esk.

Badisches Husarenregiment, Oberst von Cancrin, 4 Esk.

1. (26. in der Armee) **Infanterie-Division.**

General Dändels.

1. (Badische) Brigade.

General Graf Wilhelm von Hochberg.

1. Infanterieregiment, Oberst von Franken, 2 Bataillone.
2. Infanterieregiment, Oberst von Böcklin, 2 Bataillone.
3. Infanterieregiment, Oberst Brückner, 2 Bataillone.

Leichtes Infanteriebataillon, Oberstlieutenant Peternell, 1 Bataillon.

4 Geschütze reitende Artillerie unter Kapitän Sensburg.

4 Geschütze Fußartillerie unter Kapitän Fischer.

Das 1. Bataillon des 2. Regiments war nebst 2 Geschützen unter Oberst von Böcklin in das kaiserliche Hauptquartier detachirt, das 2. Bataillon vorerst noch in Pillau stehen geblieben. Kapitän Fischer kommandirte die badische Artillerie als ältester Officier.

2. (Bergische) Brigade.

General Damas.

7. Bataillone Infanterie.

4 Piecen reitende Artillerie.

8 Piecen Fußartillerie.

General Damas führte den Befehl über sämmtliche bergische Truppen, während General Geiter einen Theil der Infanterie kommandirte. Kommandant der gesammten Artillerie der 26. Division war der französische Major Bogart, der der bergischen Kapitän Haymes.

2. (28. in der Armee) **Infanterie-Division.**

General Partouneaux.

1. Brigade, General Le-Camus, ein provisorisches und das 55. Infanterieregiment.

2. Brigade General Blamont, das 125. und 126. Infanterieregiment.

3. Brigade, General Biliard, das 10. und 29. leichte Infanterieregiment.

3. (12. in der Armee) **Infanterie-Division.**

General Girard.

1. Brigade, General Hervillier, 3 Regimenter Polen, — das 4., 7. und 9. — zusammen 6 Bataillone.

2. Brigade, sächsischer Oberst Graf Einsiedel, die sächsischen Regimenter Rechten und Loh, zusammen 4 Bataillone.

Die Artillerie des Korps kommandirte der französische Oberst Caron.

Die Stärke des 9. Armeekorps bei Tilsit mag ungefähr 31,000 Mann, nämlich 2000 Mann Kavallerie, 28,000 Mann Infanterie und 1000 Mann Artillerie betragen haben.

Was den Zustand und moralischen Werth der Truppen dieses bunt gemischten Korps betrifft, so waren die bergischen in Spanien völlig zu Grunde gegangen; die neuen Formationen bestanden daher nur aus Rekruten, was ihren so frühzeitigen Ruin im russischen Feldzug erklärlich macht. Die sächsische Kavallerie war ausgezeichnet beritten und in vorzüglichem Zustand; von der Infanterie konnte man dieß weniger sagen. Die polnische Infanterie gehörte zu den kriegsgeübtesten Soldaten des Armeekorps, da sie gerade aus Spanien kam und noch Zeit gefunden hatte sich in ihrem Vaterlande zu ergänzen; diese Regimenter hießen früher Légion de la Vistule und waren erst nach Errichtung des Herzogthums Warschau in dessen Armee eingereiht worden. Die Regimenter der Division Partouneaux bestanden größtentheils aus der ehemaligen königlich holländischen Infanterie und aus Rekruten, die man in den nun Frankreich einverleibten Hansestädten ausgehoben hatte; man sah der Division an, daß deren Formirung übereilt worden war. Das großherzoglich hessische Chevauxlegersregiment hatte meist alte gediente Mannschaft und war unter dem tüchtigen Oberst von Dalwig in einem sehr guten Zustand. Die badischen Truppen anbelangend hatten die Meisten die Feldzüge von 1806, 1807 und 1809 mitgemacht, waren vom besten Geiste beseelt und da es mir nun auch nach unendlicher Mühe gelungen war, die beim Ausmarsch höchst mangelhafte Ausrüstung durch Nachschub ergänzt zu erhalten, so konnte ich sie in jeder Hinsicht mit vollkommenem Vertrauen dem Feind entgegen führen.

Zweiter Abschnitt.

Marsch des 9. Korps vom Niemen bis Smolensk. — Längere Kantonnirungen in und um Smolensk. — Aufbruch an die Düna zur Unterstützung des 2. und 6. Korps. — Gefechte bei Czaszniki 31. Oktober und 14. November. — Aufstellung bei Batury. — Ehrenvolles Rückzugsgefecht des Markgrafen bei Batury 24. November. — Zusammentreffen mit den Trümmern der großen Armee bei Losznitza 25. November.

Beinahe den ganzen Monat August stand unser Armeekorps in Kantonnirungen bei Tilsit; es erlitt aber doch trotz der vergönnten Ruhe und guten Verpflegung durch Krankheiten einen beträchtlichen Abgang an Mannschaft, besonders unsere Division, als Folge des vierwöchentlichen sehr angestrengten Festungsdienstes in dem ungesunden Danzig. Auch der schnelle Witterungswechsel übte einen sehr nachtheiligen Einfluß auf die Gesundheitsverhältnisse der Truppen aus und man wird nicht viel irren, wenn man dem Allem nach annimmt, daß die anfängliche Stärke des Armeekorps bei der Ankunft am Niemen sich um ein gutes Sechstheil vermindert hatte.

Den 12. August wurde meine Brigade auf das rechte Ufer der Memel nach Wilkischken, noch auf preußischem Gebiet, in enge Kantonnirungen verlegt; Wilkischken war ihr Sammelplatz, der linke Flügel lehnte sich an die bergische Brigade, der rechte an die Memel; unser Divisionsgeneral hatte sein Quartier in Tauroggen auf russischem Boden. Da uns das Fleisch von da geliefert wurde und aus Schamaiten, dem Fürsten Subow gehörig, kam, so ließ ich in Wilkischken eine Schlächterei, sowie später auch eine Bäckerei errichten, indem wir das russische Brod ungenießbar fanden; dasselbe war nämlich in ungeheuer großen Laiben gebacken und mit einer Menge unreiner Stoffe gemischt, so daß dessen Genuß nicht nur den Magen beschwerte, sondern auch den Gaumen ganz wund machte. Während der achtzehntägigen Kantonnirung bei Wilkischken zog ich meine Brigade regelmäßig alle drei Tage zusammen, um mit ihr zu manövriren.

Den 30. August setzte sich das Armeekorps in Bewegung und zog auf beiden Ufern des Niemen in fünf Märschen nach Kowno, wo es den 3. September eintraf und den folgenden Tag rastete.[1]) Vorher hatte der Marschall befohlen, daß alle Vorbereitungen auf einen weiten Marsch zu treffen seien; demgemäß wurden alle Vorräthe auf 88 Bauernwagen geladen und außerdem 215 solcher kleinen, unbeschlagenen Wagen nach Tilsit geschickt, um von da unter Bedeckung auf zwanzig Tage Zwieback mitzunehmen. Es war ein Jammer anzusehen, wie das arme preußische Land durch diese Gewaltmaßregel ruinirt wurde, ohne uns großen Nutzen zu verschaffen, da vorauszusehen war, daß die kleinen schwachen Pferde der ihnen aufgebürdeten großen Last in Bälde erliegen würden, wie dieß denn auch geschah. Am 3. stießen wir zwischen Wilki und Kowno auf ein Hinderniß, an welches weder der Divisionsgeneral noch der Generalstab im Mindesten gedacht und wodurch der Marsch der Kolonne auf eine unangenehme Weise unterbrochen wurde. Dieß war der Fluß Neweiza, der keine Brücke hatte, nicht zu durchwaten war und dessen Ueberfahrt nur durch ein einziges vorhandenes plattes Fahrzeug vermittelt wurde. Das Ueberschiffen dauerte daher bis in die sinkende Nacht und der größte Theil der Bagage mußte sie auf dem rechten Ufer zubringen.

Den 5. ging unser Marsch bis Skogol, elf Stunden von Kowno, den 6. nach Ubkany, den 7. in den Biwak bei Hof-Gibia und den 8. bis Wilna, wo die Division nahe bei der Stadt an dem Rande eines Waldes ein Lager bezog. Am 9. war Rasttag; ich wurde vom Militärgouverneur von Wilna General Grafen Hogendorp und dem Staatsrath Bignon, früher französischer Gesandter in Karlsruhe und nun Civilgouverneur von Litthauen, zu Tisch und Abends auf einen Ball beim Herzog von Bassano eingeladen. Auch besuchte ich den am Nervenfieber erkrankten Kronprinzen von Würtemberg, auf dessen Zustand die üble Behandlung, womit ihm der Kaiser Napoleon begegnet war, nicht ohne Einfluß geblieben sein mag; er ließ mich an sein Bett kommen und war sehr freundlich und zuvorkommend. Hier will ich noch erwähnen, daß ich in Wilna einen Bärenpelz kaufte, der später beim Eintritt der großen Kälte mein Lebensretter wurde.

---

1) Der Aufbruch des 9. Korps wurde durch einen an den Marschall ergangenen Befehl Napoleons veranlaßt, über Wilna, Minsk und Orsza nach Smolensk zu marschiren, der großen Armee bei ihrem Vorrücken auf Moskau als Reserve zu dienen, ihre rückwärtigen Verbindungen zu sichern, nöthigenfalls aber auch das 2. und 6. Armeekorps zu unterstützen, falls dieselben von Wittgenstein geschlagen und über die Düna zurückgeworfen würden.

General Fournier befahl, alle gedrückten Kavalleriepferde, welche nicht innerhalb vierzehn Tagen hergestellt sein würden, todt zu stechen, ich zog indessen vor zwanzig solcher Pferde des Husarenregiments zur Bespannung unserer Artillerie zu geben und durch diese Maßregel die reitende Artillerie, deren Mannschaft bisher zum Theil auf den Protzkasten saß, vollständig beritten zu machen. Da in Folge der anstrengenden Märsche und des Futtermangels schon viele Pferde zu Grunde gegangen waren, mußte ich sieben Wagen der Artillerie in Wilna stehen lassen. Den 10. September brachen wir von Wilna auf und erreichten nach einem achtstündigen Marsch Miedniki, den 11. Oszmiana, den 12. Smorgony, den 13. Malodeczno, wo wir der rückgehenden Bagage der bairischen Generale Deroi und Siebein begegneten, welche bei Polotzk einen rühmlichen Tod gefunden hatten. Den 14. kamen wir bis Sukowitschi und Lumezin und den 15. in den Biwak bei Minsk. Bei allen diesen Märschen verursachten mir die Polen dadurch fortwährenden Aerger, daß sie ihre häufigen Excesse im eigenen Vaterlande meistens auf unsere badischen Soldaten schoben. In Minsk nahm ich einen polnischen Juden an, der mir recht treue Dienste leistete, bis auch er später dem Froste erlag. Der Sprache wegen, da diese Leute alle deutsch und polnisch sprechen, sowie um Lebensmittel und andere Bedürfnisse beizuschaffen, sind sie von großem Nutzen, denn wo Niemand mehr Etwas findet, weiß der polnische Jude noch Rath.

Den 18. passirten wir nach zehnstündigem Marsch die Berezina, biwakirten bei Borisow, wo lebhaft an einem Brückenkopf gearbeitet wurde, und den 19. bei Nacza. Die Orte, die wir bisher durchzogen, fanden wir mehrentheils von ihren Bewohnern verlassen, statt Häuser elende Hütten von Holz, die Gegenden öde und mit Nadelwaldungen bedeckt; die Lebensmittel wurden immer seltener, die Rationen immer knapper. Den 20. setzten wir den Marsch bis Jablonka, den 21. nach Toloczin, den 22. nach Tominika, den 23. nach Orsza am Dniepr und den 24. bis Dubrowna fort, wo wir den 25. rasteten. Hier hörte ich, daß das wenige Geld, welches noch in der Kriegskasse war, in der Nacht in Orsza, wahrscheinlich durch Juden, gestohlen worden sei. Den 26. kamen wir nach einem Marsch von acht Stunden nach Liadi. Auf Befehl des Marschalls wurde in unserer Division zur Bestrafung der Excessisten nach französischen Kriegsgesetzen eine gemischte Militärkommission ernannt. Den 27. hatten wir bei sehr schlechtem Wetter einen Marsch von zehn Stunden bis Schelenschene links von der großen Straße über Krasnoi; den 28. September rückten wir in Smolensk ein, wo der Marschall einen Befehl fand, der großen Armee nicht weiter zu folgen, sondern hier Halt zu machen. Demgemäß verlegte er die berittenen Waffen zur leichtern Subsistenz der Pferde in benachbarte

Kantonnirungen, die ganze Infanterie dagegen in die bei der Schlacht am 17. und 18. August vom Feuer verschonten Stadttheile von Smolensk.

Auf dem Marsche bis hierher hatten wir mannichfache Gelegenheit zu beobachten, wie sehr schon jetzt bei der französischen Armee die Bande der Disciplin gelockert waren; in allen Ortschaften und Höfen trafen wir eine Menge isolirter Soldaten, welche ihre Fahnen willkührlich und unter den verschiedensten Vorwänden verlassen hatten; nächste Veranlassung hiezu lag nun freilich in dem Mangel an Lebensmitteln und in der schlechten Verpflegung der Kranken und Blessirten, die überall zu treffen waren; statt Brod oder Zwieback theilte man den Regimentern verschimmeltes Mehl aus, ihnen überlassend an meist abgebrannten Orten, ohne Backöfen und ohne alle Hülfsmittel das Brod selber zu backen: von allen den großartigen Vorbereitungen, die der Kaiser getroffen haben sollte und mit denen officiell so sehr geprahlt worden, zeigte sich fast keine Spur.

Die Lage von Smolensk auf zwei durch eine tiefe Schlucht getrennten Anhöhen ist überaus schön; die Stadt wird auf der einen Seite vom Dniepr umflossen, über den sonst eine stattliche Brücke führte, die aber bei der Schlacht von den Russen abgebrannt worden war; die einst so herrliche Stadt hatte furchtbar gelitten, die Häuser, welche von den Flammen verschont geblieben, waren rein ausgeplündert, die meisten Einwohner entflohen, nur wenige zeigten sich in den Kirchen, die durch ihre Pracht und zum größten Theil vergoldeten Kuppeln unsere Bewunderung auf sich zogen, während alles Uebrige Merkmale der schrecklichsten Verwüstung und des größten Elendes an sich trug. Ueberall lagen todte Menschen, Pferde und Vieh; Schaaren herrenloser Hunde nagten an den Kadavern, die einen verpestenden Geruch verbreiteten; alle Brunnen waren mit Leichen angefüllt. Kommandant von Smolensk war der französische General Barbanegre. Ich ahnte nicht, ihn drei Jahre später als Vertheidiger von Hüningen wieder zu finden, und nach der Uebergabe als Kriegsgefangener vor mir vorüber ziehen zu sehen.

Bei unserm Einmarsch in Smolensk hörte ich von badischen Soldaten sagen, daß sie die Stadt sogleich erkannt hätten; auf meine Frage, wie das zuginge, erzählten sie, sie hätten im Karlsruher und Mannheimer Hoftheater in der „Erstürmung von Smolensk" — einem Kotzebue'schen Schauspiel — als Statisten die getreue Abbildung auf den Dekorationen oft gesehen und sich eingeprägt.

Kapitän von Kalenberg, den ich einige Tage nach Smolensk vorausgeschickt hatte, war es gelungen ein noch ziemlich gut erhaltenes Haus für mich in Besitz zu nehmen; in dem anstoßenden Garten ließ ich die noch immer mit preußischen Bauernpferden bespannten, aber bereits sehr verminderten

Lebensmittelwagen parkiren. Man hatte mir einen Brunnen bezeichnet, in welchem keine Leichen seien, deßhalb stellte ich eine Wache dabei auf. Eines Tages jedoch war ich nicht wenig überrascht in einer Wasserflasche sehr viele unreine Fasern zu entdecken; ich schöpfte Verdacht, ließ den Brunnen untersuchen, in dem man drei halbverweste Leichname fand. Welchen Eindruck dieß auf uns Alle hervorbrachte, läßt sich leicht denken und es war gewiß eine der Folgen vom Genuß dieses Wassers, daß ich und mehrere meiner Officiere sehr schmerzhafte Abscesse unter den Armen bekamen, die aufgeschnitten werden mußten.

Die Lebensmittel wurden immer seltener, in der ausgeplünderten Stadt konnte man selbst für schweres Geld Nichts bekommen; die Marketender waren ebenfalls nur sehr gering versehen; überall suchte man nach Eßwaaren und ich erinnere mich meiner großen Freude, in einem Garten Pastinaken zu finden, — ein Gemüse, das ich hier zum ersten Mal kennen lernte, und seitdem zur Erinnerung bei mir zu Hause pflanzen lasse. Auf Befehl unseres Divisionsgenerals wurden öfters Officiere mit der nöthigen Mannschaft zur Requirirung von Lebensmitteln ausgeschickt; wenn nun ein solcher Transport ankam, vertheilte er ihn selber unter seine Generale. So wurde einmal von Kapitän von Rüdt eine Menge Geflügel aufgebracht. General Dändels, ein großer Gastronom, hoch erfreut darüber, untersuchte jedes einzelne Huhn und je nachdem er es fett oder mager fand, entschied er mit den Worten: „Das ist gut, das ist für mich“, oder: „das ist nicht gut, das ist für die Generale.“ General Lingg, welcher dazu gekommen war, setzte mich, ganz entrüstet, von diesem ungeeigneten Verfahren in Kenntniß. Bei der Explikation, die nun zwischen dem Divisionsgeneral und mir erfolgte, stieg Lingg das Blut dermaßen zu Kopf, daß er überlaut schrie, daß er die ganze Wirthschaft zum Teufel wünsche. General Dändels, der nur sehr wenig Deutsch verstand, glaubte, Letzterer beschuldige ihn gewinnsüchtiger Absichten und gerieth darüber außer sich; ich legte mich beschwichtigend in das Mittel, erklärte ihm aber mit aller Entschiedenheit, es müsse bei künftigen Vertheilungen ein anderes Verfahren beobachtet werden, da wir nicht ferner gesonnen seien, nur immer den Ausschuß anzunehmen, während er das Beste für sich behalte.

Am 10. Oktober rückte das in Pillau zurückgebliebene 2. Bataillon des 2. Regiments wieder bei der Brigade ein. Es hatte anfänglich die Bestimmung zur Vereinigung mit dem 1. Bataillon nach Moskau zu marschiren; ich erwirkte indessen, daß ich es bei mir behalten durfte.

Inzwischen war durch die Forschritte der Wittgenstein'schen Armee jenseits der Düna die Lage des 2. und 6. Korps unter den Marschällen Oudinot und Gouvion Saint-Cyr so mißlich geworden, daß die Wegnahme der beiden wichtigen Uebergangspunkte Polotzk und Witepsk zu befürchten stand. Da bald darauf Polotzk wirklich verloren ging, sah sich Marschall Victor in die Nothwendigkeit versetzt, Maßregeln zur Unterstützung des gegen ihn zurückweichenden 2. Korps zu treffen. Zu dem Zweck setzte er unsere Division den 11. Oktober über Rudnia und Grabowo nach Babinowiczi in Marsch, wo sie den 15. eintraf und Stellung nahm; unsere Artillerie hatte bei dieser Bewegung die große Straße über Krasnoi benützt und den Dniepr bei Dubrowna überschritten. Bis zum 22. Oktober verblieben wir in unserer Aufstellung, brachen sodann den 23. nach Witepsk auf, das wir den 24. erreichten; ein Theil meiner Brigade kam auf Vorposten. In Witepsk stand ein Auditeur au conseil d'état, dessen Namen ich vergessen habe, ein ganz junger, unerfahrener Mann an der Spitze der Administration; an diesen wendete ich mich um das benöthigte Flicktuch und um Schuhe aus den dortigen Magazinen für meine Leute; allein vergebens, er verweigerte mir Alles. Kurze Zeit darauf ging Witepsk mit allen darin aufgehäuften Vorräthen, wodurch so manchem braven Soldaten das Leben erhalten werden konnte, an die Russen verloren. Als ich diesen jungen Mann später an der Berezina in dem großen Haufen der Flüchtlinge zufällig wieder sah, konnte ich mich nicht enthalten ihn zu fragen, ob es nicht besser gewesen wäre, seine Vorräthe in Witepsk uns statt den Russen zu überlassen. Nichtsdestoweniger hatte unser jeune Auditeur die Naivetät einige Jahre nachher mich anzugehen, ihm doch einen badischen Orden zu verschaffen. Ueberhaupt war die französische Administration der eroberten Provinzen schlecht; die meisten Angestellten hatten nur ihren persönlichen Vortheil im Auge, suchten sich auf Kosten der Armee schnell zu bereichern und trugen einen guten Theil der Schuld an ihrem so raschen Untergang.

Der Marschall hatte allmählig auch die übrigen Divisionen des Korps herangezogen und zugleich in Folge der Verwundung der Marschälle Oudinot und Gouvion Saint-Cyr das Kommando über das 2. Korps übernommen. Da die Divisionen des Letztern sehr schwach waren, so vereinigte er je eine Division des 2. mit einer des 9. Korps, mit der Benennung Flügel und Centrum; die Eintheilung war demnach folgende:

Rechter Flügel.

General Dändels.

1. Division Legrand vom 2. Korps.
2. Division Dändels vom 9. Korps.

Centrum.

General Merle.

1. Division Merle vom 2. Korps.
2. Division Partouneaux vom 9. Korps.

Linker Flügel.

General Girard.

1. Division Maison vom 2. Korps.

2. Division Girard vom 9. Korps.

Die sämmliche Kavallerie, bestehend aus der Kürassierdivision und der leichten Kavalleriebrigade des 2., sowie aus der Division Fournier des 9. Korps, befehligte General Doumerc.

Unsere Division marschirte den 28. Oktober aus ihren Kantonnements nach Ostrowno, den folgenden Tag bis Beszenkowiczi, wo ich angewiesen wurde, das leichte Infanteriebataillon nach Buterowa an der Ula und die Bagage nach Babinowiczi zu senden. In Buterowa stieß das Bataillon zur Division Legrand; zur Deckung von Witepsk blieb ein bergisches Bataillon zurück, welches wenige Tage nachher bei der Wegnahme der Stadt von den Russen gefangen wurde.

Unterdessen hatte sich die Wittgenstein'sche Armee von Polotzk über Uszacz der Ula genähert und bei Czasznik eine Aufstellung genommen, gegen welche der Marschall am 30. Abends eine Rekognoscirung vornahm, wobei einige Kanonenschüsse gewechselt wurden. Unsere Division setzte sich darauf in Marsch nach Buterowa, um sich mit der Division Legrand zu vereinigen, mußte aber diese Richtung wieder aufgeben und gerade nach Czasznik marschiren. Bei diesem unangenehmen Nachtmarsch war es sehr finster und kalt, die Wege eng und schlecht, weßhalb oft gehalten werden mußte, um die auseinander gekommene Mannschaft wieder zu sammeln. Der Marschall soll beabsichtigt haben am 30. Oktober dem Feinde nur die bekannten Truppen des 2. Korps zu zeigen, um ihn alsdann am 31. Oktober mit den beiden vereinigten Korps anzugreifen; da indessen diese Vereinigung erst in der Nacht vom 31. Oktober auf den 1. November zu Stande kam und in der Frühe des 31. statt dem gesammten 9. Korps nur unsere Division zur Unterstützung des 2. anlangte, so stand dieses an gedachtem Tag offenbar in höchster Gefahr, von der feindlichen Uebermacht angegriffen und vernichtet zu werden.

Als unsere Division mit Tagesanbruch des 31. Oktober bei Czasznik eintraf, begann eine ziemlich heftige Kanonnade; um 11 Uhr brachte mir ein Adjutant des Marschalls Befehl mit meiner Brigade in die Schlachtlinie des 2. Korps neben die Division Merle einzurücken, die aus drei Schweizerregimentern und einem illyrischen Regiment bestand. Es war ein Moment, den ich nie vergessen werde, als ich hier zum ersten Mal in diesem Feldzuge die Gewehre laden ließ und unsere Soldaten sich nun nach einem äußerst anstrengenden Nachtmarsch vor dem Feinde bewähren sollten. Wir waren in Bataillonskolonnen aufmarschirt; um unsere Stellung besser

4*

zu decken, sendete General Dändels den Obersten von Franken mit fünf Kompagnien des Leibregiments, einem bergischen Bataillon und vier bergischen Geschützen über die Ula, mit dem Befehl sich auf gleiche Höhe mit uns zu setzen. Der Feind zeigte viele Kavallerie; unter Anderm konnte man deutlich an den rothen Uniformen zwei Eskadronen Gardehusaren unterscheiden, welche abgesessen waren. Die Voltigeurkompagnie vom 2. Bataillon des Leibregiments tiraillirte mit dem Feinde, bis sie sich verfeuert hatte, worauf ich sie durch eine Kompagnie meines Regiments ablösen ließ. Wir verloren durch das Kanonenfeuer ziemlich Leute, was mich veranlaßte, da eine Kugel oft mehrere Soldaten zugleich zusammenschlug, die Bataillone deployiren zu lassen. Während dem fand eine komische kleine Scene statt: General Dändels behauptete nämlich gegen General Damas, man sähe eine starke feindliche Kolonne anrücken; ich strengte mich an, die angebliche feindliche Kolonne genau zu beobachten und erkannte, daß es nur ein langer Zaun sei; General Damas, den ich zuerst von der Richtigkeit meiner Beobachtung überzeugte, schrie hierauf: „Il faut avoir la berlue pour se tromper d'une telle manière.“

Meine Brigade bewies, obschon sehr ermüdet von dem Nachtmarsch, und obwohl sie in vierundzwanzig Stunden Nichts gegessen hatte, viele Ruhe und Entschlossenheit; Officiere und Mannschaft zeigten sich von dem besten Geiste beseelt und brannten vor Begierde sich auszuzeichnen; aber unsere Erwartung, daß es heute zu einem entscheidenden Kampfe kommen würde, ging nicht in Erfüllung; der ganze Tag verstrich in einem nichtssagenden Geschütz- und Tirailleurfeuer, welches gegen Abend ganz verstummte und wo jeder Theil auf demselben Fleck stand, den er anfänglich eingenommen. General Fournier war trotz wiederholter Aufforderung zur Eile mit der Kavallerie erst nach Beendigung des Gefechts auf dem Kampfplatz eingetroffen.[1])

Der Verlust bei meiner Brigade bestand in 20 Todten und Verwundeten. Lieutenant Holz II. hatte eine Kontusion am Kopfe erhalten.

Mit Einbruch der Nacht kam Befehl eine halbe Stunde rückwärts an einem Walde den Biwak zu beziehen. Um Mitternacht rückte das Detachement des Obersten von Franken wieder ein; darauf auch die Divi-

1) Interessante Details über diese auffallende Verzögerung finden sich in dem Aufsatz der österreichisch-militärischen Zeitschrift, Jahrg. 1821, 3. H. „Beitrag zu der Geschichte des 9. Korps der französischen verbündeten Armee im Feldzug gegen Rußland 1812.“ (Vom badischen Major von Zech.) Die Vergleichung dieses trefflichen Aufsatzes mit den vorliegenden Aufzeichnungen des Markgrafen über den Feldzug, lassen nicht bezweifeln, daß der Verfasser ihn großentheils nach Materialien geschrieben hat, die ihm der Markgraf zur Verfügung stellte.

sion Legrand mit dem leichten Infanteriebataillon, — diese äußerst ermüdet und nicht ohne Verlust an Mannschaft, welche aus Erschöpfung liegen geblieben war.

Der Marschall in der Absicht, vom Feinde unbemerkt den Rückzug auf der Straße von Senno anzutreten, setzte den Aufbruch aus dem Biwak auf 2 Uhr Morgens fest; weil aber die Artillerie aus Irrthum des französischen Kommandanten den rechten Weg verfehlte, konnte die befohlene Bewegung dennoch erst am Tage ausgeführt werden; während derselben gewärtigte man jeden Augenblick einen Angriff des Feindes; zu unserm großen Erstaunen nahmen wir indessen wahr, daß er sich ebenfalls zurückzog.

Die Vereinigung der beiden Korps, die jetzt erst stattfand, konnte der Marschall sicherlich schon Tags vorher bewerkstelligen und dann würden wir ohne Zweifel einen recht rühmlichen Tag bei Czaszniki erlebt haben. Alles war ärgerlich über die getäuschten Hoffnungen. In Folge der veränderten Rückzugslinie verloren wir zudem gegen 120 Mann, welche durch die zwei vorhergegangenen Nachtmärsche entkräftet, dem Feinde in die Hände gefallen waren. Die beiden vereinigten Armeekorps setzten ihren Rückzug bis auf einen Marsch von Senno fort. Den 2. November bezogen sie den Biwak bei Senno und blieben hier den 3. stehen. General Legrand, von seiner Verwundung hergestellt, übernahm nun wieder den Befehl über den bisher von General Dändels kommandirten rechten Flügel. Die Kälte fing bereits an empfindlich zu werden; als ich Morgens im Biwak erwachte, war mein Pelz an den Boden gefroren. Da man zum Anmachen der Biwakfeuer nur grünes Holz fand, entstand ein ganz unleidlicher Rauch; dabei litten wir den empfindlichsten Mangel an Stroh und Lebensmitteln; um so willkommener war der Brigade ein Transport Brod, den uns die in Beszenkowiczi zurückgelassenen Bäcker brachten. Unsere Bagage entschloß ich mich unter den veränderten Verhältnissen nach Orsza zu dirigiren, mit der Absicht, sie von da nach Wilna zurückzuschicken.

Um diese Zeit erlitten die badischen Truppen einen unersetzlichen Verlust durch den Abgang des Stabsmedikus Meier, welcher bisher seinen höchst anstrengenden Beruf mit vielem Eifer und größter Hingebung versehen hatte; zu seiner Erkrankung gesellte sich Heimweh, welches in dem Maße stieg, daß ich zuletzt in seine Bitte willigen mußte, ihn in das Vaterland zurückkehren zu lassen.[1])

---

1) Nach seinen hinterlassenen, sehr anziehend geschriebenen „Erinnerungen aus den Feldzügen von 1806 bis 1815; Karlsruhe 1854," geht hervor, daß dieser hoch-

Den 4. November setzten beide Armeekorps ihre Bewegung bis Torbinka und den 5. bis Czereia fort, wo der Marschall sein Hauptquartier aufschlug. Die Zahl der Kranken nahm bedeutend zu und nirgends waren für Unterkommen und Verpflegung derselben Anstalten getroffen; dem schwer erkrankten Obersten von Franken gab ich den einzigen nach Abreise Meiers noch verfügbaren Arzt mit; es blieb mir nun für den Fall einer Verwundung oder Erkrankung nicht die mindeste ärztliche Hülfe mehr übrig.

Den 5. zeigten sich Kosacken; Oberst von Cancrin, welcher mit den badischen Husaren auf Vorposten stand, ließ sie über das Brücken-Defile beim Schlosse Krasnogura gehen, griff sie dann an, warf sie zurück und machte Gefangene.

Die Division Legrand wurde mit unserer leichten Kavallerie und den vier Geschützen der badischen reitenden Artillerie als Avantgarde der beiden Armeekorps auf der Straße von Czereia nach Lukoml vorgeschoben. Den 8. November von überlegener feindlicher Kavallerie gedrängt, behaupteten sie sich dennoch, hauptsächlich mit Hilfe der herbeigeeilten badischen reitenden Geschütze, wobei Kapitän Sensburg sich auszeichnete. Zur Unterstützung der Avantgarde wurde die bergische Brigade in Stroczewiczi aufgestellt. Marschall Oudinot, obgleich von seiner Verwundung noch nicht völlig hergestellt, übernahm nun wieder den Befehl über das 2. Armeekorps, wodurch die bisher vereinigten beiden Korps auf's Neue getrennt wurden; das zweite zog sich rechts, die bergische Brigade löste die Division Legrand bei Lukoml, ich die erstere am 9. bei Stroczewiczi ab. In dieser Aufstellung verblieben wir bis zum 11. November, an welchem Tage unser ganzes Armeekorps eine Vorwärtsbewegung auf Lukoml machte; den 12. versetzte der Marschall unser Korps mittels eines Flankenmarsches längs der

verdiente Veteran der badischen Militärärzte die Direktion des Sanitätswesens wegen leidender Gesundheit in Folge der frühern Feldzüge nur unter der Zusicherung übernommen hatte, daß man ihn noch vor Eintritt des Winters ablösen lassen werde. Während der Rückreise hatte Meier nach obigen Erinnerungen viel Noth und Gefahren aller Art auszustehen; er schloß sich anfänglich der französischen Eskorte an, welche den in Moskau gefangenen General von Winzingerode aus Rußland abführen sollte; Oberst Tschernitscheff — mit einer Abtheilung Kosacken vom Admiral Tschitschagoff mit Nachrichten an den Grafen von Wittgenstein abgeschickt — stieß bei Minsk auf sie, befreite Winzingerode und nahm die französische Eskorte sammt Meier gefangen. Die Kosacken schleppten Letztern eine Zeit lang mit sich, plünderten ihn alsdann bis auf das Hemd aus und ließen ihn krank, in dem schrecklichsten Zustande liegen. Er gab sich bereits für verloren, als unerwartet einige versprengte polnische Officiere auf Schlitten vorüberfuhren, ihn menschenfreundlich zu sich aufnahmen, bis zur Grenze brachten und so seine wunderbare Rettung bewirkten.

russischen Vorposten auf die Straße von Senno nach Czaszniki. Oberst von Laroche, der mit seiner Brigade die Avantgarde übernommen, stieß bei Truchanowicz auf überlegene feindliche Reiterei mit Artillerie; obschon er kein Geschütz entgegenzustellen hatte, so behauptete er dennoch seine eingenommene Stellung mit großer Umsicht und Tapferkeit. Bei diesem Gefecht verlor das badische Husarenregiment seinen braven Kommandeur Oberst von Cancrin, den gleich die erste feindliche Granate tödtete; außerdem wurden Lieutenant Graf Leiningen und 4 Husaren verwundet. Um den Flankenmarsch unseres Korps zu maskiren, erhielt ich den Auftrag mit meiner Brigade nebst einer Voltigeurkompagnie von jedem Regiment der übrigen Divisionen in der Stellung zurückzubleiben und erst nach eingetretener Dunkelheit zu folgen, wobei noch befohlen war die Wachtfeuer brennend zu erhalten. Nach einem sehr ermüdenden Marsch traf ich mit der Arrieregarde Nachts 1 Uhr bei Mieleskowiczi ein, wo das Armeekorps biwakirte. Bei diesen Nachtmarsch wurde ich fortwährend durch unsere Artillerie, hinter der ich marschirte, aufgehalten, woran die kleinen Vorderräder unserer Artilleriefahrzeuge Schuld waren; denn so oft ein solches in ein Loch gerieth, konnte man es nur mit größter Mühe und Zeitverlust herausziehen, wodurch dann die Kolonne unaufhörlich stockte und der Marsch doppelt ermüdend wurde; hiebei erfroren uns zum ersten Mal Leute und von jetzt an ereignete es sich fast täglich, daß durch die eingetretene Kälte während der Nacht Soldaten zu Grunde gingen.

Den 13. November rückte der Marschall auf der Straße von Czaszniki vor, um Wittgenstein anzugreifen, über die Düna zurückzuwerfen und dadurch von der Moskauer Straße zu entfernen, auf welcher sich die zurückziehende große Armee der Berezina näherte. Bei dieser Bewegung kamen die Division Partouneaux und unsere Kavallerie gegen Abend zum Gefecht mit den Vortruppen des Feindes, die nach einem ziemlich hartnäckigen Widerstand auf Czaszniki zurückwichen; unsere Husaren verloren hiebei einige Pferde. Die Nacht brachte unsere Division im Biwak bei Zeulaszi zu.

Mit Tagesanbruch des 14. setzte sich das Armeekorps in Marsch auf Czaszniki, wo wir die feindliche Armee in der nämlichen Aufstellung fanden, die sie am 31. Oktober inne hatte. Nach zwei Stunden begann das Gefecht; die Division Girard wurde zum Angriff von Czaszniki beordert; unsere Kavalleriedivision zur Deckung auf ihrem rechten Flügel aufgestellt; währendem marschirte die übrige Infanterie hinter der Front beider Divisionen weg, in der Richtung von Wotzenka, wodurch die Division Partouneaux dieselbe vortheilhafte Stellung in der linken Flanke der Russen jenseits der Ula gewann, wie früher Oberst von Franken. Eine schwache Tiraillеurlinie, wozu ich die Voltigeurkompagnie des leichten Infanteriebataillons unter Kapitän Hecht verwendete und die ich später durch eine des 2. Regiments ablösen ließ, deckte den Aufmarsch. Während ihres Einrückens in die Linie litten die Truppen durch das Feuer der feindlichen Artillerie, welcher man wegen Mangel an Positionsgeschütz nicht mit Wirksamkeit begegnen konnte. Ich fand mehrere Todte meiner Brigade, die noch vom 31. Oktober her unbeerdigt auf dem Schlachtfelde lagen. Da der Hauptangriff erst am andern Morgen geschehen sollte, so verging der Tag in einer nichts entscheidenden Kanonnade und der Marschall begnügte sich denselben durch die eingenommene vortheilhafte Stellung vorbereitet zu haben. Der badische Verlust bei diesem Gefecht bestand in 3 verwundeten Officieren — Kapitän Heddäus vom 1., Kapitän von Cloßmann und Lieutenant Spinner vom 3. Regiment, — nebst 18 todten und 40 verwundeten Unterofficieren und Soldaten. Auch heute hatte ich alle Ursache mit dem bewiesenen guten Benehmen unserer Truppen sehr zufrieden zu sein.

Der 15. November, an welchem wir die Schlacht erwarteten, brach an und wir griffen in aller Frühe zu den Waffen; zu unserer Verwunderung wurde indessen, nachdem beide Armeen einander einige Stunden lang auf Kanonenschußweite unbeweglich gegenüber gestanden, statt zu dem erwarteten Angriff, der Befehl zum Rückzug ertheilt. Dieses rasche Aufgeben der ergriffenen Offensive war durch die neuen Instruktionen veranlaßt, welche Oberst Chateau, erster Adjutant des Marschalls Victor, in der Nacht vom 14. auf den 15. aus dem Hauptquartier des Kaisers von Smolensk überbracht hatte, zugleich mit der ersten Kunde von dem Rückzug der großen Armee.

Der Abzug unseres Armeekorps, obschon am hellen Tag und im Angesicht des Feindes ausgeführt, wurde nicht im Mindesten beunruhigt. Wir marschirten bis zur einbrechenden Nacht fort, worauf wir bei Sobolie biwakirten. Am 16. erreichten wir Puski, auf der Straße nach Senno. Schon seit mehreren Tagen wurden keine Lebensmittel mehr ausgetheilt und die Truppen zum größten Nachtheil der Disciplin und Schlagfertigkeit dadurch gezwungen, sich weit von den Lagerplätzen zu entfernen, um sich in den vorfindlichen Ortschaften mit Gewalt den nöthigen Unterhalt zu verschaffen. Den 17. kamen wir bis Ulianowicz, den 20. nach einem sehr anstrengenden Marsch nach Czereia. Der große Abgang an Stabsofficieren bei meiner Brigade bewog mich aus den sechs Bataillonen zwei provisorische Regimenter, jedes zu drei Bataillonen zu formiren, wovon das eine General Lingg, das andere Oberst Brückner kommandirte.

Da dem Marschall befohlen war, sich ohne Zeitverlust mit der großen Armee zu vereinigen, so wurde den 22. die Rückzugsbewegung gegen Kolopeniczi fortgesetzt und zu deren Deckung eine Arrieregarde von zwei Kavallerieregimentern, vier Infanteriebataillonen und zwei reitenden Geschützen unter General Delaitre gebildet, wozu ich das leichte Infanteriebataillon gab. Den 23. befanden sich die zwei andern Kavallerieregimenter, unsere und die Division Girard in Doknitza, die Division Partouneaux in Batury. An diesem Tage fand unweit Doknitza ein Ueberfall von Kosacken auf unseren Konvoi von zweihundert Wagen statt; indessen jagte auf die erste Kunde hievon Oberst von Laroche mit einer Abtheilung seiner Husaren herbei, schlug die mit dem Plündern der Wagen beschäftigten Kosacken schnell in die Flucht, wobei er deren achtzehn mit zwei Officieren gefangen bekam; zu seiner Unterstützung hatte ich drei Kompagnien nachgesendet, die aber Nichts mehr zu thun fanden. Oberst von Laroche, welcher vom Marschall eine schriftliche Belobung erhielt, rühmte seinerseits das bei diesem Gefecht bewiesene tapfere Benehmen des Lieutenants von Seldeneck. Zur nämlichen Zeit verlor die Division Partouneaux durch einen Ueberfall bei Batury ein ganzes Bataillon nebst zwei Geschützen, und unsere Arrieregarde bei dem Schlosse Staroczycze eine Außenwacht von vierundzwanzig Mann unter Lieutenant Vallender vom leichten Infanteriebataillon.

Den 24. versammelte der Marschall das Armeekorps bei Batury. Gegen Mittag setzte er dasselbe in Marsch und gab mir den Befehl die Arrieregarde unter Delaitre, falls sie angegriffen würde, mit zwei Bataillonen zu unterstützen, mit dem Rest der Brigade aber dem Gros zu folgen. Im Begriff abzumarschiren, zeigte mir General Delaitre an, daß er vom Feinde stark gedrängt werde und Unterstützung bedürfe, worauf ich dem 1. Regiment sofort befahl bei Batury stehen zu bleiben. Es dauerte nicht lange, so erschien unsere Arrieregarde, lebhaft verfolgt, und stellte sich 6—800 Schritte hinter dem Dorfe auf, während der Feind letzteres besetzte und Geschütz in's Gefecht brachte. Ich löste hierauf das eine Bataillon des 1. Regiments in eine Tirailleurlinie auf, um das Gefecht auf dem rechten Flügel zu unterhalten, während ich das andere auf dem linken Flügel in Reserve behielt; so war der Arrieregarde, die sich bereits verfeuert hatte, Zeit gegeben sich wieder zu sammeln. Bei deren sehr mißlich gewordener Lage hielt ich ferner für nothwendig den mir befohlenen Abmarsch zu verschieben, ich stellte daher die mir noch verbleibenden Bataillone der Brigade in Echelons hinter ihren rechten Flügel und ließ dieß dem Marschall melden, worauf er mich noch durch zwei bergische Bataillone verstärkte; ebenso führte General Fournier das badische Husaren- und hessische Chevauxlegersregiment herbei; nach kurzer Zeit aber, die er nur dazu benützte seine vier Kavallerieregimenter wieder zu vereinigen, ritt er auf mich zu und sagte: „Ce n'est plus une affaire de cavalerie, je vous cède le commandement!“ gab seinem

Pferd die Sporen und marschirte mit der gesammten Reiterei zurück. Allerdings konnte man auf dem sehr waldigen Terrain mit Kavallerie nicht Viel machen, doch wäre es immerhin von Nutzen gewesen, wenigstens einen Theil derselben in der Nähe zu behalten.

Ich sah mich nun plötzlich an der Spitze von elf Bataillonen, und zum ersten Mal in meinem Leben berufen, ein größeres Gefecht selbstständig zu leiten. Da ich die badische Artillerie schon früher zurückgeschickt hatte, so blieben mir nur zwei französische reitende Geschütze; ich suchte diese so vortheilhaft wie möglich aufzustellen und gab dem Artillerieofficier die Weisung, Batury mit Granaten in Brand zu stecken, um das Debouchiren der Russen zu verhindern; die Haubitze wurde aber schon bei dem dritten Schuße demontirt und ich mußte in Folge dessen beide Geschütze aus dem Gefecht zurückziehen und deren so nöthige Unterstützung entbehren, wogegen der Feind eine Batterie von 12 Zwölfpfündern in das Gefecht brachte und uns auf das heftigste beschoß. Ich überzeugte mich hier wieder so recht von dem geringen Werth der kurzen Haubitzen, die nicht im Stande sind Granaten mit Sicherheit zu werfen, während die russischen langen Haubitzen mit großer Genauigkeit wirkten.

Bald darauf machte der Feind einen sehr nachdrücklichen Angriff auf unsern rechten Flügel und suchte sich in Besitz des Defiles zu setzen, welches sich auf unserer Rückzugslinie befand; ich schickte ein Bataillon voraus, um dasselbe zu besetzen, während es mir gelang mit meinem Regiment den feindlichen Angriff so lange im Zaum zu halten, bis die geworfenen Truppen gesammelt waren und hinter das Defile zurückgeführt werden konnten, was jedoch im feindlichen kleinen Gewehrfeuer geschehen mußte. Ein Bataillon des Leibregiments zeichnete sich hierbei vortheilhaft aus: es suchte das Defile anfänglich im Laufschritt zu erreichen, als ich aber an dasselbe heranritt und „ordinären Schritt“ kommandirte, folgte es augenblicklich meinem Befehl, nahm den gewöhnlichen Schritt wieder an, und passirte nun in größter Ruhe und Ordnung das Defile.

Ich setzte den Rückzug, ohne vom Feind verfolgt zu werden, bis Beszaury fort, wo ich das Armeekorps wieder erreichte. Der Marschall ertheilte dem Benehmen der unter mir gestandenen Truppen große Lobsprüche. Unser Verlust in diesem Gefecht bestand aus einem todten und 3 verwundeten Officieren und 25 todten und 60 verwundeten Soldaten; ich bedauerte sehr den Tod des Kapitäns von Imhof vom Leibregiment, der den Abend bei Beszaury in der Intervalle seines Regiments begraben wurde. Besonders ausgezeichnet hatten sich die Kapitäns Huffschmid, Schwarz und Hecht vom leichten Infanteriebataillon; die Lieutenante Rau und Fröhlich wurden verwundet, wie auch Kapitän Eichfeld, der trotz meiner Warnung einen falschen Weg einschlug und dadurch in Gefangenschaft gerieth. Die Fortschaffung der Verwundeten unterlag großen Schwierigkeiten; in so weit es die Umstände erlaubten, suchte ich sie auf leeren Proviantwagen unterzubringen, eine Fürsorge, welche aber nur zu bald durch die Ereignisse der nächstfolgenden Tage wieder vereitelt wurde.

Um den folgenden Tag nicht wieder in ein Gefecht verwickelt zu werden, ließ der Marschall das Armeekorps schon Morgens 2 Uhr in aller Stille aufbrechen. Ich machte mit meiner Brigade die Avantgarde, die bisher bestandene Arrieregarde wurde aufgelöst und dieser Dienst der Division Partouneaux übertragen. Gegen 2 Uhr Mittags erreichten wir die große Straße bei Losznitza, wo wir biwakiren sollten. Nie werde ich diesen Tag vergessen! Schon in der Entfernung mehrerer Stunden von der Moskauer Straße verkündeten die längs derselben in Brand gesteckten Dörfer die Anwesenheit der großen Armee, über deren Verfassung sich bisher nur dunkle und unsichere Gerüchte im 9. Korps verbreitet hatten. Niemand ahnte aber ihren wahren Zustand, und der Eindruck, welchen derselbe bei unserm Zusammentreffen mit ihr auf uns machte, ließ nichts Gutes erwarten. Die Erinnerung, die ich noch von jenem denkwürdigen Tag habe, besteht im Folgendem: Wir marschirten ruhig unseres Weges, als gemeldet wurde, man sähe in der Entfernung einige Reiter; ich begab mich hierauf zur äußersten Spitze der Avantgarde und überzeugte mich von der Richtigkeit der geschehenen Meldung; zuerst hielt man diese Reiter für Kosacken, bald aber erkannte ich, daß sie zur verbündeten Armee gehörten; ich ritt nun zu ihnen vor und vernahm, daß einer preußischer Husar, der andere würtembergischer Chevauxlegers sei. Sie ritten auf kleinen russischen Bauernpferden, die man dort zu Land Konnie nennt. Auf meine Frage, woher sie kämen, sagten sie „von Moskau" und als ich mich nach der großen Armee erkundigte, erhielt ich zur Antwort, sie marschire zunächst von da auf der großen Straße. Bald hatte ich mich dieser genähert und nun enthüllte sich vor meinen Augen ein Bild der Auflösung, wie es sich nie aus meinem Gedächtniß verwischen wird.

Es defilirte gerade in diesem Augenblick die polnische Armee; ich ließ meine Brigade halten, um ein bisher nie erlebtes Schauspiel näher zu beobachten. Es mögen etwa zwanzig Adler gewesen sein, welche von Unterofficieren getragen, zuerst vorüberkamen; diesen folgten mehrere Generale theils zu Fuß, theils zu Pferd; einige derselben trugen Damenmäntel von Seidenzeug mit Zobel besetzt, und nun folgte eine Zahl von vielleicht 500 bewaffneten Soldaten, — der letzte Ueberrest eines Armeekorps, das den feindlichen Boden mit 30—40,000 Mann betreten hatte. Dabei war das Wetter außerordentlich schön und die Sonne beleuchtete mit ihren hellen

Strahlen diese für uns Alle so erschütternde Scene. Nach unserm Einrücken in den Biwak sahen wir noch weitere Korps in gleich aufgelöstem Zustande an uns vorüberziehen.

Auf die Weisung, welche mir an eben diesem Tage zukam, der Kaiser wolle den andern Tag über das 9. Korps Revue halten, erließ ich den Befehl an meine Brigade, Alles darauf vorzubereiten. Da dieß die letzte Ordre war, welche ich in diesem Feldzuge schriftlich ertheilte, indem es bald darauf zur Unmöglichkeit wurde irgend etwas Geschriebenes auszufertigen, so möge sie zur Erinnerung an jene Zeit hier einen Platz finden:

Losznitza, 25. November 1812.

„Morgen wird nach Bovisow marschirt und aller Wahrscheinlichkeit nach vor Seiner Majestät dem Kaiser die Revue passirt. Die Herren Kommandeure werden auf der Stelle alle Anstalten machen, um die Bataillone in einen so reinlichen und schönen Stand wie möglich zu setzen."

Ein Rottenzettel, den ich für den Kaiser aufstellen ließ, ergab bei meiner Brigade noch eine Stärke von 2240 Mann unter dem Gewehr — ein für die damaligen Verhältnisse noch ganz ansehnliches Korps.

Dritter Abschnitt.

Schlacht an der Berezina 28. November; Oberst von Laroche sprengt mit dem badischen Husarenregiment ein russisches Karre. — Abzug des 9. Korps über die Berezina 29. November. — Fortsetzung des Rückzugs auf der Straße von Zembin. — Gefecht bei Malodeczno 4. Dezember; der Markgraf wirft die Russen an der Spitze seiner Brigade zurück. — Das 9. Korps erliegt bei Oszmiana der Kälte und dem Mangel.

Bei der Vereinigung mit der sogenannten großen Armee am 25. November betrug unser Armeekorps höchstens noch ein Dritttheil der anfänglichen Stärke. Die bergische Artillerie, welche meist mit Rekruten in das Feld gerückt war, hatte sich bei den bisherigen Märschen und Gefechten völlig aufgelöst und brachte nur noch zwei Geschütze auf die große Straße, während die mehrentheils aus gedienter Mannschaft bestehende badische Artillerie noch alle ihre Geschütze hatte und sich in einem ganz brauchbaren Zustand befand.

Den 26. November wurde unser Korps um 3 Uhr Morgens nach Borisow in Marsch gesetzt. Hier trafen wir die Reste der einst so schönen westphälischen Armee; ich sprach General Ochs, mehrere andere Bekannte und auch den damaligen sächsischen Lieutenant von Schreckenstein.[1])

Die Brücke, mittels welcher die große Straße über die Berezina führt, fanden wir von den Russen abgebrannt und damit die einzige Passage über den Fluß zerstört. Um zu zeigen, wie dies kam, muß ich bis zum 20. November zurückgehen, wo Marschall Oudinot, nachdem er sich von unserm Korps getrennt, in der Richtung von Bobr abmarschirte, um sich Borisow zu nähern, welches Admiral Tschitschagoff nach der Einnahme von Minsk ernstlich bedrohte. Zum Schutz von Borisow hatte sich mittlerweile

1) Später preußischer Generallieutenant und Kriegsminister.

Divisionsgeneral Dombrowski vom Korps Poniatowski's, welcher gegen Bobruisk stand und sich von dort über Minsk zurückziehen mußte, in den Brückenkopf von Borisow geworfen; hier wurde er aber am 21. November von einer Abtheilung der Tschitschagoff'schen Armee überfallen, die sich in den Besitz der Brücke und des Städtchens setzte, worauf Dombrowski nach Bobr zurückwich, wo er von dem im Anmarsch begriffenen Marschall Oudinot aufgenommen wurde. Tschitschagoff ließ Dombrowski durch die Division Pahlen über die Berezina verfolgen, während er mit seiner Hauptmacht vor Borisow am rechten Ufer stehen blieb. Den 23. November griff nun Oudinot, durch Dombrowski verstärkt, General Pahlen unweit Losznitza an und zwang ihn nach einem lebhaften Kampfe sich durch Borisow auf das rechte Ufer zu retten, wobei es ihm jedoch noch gelang die Brücke hinter sich zu zerstören.

Bei dem vorerwähnten Marsch unseres Korps nach Borisow begegnete ich zu meinem großen Leidwesen der badischen Bagage unter Kapitän Knapp, die nicht mehr über die Berezina hatte kommen können; eine andere uns mehr zusagende Begegnung fand bei Niemanitza statt, wo wir auf einen badischen Konvoi von 41 Wagen stießen, der unter Lieutenant Hammes schon Anfang Juli von Karlsruhe abgegangen war und eine beträchtliche Quantität Zwieback, Suppengries und Schuhe mitbrachte. Diese wichtige Zufuhr war in dem Augenblick ihres Eintreffens von ganz unschätzbarem Werth und brachte die vortrefflichste Stimmung bei uns hervor; denn während die ganze Armee den peinlichsten Mangel an Lebensmitteln und Fußbekleidung litt, waren wir nun mit allem Nöthigen versehen. Ich erhielt Erlaubniß auf der Straße einen Halt zu machen und nahm nun so schnell wie möglich die Austheilung vor, wobei sich manche komische Scene zutrug; fast jeder Officier hatte Etwas von Hause erhalten und mit der größten Begierde stürzte man sich an die Wagen und auf die für Einzelne bestimmten Pakete. So sah ich Oberst Brückner, auf einem der Wagen stehend, mit Hast eine große Schachtel öffnen, welche ich mit Delikatessen für ihn gefüllt glaubte; statt dem zog er aber eine stattliche Perrücke heraus, entfernte mit höchster Behendigkeit die alte, um sich die neue auf das haarlose Haupt zu setzen; die ganze Toilette nahm nur wenige Minuten in Anspruch. Um der bergischen Brigade einen Beweis unserer waffenbrüderlichen Gesinnungen zu liefern, ließ ich ihr ebenfalls von unserm Zwieback und Suppengries abgeben, worauf die leeren Wagen verbrannt und die Pferde unserer Artillerie zugetheilt wurden.

Das Korps erhielt nun Befehl von Borisow die Berezina aufwärts zu marschiren und sich hinter dem Walde von Alt-Borisow als Reserve für das bereits auf dem rechten Ufer befindliche 2. Korps aufzustellen.

Gedrängt von wiederholten Weisungen des Kaisers, so schnell wie möglich Brücken über die Berezina herzustellen, hatte sich nämlich Marschall Oudinot sogleich nach der Einnahme von Borisow mit Rekognoscirung des hiezu tauglichsten Punktes beschäftigt, den er bei dem Orte Studianka fand; da das Brückenschlagen aber die größten Schwierigkeiten darbot, indem alles Material dazu mangelte, konnte erst am 26. damit begonnen und erst Mittags 1 Uhr die eine der beiden Brücken beendigt werden, worauf der Kaiser das im Ganzen nur noch 7000 Mann starke 2. Korps sogleich auf das rechte Ufer übergehen, die hier zur Beobachtung aufgestellte feindliche Abtheilung angreifen und auf Brilowa zurückwerfen ließ.[1])

Den 27. November Mittags mußte unser Korps mit Ausnahme der Division Partouneaux und der Kavalleriebrigade Delaitre, welche als Arrieregarde in Borisow zurückgeblieben, nach Studianka marschiren; wir zogen zu dem Ende der Berezina entlang unter einem Schwarm von isolirten Soldaten aller Korps. Der Kaiser war selbst in Studianka zugegen, aber statt der in Aussicht gestellten Revue erhielt ich den Befehl mit meiner Brigade die fertig gewordene Brücke zu passiren und mich hinter dem 2. Korps aufzustellen; es gelang mir indessen erst gegen Abend das rechte Flußufer zu erreichen, denn es herrschte die größte Unordnung und ein furchtbares Drängen aller Gattungen von Fuhrwerken gegen die Brücken. Den Kaiser sah ich von Weitem in einem Zobelpelz und einer Pelzmütze an einer der Brücken stehen. Kapitän von Kalenberg hatte ich vorausgesandt, dafür zu sorgen, das die Brücken für meinen Uebergang frei würden. Bei dieser Verschickung stieß er auf Berthier, den er nicht kannte, und als dieser ihn fragte, was er wolle, gab er zur Antwort, das brauche er ihm nicht zu sagen, ich hätte hier zu befehlen, worauf Berthier sich zu erkennen gab und Kalenberg sehr derb anfuhr. Sobald ich das rechte Ufer erreicht hatte, nahm ich eine Aufstellung zunächst der Brücke; hier traf ich mehrere Officiere des 1. Bataillons vom 2. Regiment, welche von Moskau kamen und mir meldeten, daß die dem Bataillon zugetheilten beiden Geschütze schon vor Smolensk stehen geblieben seien und das Bataillon selbst, dessen Mannschaft größtentheils zu Grunde gegangen, kaum mehr existire.

---

1) Für die Leser, welche die Operationen der beiderseitigen Armeen an den verhängnißvollen Ufern der Berezina nicht ganz gegenwärtig haben, geben wir, soweit unsere Materialien reichen und der Zweck es erfordert, zum leichtern Verständniß der Aufzeichnungen des erlauchten Erzählers eine Uebersicht unter Beilage 8.

Der in der Geschichte ewig denkwürdige Tag des 28. November kam heran und mit ihm für uns Alle ein Kampf der Verzweiflung gleichzeitig auf beiden Ufern der Berezina. Admiral Tschitschagoff, welcher Napoleons Uebergang näher bei Borisow erwartet zu haben scheint, war mit seiner vereinten Macht von 32,000 Mann auf der Straße von Borisow längs des rechten Flußufers herbeigeeilt und griff die Marschälle Oudinot und Ney, welche ihm nicht mehr als 9—10,000 Mann entgegenstellen konnten, mit Lebhaftigkeit an; die Schlacht war mörderisch und dauerte den ganzen Tag, wobei Oudinot verwundet wurde. Eine glänzende Charge, welche General Doumerc gegen Abend machte und wobei 1500 Russen gefangen wurden, endigte den für die Franzosen sehr rühmlichen Tag; es wurde auf dem Schlachtfeld biwakirt. Die Straße nach Zembin war nun für den Rückzug frei.

Während dieß auf dem rechten Ufer vorging, hatte sich auch auf dem linken, zwischen unserm Korps und Wittgenstein, ein ebenso heißer Kampf entsponnen, nur daß das Verhältniß der Streitkräfte ein noch ungünstigeres war, indem vor Beginn dem Marschall nur die Division Girard, die bergische Brigade und die Kavalleriebrigade des Obersten Laroche — im Ganzen wohl kaum noch 5000 Mann — zur Verfügung standen, da, wie bereits erwähnt, die Division Partouneaux mit der Kavalleriebrigade Delaitre nach Borisow und die badische Brigade auf das rechte Ufer detachirt waren. Der Marschall schickte mir daher in aller Frühe den Befehl mit meiner Brigade wieder auf das linke Ufer zurückzukehren. War das Hinüberkommen schon äußerst schwierig gewesen, so zeigte sich das Wiederpassiren der Brücken mit noch größern Hindernissen verknüpft; denn der Andrang von Fuhrwerken und einer ganz ungeordneten, regellos unter einander gemischten Masse Unbewaffneter von allen Nationen und Sprachen ging in das Unglaubliche; eine Menge Verwundeter und Kranker wurden unbarmherzig von den Brücken in den Fluß geworfen, der große Eisschollen mit sich führte; dabei das heftigste Schneegestöber. Einzelne Reiter versuchten mit ihren Pferden durch das Wasser zu schwimmen, blieben aber im Schlamme stecken, — kurz, wo man hinsah, Scenen des Jammers und Elendes. Endlich gelang es mir mit der Infanterie das linke Ufer zu erreichen; meine Artillerie hatte ich auf dem rechten zurücklassen müssen, da es ihr wegen des außerordentlichen Gedränges nicht möglich war an die Brücken heranzukommen.

Da bei meinem Einrücken in die Aufstellung unseres Armeekorps die in Borisow zurückgebliebene Arrieregarde noch nicht sichtbar wurde, glaubten wir uns vor der Hand ganz sicher vor einem Angriff, und ich verzehrte mit meinen Officieren eben ein kleines Frühstück, als man mir meldete, es zeigten sich Kosacken. Ich eilte zu unsern Husaren und befahl Lieutenant von Ammerongen zu einer Rekognoscirung vorzureiten; gleich darauf kam ein französischer Officier der Division Partouneaux mit der Meldung, daß diese Division nebst der Brigade Delaitre gefangen worden; General Partouneaux seie sammt General Billard und Oberst Bügé schon Tags zuvor bei einer Rekognoscirung dem Feind in die Hände gefallen, worauf General Camus das Kommando übernommen; dieser sei von Borisow einen falschen Weg marschirt, unter das feindliche Korps gerathen und dadurch gezwungen worden, sich den Russen vor wenig Stunden zu ergeben. Uebrigens zeigte sich später, daß das Bataillon, welches die äußerste Arrieregarde gehabt, nämlich das 4. des 55. Regiments, — 220 Mann stark — mit vier Zwölfpfündern, auf einem andern Wege glücklich durchgekommen war; es wurde nach seinem Eintreffen sammt den Geschützen meiner Brigade zugetheilt.

Lieutenant von Ammerongen kehrte von seiner Rekognoscirung mit der Meldung zurück, starke feindliche Kolonnen seien im Anmarsch. Der Marschall traf nun Anstalten zu einer hartnäckigen Gegenwehr. Der Schneesturm war so heftig, daß als ich zu Pferde steigen wollte, der Schnee einen halben Fuß tief auf meinen Sattel lag; ich ritt an diesem Tag einen Fuchsen, der mich schon in den Schlachten von Aspern und Wagram getragen hatte. Da ich beim Eintreffen mit meiner Brigade nur eine vorläufige Aufstellung genommen, so ließ ich sie jetzt weiter vorrücken und stellte mich in entwickelter Linie in eine Vertiefung, die uns sehr nützlich wurde, da die meisten Kugeln des Feindes unschädlich über uns hinweggingen.

Den Mittelpunkt unserer Stellung bildete Studianka. Rechts von diesem Dorfe dehnt sich eine kleine freie Ebene bis an das Ufer der Berezina aus, vorwärts von den waldigen Höhen von Alt-Borisow begrenzt. Kein Terrainhinderniß erschwerte hier dem Feind das Vordringen, und dieser ganze Theil des Schlachtfeldes, sammt den dahinter liegenden Brücken war überall von ihm eingesehen und der vollen Wirkung seiner Batterien ausgesetzt; links von Studianka — den Fluß aufwärts — bildete die Anhöhe, auf welcher noch ein Theil des Dorfes liegt, ein für die Aufstellung günstiges Plateau, das aber aus Mangel an Truppen nur zum Theil besetzt werden konnte. Zwischen diesem Plateau und den vom Feinde besetzten Höhen zieht ein 8—900 Schritte breites, überall leicht passirbares Thal, welches bei dem Dorfe in die oben erwähnte freie Ebene mündet. Auf diesem Terrain hatte der Marschall die Truppen folgendermaßen vertheilt: Meine Brigade, nebst dem zugetheilten Bataillon vom 55. Regiment unter dem Bataillonschef Joyeux und den vier französischen Zwölfpfündern bildete den rechten Flügel und dehnte sich rechts bis an die

Berezina, links hielt sie die äußersten Häuser von Studianka und einen Theil des Plateaus besetzt, wo sich die bergische Brigade als Centrum der Aufstellung an sie anschloß; die Division Girard hatte den linken Flügel, der, weil er sich nicht bis zu einem nahe gelegenen Wald ausdehnen konnte, ohne Stützpunkt völlig in der Luft stand. Um diesem Uebelstand abzuhelfen, wurde die Kavallerie — jetzt noch aus dem badischen Husaren- und dem hessischen Chevauxlegersregiment bestehend — hinter diesen Flügel gestellt; die Artillerie — 14 Geschütze im Ganzen — war auf einigen vortheilhaften Punkten der Anhöhe vertheilt, und eine Tirailleurlinie bis an deren Fuß vorgeschoben. Im Lauf des nun beginnenden Kampfes zeigte sich mein Divisionsgeneral nur wenig; zuerst entschuldigte er sich bei mir damit, er habe kein Pferd, worauf ich ihm das meines Feldjägers Schütz geben ließ; später sagte er zu mir: „Wenn ich nicht da bin, so kommandiren Sie statt meiner.“ Darauf hörte ich, er sei in das Wasser gefallen und ich sah ihn mit keinem Auge mehr; dafür theilte er mir seinen Generalstabschef zu, der aber bald nachher von einer Kugel am Finger verwundet von der Scene verschwand, wie sein General.

Der Feind hatte indessen die uns gegenüberliegenden Höhen mit zahlreicher Artillerie besetzt und ein sehr lebhaftes Kanonenfeuer eröffnet, dem bald jenes der Tirailleure auf der ganzen Linie folgte; zu gleicher Zeit rückte die feindliche Infanterie des linken Flügels, gedeckt durch ein nahe vor der Front meiner Brigade gelegenes Gehölz, welches nicht hatte besetzt werden können, in die Ebene von Studianka herab und suchte längs den Ufern des Flußes vorzudringen. Nach einem ziemlich hartnäckigen Gefecht gelang es ihr auch die äußersten Bataillone meines rechten Flügels zurückzudrängen, in einem Augenblick, wo diesen die Munition ausgegangen; es waren das leichte Infanterie- und das französische Bataillon unter General Lingg; da letzterer zugleich auch durch einen Schuß in den Arm verwundet wurde, eilte ich auf den bedrohten Punkt und befahl Major Corneli mir mit dem 2. Bataillon meines Regiments zu folgen. Ich suchte nun das Gefecht so lange hinzuhalten, bis die Verstärkung eintraf; sobald diese in die Nähe kam, ließ ich das Feuer einstellen und im Sturmmarsch mit dem Bajonet angreifen. Ohne einen Schuß zu thun, trieben wir die Russen bis in das Gehölz zurück, welches wir nun besetzten; hiebei wurde meinem Ordonnanzofficier Lieutenant von Strauß das Pferd unter dem Leib erschossen und meiner Ordonnanz Husar Stier durch eine Kanonenkugel der Kopf vom Rumpf gerissen. Strauß machte seinen Sattel los und wollte ihn forttragen, um ihn zu retten, was ich ihm aber untersagte, da er nur selbst darüber zu Grunde gegangen wäre. Den braven Bataillonstambour vom leichten Infanteriebataillon, welcher einen Schuß erhalten, ließ ich auf das

Pferd meiner erschossenen Ordonnanz setzen und so zurückbringen. Es machte mir die größte Freude, daß unsere Infanterie sich das erste Mal, wo wir mit dem Feinde ernstlich zusammentrafen, mit soviel Bravour benahm. Ich ließ nun das leichte Infanteriebataillon durch Major Corneli ablösen.

Während dieses auf dem rechten Flügel vorging, kanonirte der Feind unsern linken Flügel lebhaft. In dem Verhältniß als sich seine Linie verlängerte, umfaßten auch seine Batterien diesen Theil unserer Stellung und beschossen ihn mit zunehmender Wirksamkeit. Um diese Artillerie zu entfernen, vielleicht auch um den Feind abzuhalten, sich bis an die Berezina auszudehnen und unsern freistehenden linken Flügel von dort anzugreifen und aufzurollen, befehligte der Marschall den General Damas mit der bergischen Brigade zum Angriff der gegenüberliegenden Höhen. In zwei Kolonnen, jede noch etwa von der Stärke eines Bataillons, rückte die Brigade von dem Plateau herab, gefolgt von dem badischen Husarenregiment als Unterstützung; unten im Thale angekommen, wurde die zweite Kolonne hinter einem Graben angehalten, dessen hoher Rand sie gegen das Geschützfeuer decken konnte, während die erste ihre Bewegung durch ein kleines Gehölz fortsetzte. Die feindliche Tirailleurlinie hatte sich zurückgezogen; einige hundert Schritte vor dem Ausgang des Gehölzes fand die Kolonne russische Infanterie aufgestellt, von der sie mit lebhaftem Feuer empfangen wurde; zwei Mal versuchte sie es, dieselbe zum Weichen zu bringen, aber beide Male ohne Erfolg und unter großem Verlust, wobei General Geiter eine Hand verlor und General Damas einen Streifschuß auf der Brust erhielt. Durch die mißlungenen Angriffe in Unordnung gerathen, zog sich die bergische Kolonne wieder durch das Gehölz, und mit der als Rückhalt aufgestellten andern Kolonne, von der Unordnung ebenfalls ergriffen, in die früher innegehabte Stellung zurück.

Während dem stand meine Brigade im heftigsten Geschützfeuer und das Tirailleurgefecht auf meinem äußersten rechten Flügel dauerte ununterbrochen fort, was mich nöthigte, das dazu verwendete Bataillon jedes Mal wieder ablösen zu lassen, sowie es sich verfeuert hatte. Hiebei riß eine Kanonenkugel Kapitän von Woldeck von der Leibkompagnie meines Regiments in dem Augenblick den Kopf weg, wo er hinter der Fronte der Brigade auf einem Munitionswagen stand, um Patronen zu fassen; gleich darauf zerschmetterte eine Granate Lieutenant Oehl und verwundete beim Krepiren noch sieben Mann; eine Kanonenkugel nahm Kapitän Mahler ein Bein und so ging es fort und fort. Die feindlichen Geschosse erreichten nun auch die dicht zusammengedrängte Masse der Isolirten zwischen Studianka und den Brücken; sie stürzten, von panischem Schrecken ergriffen, auf die letztern zu, die Wagen geriethen in einander und warfen um, eine Menge Menschen wurden erstickt oder zertreten, andere in die Berezina gedrängt, in der sie den Tod fanden. Manche retteten sich durch Schwimmen oder erreichten die Brücken und versuchten es an den Brückenböcken hinaufzusteigen; viele in den Fluß gedrängte Pferde ertranken oder blieben zwischen den Eisschollen eingeklemmt, andere, ohne Führer umherirrend, drückten sich an einander und bildeten an mehreren Stellen undurchdringliche Knäule.

Indem ich nach dem mißlungenen Angriff der bergischen Brigade deren rückgängiger Bewegung zusah, bemerkte ich eine sich uns nähernde Kolonne, ohne bei der sehr trüben Witterung unterscheiden zu können, was es für Truppen seien; nach ihren weißen Tschakoüberzügen hielt ich sie für Polen, doch plötzlich begannen sie auf uns zu feuern. Um dem vermeintlichen Irrthum zu steuern, ritt ich auf sie zu und schrie ihnen entgegen, nicht zu schießen, erkannte aber auch in diesem Augenblick, daß es Russen waren. Ich jagte nun so schnell wie möglich hinter die Fronte meiner Brigade, um den Feind mit lebhaftem Feuer zu empfangen; im nämlichen Moment ließ aber auch der Marschall unsere Husaren und die hessischen Chevauxlegers — zusammen noch 350 Pferde — zum Angriff übergehen. General Fournier wurde verwundet, worauf Oberst von Laroche das Kommando übernahm. Dieser stürzte sich nun auf die russische Infanterie; nach einem kurzen Gefecht war die feindliche Kolonne theils niedergehauen, theils gefangen; 500 Mann des 34. Jägerregiments wurden als Gefangene zurückgebracht. Inzwischen sprengten russische Kürassiere herbei; Oberst von Laroche warf sich auch diesen mit ungestümem Muthe entgegen, wurde aber schwer verwundet; er erhielt einen Bajonetstich, einen Säbelhieb über die rechte Wange und ein Schuß ging ihm durch den Tschako, wobei er zugleich gefangen wurde. Wachtmeister Springer hieb ihn jedoch glücklich heraus und befreite ihn wieder. Das Husarenregiment war bei diesem für dasselbe so ehrenvollen Kampf fast ganz aufgerieben worden, denn kaum 50 Pferde kehrten mit mir über die Berezina zurück; gleiches Loos theilten auch die braven hessischen Chevauxlegers.[1]) Es war eine große Gunst des Schicksals, daß in einem Feld-

---

1) Diese kühne Waffenthat des braven Laroche und seiner Husaren bildet einen der hervorragendsten Momente in den Kriegsannalen des badischen Armeekorps; wir fügen daher hier auch noch den betreffenden Auszug aus der Geschichte des Husarenregiments bei: „„Nach der Verwundung des Generals Fournier, gleich Anfangs dieses Gefechtes, übernahm Oberst von Laroche das Kommando der beiden Regimenter und erbat sich sogleich vom Marschall die Erlaubniß zu einer zweiten Attake auf die russische Infanterie. Er griff dieselbe, welche Karre gebildet und Geschütz bei sich hatte,

zuge, wo alle Kavallerie durch Mangel und durch Strenge des Klimas einem gewissen Untergang entgegenging, das badische Husarenregiment mit einer ausgezeichneten, durch glänzenden Erfolg belohnten Waffenthat von dem Schauplatz abtreten und durch eigene Aufopferung die Rettung seiner Waffengefährten erkaufen konnte.

Es gelang nun dem Feinde nirgends mehr vorzudringen, durch seine überlegene Artillerie und das gutgezielte Feuer seiner Jäger fügte er jedoch unserm sehr geschwächten Armeekorps noch fortwährend große Verluste zu. Fast keine Kugel des koncentrischen feindlichen Feuers ging verloren, denn wenn sie auch nicht in die sich schlagenden Truppen traf, so fiel sie in die vor den Brücken aufgedrängte Masse von Menschen, Pferden und Wagen. Die Verwirrung und das Gedränge der Fuhrwerke, welche oft bis zur Brücke vorgekommen, durch Kugeln ihre Bespannung verloren oder selbst zertrümmert, den kaum frei gewordenen Weg wieder sperrten, vermehrte sich dadurch so sehr, daß es den ganzen Tag hindurch unmöglich wurde, die auf dem rechten Ufer gebliebene badische Artillerie über die Brücke herüber und in das Gefecht zu bringen; sie sah sich daher darauf beschränkt, am Wasser eine Position zu nehmen, — was von großer Wichtigkeit geworden wäre, wenn die Russen uns auf die Brücken zurückgeworfen hätten — und deckte unsere rechte Flanke durch einige wohl angebrachte Bogen-

---

mit den Husaren an und ließ die hessischen Chevaurlegers im Trabe folgen. Ein Bataillon vom russischen 34. Jägerregiment gab sein Feuer erst ab, als die Husaren schon ganz nahe am Karre waren, wurde aber im Augenblick darauf gesprengt, zum Theil zusammengehauen, zum Theil gefangen, wobei indessen das Regiment sowohl durch das Feuer, als durch die Vertheidigung mit dem Bajonet schweren Verlust erlitt. Nachdem es die Gefangenen — gegen 500 Mann — den Chevaurlegers übergeben, verfolgte es die einzelnen zum Tirailliren zerstreuten feindlichen Infanterietrupps; da aber inzwischen zwei Eskadrone feindlicher Kürassiere zu deren Unterstützung heransprengten, so konnten die eroberten Geschütze, deren Bedienungsmannschaft mit der Bespannung geflohen war, nicht in Sicherheit gebracht werden; es warf sich vielmehr Oberst von Laroche, die anrückenden Kürassiere gewahrend, mit einigen wenigen schnell zusammengerafften Husaren auch diesen entgegen, wurde aber dabei, nachdem das Pferd unter ihm getödet worden, verwundet und gefangen und die wenige Mannschaft, die er bei sich hatte, zurückgewiesen. Demungeachtet gelang es dem Wachtmeister Springer und Unterofficier Dünkel ihren Obersten wieder zu befreien, als einige französische Geschütze ihr Feuer auf die russischen Kürassiere richteten. .... Das Husarenregiment war fast gänzlich aufgerieben; Oberst von Laroche, Rittmeister Bischoff, die Lieutenants von Preen, von Ammerongen und von Ritz waren verwundet; außerdem verlor es noch über 150 Mann an Todten, Verwundeten und Vermißten, so daß den 29. Morgens 7 Uhr nur noch einige Mann vom Regiment unter Lieutenant von Preen über die Berezina kamen.""

schüsse. Um das Andringen der russischen Jäger gegen unsern rechten Flügel abzuhalten, ließ ich die hier fechtenden Truppen durch das zweite Bataillon des 2. Regiments ablösen und als auch dieses sich verfeuert und der Bataillonskommandeur Oberstlieutenant von Etzdorff eine schwere Verwundung erhalten, dessen Ablösung durch das 1. Bataillon des Leibregiments unter Kapitän Poly vornehmen. Zum Glück war unterdessen die Nacht hereingebrochen und der Feind dadurch genöthigt, seine Tirailleurs zurückzuziehen; das Feuer hörte auf der ganzen Linie auf und wir biwakirten auf dem Schlachtfeld in der nämlichen Stellung, die wir vor Beginn des Kampfes eingenommen, ja die badische Brigade, indem sie sich bis zum Gehölz ausdehnte, aus dem sie die Russen zurückgeworfen, hatte sogar Terrain vorwärts gewonnen.

Trotz der erfolgreichen Behauptung unserer Stellung war der Marschall über die Lage, in der wir uns befanden, in größter Unruhe, denn ein kühner Entschluß des weit überlegenen Feindes würde hingereicht haben, die Ueberreste unseres Armeekorps in die Berezina zu werfen. Er kam zu mir und lobte ungemein das Benehmen unserer Truppen, es seien die einzigen auf die er sich ganz verlassen könne, er wolle davon dem Kaiser Meldung erstatten, der sicherlich nicht ermangeln werde uns Zeichen seiner besonderen Anerkennung zu geben, denn wir hätten uns um die große Armee sehr verdient gemacht. Dennoch erschien später in dem berühmten 29. Bülletin nicht ein Wort der Anerkennung für die badischen Truppen und nur General Fournier wurde genannt, der doch gleich Anfangs verwundet, das Schlachtfeld frühe verlassen hatte.[1])

Groß waren unsere an diesem Tage erlittenen Verluste. Der Marschall selbst erhielt eine Kontusion, die Generale Girard, Fournier, Damas und Geiter Wunden, und General Dändels mußte sich wegen seines Falles in das Wasser vom Korps entfernen. Die badische Brigade hatte 28 todte

1) Napoleons Grundsätze in diesem Punkte den Bundestruppen gegenüber sind vollständig karakterisirt in dem vertraulichen Erlaß vom Jahre 1809 aus Schönbrunn an die Marschälle, worin er voll Zorn gegen Bernadotte, welcher die Sachsen mittels Tagesbefehl für die Schlacht von Wagram belobt hatte, seinen Major-Général u. A. Folgendes bemerken läßt: „Indépendamment de ce que Sa Majesté commande son armée en personne, c'est à elle seule qu'il appartient de distribuer le degré de gloire que chacun a mérité. — Sa Majesté doit le succès de ses armes aux troupes françaises et non à aucun étranger. L'ordre du jour du Prince de Ponte-Corvo, tendant à donner de fausses prétentions à des troupes aux moins médiocres est contraire à la verité, à la politique et à l'honneur national.“ Pelet IV., S. 427.

und verwundete Officiere, unter letztern General Lingg, Oberst von Laroche, Oberstlieutenant von Grolmann und Kapitän von Kalenberg. Geblieben waren Kapitän von Woldeck und die Lieutenants Holz I, Oehl und Rutschmann; der Verlust an Unterofficieren und Soldaten betrug über 1100 Mann; das Abzählen der Rotten ergab nur noch ungefähr 900 Mann unter dem Gewehr. Da außer mir sich kein dienstfähiger General mehr bei dem Armeekorps befand, so übernahm ich Abends das Kommando über sämmtliche noch vorhandenen Truppen. Von der bergischen Brigade meldete sich Oberst Gentil mit 60 Mann, von der Division Girard waren noch 2—300 Polen übrig, von den beiden sächsischen Infanterieregimentern nur ein kaum nennenswerther Ueberrest. Alle Truppen des Armeekorps hatten sich mit der größten Anstrengung und Aufopferung geschlagen und die französische Artillerie den Kampf ihrer Waffe gegen eine weit überlegene Zahl auf sehr ehrenvolle Weise bestanden.

Ein Nachtessen, welches mein Koch Wernlein und mein Jäger Gidemann im Biwak bereiteten, schmeckte herrlich, und der mit dem Konvoi des Lieutenants Hammes gekommene vaterländische Wein würzte das Mahl, das aus einem Hasen bestand, welchen meine aus Smolensk mitgenommenen Windhunde während der Schlacht gefangen hatten.

Auf einen gegen Mitternacht erhaltenen Befehl des Marschalls ließ ich die größere Brücke durch die Grenadierkompagnie des Leibregiments unter Kapitän von Zech besetzen, um sie für den Uebergang des Korps frei zu machen. Die Artillerie unter Oberst Carron sollte zuerst übergehen, bedurfte aber hiezu eine viel längere Zeit, als sie sollte, indem die Trainsoldaten jeden Augenblick durch die sich zwischen sie hineindrängenden Pferde und Fuhrwerke abgeschnitten wurden; es dauerte oft eine Viertelstunde bevor wieder einige Wagen die Brücke passiren konnten, während welcher Zeit diese unbenützt blieb. Von allen Seiten, besonders aber durch die Polen, wurde ich gedrängt auf die Artillerie keine weitere Rücksicht zu nehmen und die Infanterie abmarschiren zu lassen; ich wies aber diese Zumuthung um so entschiedener zurück, als mir noch das 1. Bataillon des Leibregiments fehlte, welches das den Russen entrissene Gehölz besetzt hielt. Mehrere abgeschickte Ordonnanzen nämlich kamen mit der Meldung zurück, daß es unmöglich sei Kapitän von Poly den Befehl zum Rückzug zu überbringen, indem der Feind bereits zwischen ihm und uns stehe. Ich blieb demungeachtet entschlossen nicht ohne das Bataillon abzumarschiren und es nöthigenfalls selbst zu holen; ich versprach nun einem Unteroffizier die Medaille, wenn er mir das Bataillon brächte, und hatte auch bald darauf die Freude den ganzen Rest meiner Brigade um mich versammelt zu sehen.

Es dauerte bis 1 Uhr Morgens, bevor ich mich in Marsch setzen konnte; als wir aber an die kleine Brücke kamen war dieselbe unbrauchbar geworden, es mußte daher an die größere Brücke marschirt werden, was uns neue unsägliche Schwierigkeiten verursachte. Man war genöthigt Mann für Mann sich durch eine Masse aufgehäufter Fuhrwerke, Menschen und Pferde durchzuarbeiten, die zertrümmert, verwundet oder getödtet durcheinander lagen. Ein Mal wurde ich so fest an ein zwischen Wagen eingezwängtes Pferd gedrückt, daß ich mir nicht anders zu helfen wußte, als einem Soldaten hinter mir das Gewehr zu entreißen und es niederzustoßen; als ich darüber weg schritt, traf mich ein Schlag des in den letzten Zuckungen liegenden Thieres, der mich nicht unerheblich verletzte. In diesem chaotischen Knäul erblickte ich in geringer Entfernung die von einem brennenden Wagen beleuchtete Gestalt des Obersten von Laroche; ich rief ihm zu, sich an mich anzuschließen, aber alle seine Versuche durch das dichte Gedränge durchzukommen blieben erfolglos. Ich befahl nun der mir folgenden Kompagnie Oberst von Laroche aus dem Gedränge zu befreien, es koste was es wolle, und zu mir zu bringen, was ihr auch glücklich gelang; aber die tiefe Hiebwunde vom vorigen Tage war noch immer unverbunden und klaffte weit auf vom Munde bis zum Ohr.

Endlich erreichte ich bei Tagesanbruch mit dem Rest des Armeekorps die Brücke, die wir sogleich passirten, jenseits derselben aufmarschirten und sie zerstörten. Es war ein herzzerreißender Anblick nunmehr so viele auf dem linken Ufer zurückgebliebene Verwundete, Kranke und Isolirte dem Feinde preisgegeben zu sehen. Keine Feder vermag den Jammer zu beschreiben, der sich dem Auge darbot, als die Russen Besitz von dem linken Ufer nahmen. Die in Gefangenschaft gerathene Masse Isolirter kann ohne Uebertreibung auf 10,000 angeschlagen werden. Es blieben nebst vierzig Kanonen die Wagen der meisten Generale mit der kaiserlichen Kriegskasse stehen. Ueberhaupt muß die Beute außerordentlich gewesen sein, denn noch im Jahre 1819 vernahm ich in St. Petersburg aus dem Munde des von einer Reise in diese Gegend zurückgekehrten Großfürsten Nikolaus, wie noch fortwährend Geld und Waffen aller Art an dem Uebergangspunkte aufgefunden würden.

Durch die Ereignisse der letzten Tage sah sich die große Armee von der Hauptstraße über Minsk ab- und auf die Seitenstraße über Zembin gedrängt, welche erst bei Malodeczno wieder in die erstere fällt. Morgens 7 Uhr — 29. November — setzte sich unser Korps in Marsch; wir kamen diesen Tag bis Zembin, ohne vom Feind beunruhigt zu werden, weil Marschall Ney mit dem 2. und den Ueberresten des 3. und 5. Korps die Arrieregarde übernommen hatte. Abends aß ich beim Marschall, woselbst ich Oberst Marbot — mit dem ich 1809 gleichzeitig bei Massena gewesen — antraf; er kommandirte nun das 23. Chasseursregiment in der Brigade Castex der Division Doumerc und war verwundet.

Der an sich schon bei jedem Rückzug eines geordneten Heeres beschwerliche Dienst der Arrieregarde steigerte sich hier auf eine unglaubliche Weise und erreichte den höchsten Grad von Mühsalen aller Art hauptsächlich dadurch, daß eine Masse von wenigstens 60,000 Menschen unbewaffnet und in regellosen Haufen zwischen der Armee und der Arrieregarde einherzog.

Die Art, wie sich dieselbe bewegte und zu ernähren suchte, hatte einen zu wesentlichen Einfluß auf die noch bewaffneten Truppen, um nicht auf eine nähere Schilderung einzugehen. Die Arrieregarde verließ gewöhnlich zwischen 1 und 3 Uhr Morgens den Biwak und stellte sich, wenn die Straße durch Wagen versperrt war, auf, um letztern Zeit zum Weiterkommen zu lassen, während dessen die Masse der aufgelösten Korps ruhig in ihren Biwaks und in den Dörfern zunächst der Straße verblieben, in welchen sie sich niedergelassen hatten. Erst mit anbrechendem Tage kamen von allen Seiten Schaaren dieser Isolirten herbeigeströmt und füllten die Straße dermaßen, besonders bei Engwegen, wo der Marsch des Fuhrwesens gehemmt war, daß die Arrieregarde wieder zum Aufmarsch genöthigt wurde, was sich im Tage mehrmals wiederholte. Dabei mußte man täglich eine Menge Wagen stehen lassen, bei welchem sich dann eine großer Theil dieser Nachzügler versammelte, um sie zu plündern; ein einziger solcher Wagen reichte oft hin den Marsch lange zu verzögern. Hatten die Isolirten gegen Mittag einen Vorsprung und ein an der Straße gelegenes Dorf erreicht, so hielten sie an, bereiteten sich ein Mittagsmahl aus den aufgetriebenen Lebensmitteln und ließen die Arrieregarde unbekümmert an sich vorüberziehen; erst die Kanonenschüsse der russischen Avantgarde schreckten sie auf. Von Kosacken umschwärmt, die sie ausplünderten und häufig wieder laufen ließen, kamen sie im Trabe der Arrieregarde nach und zwangen diese wieder zum Aufmarsch. Letztere indessen in ein Gefecht verwickelt, das oft bis in die Dunkelheit dauerte, konnte dann erst spät ihre Stellung verlassen, um noch einige Stunden weiter in den Biwak zu marschiren. Was hier noch etwa an Lebensmitteln, Holz und Stroh zu finden gewesen wäre, hatte die vorausgeeilte Menge verbraucht und die Arrieregarde fand dann gar Nichts mehr; Austheilungen erfolgten eben so wenig und so nahm das Elend und die Verringerung der streitbaren Mannschaft immer mehr zu; jeder neue Tag wiederholte die Scenen des vorhergegangenen. Unter der großen Menge durch Mangel und Krankheit entwaffneter Soldaten befanden sich auch viele, die ihre Reihen nur verlassen hatten, um sich dem Dienst gegen den Feind zu entziehen und durch Plünderung der Landesbewohner und in das Gedränge gekommener Wagen der Armee ihre Habsucht zu befriedigen. Durch diese Geißel der Arrieregarde wurden unaufhörlich neue Unordnungen und Verluste herbeigeführt und den noch unter den Waffen stehenden Truppen ein um so gefährlicheres Beispiel gegeben, als nur die größte Selbstverläugnung den Soldaten in Reihe und Glied abhalten konnte, die täglichen Gefahren und Entbehrungen aller Art nicht lieber mit der weit bequemern, oft sehr einträglichen Lebensweise der Traineurs zu vertauschen.

Unter solchen Umständen übernahm am 2. Dezember unser Korps mit den Ueberresten des 2. unter General Maison die Arrieregarde. Bis Mittag setzten wir unsern Marsch ruhig fort, dann nahmen wir eine Aufstellung auf einer Anhöhe bei dem Dorfe Chotawiczi, um der Artillerie Zeit zu lassen, einen Wald zu passiren. Indessen hatte sich eine große Zahl Isolirter in einem unserm rechten Flügel zunächst gelegenen Dorfe niedergelassen, eine Masse anderer kam, aufgeschreckt durch die Kanonenschüsse, welche die feindlichen Vortruppen mit uns wechselten, auf der Straße herangezogen. Der Marschall wollte sich in kein ernstliches Gefecht einlassen, befahl daher den Rückzug fortzusetzen und das Defile zu passiren, ehe dasselbe vom Feind erreicht würde. Bei dem Eintreffen des Korps am Waldsaum fanden wir aber zu unserm Erstaunen einen großen Theil der Artillerie und der Munitionsreserve noch vor dem Walde, der nur auf einer Straße zu passiren war. Man konnte daher nicht mehr hoffen einem Gefecht auszuweichen, wenn anders die Artillerie gerettet werden sollte. Der Augenblick war dringend und nur ein schneller Entschluß vermochte uns aus der übeln Lage zu ziehen. Dem Munitionstrain wurde daher befohlen, sich in zwei Kolonnen neben der Artillerie in Marsch zu setzen und es mußte das Defile mit drei Reihen Wagen zugleich passirt werden, — alle Equipagen wurden zurückgewiesen.

Während ich mit meiner Brigade am Eingang des Waldes stand, kam eine schöne, junge Dame auf mich zugestürzt und bat flehentlich den Wagen, worin ihr kranker Mann — ein Inspecteur aux revues — noch passiren zu lassen, da er und sie sonst verloren wären. Der klägliche Zustand dieser Frau bewog mich, ihr in der Reihe der Munitionswagen einen Platz zu verschaffen und so verließ sie mich mit einem herzlichen Händedruck.

Unterdessen kam die Masse der Traineurs, durch das lebhafte Vordringen des Feindes angetrieben, nachgelaufen, hatte in kurzer Zeit den Marsch der Artillerie in's Stocken gebracht und die Plünderung einzelner Wagen begonnen. General Doumerc, der mit der Kavallerie des 2. Korps —

die des 9. existirte nicht mehr — die äußerste Arrieregarde machte, beschleunigte inzwischen den Rückzug gegen das Defile; seine Echelons gingen im starken Trab zurück und warteten meist den ersten Kanonenschuß nicht ab, um sich gleich wieder in Bewegung zu setzen. Es wäre nun dringend nothwendig gewesen eine Gefechtsaufstellung zu nehmen, allein die Zeit hiezu mangelte. Der Aufmarsch an dem Rand des Waldes zu beiden Seiten der Straße wurde zwar befohlen, sollte aber in Rotten geschehen und konnte kaum von zwei Bataillonen ausgeführt werden, als bereits die Kavallerie auf Gewehrschußweite vor dem Eingang des Waldes ankam. Der Marschall ließ nun ein Paar Eskadronen auf die Traineurs, welche sich in das Defile gedrängt hatten, einhauen, um die Artillerie wieder in Marsch zu bringen. Dieses Mittel verfehlte jedoch seinen Zweck, denn die Kavallerie, auf ihre eigene Rettung bedacht, vergrößerte nur die Unordnung. Die feindlichen Plänker und einige Geschütze besetzten indessen eine kleine Höhe vor dem Eingang des Defiles. Das Terrain zur Aufstellung der Infanterie der Arrieregarde war zu ungünstig um es lange behaupten zu können; ich erhielt daher Befehl Platz zu machen und in zerstreuter Ordnung durch den Wald zu gehen, da dieß die einzige Möglichkeit war, durchzukommen; jenseits des Defiles sollte ich meine Brigade wieder sammeln und aufstellen, die übrigen Truppen mußten auf gleiche Weise folgen und die feindliche Artillerie brachte diese Auflösungsscene durch einen reichlichen Hagel von Granaten und Kartätschen auf den höchsten Grad der Verwirrung.

Bei Ertheilung des obigen Befehls befand sich die badische Artillerie noch in dem Defile, festgehalten durch die verworrene Menge von Fuhrwerken ꝛc.; sie setzte daher ihre sämmtlichen berittenen Kanoniere vor die Spitze und bahnte sich auf diese Weise und dadurch, daß alle hindernden Wagen von der Straße heruntergeworfen wurden, einen Weg. Die ganze Batterie wurde gerettet, der Reservepark aber mußte vor dem Defile zurückgelassen werden und fiel in die Hände des Feindes. Auf einem kleinen, freien Platz, über welchen die Straße führt, etwa dreiviertel Stunden vom Eingang des Waldes sammelte ich meine Brigade. Nachdem die Artillerie einigen Vorsprung gewonnen, ging der Rückzug mit aller Ordnung weiter, gedeckt durch einige badische und polnische Voltigeurkompagnien. Am Ausgang des Waldes nahe bei dem Dorfe Czerenicza hatte der Marschall die übrigen nicht schon früher gesammelten Truppen formirt und stellte nun, da der Feind noch immer nachdrängte, meine Brigade rechts der Straße hinter einem leichten Höhenzug in ein Versteck, während die Division Girard sich in der geraden Richtung zurückzog. Vor meiner Fronte wurden eine Zwölf- und eine Sechspfünder-Batterie aufgeführt. Die eingetretene Dämmerung begünstigte diese Aufstellung. Indessen waren die feindlichen

Vortruppen bis an den Rand des Waldes vorgedrungen und brachen mit großem Hurrahgeschrei aus demselben hervor, das aber, durch die aufgestellte Artillerie kräftig beantwortet, bald wieder verstummte, worauf der Feind keine weitern Versuche mehr machte aus dem Walde zu debouchiren.

Der Rest des 3. Korps, welcher sich bis jetzt, obgleich sehr schwach, noch erhalten hatte, fand bei diesem Gefecht seine völlige Auflösung. Dasselbe Schicksal theilten die schwachen Reste der bergischen Brigade und die beiden sächsischen Infanterieregimenter. Auf Ersuchen des Obersten von Einsiedel gab ich ihm einen Unterofficier, der sich die sächsischen Fahnen um den Leib band, nachdem die Fahnenstangen verbrannt worden. Daß es mir gelungen, die badische Infanterie bei einem Anlaß völlig wieder zu sammeln, wobei andere Korps sich gänzlich auflösten, zeugt gewiß von ihrer ganz vorzüglichen Disciplin. Außer Kapitän von Haynau, welcher einen Streifschuß an der Brust erhielt, woran er später starb, hatte ich noch sechs verwundete Soldaten.

Um 10 Uhr Nachts verließ der Marschall die Aufstellung, marschirte trotz großer Ermüdung der Truppen noch zwei Stunden weiter und ließ zum ersten Mal die Isolirten aus ihrem Biwak verjagen, um seinen Truppen Lebensmittel zu verschaffen, die nur allein noch auf diese Art zu erhalten waren.

Den 3. Dezember wurde wieder in aller Frühe abmarschirt; zuerst ging der Weg durch Waldung, erst mit Tagesanbruch erreichte man ein freieres Terrain bei dem in Flammen stehenden Ilia, woselbst eine Aufstellung genommen wurde, weil das Passiren mehrerer Brücken den Marsch des Fuhrwerkes aufgehalten hatte. Der Marschall ließ die ganze verfügbare Artillerie auf einer kleinen Anhöhe vor dem Walde auffahren und behielt die Infanterie in geschlossenen Kolonnen dahinter. General Damas, der Nichts mehr zu kommandiren hatte und dessen Verwundung nicht sehr bedeutend war, wurde mit Herstellung der Ordnung in dem Defile beauftragt. Die uns gegenüberstehende Avantgarde des Feindes griff nicht an und so konnten wir gegen Mittag die Brücken ungestört überschreiten. Die badische Brigade wurde bei denselben zurückgelassen, um ihre Zerstörung durch französische Sappeurs zu decken; der Feind brachte einige Geschütze vor, womit er die Brücken mit Kartätschen beschoß, die Arbeiter vor deren völliger Zerstörung vertrieb und unsere Verfolgung fortsetzen konnte. Das hügelige Terrain, welches wir heute zu durchziehen hatten, kostete der Armee eine Menge Fuhrwerke, deren Bespannung bei der übeln Beschaffenheit der Wege und großer Abmattung der Pferde Nichts mehr zu leisten vermochte.

Gegen Abend erreichte die feindliche Avantgarde die Kavalleriedivision Doumerc nahe an einem Wald, in welchem die Infanterie bereits aufmarschirt war, um die Artillerie — noch 14 Geschütze — und die Traineurs vorbei zu lassen. Nach einem kurzen Gefecht zog sich die Kavallerie in den Wald hinein und durch die Infanterie zurück; der Feind beschränkte sich auf eine ziemlich wirkungslose Kanonnade; sein Feuer wurde durch die badische Artillerie, mit gleicher Unwirksamkeit wahrscheinlich, beantwortet, indem die Dunkelheit bereits eingetreten war. Hierauf erfolgte ein Angriff feindlicher Infanterie auf die Division Girard, der indessen keine Gegenbewegung veranlaßte, sondern mit lebhaftem Gewehrfeuer abgewiesen wurde, worauf der Feind für diesen Tag die Verfolgung einstellte. Unser Korps hatte nur einige Verwundete, sonst keinen Verlust, jenen nicht mitbegriffen, den wir in der Frühe bei Ilia erlitten. Gegen 9 Uhr Abends verließen wir unsere Aufstellung und nahmen nach einem Marsch von einer Stunde von dem Biwak der Isolirten Besitz. Die Nacht brachte ich mit General Castex zu; wir hatten aber beide Nichts zu essen, da mein Wagen mit meinen Leuten voraus und mein Packpferd verloren gegangen war.

Den 4. Dezember verließen wir 3 Uhr Morgens den Biwak und marschirten nach Malodeczno, welches wir, ohne vom Feind beunruhigt zu werden, gegen Mittag erreichten. Durch die zunehmende Kälte und den Mangel an Nahrung hatten wir in der Nacht schon viele Leute verloren; von dem Leibregiment fand man beim Einziehen der Vorposten ein Picket von 15 Mann theils erfroren, theils von der Kälte so gelähmt, daß kein Mann dem Regiment zu folgen vermochte, alle blieben auf der Stelle liegen, wohin sie der Dienst gerufen.

Bei Malodeczno wurde bei dem Schlosse des Grafen Ochinski, wo sich der Weg von Zembin mit der großen Straße nach Wilna vereinigt, Stellung genommen. Die Brücke, über welche der Weg einige hundert Schritte vor dem Schloß vorbeiführt, brach man ab und führte einige badische Geschütze dahinter auf; die Division Girard besetzte die ganz nahe vor dem Garten des Schloßes gelegene Anhöhe, welche von diesem durch einen, den ganzen Garten umgebenden tiefen, sumpfigen Graben getrennt war. Ich stellte meine Brigade in dem, nach altfranzösischem Geschmack mit hohen Baumwänden angelegten Garten auf; die Kavalleriedivision beobachtete die große Straße von Minsk; zur Verbindung mit der Division Girard wurde ein Faschinendamm über den Graben errichtet. Der Marschall lud mich zum Frühstück ein und sagte mir, der Kaiser habe ihn beauftragt, mir seine besondere Zufriedenheit mit den badischen Truppen auszudrücken; zugleich versprach er mir eine baldige Austheilung von Lebensmitteln.

Gegen 2 Uhr Nachmittags sah sich die Division Girard vom Feinde angegriffen. Ich befand mich um so mehr in der Lage sie zu unterstützen, als ich, nach der Verwundung des Generals d'Hervilliers das Kommando auch über diese Division erhielt. Zu dem Ende schickte ich das leichte Infanteriebataillon und einige Voltigeurkompagnien vor, welche sogleich Antheil am Gefecht nahmen. Da der Feind sein Geschütz auf die Feuer richtete, die wir der Kälte wegen angemacht, so ließ ich dieselben wieder auslöschen. Dabei ergaben sich zwei komische Scenen: Eine feindliche Kugel zerschmetterte Oberst von Brandt eine Kasserole mit gebratenen Nieren gerade im Augenblick, wo er sie vom Feuer nahm, um sie zu verzehren; zugleich fuhr eine Kartätschkugel zwischen mir und General Damas durch und streifte dessen langen Zopf; er griff schnell mit der Hand darnach und pries sich glücklich, als er sich überzeugte, daß das im Augenblick unersetzliche Kleinod von der Kugel nur berührt und nicht mit fortgenommen worden war.

Die Menge der Tirailleurs und die vortheilhafte Aufstellung im Garten, dessen vorerwähnte hohe Baumwände die Schwäche der dahinter stehenden Truppen verbargen, veranlaßten den Feind das Gefecht durch Artillerie zu unterhalten, ohne einen nachdrücklichen Angriff zu unternehmen, dessen Erfolg nicht zweifelhaft gewesen wäre, da unser Korps nicht einmal mehr die Stärke eines Regiments hatte und durch die unaufhörlichen Strapatzen, durch Mangel und Abgang an Munition ganz außer Stand war, einem ernstlichen Angriff zu widerstehen.

Bei dem Eintreten der Dunkelheit brach der Feind das Gefecht ab; unsere Tirailleurs wurden ebenfalls eingezogen und Vorposten auf der Höhe ausgestellt, wo man sich geschlagen hatte. Während der Ausführung dieser Anordnung hörten wir plötzlich den tiefen Klang der russischen Hörner und es schien, der Feind wolle uns in der rechten Flanke umgehen; gleich darauf stürzten sich mehrere Kolonnen, gedeckt von einem Schwarm Tirailleurs, die eine zugefrorene Stelle über den Wassergraben gefunden, mit einem Hurrah auf den rechten Flügel meiner Brigade und drangen bis in den Garten ein. Ich führte nun, ohne einen Augenblick Zeit zu verlieren, die Brigade dem Feind bis an den vorgenannten Graben entgegen, und warf ihn mit gefälltem Bajonet wieder über denselben und in seine frühere Stellung zurück, begleitet von einer Kleingewehrsalve, die ihm keinen geringen Verlust verursacht haben mag.

Hiebei muß ich zweier bemerkenswerther Vorfälle erwähnen. Beim Sturm der Russen auf den Garten hatte die Bedienungsmannschaft der in einem ausspringenden Winkel am Graben aufgestellten badischen reitenden Piece ihr Geschütz momentan verlassen müssen; ich packte nun den Unterofficier Kiby beim Arm und zog ihn wieder zu seiner mit Kartätschen geladenen Kanone, deren sofortiges Abfeuern bei so großer Nähe des Feindes eine bedeutende Wirkung hervorbrachte. Der andere Vorfall war, daß ein kühner russischer Tirailleur von ungewöhnlicher Größe sich bei obigem Angriff sehr weit vorgewagt hatte. Ich befand mich eben bei der Kompagnie des Kapitän von Rüdt vom Leibregiment, um meine Zufriedenheit über das rasche und brave Vorgehen unserer Infanterie zu bezeugen, als mir der Russe, den wir später für einen Unterofficier eines Jägerregiments erkannten, aus ziemlicher Nähe eine Kugel zusendete, die mir dicht am Ohr vorbeizischte; Kapitän von Rüdt befahl hierauf sogleich dem Unterofficier Strübe seiner Kompagnie, den Russen bevor er wieder laden konnte, auf das Korn zu nehmen und im nämlichen Augenblick lag er auch schon zu Boden. Beim Vorgehen stieß ich auf den entseelten Körper des Getödteten und erblickte auf dessen Brust eine Medaille, welche ich durch Strübe ablösen ließ und zu mir steckte. Bei näherer Untersuchung fand es sich, daß ihm die Medaille bei der Einnahme der Festung Basardschick im Feldzug gegen die Türken ertheilt worden war. Noch jetzt bewahre ich sie zum Andenken an die nahe Gefahr, der ich so glücklich entronnen[1]). Der badische Verlust in diesem Gefecht bestand in 8 Todten und 20 Verwundeten, unter letztern Lieutenant von Biedenfeld.

Mit dem Gefecht von Malodeczno, bei welchem unsere badischen Truppen wieder neuerdings so treffliche Proben ihrer Tüchtigkeit und Ausdauer abgelegt hatten, endigte sich der thätige Antheil, welchen unser Armeekorps an diesem merkwürdigen Feldzug genommen. Von seiner früheren Stärke war jetzt nur noch ein Rest von höchstens 900 bis 1000 Mann übrig. Die auf das Aeußerste gekommene Erschöpfung und der entsetzliche Mangel an Lebensmitteln, welche schon lange nicht mehr geliefert wurden, drohte auch diesem kleinen noch mit Ordnung zusammenhaltenden Ueberrest eine baldige Auflösung. Ich hielt es daher für meine Pflicht, dem Marschall an diesem Tage die dringendsten Vorstellungen über die traurige Lage zu machen, in der wir uns befanden und erklärte ihm, daß ich ohne Lebensmittel und Munition kein Gefecht ferner zu bestehen vermöge und verlangen müße, abgelöst zu werden. Ich traf ihn in dem Schloße des Grafen Ochinski, in dem nämlichen Zimmer, in welchem Napoleon sein letztes Armeebülletin verfaßt hatte. Nach vieler Mühe brachte ich es beim Marschall dahin, daß er seinen Adjutanten Oberst Chateau an den Fürsten von

---

1) Leider war es dem tapfern Unterofficier, welcher durch seinen sichern Schuß das Leben seines kommandirenden Generals aus der augenscheinlichsten Gefahr rettete, nicht vergönnt in das Vaterland zurückzukehren. Es traf ihn das herbe Loos so vieler braven badischen Kameraden — russische Erde deckt seine Gebeine.

Neufchatel abschickte. Den andern Tag kam jener mit der Nachricht zurück, wie von einer Ablösung der Arrieregarde keine Rede sein könne, dagegen aber würden uns sofort Lebensmittel zugeschickt werden; zugleich ließ mir der Kaiser seine Zufriedenheit aufs Neue bezeugen. Während ich beim Marschall war, kam auch General Doumerc mit der Meldung, seine Kürassierdivision, — obgleich sie heute gar kein Gefecht bestanden — sei durch Nahrungsmangel und Kälte dermaßen zugerichtet, daß sie fortan nicht mehr zum Gefecht verwendbar.

Die große Schwäche der badischen Brigade nöthigte mich nochmals zu einer Aenderung der Formation, indem ich die früher errichteten beiden provisorischen Regimenter auf ebenso viele Bataillone, jedes zu 180 bis 200 Mann reduzirte, die polnischen Regimenter waren auf 150 Mann herabgeschmolzen. Man ließ unter diesen Umständen den Rest der Infanterie des 2. Korps unter General Maison heute wieder zu uns stoßen.

Um keinem Gefecht mehr ausgesetzt zu sein, bestellte der Marschall den Aufbruch auf den 5. um Mitternacht; wir marschirten in der Richtung von Smorgoni. Noch in der Nacht stießen wir auf das Hauptquartier des Vicekönigs von Italien und mußten in der furchtbaren Kälte so lange halten, bis er sein Quartier verlassen hatte; einen nochmaligen Aufenthalt verursachten uns die Trophäen von Moskau, von denen es hieß, sie seien noch nicht in Bewegung gesetzt. Nutzlose Sorge! denn der eine Theil ging bald darauf und der Rest bei Wilna verloren. Während dieses Marsches erschien General Graf Lobau (Mouton) Adjutant des Kaisers bei der Arrieregarde und machte mir Vorwürfe, daß das Korps schon so zusammengeschmolzen sei. Ich erwiderte ihm, wir erfüllten unsere schweren Pflichten mit der größten Ausdauer und Hingebung und verdienten sicherlich das höchste Lob statt Tadel; wenn er daher keinen besondern Auftrag des Kaisers habe, so ersuchte ich ihn sich weiter zu begeben, indem ich Wichtigeres zu thun hätte, als mich mit ihm herumzustreiten.

Der Biwak wurde heute in der Nähe von Krapowna bezogen. Es war mir gelungen ein nahes Haus dieses Dorfes, wiewohl mit großer Mühe, von den darin befindlichen Isolirten räumen zu lassen und mich in dessen Besitz zu setzen. Ueber und über ermüdet warf ich mich auf den Boden, da hörte ich eine weibliche Stimme, die mich kläglich bat, sie nicht von meinem Lager zu verstoßen. Das Spiel des Zufalls hatte nun gewollt, daß dieß die nämliche Frau jenes Inspecteur aux revues war, dessen Wagen ich vor einigen Tagen durchgelassen, als wir von den Russen an dem Walddefile so hart gedrängt wurden; sie sagte mir, ihr Mann sei der Kälte erlegen, ihren Wagen habe sie verloren und sie befände sich nun hülflos sich selbst überlassen. Daß ich die Unglückliche nicht auf die Straße warf, versteht sich von selbst. Wenige Tage darauf fand ich sie nochmals, aber — todt im Schnee.

Ich hatte kaum angefangen mich der Ruhe auf meinem Lager hinzugeben, so fand eine neue Störung statt; es entstand nämlich Feuerlärm im Hause; Alles stürzte nach der engen Thüre. Der bei mir befindliche Commissaire ordonnateur unseres Armeekorps Monsieur Sartelon wollte sich durch das einzige vorhandene kleine Stubenfenster retten, blieb aber darin stecken, so daß er weder vor- noch rückwärts konnte; dabei fiel ihm der Hut vom Kopf, welcher sogleich von einem vor dem Hause stehenden Isolirten weggenommen wurde. Da sich der Feuerlärm als falsch erwies, kehrte ich auf mein Lager zurück, nachdem ich vorher den armen Sartelon mit größter Anstrengung an den Beinen zum Fenster hereingezogen.

Den 6. Dezember fand der Abmarsch abermals in aller Frühe statt; die Kälte hatte sich auf einige zwanzig Grad gesteigert; viele Soldaten waren theils erblindet, theils erstarrt im Biwak liegen geblieben. Bald nach dem Abmarsch ließ der Marschall halten und einigen angekommenen Zwieback austheilen, aber in so geringer Quantität und mit solcher Eile, daß der größte Theil der Mannschaft Nichts erhielt. Gestern war die einzige Zwölfpfünder-Batterie des Armeekorps stehen geblieben, heute konnte es der badischen Artillerie nur mit der außerordentlichsten Anstrengung gelingen, ihre Geschütze auf der mit Glatteis überzogenen Straße und mit Pferden fortzubringen, die wegen der abgeschliffenen Eisen keinen sichern Tritt mehr hatten. General Castex, welcher den ganz geringen Rest der Division Doumerc kommandirte, ließ mich ersuchen, ihn mit der Infanterie zu erwarten, um seine schwache Kavallerie zu decken; ich mußte ihm aber diesen Dienst versagen, da sich die Kälte immer mehr steigerte und bei jedem Halt Officiere und Soldaten umfielen und erstarrten. In Smorgoni sollte Brod ausgetheilt werden, allein unsere Hoffnung wurde getäuscht und wir verließen diesen Ort, um noch einige Stunden weiter bis Oszmiana zu marschiren.

Bei diesem Marsche stand auch mir der Tod sehr nahe; ich wurde gegen Abend plötzlich von einer solchen Schwäche befallen, daß mir die Füße den Dienst versagten. Die Grenadiere des Leibregiments führten mich nun einige Zeit; bald war dieß aber auch nicht mehr möglich, denn ich verlor alle Besinnung. Der Marschall ließ mich hierauf in den einzigen Wagen legen, den er noch hatte, und so kam ich Abends gegen 7 Uhr im Biwak an, wo ich mich erinnere an einem brennenden Haus wieder zum Bewußtsein gekommen zu sein, während mir General Geiter Kaffee reichte. Nach dieser Krise, die mein Glück gewesen zu sein scheint, erlangte ich meine Kräfte wieder, aber unvergeßlich bleibt mir der Moment, wo ich zuerst deren Abnahme verspürte, mit der sichern Aussicht in ganz kurzer Zeit durch die Kälte zu Grunde zu gehen. Diese Nacht brachte General von Berkheim bei mir zu, derselbe, dem ich bei Znaym in dem Feldzug von 1809 den Befehl zum Einhauen überbracht hatte.

Der 7. Dezember war der schrecklichste Tag meines Lebens. Um 3 Uhr Morgens befahl der Marschall den Abmarsch; die Kälte war auf das Höchste gestiegen, — als das Signal hiezu gegeben werden sollte, war der letzte Tambour erfroren. Ich begab mich nun zu den einzelnen Soldaten und sprach ihnen Muth zu aufzustehen und sich zu sammeln, allein alle Mühe war vergebens, ich konnte kaum 50 Mann zusammenbringen, der Rest von 2—300 Mann lag todt oder halb erstarrt am Boden. Mein Jugendfreund Kapitän Heinrich von Stetten, ein in jeder Hinsicht ausgezeichneter Officier, fand hier seinen Untergang; den kranken Obersten von Franken traf ich in einem halbzerstörten Bauernhaus, auf dem Boden liegend, der Sprache nicht mehr mächtig und halb auf ihm hingestreckt ein sterbender Würtemberger. Gleiches Schicksal theilten die Lieutenante Hoffmann III., von Lassolaye, Junker von Hammerer und die Chirurgen Klotz und Waldmann, die der Kälte und dem Elend erlagen.

Und so hatte denn in wenigen Stunden die bis zu einem furchtbaren Grade gestiegene Kälte die bisher noch in guter Ordnung zusammengehaltenen Reste der badischen und polnischen Brigade und somit die letzten Trümmer des 9. Armeekorps vernichtet, welches bisher allen Angriffen eines weit überlegenen Feindes unter fortwährenden Strapatzen und Entbehrungen jeder Art Trotz geboten hatte.[1])

---

1) Die Regimentsgeschichte des Leibregiments knüpft an den völligen Untergang der badischen Brigade im Biwak von Oszmiana folgende für alle Zeiten beherzigenswerthe, für den persönlichen Werth des erlauchten Führers, wie den trefflichen Geist der Truppen gleich ehrende Schlußbetrachtung: „Diese rühmliche Ausdauer der badischen Brigade zur Zeit des allgemeinen Elendes war ursprünglich darin begründet, daß die meisten Officiere und Soldaten sich in frühern Feldzügen gebildet und an den Krieg gewöhnt hatten; sie wurde aber noch mehr durch die hohe Persönlichkeit des kommandirenden Generals bewirkt, in welchem die Truppen einen edeln Prinzen ihres erhabenen Fürstenhauses verehrten und liebten, der in den gefahrvollsten Momenten, in den mißlichsten Zeiten dieses verhängnißvollen Feldzugs stets an ihrer Spitze, mit rastloser Bemühung unausgesetzt für ihr Wohl besorgt war und alle Entbehrungen und Anstrengungen mit ihnen theilte. Darum fanden auch Alle den höchsten Stolz darin, dem allverehrten Führer ihre Treue und Ergebenheit durch eine unerschütterliche

Ich meldete dem Marschall, daß der letzte Rest der Infanterie zu Grunde gegangen sei. General Maison machte gleiche Meldung über das 2. Korps und General Doumerc über die Kavallerie. Diese hatte noch am 5. und 6. mit größter Aufopferung die Spitze der Arrieregarde gegeben, aber in der unglücklichen Nacht vom 6. auf den 7. gleich allen übrigen Korps ihre Vernichtung gefunden. Noch sämmtliche 8 Geschütze der badischen Artillerie waren am 7. Dezember aus dem Biwak von Oszmiana abmarschirt; indessen schon nach einigen Stunden mußte sie am Fuße eines hohen Berges die erste Kanone stehen lassen, welcher bald mehrere folgten; die letzte blieb den andern Tag vor Wilna in dem ungeheuern Gedränge von Fuhrwerken und Menschen zunächst dem Thore stecken. Erwähnung dürfte hier noch verdienen, wie durch einen reinen Zufall die Grenadierkompagnien des Leibregiments, noch 60 Mann stark, in obiger Schreckensnacht vom Untergange verschont blieben; sie hatten nämlich die Wache bei dem Marschall, dessen Wohnung in Brand gerieth. Die Hitze des brennenden Gebäudes, sowie die fortwährende Bewegung, in welcher die Mannschaft bleiben mußte, um ihren Platz an der Brandstätte gegen die andringende Menge der Traineurs mit dem Bajonet zu behaupten, schützte sie vor dem Erfrieren.

Pflichterfüllung zu beweisen. Ja selbst nach der Auflösung der Brigade wurden noch die Bande der militärischen Ordnung durch die Liebe der Soldaten zu ihren Vorgesetzten aufrecht erhalten und mancher Officier hatte seine Rettung auf dem schauervollen Rückzuge der Anhänglichkeit seiner Leute zu verdanken.

Vierter Abschnitt.

Ankunft des Markgrafen mit den Resten der badischen Brigade in Wilna. — Jammerscenen und Verwirrung daselbst. — Weiterer Rückzug hinter den Niemen und die Weichsel. — Ehrenvolles aber unglückliches Gefecht der badischen Husaren bei Marienwerder 12. Januar 1813. — Aufhebung des Truppenverbands des 9. Armeekorps. — Der Markgraf Generallieutenant und Officier der Ehrenlegion. — Eintreffen in Karlsruhe 7. Februar. — Tragisches Ende des Oberstlieutenants von Grolmann.

Vom 7. Dezember an war an keinen regelmäßigen Weitermarsch mehr zu denken; Arriergarden wurden keine mehr gegeben und daher die Isolirten von den umschwärmenden Kosacken ungehindert überfallen, gemißhandelt und ausgeplündert. Von Oszmiana aus war der Kaiser von der Armee verschwunden und der König von Neapel übernahm an seiner Statt das Kommando. Da ich Nichts mehr zu kommandiren hatte, marschirte ich mit der wenigen Mannschaft und einigen Officieren, wobei auch General Damas und der Commissaire ordonnateur Sartelon, fast ununterbrochen auf der großen Straße weiter. Wir legten diesen Tag 15 Stunden zurück und erreichten Abends ein Dorf, in welchem die Reste des 1. Korps übernachteten. Hier ließ ich die Fahnen der Brigade von den Stangen schneiden, die letztern verbrennen und gab die Fahnen einigen Unterofficieren um den Leib; jene des Leibregiments trugen die Feldwebel Janson und Philippi.

Den 8. Dezember brachen wir schon Morgens 3 Uhr wieder auf, um so schnell wie möglich Wilna zu erreichen. Auf diesem Wege entdeckte ich mitten in dem Gedränge das mir vor wenigen Tagen gestohlene Packpferd, in dessen Besitz ich mich sogleich setzte; der Packsattel mit meinen Küchenbedürfnissen war aber fort. Bald darauf traf ich auch meine Kalesche; da der Kutscher von der Kälte ganz erstarrt war und die Pferde nicht mehr weiter bringen konnte, spannte ich einige Reitpferde vor und erreichte endlich Abends das Thor von Wilna. Nun galt es aber noch einen heißen Kampf, sich durch das furchtbare Gedränge durchzuarbeiten, um bis in die Stadt zu gelangen. Ein Stock, den mir ein Feldwebel des leichten Infanteriebataillons gegeben, leistete mir hiebei die besten Dienste und so erreichte ich denn endlich die Hauptstadt Litthauens, das langersehnte Ziel unserer Anstrengungen. Ich quartierte mich sogleich in dem ersten besten Haus ein, wo ich den General Claparede antraf, einen alten Bekannten aus dem Feldzug von 1809. Dem Mangel an Brennholz um uns eine warme Stube zu verschaffen, halfen wir dadurch ab, daß wir alle im Zimmer vorhandenen Stühle in den Ofen schoben.

Des andern Tags erfuhr ich, daß jedem Armeekorps ein Kloster zum Sammelplatz angewiesen war, und zwar dem 9. das der Bernhardiner. Ich ging in aller Frühe zum Gouverneur General Hogendorp, der mich zum Mittagessen einlud und mir sagte, die Armee werde hier Winterquartiere beziehen und dadurch Gelegenheit finden, sich von den ausgestandenen Strapatzen zu erholen. Als ich mich Mittags zum Essen einfand, mußte ich zu meiner Verwunderung vernehmen, der Gouverneur sei bereits abgereist. Die Einladung scheint also wohl eine absichtliche Täuschung gewesen zu sein, um dadurch seine Abreise besser zu verbergen. Man sieht aus dem Allem, wie viel es dem Stolz der französischen Generale kostete, den Untergang der Armee einzugestehen und wie sichtlich sie bis auf den letzten Augenblick bemüht waren der Welt Sand in die Augen zu streuen. Ich wurde zum Prinzen von Neufchatel gerufen, bei dem sich die in Wilna anwesenden Generale versammelten. Er frug mich was aus meiner Brigade geworden sei, — eine Frage, die mich tief verletzte, in dem Bewußtsein, wie wir viel länger als alle andern Truppen dem Feind die Stirne geboten hatten; ich konnte mich daher nicht enthalten ihm zu erwiedern, meine Brigade liege auf der großen Straße von Moskau bis Wilna. Auf diese Antwort entließ mich Berthier sogleich, sichtlich ungehalten.

Vom Gouverneur weg hatte ich mich in das Haus begeben, worin sich die badischen Officiere gesammelt. Hier bot sich mir ein höchst traudriger Anblick dar: viele derselben waren entweder verwundet oder durch die Kälte und ausgestandenen Mangel dermaßen erschöpft, daß man sie kaum mehr erkennen konnte; manche hatten das Gesicht verloren, andere Hände und Füße erfroren, andere trugen den Keim des Nervenfiebers in sich. Ich selbst durfte mich glücklich schätzen, bei dem immerwährenden eisigen Nordwind nur die rechte Wange erfroren zu haben, die stark geschwollen, mich empfindlich schmerzte.

Hier in Wilna wurde ich durch das Wiedereinrücken des Oberstlieutenants von Grolmann erfreut, von dem ich den 7. Dezember getrennt worden war. Oft schon hatte ich beklagen müßen, daß er, wenn es zum Abmarsch kam, nicht fertig werden konnte. Dies war auch in Oszmiana wieder der Fall gewesen, wo ich lange vergebens auf ihn wartete, bis General Damas und die andern bei mir befindlichen höhern Officiere in mich drangen abzumarschiren, um uns durch längeres Zuwarten bei der großen Kälte nicht dem sichern Tode des Erfrierens auszusetzen. Ich fand ihn in einem sehr leidenden und erschöpften Zustande, da Niemand für seine Nahrung und Unterkunft gesorgt hatte.

Den durch die Lieutenante von Gilten und Brief nach Wilna gebrachten Vorrath von Kleidungsstücken und Schuhen ließ ich sogleich an die Mannschaft ausgeben und auch die Gelder vertheilen, welche Kriegskommissär-Adjunkt Bauer von Königsberg brachte, wohin ich ihn zum Umsetzen der badischen Wechsel geschickt. Der Ueberrest von 1200 Dukaten, den ich aus Mangel jeder andern Gelegenheit zur Unterbringung in meinem Wagen verwahrte, ging sammt diesem bald darauf verloren.

Jene Nacht, welche ich in Wilna mit allen unsern Officieren zubrachte, erweckt in mir noch jetzt viele trübe Erinnerungen. Zuerst erfuhr ich, mein Kutscher Götz sei erfroren; dann daß mein braver Fuchs — mein bestes Pferd — krepirt sei. Während wir uns Alle auf den Boden zur Ruhe gelegt, wurde ich durch Major Dietz vom Husarenregiment aufgeweckt, der sich im Stalle bei seiner Liesel wähnend, ein natürliches Bedürfniß befriedigen wollte. Der arme Major hatte durch die Kälte den Verstand verloren. Auch Grolmanns Zustand machte mir keine geringe Sorge, da er in Folge der an den Füßen erhaltenen Kontusion nicht mehr gehen konnte. Ich setzte ihn daher beim Abmarsch von Wilna in meinen Wagen und gab ihm, nebst Feldjäger Hubbauer, den Rittmeister von Rüdt bei, einen sehr tüchtigen Officier, der gut Polnisch sprach, mit der Weisung für ihn zu sorgen.

Statt mehrere Tage in Wilna zu verweilen, wäre es weit besser gewesen den Rückzug ohne Aufenthalt fortzusetzen; viele Officiere hätten dann mit Aufbieten der letzten Kräfte die deutschen Grenzen noch erreicht und sich gerettet, so aber trösteten sie sich mit der Hoffnung durch Zurückbleiben ihr Leben zu erhalten und Mancher, der noch im Stande gewesen wäre weiter zu kommen, blieb in solcher Hoffnung zurück, wie sehr ich mich auch bemühte sie zum Weitermarsch zu bewegen und fiel dadurch in Gefangenschaft. Natürlich spreche ich hier nur von den Gesunden, denn den Kranken und Verwundeten rieth ich selber in Wilna zu bleiben.

Den 10. Dezember begab ich mich bei einer grimmigen Kälte 4 Uhr Morgens zu dem Marschall und gelangte von dort wegen des fortwährenden unsäglichen Gedränges mit großer Anstrengung durch das Stadtthor auf der Seite von Kowno. Bald darauf hörte man Kanonendonner und vernahm den Angriff der Russen auf Wilna. Eine Stunde entfernt führt die große Straße als schmales Defile über die steile Anhöhe von Ponari, welcher Umstand wieder neuerdings zu Scenen der Verwirrung, des Jammers und Elendes führte, schrecklicher als sie noch in irgend einer Phase dieses unglücklichen Feldzugs vorgekommen. Alle Flüchtlinge, die Fourgons, Equipagen, Artillerie und Gepäck aller Art, der kaiserliche Schatz und der Rest der Trophäen von Moskau sah man sich in einen unentwirrbaren Knäul zusammenballen; jedes Fuhrwerk suchte dem andern zuvorzukommen, um die Spitze der Anhöhe zu erreichen, während dazwischen hindurch Reiter und Fußgänger nach diesem Ziele drängten; da aber die Pferde nicht geschärft waren, so wurde es den armen Thieren auf der spiegelglatten Straße unmöglich ihre Last hinaufzuziehen, sie stürzten über der großen Anstrengung zu Boden und konnten sich meist nicht wieder erheben. Dadurch steigerte sich die Verwirrung auf das Höchste und man sah Dinge, die jeden Glauben übersteigen. Kisten und Kasten wurden aufgeschlagen, um noch zu retten was man vermochte; Soldaten stürzten um zu plündern auf die Geldwagen und wurden von den Nachdrängenden kopfüber in dieselben geworfen. Ich sah Soldaten der Last ihrer mit Geld gefüllten Tornister erliegen und nun wieder von andern Vorübergehenden auf das Schändlichste mißhandelt und ausgeplündert werden. Damen in leichten Schuhen verließen ihre Wagen und suchten sich bei einer Kälte von 27 Grad zu Fuß fortzuschleppen. Mir gelang es nur nach unendlicher Anstrengung die Höhe zu erreichen. An einer Brücke wartete ich einige Zeit in der Hoffnung, es werde mein Wagen mit Oberstlieutenant von Grolmann durchkommen; statt diesem aber fand sich nur mein Diener Kranz mit zwei meiner Pferde ein; ich marschirte nun weiter bis Jevia, wo wir erst nach langer Bemühung Unterkommen in einem Hause fanden und ich die Nacht mit dem Prinzen Emil von Hessen und Prinz von Wittgenstein zubrachte.

Den 11. Dezember erwartete ich Grolmann noch bis zum Eintreffen der Arrieregarde unter Graf Wrede und Loison und ritt erst dann in getäuschter Erwartung weiter, wobei ich unterwegs den Marschall traf, der heftig am Podagra litt. In Ciszmory, wo ich übernachtete, wiederholten sich ähnliche Scenen wie bei Ponari; man glaubte sich bei einer Maskerade und wußte nicht ob man weinen oder lachen sollte, wenn man hier einen General auf einem kleinen russischen Bauernpferd, die Füße mit Lumpen verbunden, bis über die Ohren in Pelz gehüllt, dort einen Kürassierofficier auf eben solch einem Pferde, die Füße bis auf den Boden herunterbaumelnd, in einer mit Pelz besetzten Damensaloppe, dann wieder einen Employé mit gesticktem Kragen, einen Damenhut auf dem Kopf, in gelben

Pantoffeln, zitternd vor Kälte einherziehen sah. Man erblickte Kürassiere zu Fuß in halbverbrannten Mänteln, mit einem Stiefel und einem Schuh, häufig mit Musketen bewaffnet; Lanziers mühsam ihre Lanzen nachschleppend, Infanteristen ohne Armatur blos mit Stöcken, in Pelzkappen und polnischen Bauernpelzen von Schaaffellen, die meisten Officiere in eben solchen Pelzen, die erst kurz zuvor den Thieren abgezogen worden, ihre Ränzchen und Bündel tragend. Hie und da setzte sich Einer nieder, blieb liegen und erstarrte; gleichgültig marschirte man an dem Sterbenden vorüber mit dem einzigen Gedanken: dieser wird's bald überstanden haben. Häufig wurden die Erfrierenden bei halb lebendigem Leibe ausgezogen. Ich selbst schaffte einen solchen Unglücklichen von der Straße zu einem brennenden Haus, damit er nicht zertreten werde und sich wieder erwärmen könne; es war ein hübscher junger Mann, dessen Bild mir unvergeßlich bleibt. Hier sah man eine Gruppe Soldaten, doch mehr Räubern und Gaunern gleichend, einen Marketender ausplündern, dort einen Trupp Kavalleristen über ein eben gefallenes Pferd herstürzen und ihm die noch zuckenden Stücke Fleisch vom Leibe schneiden; besonders waren die Unmenschen sehr auf die Pferdelebern versessen. Ein ander Mal bemerkte man Franzosen badischen Soldaten nachgehen, um die Stückchen Zwieback aufzulesen, welche diese fallen ließen, da sowohl an der Berezina als in Wilna bei unsern Leuten von dem von Hause gekommenen Zwieback Austheilungen stattgefunden hatten.

So wälzte sich Alles in chaotischem Gewühle auf der Straße vorwärts; war sie breit, so fuhren die Wagen, Chaisen, Fourgons und Schlitten oft in drei Reihen; kam man dann an ein Defile, wollte Jeder der Erste sein; an den Brücken ohne Geländer wurden die in Schlitten liegenden kranken und verwundeten Officiere auf das Eis des Wassers heruntergeworfen, um nicht wieder aufzustehen, denn da gab es kein Erbarmen, Alles wollte nur schnell weiter. Ließ sich nun gar noch der Schreckensruf: „Kosack“ vernehmen, so entstand ein über jede Beschreibung gehendes Rennen, Treiben und Schreien. Gegen Abend, oft spät erst in der Nacht, verlor sich der Armeetroß, um in den benachbarten Dörfern ein Unterkommen zu suchen; jedes Haus, jede Scheune, jeder Stall füllte sich alsdann mit Menschen und Pferden. Konnte man in kein Haus kommen, so schätzte man sich noch glücklich, wenn man dahinter einen nothdürftigen Schutz gegen den schneidenden Nordwind fand. Mit zu den grausamstem Entbehrungen gehörte der Wassermangel, denn Alles war fest zugefroren. Oft war ich so durstig, daß ich nicht erwarten konnte bis der Schnee in einem Gefäß am Feuer geschmolzen war. Gerne wurden 6 Franken für ein kleines schlechtes auf Kohlen gebackenes Brod und 40—50 Franken für einen Laib russisches

Brod bezahlt, welches die Traineurs aus den entfernten Ortschaften herbeibrachten und damit einen einträglichen Handel trieben. Ich wollte einem Soldaten der Garde einen Zuckerhut abkaufen, da antwortete er mir, er werde nur gegen einen Laib Brod tauschen. So sah ich zufällig, wie ein französischer General gegen einen solchen Wachskerzen einhandelte. Kein Deutscher durfte an ein von Franzosen angemachtes Feuer, um sich zu erwärmen. Regimentsarzt Hauer von meinem Regiment, der sich verirrt hatte, mußte für eine solche Erlaubniß 6 Franken bezahlen.

Den 12. Dezember verließ ich Morgens 3 Uhr Ciszmory und erreichte Mittags Kowno. Ueberall sah man brennende Dörfer. Den wenigen Leuten der Brigade, welche mir noch zu folgen vermochten, wurde Rhum ausgetheilt; mir verschaffte Auditor Müller Etwas zu essen. Immer noch in der Hoffnung Grolmann ankommen zu sehen, wartete ich in Kowno bis zum 13. Morgens 8 Uhr und verließ die Stadt erst, als Marschall Ney, von russischer Kavallerie lebhaft verfolgt, vor derselben eintraf. Mein Weg führte auf der neugebauten stehenden Brücke über denselben Fluß, welchen wir beim Beginn des Feldzugs mit so stolzer Zuversicht überschritten hatten. Auf der Brücke dieselbe Unordnung und Verwirrung wie früher! Zum Beweis dessen will ich nur anführen, wie die beiden Adjutanten des Generals Damas, um nicht in dem wirren Strom der Flüchtlinge von einander getrennt zu werden, sich beständig ihre Namen zuschrieen, indem der eine „Brodelet" rief, der andere mit „Torlet" antwortete.

Die Nacht des 13. verbrachte ich in einem kleinen Orte des Herzogthums Warschau mit einigen Trainofficieren der französischen Garde. Den 14. ritt ich Morgens 4 Uhr in Begleitung des Oberstlieutenants von Brandt, des Kapitäns von Kalenberg und der Lieutenante von Strauß, Fischer und von Göler weiter. Wir erreichten 2 Uhr Mittags Wilkowiski, von wo bei Beginn des Feldzugs Napoleon jene stolze Proklamation erließ, deren Verheißungen einen so tragischen Ausgang genommen hatten.

Da gleich nach mir der König von Neapel mit dem großen Hauptquartier eintraf, so fuhr ich sogleich mit den Officieren meines Stabes in einem gemietheten Schlitten weiter, um so schnell als möglich Königsberg zu erreichen. Während dieser Fahrt die Nacht hindurch bei grimmiger Kälte war ich im Schlitten eingeschlafen, wobei mir der Hut vom Kopfe fiel. Wäre ich nicht unmittelbar darauf umgeworfen worden, so würde ich ohne allen Zweifel als Opfer der Kälte den ewigen Schlaf angetreten haben, so aber kam ich, obwohl halberstarrt, doch zur Besinnung und auch mein Hut fand sich wieder. Bald darauf sahen wir in nicht großer Entfernung von der Straße ein Licht schimmern und schloßen hieraus auf das Dasein einer menschlichen Wohnung; wir eilten darauf zu und waren hocherfreut, daß wir uns nicht geirrt; noch mehr, daß wir die preußische Grenze erreicht hatten! — Es war 12 Uhr Nachts. Nach einiger Erholung bei den freundlichen Hausbewohnern setzte ich die Reise fort und gelangte den 15. Abends über Stallupöhnen und Gumbinnen nach Insterburg. Hier endlich durfte ich mich zum ersten Mal wieder nach einer langen Periode des herbsten Ungemachs und der unsäglichsten Entbehrungen in ein ordentliches Bett legen. Aber die Schreckbilder des überstandenen Elendes drängten sich selbst im Schlafe vor meine Seele und störten die Ruhe desselben.

Den 18. Dezember erreichte ich über Taplaken, Tapiau und Pogaimen — wohl einer der Ersten — das ersehnte Königsberg. Hier begegnete ich einem Detachement österreichischer Infanterie vom Regiment Kottulinski, welches russische Gefangene bis hierher transportirt hatte, — eine in der Geschichte wohl noch nie dagewesene Erscheinung.

In Königsberg traf ich bei dem badischen Depot unter Oberstlieutenant von St. Julien, außer einem Ergänzungsdetachement von 90 Mann für das Husarenregiment unter dem zur Uebernahme kommandirten Premierlieutenant Bachelin und 108 Mann Rekonvalescenten, die neue Bewaffnung für ein Infanterieregiment und neue Bekleidung für sämmtliche Truppen. Da alle Versuche fehlschlugen von den Behörden Transportmittel zu erhalten, so ließ ich die Gewehre und Tücher auf die Packwagen laden, mit Pferden des Husarendetachements bespannen, den nicht untergebrachten Rest der Effekten verkaufen. Das Depot sendete ich mit diesem Konvoi am 19. Dezember unter Bedeckung des Husarendetachements nach Danzig, wo letzteres seine Pferde zurück erhielt und mir nach Marienwerder folgte.

Da mein einziger noch übriger Diener die Füße gänzlich erfroren hatte, so nahm ich den Grenadier Kreß vom 2. Regiment als Diener zu mir, er lebt noch und ist in meinen Diensten. Meine nächste Sorge war die schleunige Wiederherstellung meiner zu Grunde gegangenen Garderobe, denn ich besaß nur noch das eine Hemd auf dem Leib und aus den zerrissenen Stiefeln sahen mir die Zehen heraus.

Meinen letzten Bericht nach Karlsruhe hatte ich unter dem 22. Oktober aus Babinowiczi erstattet; seitdem keinen mehr in Folge der Ueberstürzung der Ereignisse und der unterbrochenen Kommunikationen. Selbst die Kouriere an den Kaiser, deren ihn in Wilna nicht weniger als achtundzwanzig erwarteten, hatten nicht zur Armee durchkommen können. Meine Aufgabe war daher jetzt, die in meiner dienstlichen Korrespondenz entstandene weite Lücke unverzüglich auszufüllen und dem Großherzog eine umfassende Meldung zu erstatten, — eine höchst schwierige Arbeit, da es so Vieles zu berichten gab, ich meine sämmtlichen Papiere auf dem Rückzug verloren hatte und Alles aus dem Gedächtniß ergänzen mußte. Erst am 20. Dezember kam ich mit der Meldung zu Stande und fertigte am nämlichen Tage den Kapitän von Kalenberg damit ab.[1])

Inzwischen war der Marschall ebenfalls in Königsberg eingetroffen; bei meinem Dienstbesuche lag seine ganze Dienerschaft in einem Vorzimmer auf dem Boden und ein Chirurg war in voller Arbeit ihnen die erfrorenen, bereits vom Brande ergriffenen Glieder abzuschneiden. Der Marschall theilte mir mit, daß Marienwerder zum Sammelplatz des Korps bestimmt sei.

Ich verlängerte in fortwährender Erwartung meines Generalstabschefs den Aufenthalt in Königsberg bis zum 23., an welchem Tage ich in einem mit 4 Husarenpferden bespannten Korbwagen bei großer Kälte bis nach Heiligenbeil weiter reiste. Es fiel mir dabei sehr schmerzlich den am Nervenfieber schwer erkrankten Obersten von Franken zurücklassen zu müßen. Den 24. begab ich mich über Braunsberg und Frauenburg nach Elbing, um mich persönlich von der Weiterbeförderung des von Königsberg abgesendeten Konvois zu überzeugen. Nur mit größter Mühe konnte ich seinen Weitermarsch bewirken, indem es an Vorspannpferden mangelte, welche von dem aus Königsberg sich zurückziehenden preußischen Korps des Generals von Bülow bereits alle in Beschlag genommen waren. Da der König von Neapel zu Elbing in dem nämlichen Haus erwartet wurde, wo ich lag, reiste ich noch in der Nacht mit Postpferden weiter nach Marienwerder, traf hier den 25. Dezember ein und wurde bei Regierungsrath Merker einquartirt, der bekanntlich später durch Kühnapfel ermordet wurde.

Außer unserm Korps hatte auch das 4. Marienwerder zum Sammelplatz erhalten. Der Vicekönig von Italien war bereits da und lud mich sogleich zu Tisch, was später noch öfters geschah. Ich fand in ihm einen sehr höflichen, zuvorkommenden Mann, von einnehmendem Aeußern, mit höchst angenehmen Umgangsformen.

Es erfolgte nun ein für den allgemeinen Gesundheitszustand sehr nachtheiliger Witterungswechsel: auf die große Kälte trat plötzlich Thauwetter ein und wurde die Ursache, daß bei vielen Officieren und Soldaten das Nervenfieber, dessen Keime sie bisher in sich getragen, zum vollen Ausbruch kam. Schon von Königsberg aus hatte ich beim Großherzog ange-

---

1) Dieses merkwürdige, von dem seltenen Gedächtniß und Pflichtgefühl des Markgrafen zeugende Aktenstück unter Beilage 9.

fragt, ob ich unsere Kranken und Verwundeten nach Hause schicken solle. Den 30. Dezember wiederholte ich diese Anfrage und erbat mir zugleich Weisung, wie ich mich gegenüber den so überraschend eingetretenen Ereignissen mit dem geretteten Ueberrest der Brigade zu verhalten habe. Diese bestand einschließlich des Depots unter Oberstlieutenant von St. Julien und des Ergänzungsdetachements für das Husarenregiment aus noch 42 Officieren, 111 Unterofficieren, 15 Spielleuten und 369 Soldaten, zusammen 537 Mann mit 71 Pferden. Hievon waren krank und verwundet: 18 Officiere, 21 Unterofficiere, 4 Spielleute, 69 Soldaten und 14 Pferde. Diejenige Mannschaft, welche den Feldzug mitgemacht und sich in Marienwerder gesammelt, zählte nur 145 Köpfe. Sobald unsere angewiesenen Kantonnirungen Groß- und Kleinkrebs, Littschen und Ottotschen bezogen waren, musterte ich meine Brigade, wozu der Raum einer Scheune hinreichte; dabei stand Feldwebel Becker auf dem rechten Flügel, seinen gelähmten Kapitän von Beck auf dem Rücken.

Von Oberstlieutenant von St. Julien hatte ich bei meiner Ankunft in Marienwerder die Meldung erhalten, daß er mit dem Effektentransport in Danzig nicht aufgenommen, sondern nach Mewe instradirt worden sei. Da nun aber dieser Ort zum Kantonnirungsbezirk des 4. Korps gehörte, ertheilte ich ihm den Befehl weiter nach Neuenburg zu marschiren, wo er auf den Neujahrstag 1813 eintraf, und darauf den 7. Januar nach Konitz abging. Unsere in Pillau zurückgelassenen Militäreffekten ließ ich durch akkordirte Fuhren nachbringen und so gelang es mir, fast unser ganzes werthvolles Ausrüstungsmaterial zu retten, während das der französischen Armee und anderer verbündeter Truppen in feindliche Hände fiel. Das Husarendetachement wurde nach seinem Eintreffen in Kanitzken auf der Straße von Riesenburg zur Beobachtung des Feindes aufgestellt. Den Lieutenant Häusler vom 1. Dragonerregiment, welcher das Ergänzungsdetachement aus dem Vaterlande gebracht, behielt ich bei mir, um wenigstens einen berittenen Officier zur Verfügung zu haben, da die meines Generalstabs insgesammt ihre Pferde verloren hatten.

Großes Aufsehen machte die eingelangte Nachricht von der bei Tauroggen zwischen General York und dem Grafen von Wittgenstein abgeschlossenen Konvention. Das preußische Korps des Erstern bildete bekanntlich einen Theil des französischen 10. Armeekorps unter Marschall Macdonald vor Riga und an der untern Düna.

Den 7. Januar kam Regimentsarzt Harsch als Kourier von Karlsruhe an, zugleich mit ihm die Gattin des Obersten von Franken des Vorhabens, dessen Gefangenschaft in Königsberg zu theilen und die Pflege des Nervenfieberkranken zu übernehmen. Ich unterstützte die edle Absicht der

Dame nach allen Kräften, so daß sie auch glücklich und ungehindert nach Königsberg gelangte. Eine andere Sorge war, wie ich die zur Unterstützung unserer in Rußland gefangenen Officiere vom Kriegsministerium empfangenen 10,000 fl. an ihre Bestimmung befördern sollte, indem der Wechsel auf das Haus Jakobi in Königsberg lautete, das aber bereits vom Feinde besetzt war. Ich hielt für das Beste mich deßhalb an den Prinzen von Neufschatel zu wenden, der auch die Gefälligkeit hatte, den Wechsel mit einem Begleitschreiben an den kommandirenden Vorposten-General der russischen Armee abzusenden, mit dem Ersuchen ihn an die gefangenen badischen Officiere weiter zu befördern. Später erfuhr ich in Posen vom Generalstabschef des Prinzen General Monthion, daß der Wechsel bei Bromberg übergeben worden sei.

Die Zeit des längern Aufenthaltes in Marienwerder verbrachte ich ganz angenehm iu Gesellschaft des Vicekönigs, des Marschalls und General Dändels. Mit Ersterem, der mir viele Freundlichkeit erzeigte, spielte ich öfters Schach.

Den 9. Januar erhielt ich von Kapitän von St. Ange aus Groß-Krebs die Meldung, daß die Russen im Anmarsch seien. Ich theilte dem Vicekönig sogleich diese Meldung mit, welcher aber nicht daran glauben wollte. Nichtsdestoweniger bat ich ihn dringend um Munition für das Husarendetachement und die wenigen Bewaffneten, die ich noch hatte. Von all dem setzte ich auch den Marschall dienstlich in Kenntniß und verlangte zugleich eine veränderte Dislokation; die mir angewiesenen Kantonnements lagen nämlich auf der feindlichen Seite Riesenburg zu und ich wollte die kaum dem Untergang entronnenen Ueberreste der Brigade nicht unnöthiger Weise neuen Zufälligkeiten ausgesetzt sehen. Nur nach vieler Mühe drang ich mit meinem Begehren durch und wir bezogen den 10. Januar Weichselburg, Groß- und Klein-Nebrau, Stangendorf und Rußenau dicht an der Weichsel, gegenüber von Neuenburg, wohin ich die Kranken und Verwundeten über den gefrorenen Strom vorausschickte. Hierdurch gewann ich für den Fall des Rückzugs einen Vorsprung von 6 Stunden. Obgleich die Annäherung der Russen keinem Zweifel mehr unterlag, so wollten doch der Vicekönig und der Marschall ohne ausdrücklichen Befehl des Königs von Neapel nicht hinter die Weichsel zurückgehen. Doch wurde das Husarendetachement bis Groß-Krebs 3 Stunden von Marienwerder zurückgezogen. Den 12. Januar sollte endlich der Abmarsch stattfinden. Durch meinen Hausherrn gewarnt, hatte ich mich in der Nacht so reisefertig gemacht, um jeden Augenblick zu Pferd steigen zu können. Gegen 4 Uhr Morgens wurde Generalmarsch geschlagen. Ich wollte nun die Straße nach Neuenburg einschlagen; da hörte ich Schüsse fallen und ein Unterofficier rief mir zu: „Kosacken!“ Im nämlichen Augenblick kehrte auch Lieutenant von Göler mit meinem Wagen, worin der kranke General Lingg saß, von dem durch den Feind bereits besetzten Thor zurück. Schnell sprang ich vom Pferd und eilte durch eine Nebenstraße in das Haus des Vicekönigs, vor welchem durch dessen italienische Garden 5 Kosacken erschossen lagen. Es unterliegt keinem Zweifel, daß dieser Ueberfall im Einverständniß mit den Einwohnern geschah, welche die Feinde vor das Haus des Vicekönigs geführt hatten, um ihn und die übrigen Generale aufzuheben, was bei einer raschern Ausführung auch sicherlich gelungen wäre. Mit dem Obersten Tschernitscheff, der das Unternehmen leitete, sprach ich später öfter über diesen Ueberfall, der durch die Gefangennehmung des Vicekönigs, des Marschalls Victor und 6 bis 8 anderer Generale von bedeutenden Folgen werden konnte. Die Kosacken verschwanden ebenso schnell als sie gekommen waren; wir sahen sie noch vor der Stadt. Sie wagten aber keinen Angriff, indem sie allerdings nicht wissen konnten, daß nur eine Handvoll Infanterie und diese ohne Munition ihnen entgegenstand.

Gegen Mittag erreichten wir Neuenburg, wo sich die Reste meiner Brigade sammelten. Aus der streitbaren Mannschaft hatte ich unter Kapitän Pfnor vom 2. Infanterieregiment ein bewaffnetes Detachement von 42 Mann formirt; die Unbewaffneten schickte ich sogleich nach Küstrin. Unangenehm berührte es mich in Neuenburg noch 5 beladene Wagen unseres Depots anzutreffen, die nicht hatten fortgebracht werden können. Für einen Wagen brachte ich noch die Bespannung zusammen, die übrigen Effekten wollte ich verkaufen lassen. Während dem wurden wir aber von den Kosacken nochmals überfallen. Ich begab mich sogleich zu dem Detachement des Kapitäns Pfnor und wollte dasselbe gegen die Kosacken führen, allein es war nicht eine einzige Patrone mehr vorhanden; in der nun entstehenden Verwirrung wurden die 4 unbespannten Wagen von ihnen geplündert. Zu dieser Widerwärtigkeit kam noch, daß der Marschall dem Husarendetachement erst Morgens 6 Uhr des 12. — also viel zu spät — den Befehl zugeschickt hatte, sich von Groß-Krebs nach Marienwerder zurückzuziehen. Als Premierlieutenant Bachelin in der Nähe von Marienwerder ankam, traf er Kosacken, die er zwar auf der Stelle angriff nnd über den Haufen warf; dabei aber gleich nachher auf 3 russische Schwadronen stieß, die ihm den weitern Rückzug verlegten. Entschlossen mit Gewalt durchzubrechen, griff er auch diese sogleich an, unterlag aber nach tapferm Kampfe der Ueberzahl, wobei der größte Theil seiner Mannschaft zusammengehauen oder gefangen wurde; ihm selbst gelang es sich mit wenigen Husaren durchzuhauen. Unterofficier Springer, den Stich einer Lanze im Schenkel, die er mit dem Säbel abgehauen hatte, brachte mir die Meldung von dem für uns so schmerzlichen Vorfall, der aber dennoch unsern braven Husaren zur größten Ehre gereichte.

Wäre ich nicht so sehr in den Marschall gedrungen, mir statt der frühern exponirten Kantonnirungen, die näher an der Weichsel gelegenen anzuweisen, so würden unsere wenigen übrigen Officiere und Infanteriemannschaft ebenso sicher wie die Husaren ein Opfer der verkehrten Anordnungen von Oben geworden sein, gegen die man fortwährend zu kämpfen hatte. Die Sucht der französischen Marschälle, sich den offenkundigen Untergang der Armee nicht einzugestehen, verleitete sie, Befehle zu ertheilen, als stünden sie noch an der Spitze bedeutender Streitkräfte. Darum hieß es immer, das oder jenes Armeekorps soll da oder dort Stellung nehmen, während ein solches Korps blos noch dem Namen nach existirte und oft nur durch eine geringe Anzahl Rekonvalescenten repräsentirt wurde. So kam es mir wahrhaft lächerlich vor, als bei dem Ueberfall auf Marienwerder General Dändels dem Marschall anbot, den rechten Flügel zu kommandiren, während das vereinigte 4. und 9. Korps keine 300 Mann mehr zählte.

In Neuenburg verbrachten wir die Nacht des 13. vom Feinde nicht weiter belästigt, da die spiegelglatte Eisdecke der Weichsel ein solches Unternehmen mit Kavallerie nicht begünstigte. Oberstlieutenant von St. Julien fertigte ich den Befehl zu, mit dem Depot von Konitz nach Küstrin zu marschiren.

Der Marschall behielt das Detachement des Kapitän Pfnor als Wache bei sich, während ich mich der Person des Vicekönigs anschloß, mit welchem ich den 14. Januar nach Schwetz marschirte, unter empfindlichen körperlichen Leiden, da heftige Schmerzen in den Beinen mir das zu Fuß gehen erschwerten, ich aber der großen Kälte wegen auch nicht lange zu Pferd aushalten konnte. Bei unserm Vorübermarsch an Graudenz exerzirten 7 preußische Bataillone auf dem Festungsglacis. Als ich dem Vicekönig bemerkte, daß diese nur die Bajonetspitzen gegen uns zu kehren brauchten, um uns den Garaus zu machen, erwiederte er mir: „Sie werden sich nicht rühren.“

Mit unserm Eintreffen in Polnisch-Krone — den 15. Januar — erfolgte die Auflösung unseres Korpsverbandes. Der Marschall übernahm den Befehl über das 2. Korps, wogegen das aufgelöste 9., welches nur noch aus einigen Generalen, isolirten Officieren und dem Infanteriedetachement des Kapitän Pfnor bestand, dem 4. Korps unter dem Vicekönig einverleibt wurde. Noch am nämlichen Tag erreichte ich mit dem Vicekönig und dem Marschall bei steigender Kälte Nackel, wo dieser in einem sehr verbindlichen und anerkennenden Schreiben von mir Abschied nahm,[1]) und alsdann mit dem Vicekönig nach Posen vorauseilte, der vom König von Neapel das Kommando der Armee übernahm, worauf der König in seine Staaten zurückkehrte. Den 16. kam ich mit General Dändels nach Stolenzyn, den 17. nach Rogasen und den 18. über Murowana nach Posen, wo ich General Lingg mit meinem Wagen glücklich wieder traf. Er hatte bei dem Kosackenlärm in Neuenburg eine andere Straße eingeschlagen, so daß ich auf dem weiten Weg bis Posen an Kleidungsstücken und Weißzeug Nichts bei mir hatte, als was ich auf dem Leibe trug.

In Posen eröffnete mir der Vicekönig, daß nach einem Befehl des Kaisers alle Kadres der deutschen Truppen in ihr Vaterland zurückgeschickt werden sollen, um dort zu neuen Formationen zu dienen; die bewaffnete Mannschaft aber müße bei der Armee verbleiben. Letztere zählte jedoch nur 41 Köpfe; diese allein zurückzulassen hielt ich in keiner Beziehung für geeignet. Ich brachte es daher nach dringenden Vorstellungen, sowohl bei dem Vicekönig, als bei den Generalen Guilleminot und Monthion dahin, auch für diese die Erlaubniß zur Rückkehr in das Vaterland zu erhalten, was mir unter dem 21. Januar durch General Dändels schriftlich eröffnet wurde.[2]) Mir bot der Vicekönig das Kommando in einer der polnischen Festungen Zamoisk oder Modlin an, was ich aber ablehnte.

Von dem Befehl zum Rückmarsch der badischen Truppen setzte ich den Großherzog mittels Meldung in Kenntniß, womit ich meinen Aujutanten Lieutenant Fischer nach Karlsruhe abfertigte. Auf Aufforderung des Marschalls Victor übergab ich ihm meine Vorschläge zum Orden der Ehrenlegion. Sämmtliche von mir bezeichneten Officiere und Unterofficiere — 17 an der Zahl — erhielten diese Auszeichnung unter dem 5. Juni; mir ertheilte der Kaiser das Officierskreuz.

Nachdem ich den Rest unserer Truppen in Marsch gesetzt, von dem Vicekönig, dem Marschall und allen Kameraden Abschied genommen, verließ ich den 21. Posen in meinem mit 4 Trainpferden bespannten Wagen, um nach Berlin zu reisen, während General Lingg mit unsern Bewaffneten zur Rückkehr in das Vaterland den Weg nach Glogau einschlug. Ich nahm die Lieutenante von Göler und Strauß zu mir. Bei Letzterem hatten sich Symptome des Nervenfiebers eingestellt, um ihn nun nicht einem sichern

---

1) Beilage 10.

2) Beilage 11.

Tod preiszugeben, entschloß ich mich ihn nicht zurückzulassen, sondern in die Heimath mitzunehmen. Den 23. Mittags erreichte ich Küstrin über Vitje und Schwerin a. d. W. Bei Landsberg begegnete ich den Kindern des Königs von Preußen, welche von Berlin kamen und sich in das neutrale Gebiet nach Oberschlesien begaben. Die Prinzessinnen streckten ihre Köpfe aus dem Wagen und betrachteten mich neugierig, da ihnen mein abgerissener Anzug aufgefallen sein mußte.

Auf der Post in Küstrin herrschte die größte Unordnung; trotz der strengen Befehle des Kaisers die Posthäuser mit aller Einquartierung zu verschonen, waren sämmtliche Räume mit Kranken und Verwundeten überfüllt. Auf die dringende Bitte des Posthalters Ordnung in seinem Hause zu stiften, schritt ich sogleich ein und befreite dessen Wohnung von allen unbefugten Gästen. Hinter dem Ofen auf dem Boden liegend traf ich einen unserer Officiere Lieutenant Wolff in einem höchst beklagenswerthen Zustand; ich versorgte ihn sogleich mit Geld und verschaffte ihm einen Wagen zum Fortkommen. Der Posthalter bewahrte das Andenken an den ihm geleisteten Dienst noch lange, denn als ich im Jahre 1816 auf der Reise nach St. Petersburg Küstrin passirte, äußerte er die größte Freude mich wiederzusehen, und ließ mir keine Ruhe, bis ich den Wagen verließ, um seinen Geburtstag, der gerade auf den Tag meiner Durchreise fiel, im Kreise seiner Familie und Freunde mitfeiern zu helfen.

Der Großherzog hatte am 23. Dezember ein 1160 Mann starkes Ergänzungsbataillon unter Major Brückner von Karlsruhe abgehen lassen. Bei meinem Eintreffen in Müncheberg am 24. Januar erfuhr ich, daß ein badisches Bataillon 2 Stunden von da in Heinersdorf einquartiert sei. Ich fuhr sogleich dahin und fand sämmtliche Officiere eben beim Nachtessen im Schlosse; ihr Erstaunen, mich plötzlich in ihrer Mitte zu sehen, war um so größer, als sich die Nachricht verbreitet hatte, ich sei bei dem Ueberfall der Kosacken auf Marienwerder in Gefangenschaft gerathen. Es war für mich ein unbeschreiblicher Genuß, so viele alte Bekannte wieder zu finden und mir aus der langentbehrten Heimath von ihnen erzählen zu lassen. Auf die Mittheilung des Majors, daß der Flügeladjutant des Großherzogs Kapitän von Holzing mich mit Briefen und Aufträgen in Glogau erwarte, schickte ich ihm einen Officier mit dem Ersuchen, mir nach Berlin zu folgen. Hier langte ich den 25. Januar an; ich stieg bei Mathie im goldenen Adler ab, war aber nicht wenig verwundert, in diesem sonst ersten Gasthofe Berlins, von dessen Herrlichkeit ich meinen Stiefbruder Markgraf Ludwig so viel in meiner Kindheit hatte erzählen hören, zerbrochene Fenster und mit Papier verklebte Scheiben zu finden — ein redender Beweis von dem Verfall der sonst so üppigen Hauptstadt in jener traurigen Zeit. Mein Erstes war die Vervollständigung meiner auf das Tiefste herabgekommenen Equipirung, um anständig erscheinen zu können.

Kapitän von Holzing brachte mir den andern Tag ein eigenhändiges Schreiben des Großherzogs mit dessen Zufriedenheitsbezeugungen und die Beförderung zum Generallieutenant.[1]) Aus dem eingetroffenen Ergänzungsbataillon hatte ich das 1. Infanterieregiment neu zu formiren; der Großherzog ernannte zu dessen Inhaber den General von Stockhorn und zum Kommandeur Oberstlieutenant von Brandt. Das neu formirte Regiment wurde zur Besatzung in Glogau gezogen und half diese Festung im Feldzug von 1813 vertheidigen.

Den 30. Januar verließ ich Berlin in dem Wagen des Kapitäns von Holzing, die Lieutenante von Göler und von Strauß folgten in dem meinigen. Die Nacht schlief ich in Wittenberg, den 31. in Dessau, wo mich der Herzog, ein alter ergebener Freund meines Vaters, wie seinen eigenen Sohn empfing. Den 1. Februar übernachtete ich in Weißenfels, den 2. erreichte ich Weimar, gerade auf den Geburtstag des Erbprinzen. Nach der Tafel machte ich bei Hof meine Aufwartung, wo Alles auf mich losstürzte, um Nachrichten von der Armee zu erhalten. Besonders schienen meine Mittheilungen die Großfürstin auf das Höchste zu interessiren.[2]) Abends wohnte ich einem Konzert und Souper bei Hofe an. Ich machte werthvolle Bekanntschaften, so die von Göthe, der Frau von Schiller und Frau von Wolzogen. Auf Zureden des Herzogs blieb ich auch noch den folgenden Tag in Weimar. Der Erbprinz fuhr mich im Schlitten überall hin, wo es etwas Interessantes zu sehen gab. Mittags war ich zum Diner im Schloß und Abends mit dem Erbprinzen in einer Theatervorstellung. Ich glaubte zuweilen zu träumen, mich wie durch einen Zauberschlag aus den Biwaks der Eisfelder von Rußland plötzlich an einen glänzenden Fürstenhof und mitten in die feinsten Genüsse des Lebens versetzt zu sehen.

Den 4. traf ich über Gotha und Schmalkalden in Meiningen ein. Im Begriff die Stadt den andern Morgen zu verlassen, sträubte sich

---

1) Beilage 12.

2) Großfürstin Marie von Rußland, Gemahlin des Erbprinzen Karl, nachmaligen Großherzogs von Sachsen-Weimar, Großmutter J. K. H. der jetzt regierenden Großherzogin Luise von Baden.

Lieutenant von Strauß mit aller Gewalt die Reise fortzusetzen; das gesteigerte Nervenfieber hatte seinen Willen und seine Einsicht vollkommen paralysirt. Ich wollte ihn durch Leute aus dem Gasthof in den Wagen bringen lassen; Lieutenant von Göler wartete dieß aber nicht ab, sondern packte im Gefühl seiner nicht gewöhnlichen Leibesstärke den kranken Kameraden und setzte ihn schwebend auf den alten Platz im Wagen, worauf es weiter ging. Abends erreichten wir Würzburg. Den 6. setzte ich die Reise fort und betrat endlich unter den lebhaftesten Gemüthsbewegungen die heimathliche Grenze, die ich vor einem Jahre mit so großen Erwartungen überschritten hatte. Mein Hauptgefühl war die innigste Dankbarkeit gegen die Vorsehung, welche mich, umringt von Gefahren in allen Gestalten, und wo so viele Tausende Leben und Gesundheit auf die elendeste Art verloren, so sichtbarlich errettet hatte. Ich fuhr die ganze Nacht hindurch und traf mit dem grauenden Morgen des 7. in Heidelberg und Nachmittags 4 Uhr in Karlsruhe ein. Den 18. folgten die mit mir in das Vaterland zurückgekehrten wenigen Officiere und Mannschaft mit sämmtlichen Fahnen, deren keine einzige verloren gegangen war.

Ueber die gefangenen, in das Innere von Rußland geschleppten, sowie in Gefangenschaft gestorbenen Officiere und Kriegsbeamten schickte Oberst von Böcklin Verzeichnisse ein[1]); unter letztern befand sich zu meinem großen Schmerze auch mein unglücklicher Chef des Generalstabs.

Nach den Angaben des Lieutenants von Preen und Rittmeisters von Rüdt, welche später Mittel gefunden hatten aus der Gefangenschaft zu entkommen, war es Rüdt und dem Feldjäger Hubbauer gelungen Grolmann am 10. Dezember in meinem Wagen auf einem Nebenwege an dem Berge von Ponari vorbei zu bringen. Beide riethen zur Rückkehr auf die große Straße, Grolmann aber bestand auf der Verfolgung des eingeschlagenen Nebenweges, in Hoffnung auf demselben eher Subsistenzmittel zu finden. Nach zweitägiger, mühseliger Fahrt, mit übermüdeten, ungeschärften Pferden, bei furchtbarer Kälte sahen sie sich am 13. Dezember, wie es scheint von

---

1) Diese unter den Papieren des Markgrafen befindlichen Verzeichnisse enthalten nur Auskunft über die beim Rückzug in Wilna, nicht aber auch über die vor und nachher gebliebenen, gefangenen und zu Grunde gegangenen Officiere und Kriegsbeamten; doch wurde es dem Herausgeber möglich damit, unter Mitbenützung aller ihm nur immer erreichbaren sonstigen Quellen, als Beilage 13 den Versuch einer regimenterweise geordneten Uebersicht der Namen und Schicksale der badischen Officiere und Kriegsbeamten zu geben, welche diesen furchtbaren Feldzug mitgemacht haben.

ihrem polnischen Wegweiser absichtlich irre geführt, plötzlich von Kosaken umringt, in das Dorf Patrowieschken geschleppt, wo sie in dem dortigen von einem Kapuziner bewohnten Pfarrhause sammt meinem braven Jäger Gidemann rein ausgeplündert wurden, dabei gingen auch die 1200 Dukaten ärarische Gelder, alle meine Papiere, Effekten, eigenes Geld und besten Reitpferde verloren. Bald darauf kamen andere Kosackenhaufen, nahmen die übrigen Pferde, zogen die Gefangenen nackt aus und mißhandelten sie mit Kantschuhhieben auf das Aergste, wobei auch der Kapuziner sein bisheriges gutes Betragen änderte, mit seinem um den Leib befindlichen Knotenstrick unbarmherzig mit darauf schlug und sie zuletzt vor die Thüre warf. Ein Bauer, der sich der Unglücklichen erbarmte, führte sie in seine elende Hütte, wo sie indessen von marodirenden Soldaten fortwährend mißhandelt wurden. Rittmeister von Rüdt bedeckte sich mit einigen Lumpen, entfloh und entging, da er gut Polnisch sprach, so dieser grausamen Gefangenschaft. Grolmann und Hubbauer hatten 20 Tage in dem elenden Loche zugebracht, ihre Existenz meist nur von dem Fleisch gefallener Pferde fristend, als ein russischer Officier eintrat, der Deutsch sprach und sich ihnen als Retter anbot. Er schaffte Pelze herbei, ließ ihnen die Füße umwickeln, führte sie auf einen nahe gelegenen Edelhof, wo für ihre Nahrung gesorgt wurde. Von da brachte man die Gefangenen nach Ciszmory, 10 Stunden rückwärts von Kowno und quartierte sie in die dortige Judenschule ein. Hier schrieb Grolmann an den Großfürsten Konstantin nach Wilna und bat um Rettung. Inzwischen wurde er mit einem Transport französischer Gefangener nach Wilna gebracht, wobei wieder während des fünftägigen Marsches dahin die gröbsten Mißhandlungen an ihm verübt wurden. Auch nach der Ankunft in Wilna war seiner Leiden noch kein Ende. Statt einer Aufnahme in das Spital, warf man unsere Gefangenen auf die Straße; sie übernachteten in einem Stalle ohne Fenster und ohne Feuer; erst den folgenden Tag gelang es Grolmann das Haus zu entdecken, worin die in Wilna zurückgebliebenen badischen Officiere sich befanden. Nun erschien ein kaiserlicher Generaladjutant, der in Folge des Schreibens an den Großfürsten Konstantin beauftragt war, ihn aufzusuchen und ihm eine Geldunterstützung zur Anschaffung der nöthigen Bekleidung zu überbringen; zugleich sagte er ihm, daß der Kaiser ihn selber sprechen und nach Hause entlassen werde. Aber Grolmann konnte von dem edelmüthigen Anerbieten des Kaisers Alexander keinen Gebrauch mehr machen. Ein heftiges Nervenfieber warf ihn nieder, um trotz der sorgfältigsten Pflege des Feldjägers Hubbauer nicht mehr davon zu erstehen. Der Stoß eines Gewehrkolbens auf die Brust mochte die edlern Organe verletzt und sein am 8. Februar erfolgtes Ende beschleunigt haben.

Grolmann war ein in jeder Hinsicht ausgezeichneter Officier; außer einem bewährten, anhänglichen Freund verlor ich an ihm den Zeugen der außerordentlichen Leistungen unserer badischen Truppen in diesem ewig denkwürdigen Feldzuge. Ohne Zweifel würde er, wenn er am Leben geblieben, seine geübtere Feder dazu benützt haben, ein treueres und vollkommeneres Gemälde ihres tapfern, ausdauernden Muthes und ihrer namenlosen Erduldungen im ungleichen Kampfe mit Feind, Hunger und Kälte hinzustellen und der Vergessenheit zu entreißen, als ich es zu thun im Stande bin.

Der Feldzug von 1813.

Erster Abschnitt.

Stärke und Eintheilung des badischen Kontingents unter dem Markgrafen. — Ausmarsch nach Sachsen. — Der Markgraf kömmt mit der 2. Brigade in Besatzung nach Leipzig. — Unglückliches Gefecht bei Altenburg 28. September. — Schlacht am 16. Oktober. — Angriff der Oesterreicher auf Lindenau. — Der Herzog von Padua überträgt dem Markgrafen das Truppenkommando in Leipzig. — Schlacht am 18. Oktober. — Erstürmung der Stadt 19. Oktober. — Kapitulation der badischen Truppen.

Kaiser Napoleon ließ in Karlsruhe auf die schleunigste Ergänzung unseres in Rußland zu Grunde gegangenen Kontingents dringen. Die neuen Formationen boten indessen, wegen Abgang der erforderlichen Kadres fast unüberwindliche Schwierigkeiten und kosteten dem kleinen Staate die enorme Summe von nahe anderthalb Million Gulden. Das neue Kontingent bestand aus 2 Infanteriebrigaden, 2 halben Sechspfünder Fußbatterien, dem Dragonerregiment von Freystedt Nr. 1: im Ganzen — die 8 Kompagnien des Infanterieregiments von Stockhorn Nr. 1 in Glogau eingerechnet — aus 7151 Mann mit 683 Pferden und 8 Geschützen.

Die 1. Brigade unter Generalmajor von Stockhorn — 4 Kompagnien des 1. Regiments, das Infanterieregiment Großherzog Nr. 3, 4 Geschütze 3678 Mann — und das Dragonerregiment wurden schon gegen Ende März nach Sachsen, dem nunmehrigen Kriegsschauplatz, in Marsch gesetzt. Die Formation der 2. Brigade — Infanterieregiment Graf Wilhelm von Hochberg Nr. 2, leichtes Infanteriebataillon, 4 Geschütze 2790 Mann — verzögerte sich dagegen bis Ende Juli, wo mir erst der Befehl über das gesammte Kontingent übertragen, Major von Seutter als Chef des Generalstabs, Major Pfnor und Lieutenant Fischer als Adjutanten,

Lieutnant von Strauß als Ordonnanzoffizier und mein Bruder Max, Major im Dragonerregiment von Geusau Nr. 2 als Volontair zugetheilt wurden.

Den 8. August begab ich mich nach Mannheim zur Musterung der sich hier sammelnden 2. Brigade. Ihr Zustand machte keinen besonders günstigen Eindruck auf mich: sie bestand fast durchweg aus ganz neu ausgehobener Mannschaft mit kaum dreimonatlicher Dienstzeit. Es fehlte an Officieren, besonders aber an der nöthigen Zahl diensterfahrener Unterofficiere. Die meisten Lieutenants erst im Monat März zugegangen, besaßen kaum die nothdürftigste militärische Ausbildung; auch in ihrer Auswahl war man nicht immer glücklich, da die Noth und die Zeit drängten.

Den 9. marschirte ich mit der Brigade nach Neckargemünd ab, kam den 10. nach Mosbach und den 13. über Bischofsheim nach Würzburg, wo wir einen Rasttag hielten und ich den mit der Bildung eines Reservekorps beauftragten Marschall Augereau antraf. Er lud mich zu Mittag ein und äußerte schon jetzt im Lauf des Gesprächs die Ansicht, daß wir wohl bald in die Lage kommen würden unser eigenes Land zu vertheidigen. Zugleich lernte ich den französischen General Mesnard kennen, der im Jahr 1807 unsere Truppen vor Danzig befehligt hatte. Ein von Dresden zurückkehrender Feldjäger brachte die wichtige Nachricht, daß der Waffenstillstand gekündigt und Oesterreich dem Bündnisse Rußlands und Preußens gegen Frankreich beigetreten sei. Noch vor dem Abmarsch von Würzburg schrieb ich an den Prinzen von Neufchatel und bat ihn, daß bei meinem Einrücken in Sachsen sämmtliche badischen Truppen zu einem Korps vereinigt werden möchten.

Den 15. wurde der Marsch nach Karlstadt, den 16. nach Hammelburg und den 17. bis Brückenau fortgesetzt. Den 19. erreichten wir Hünefeld, wo ich Oberstlieutenant von Degenfeld fand, der sich nach Wiederherstellung von einer zufälligen Verwundung nach Schlesien begab, um das Kommando des Dragonerregiments zu übernehmen, nachdem der bisherige Kommandeur Oberst von Heimrodt, zum Generalmajor befördert, eine französische Kavalleriebrigade beim Armeekorps des Generals Vandamme erhalten hatte. Heimrodt blieb später in der Schlacht bei Kulm.

Den 22. kamen wir über Vach und Eisenach nach Gotha. Um über meine fernere Direktion nähere Erkundigungen einzuziehen, fuhr ich den 23. nach Erfurt voraus, wo ich bei General d'Alton einen Befehl fand, statt nach Dresden, wie ursprünglich bestimmt war, nach Leipzig zu marschiren. Da der Kaiser wegen der zahlreichen feindlichen Streifkorps angeordnet hatte, daß die Ergänzungen für die Hauptarmee ihr stets nur in Abtheilungen von mindestens 4000 Mann nachrücken sollten, so zogen von

Erfurt an ein Bataillon des französischen 35. leichten, ein Detachement des 138. Regiments und 400 Kavalleristen von verschiedenen Regimentern mit uns, welche sämmtlich an meine Befehle gewiesen waren. Während des Marsches hörte man bei den Franzosen öfters Schüsse fallen, und wenn ich nach der Ursache fragte, so hieß es jedes Mal, es sei aus Unvorsichtigkeit geschehen; da aber die Betreffenden sich mehrentheils die Hände verwundeten, so lag die Vermuthung absichtlicher Selbstverstümmlung nahe, und man konnte daraus erkennen, daß der Geist des in der Eile geschaffenen neuen Heeres nicht mehr der frühere und häufig Unlust zum Kriegsdienst an die Stelle der alten Siegeszuversicht getreten war.

Den 25. August sammelte ich meine Kolonne bei Kösen und marschirte auf die in der Nacht erhaltene Meldung von der Nähe der Oesterreicher mit großer Vorsicht bis Weißenfels und von da nach Leipzig, welches wir den 26. Nachmittags 4 Uhr erreichten. Nachdem der hier kommandirende Divisionsgeneral Margaron uns besichtigt [1]), speiste ich bei ihm zu Mittag. General Bertrand war Kommandant der Stadt, General Jumillac der hier befindlichen Kavallerie. Es wurden nämlich in Leipzig 4 provisorische Kavallerieregimenter aus Mannschaften der gesammten französischen Kavallerie gebildet, eine wahre Musterkarte von Uniformen, die auf jeden, eines solchen Anblicks ungewohnten Beschauer den seltsamsten Eindruck machte.

Schon gleich die erste Nacht rief uns der Generalmarsch auf die Sammelplätze; wir mußten vor die Stadt auf die Straße nach Torgau rücken, wo wir bis Tagesanbruch stehen blieben. Die ausgeschickten Patrouillen meldeten sämmtlich, daß man nichts vom Feind entdeckt habe. In der folgenden Nacht wiederholte sich die Allarmirung. Es hieß, die Kosacken plünderten ein außerhalb der Stadt liegendes Hospital. Ich schickte Major Pfnor mit 2 badischen Kompagnien dahin, welche die Kosacken augenblicklich verjagten. Die provisorischen Regimenter waren bei dem ersten Erscheinen der Kosacken auf und davon gejagt und das mit einer solchen Eile, daß sie einen herabgelassenen Schlagbaum einsprengten, was General Margaron zu einem Tagesbefehl veranlaßte, worin er mit der

---

1) Er kommandirte das Observationskorps, welches Napoleon in und bei Leipzig zur Sicherung dieses wichtigen Punktes, sowie seiner Hauptkommunikation Leipzig-Erfurt durch mobile Kolonnen aufgestellt hatte. Es bestand nach Bernhardi's Denkwürdigkeiten aus dem Leben des Grafen von Toll II. S. 505 aus dem 35. leichten und 132. Linienregiment, 3 provisorischen Bataillonen, 2 provisorischen Kavallerieregimentern, der badischen 2. Infanteriebrigade und betrug 7600 Mann mit 10 Geschützen.

ganzen Strenge der Kriegsgesetze drohte, wenn so etwas noch einmal vorkommen sollte.

Vom würtembergischen General Grafen Beroldingen, der sich von Dresden nach Stuttgart begab, erhielt ich die erste Nachricht von dem Siege Napoleons bei Dresden.

Mein Quartier war im Hôtel de Saxe, unmittelbarer Zimmernachbar der französische Geschäftsträger Bacher, den ich während des Feldzugs 1809 in Wien bei Bignon kennen gelernt. Das Geschäft dieses vielgebrauchten, von der ersten französischen Revolution her vielbekannten Mannes bestand darin, Nachrichten über die Stimmung des Landes, über den Feind, sowie sonstige Neuigkeiten einzuziehen und vertraulich darüber zu berichten.

In der Nacht des 29. wurden wir abermals unter die Waffen gerufen, abermals umsonst, denn es zeigte sich vom Feind keine Spur, auch wollte zuletzt gar Niemand wissen, wer den Befehl zur Allarmirung gegeben. Den 30. traf der badische General von Schäffer bei mir ein. Der Großherzog hatte ihn in das große Hauptquartier nach Dresden geschickt, von wo er eben zurückkehrte, um die Nachricht von der dort gewonnenen Schlacht nach Karlsruhe zu bringen. Zu eben der Zeit langte Generalmajor Brückner an, um das Kommando der bei mir habenden 2. Brigade zu übernehmen. Da ich mich nun für völlig überflüssig betrachtete, so schrieb ich an den Großherzog und bat ihn, mich in das kaiserliche Hauptquartier begeben zu dürfen, um dort die bisher vergeblich angestrebte Vereinigung meiner beiden Brigaden persönlich zu betreiben.

Den 4. September langten die bei Dresden gefangenen Oesterreicher, wobei Feldmarschalllieutenant Mesko und noch ein anderer General, in Leipzig an. Ich wurde mit ihrem Weitertransport nach Erfurt beauftragt und gab hiezu eine badische Eskorte unter Major Günther. Diese Gefangenen befanden sich in dem kläglichsten Zustande. Obgleich der Feldzug für die Oesterreicher kaum begonnen, war ihre Montur in sehr übelm Stande und sie marschirten beinahe baarfuß, da man ihnen beim Ausmarsch aus Böhmen nur ein Paar Schuhe an die Füße und einen Reserveschuh in den Tornister mitgegeben hatte.

Den 6. bekam ich Befehl, vor das Hallische Thor zu marschiren und mich bei Euteritzsch aufzustellen, auf die Nachricht hin, die Nordarmee sei bei Dessau über die Elbe gegangen. Die ausgesendeten Patrouillen konnten jedoch nichts vom Feinde entdecken. Solche falsche Gerüchte und Allarmirungen wiederholten sich fast täglich und machten den Dienst bei der Aengstlichkeit des Generals Margaron doppelt beschwerlich und unangenehm.

Durch Major von Holzing erhielt ich den 11. die Erwiederung des Großherzogs auf die Anfrage wegen der Kommandoangelegenheit. Der

Großherzog war nicht für die Reise in das Hauptquartier, sondern hoffte, die Vereinigung beider Brigaden würde sich in Bälde von selber finden und die Verlegenheit wegen meiner Rangverhältnisse beendigen.

Am 18. wurde ich mit meinem Regiment, 150 Pferden eines der provisorischen Regimenter und 4 französischen Geschützen nach Weißenfels entsendet, um den Marsch des großen von Oschatz eingetroffenen Kavalleriedepots von 8000 gedrückten Pferden unter General Noirot bis Weißenfels zu decken. Als ich Abends in Lützen einrückte, in der Meinung die Avantgarde des Depots zu bilden, staunte ich nicht wenig General Noirot schon hier zu finden und von ihm zu hören, daß die Spitze seiner Kolonne bereits in Weißenfels sei. In dem unabsehbaren Zug derselben befand sich zugleich in Folge der verschiedenen erlittenen Niederlagen eine Masse französischer Blessirter, Ausreißer, Reiter zu Fuß, demontirter Kanonen, hinkender Pferde, Bagagewagen und Generalsequipagen, die in chaotischem Durcheinander die Straße in dem Maaße verstopften, daß keine Möglichkeit war durchzukommen, und ich mich daher entschließen mußte für diese Nacht in Lützen zu verbleiben. Hier sprach ich auch General Lefebvre-Desnouettes und erfuhr, daß er beauftragt sei mit 2000 Mann Gardekavallerie das Streifkorps des Generals Thielmann aufzusuchen und die Straße nach Erfurt frei zu machen. Ich bemerkte ihm, daß es wohl jetzt hauptsächlich darauf ankäme, Thielmann von der großen Straße abzuziehen, bis General Noirot Erfurt erreicht hätte, sonst entstünde für dessen so sehr verlängerte Kolonne die höchste Gefahr. Letztere setzte nun den Marsch weiter fort; ihr folgte eine ganze würtembergische Batterie, wie es hieß nach einem geheimen Befehl des Königs, soviel von seinen Truppen, als ohne Aufsehen möglich, in kleinen Abtheilungen zurückzuschicken, ohne Zweifel wegen des voraussichtlich nicht mehr fernen Beitrittes zu der Sache der Verbündeten. Auch General Brückner, der Krankheit halber in das Vaterland zurückkehrte, schloß sich an.

Ich marschirte den 19. Morgens 4 Uhr von Lützen ab und nach Weißenfels. Vorher überließ ich zwei meiner Geschütze an General Lefebvre, der auf die Nachricht, Thielmann sei in Merseburg, seine Richtung dahin nahm. In Weißenfels traf ich Lefebvre wieder, im Begriff sich nach Freiburg zu wenden. Abends ließ er mir durch einen Offizier der Grenadiers à cheval sagen, er habe Thielmann bei Freiburg geschlagen, die in Merseburg gefangen gemachten Franzosen wieder befreit und viele Bagage erbeutet. Wie schön diese Nachricht auch klang, so zeigten sich nur zu bald die übeln Folgen der eingeschlagenen falschen Direktion. Statt nämlich den Feind von der Hauptstraße zu entfernen, hatte er ihn bei Naumburg auf dieselbe geworfen, wodurch die große Masse der kranken und blessirten Pferde sammt den verschiedenen Depots völlig auseinander gesprengt wurden und in größter Hast auf Weißenfels zurückeilten, wo ich gegen 3000 Mann wieder sammelte. Zum Glück war Lefebvre in Naumburg stehen geblieben. Ich setzte daher die Versprengten gleich wieder dahin in Marsch und außerdem einen großen Transport Kranker aus dem im Schlosse befindlichen Hospital. Unvergeßlich bleibt mir der Eindruck, den mir die Besichtigung dieses letztern verursachte. Beim Eintritt fand ich auf der herrlichen Schloßtreppe eine Menge Leichen liegen, die man dahin geworfen hatte, ohne sich weiter darum zu kümmern, da sich Niemand an diese Stätte des scheußlichsten Elendes, wo der Typhus schrecklich wüthete, getraute, um die Kadaver abzuholen und zu begraben. Ich ließ nun sogleich die Todten beerdigen und für die Lebendigen sorgen, so viel in meinen Kräften stand.

Bei einem Besuche des Generals Lefebvre am 22. erfuhr ich von ihm, daß der Herzog von Padua zum Gouverneur von Leipzig ernannt worden sei; dabei bat er mich auch um die zwei andern französischen Geschütze. Bei einem Gegenbesuch am 23. in Langendorf ging er mich dringend um Infanterieunterstützung an, worauf ich ihn durch 4 Kompagnien meines Regiments unter Major Jagemann verstärkte.

Den 24. wurde ich nach Leipzig zurückbeordert, traf aber unterwegs von General Margaron wieder Gegenbefehl. Da ich indessen schon nahe bei Leipzig war, rückte ich ohne Weiteres ein und meldete mich bei dem Herzog von Padua, der mich vor der Hand zurückbehielt. Hier fand ich den Legationsrath Kölle, früher bei der würtembergischen Gesandtschaft in Karlsruhe, und daher ein alter Bekannter. Er kam von Dresden und wußte mir viel Interessantes von dort zu erzählen.

Den 27. mußte ich abermals nach Weißenfels, wohin ich die aus Schlesien angekommene Bagage der Brigade Stockhorn, das Depot des Dragonerregiments von Freystedt, den Oberstlieutenant von Imhof mit würtembergischen Depots und Bagage, sowie ein aus Mannschaften des 12., 24. und 27. Dragoner-, des 13. Kürassier-, 5. und 12. Husaren-, 1., 3. und 5. Lancier-, 2., 24. und 27. Chasseurregiments kombinirtes französisches Kavalleriedetachement mitnahm. Das leichte Infanteriebataillon und die badische Artillerie ließ ich in Leipzig. In Weißenfels übernahm ich den Befehl über alle Besatzungen, sowohl in Weißenfels als in Lützen, Naumburg und Merseburg. Mein Kommando war zwar nicht bedeutend hinsichtlich der Truppenzahl, aber dadurch von Wichtigkeit, daß mir die Deckung der großen Straße gegen die vielen feindlichen Streifkorps oblag.

Den 28. wollte ich mir, da Alles ruhig, das Vergnügen der Jagd gönnen, erhielt aber unterwegs durch einen Kürassieroffizier die Weisung, mit 4 Kompagnien schleunigst nach Leipzig zurückzukehren. Ich beorderte hierauf Oberstlieutenant Corneli, der mit 3 Kompagnien in Naumburg stand, nach Weißenfels zurück. Bei meinem Abmarsch vernahm ich zugleich, daß Thielmann den General Lefebvre zwischen Zeitz und Altenburg total geschlagen habe. Die 4 Kompagnien meines Regiments gingen bei diesem unglücklichen Gefecht völlig zu Grund, ein Theil wurde nach tapferer Vertheidigung einer Brücke zusammengehauen, der Rest gefangen und nach Ungarn transportirt. Die französische Kavallerie, namentlich das 8. Husarenregiment, trug große Schuld daran, nachdem nämlich letzteres geworfen worden, überritt es die eigene Infanterie und ließ sie vollständig im Stich.

Bereits in Schönau, nur noch eine Stunde von Leipzig, erhielt ich wieder Befehl zur Rückkehr nach Weißenfels. Ich muß gestehen, daß mir diese unaufhörlichen Ordres und Kontreordres, das unablässige Hin- und Herschieben auf der großen Straße anfingen höchst verdrießlich zu fallen, insbesondere da meine Leute über Gebühr fatiguirt wurden und sehr dadurch litten. In Weißenfels begegnete ich dem geschlagenen Korps von Lefebvre, das die gröbsten Excesse in der Stadt beging, so daß ich mich genöthigt sah, mit allem Nachdruck dagegen einzuschreiten. Besonders zeichneten sich die Mamelucken der Garde durch ihre Rohheit aus. Ich ließ mehrere derselben, die sich mit Plünderung abgaben, körperlich abstrafen, und als mir Einer dadurch zu imponiren glaubte, daß er mir zurief, er sei aus Versailles, diesem Versailler Mamelucken die doppelte Anzahl Stockstreiche geben. Es war mir um Vieles leichter als Lefebre am 30. September wieder von Weißenfels abzog, denn der Mangel an Zucht und Ordnung bei diesem Korps ging über alle Vorstellung. Abends trafen der sächsische General von Watzdorf von Wien, sowie General Graf Beroldingen und General von Schäffer, auf dem Rückweg in das kaiserliche Hauptquartier bei mir ein.

Täglich kamen nun von Leipzig große Transporte Kranker und Verwundeter von der Hauptarmee an. Unbarmherzig wurde mit ihnen verfahren. Man warf sie förmlich auf die Straße, ohne sich im mindesten um ihre Ernährung und Pflege zu kümmern. General Margaron schrieb mir öfters: „qu'il avait fait une bonne évacuation“, was sagen wollte, er habe wieder einige hundert Nervenfieberkranke aus dem Hospital weggeschickt, die sehen mögen, wie sie weiter fortkommen. Die Straße zwischen Leipzig und Weißenfels war denn auch mit diesen Elenden bedeckt, welche sich mit der letzten Kraftanstrengung fortzuschleppen suchten, zum großen Theil aber ihre jammervolle Existenz in den Straßengräben endigten.

Den 6. Oktober wurde ich nach Leipzig zurückbeordert. Der Magistrat von Weißenfels ließ mir durch eine eigene Deputation für den Schutz und die Fürsorge danken, die ich der Stadt während der Zeit meiner Anwesenheit hatte angedeihen lassen; viele Thränen flossen, als uns die Bewohner scheiden sahen. General Lefebvre, von Naumburg herbeigekommen, marschirte gleichzeitig mit mir ab, und nahm seine Richtung ebenfalls nach Leipzig, gegen das sich allmählig sämmtliche französische Streitkräfte zusammenzogen. Bei den öftern Märschen von Leipzig nach Weißenfels und zurück unterließ ich nie an dem Denkstein einen Halt zu machen, wo der große Gustav Adolf fiel und jedes Mal bewegte meine Brust das Gefühl höchster Bewunderung für diesen königlichen Helden und eine seltsame Ahnung, daß auf dieser schon so oft mit Blut getränkten Ebene eine welthistorische Entscheidung nahe bevorstehe.

In Leipzig nahm ich mein Quartier bei dem Kaufmann Reichenbach in der Katharinenstraße. Den 8. Oktober beobachtete man vom Observatorium der Pleißenburg jenseits Gohlis Geplänkel zwischen der schlesischen Armee und den Vortruppen des Marschalls Marmont, worauf die ganze Garnison unter das Gewehr trat. Ich ritt mit dem Herzog von Padua zu Marmont, es wurde vorgerückt, und da sich viele feindliche Kavallerie zeigte, die begünstigt durch den starken Regen und das Versagen der Gewehre sehr dreist heranritt, so formirte man Karres. Ich war genöthigt, mich in eines derselben zu werfen, das aus mehrern Bataillonen der canoniers de la marine von der Division Lagrange bestand, und sah, wie ein Kosack einem Küraßier die Lanze in die Seite stieß und ihn vom Pferde stach. Uebrigens zog sich der Feind nach einigen Geschützlagen der an den Ecken der Karres befindlichen Artillerie wieder zurück.

Den 9. rückte Marschall Augereau mit einem Theil seines Reservekorps in die Stadt.

Da der König von Neapel sich von Freiberg her auf Leipzig zurückziehen sollte und der Herzog befürchtete, der Feind möchte sich zwischen ihn und uns eindrängen, so ließ er den 10. die Divisionen Margaron und Lefol eine Aufstellung bei Connewitz nehmen, wohin ich ihn begleitete. Hier wurde ein Kriegsrath gehalten. Wir nahmen unserer sieben Generale daran Theil, nebst meinem Bruder Max, welcher aus besonderer Vergünstigung des Herzogs dabei sein durfte, indem er mir sagte, dieß sei eine gute Gelegenheit für meinen Bruder Etwas zu lernen. Ich war natürlich sehr auf die Verhandlungen gespannt, fand mich aber nicht wenig in meinen Erwartungen getäuscht, als nach langem Hin- und Herreden gar kein Beschluß gefaßt wurde. Da man nicht genau wußte, wo der König stand, so schien es mir vor allen Dingen darauf anzukommen, sich dessen zu vergewissern. Ich bot mich hiezu an, der Herzog lehnte indessen mein Anerbieten ab, und so kehrten wir gegen Abend unverrichteter Dinge, gründlich durchnäßt, wieder nach Leipzig zurück.

Den 12. kam der König von Neapel auf kurze Zeit von Wachau in die Stadt. Der Mangel an Lebensmitteln, insbesondere an Fourage, nahm täglich zu, denn da die Armeen der Verbündeten Leipzig in einem immer engern Bogen umspannten, so brachten die ausgesendeten Fouragirungen und Requisitionen fast gar Nichts mehr ein. Von jetzt schloß sich Legationsrath Kölle noch fester an mich an. Er versah uns mit meist zuverlässigen Nachrichten, die mir um so werthvoller, als die französischen Behörden die unglückliche Wendung des Feldzugs sorgfältig verheimlichten und Jedermann glauben machen wollten, daß es überall ganz vortrefflich stehe und nur Siege erfochten würden. Unter diese Leute gehörte insbesondere Herr Bacher, den ich zur Wiedervergeltung seiner Großsprechereien manchmal dadurch zum Besten hielt, daß wenn ich ihn kommen sah, ich einem meiner Officiere einen fingirten Zeitungsartikel vorlas oder eine in die Hand genommene Zeitung schnell versteckte, worauf er dann jedes Mal höchst neugierig und mit einer gewissen Aengstlichkeit fragte, ob ich preußische Zeitungen hätte und was es Neues gäbe.

Den 13. beritt ich unsere Vorposten bei Lindenau, wo General Girard kommandirte und ein Bataillon meines Regiments stand. Es kam feindliche Kavallerie auf uns zugejagt und machte eine Charge, die aber von unserer in einem Hohlweg gedeckt stehenden Infanterie abgeschlagen wurde. Den 14. trafen der König von Sachsen und der Herzog von Bassano in Leipzig ein. Der König stieg in dem Thomäischen Hause am Marktplatz ab. Der 15., an welchem man allgemein eine Schlacht erwartete, ging in der Hauptsache ruhig vorüber. Der Herzog von Padua nahm öfters Anlaß, sich über die Leistungen unseres Dragonerregiments mit größter Anerkennung gegen mich auszusprechen. [1]) Da ich erfuhr, die Brigade

1) Das Regiment, das sich schon im Feldzug 1809 einen Namen in der französischen Armee gemacht und ihn auch in dem sächsischen Feldzug rühmlichst behauptete, bildete mit dem 10. französischen Husarenregiment die leichte Kavalleriebrigade Beuermann im 3. Armeekorps unter Ney. Es war am frühesten ausmarschirt und hatte den Schlachten bei Lützen, Bautzen, an der Katzbach und vielen kleinern Gefechten angewohnt. Durch die anhaltenden Verluste auf dem Schlachtfeld, sowie die angestrengten Leistungen im kleinen Kriege furchtbar decimirt, zählte es in der Schlacht bei Leipzig kaum noch 200 Pferde und kam hier nicht mehr ernstlich in's Gefecht. Den 19. Oktober früh 9 Uhr wurde es nach Lindenau beordert und war die letzte Truppe, welche noch vor der Sprengung über die große Elsterbrücke kam, es mußte solche im vollen Jagen passiren. Als Beweis der hohen Achtung, worin das Regi-

Stockhorn sei in der Nähe,' so ritt ich hinaus und fand sie nach langem Suchen, konnte aber General von Stockhorn nur einen Augenblick sprechen, da er eben Befehl erhalten, nach Taucha zu marschiren.[1]) Meine erneuten Bemühungen, eine Vereinigung beider Brigaden zu Stande zu bringen, blieben abermals fruchtlos.

Mit dem Morgen des 16. Oktobers begann die für Napoleon so verhängnißvolle dreitägige Leipziger Schlacht. Ich ritt in aller Frühe in den Kohlgarten, von wo der Kaiser gerade aufbrach. Von Liebertwolkwitz her ertönte heftiger Kanonendonner, woraus man auf den ernstlichen Zusammenstoß mit der böhmischen Armee schloß. Ich begab mich nun nach Lindenau, wo die Division Margaron und zur Unterstützung General Bertrand mit dem 4. Armeekorps standen, und wohnte dem Kampf bei, den diese gegen das österreichische Korps des General Gyulai zu bestehen hatten. Die Oesterreicher brachten über 40 Geschütze ins Gefecht, die große Verheerungen in unsern Reihen anrichteten, so daß beispielsweise fast

---

ment bei den Franzosen stand, mag hier noch der ritterlichen Scene bei Gellnhausen erwähnt werden, wo es mit Erlaubniß des Kaisers die französische Armee verließ, um in die Heimath zurückzukehren. Die Offizierkorps beider Regimenter, welche den ganzen Feldzug hindurch ungetrennt alle Ehren und Gefahren des Krieges brüderlich getheilt, näherten sich einander zum Abschied. General Beuermann hielt eine lebhafte Ansprache und zollte dem Regiment volle Anerkennung für sein stets so tapferes und loyales Benehmen, worauf der Oberst des 10. Husarenregiments, umgeben von allen seinen Officieren, den herzlichsten Abschied nahm und mit dem Zuruf schloß: „Obwohl wir uns vielleicht bald als Feinde begegnen, so wird doch, so lange ich das Zehnte führe, kein Mann desselben seinen Säbel gegen einen badischen Dragoner ziehen." Gesch. d. Dr.-Reg. Freystedt.

1) Die 1. Brigade, welche nebst ihrer halben Fußbatterie kurz nach dem Dragonerregiment nach Sachsen ausmarschirt war, bildete mit einer großherzoglich hessischen Brigade die 39. Armeedivision unter General Graf Marchand im 3. französischen Armeekorps und hatte an fast allen Ereignissen in der Lausitz und Schlesien, insbesondere an den Schlachten von Lützen und Bautzen einen sehr thätigen und ruhmvollen Antheil genommen. Nachdem die Festung Glogau in Folge der letztern Schlacht wieder entsetzt worden und die unter Oberstlieutenant von Brandt in Besatzung darin gestandenen 8 Kompagnien des 1. Regiments nach einem fünfthalbmonatlichen angestrengten Festungsdienst, wobei sie sich bei einer Reihe von Ausfällen und sonstigen Unternehmungen gegen den Feind rühmlichst ausgezeichnet, gegen Ende Juni in Lüben sich mit der 1. Brigade vereinigt hatten, wurde die Division Marchand Anfangs Oktober dem 11. Armeekorps unter Marschall Macdonald einverleibt, in welchem die Brigade die Schlachten vom 16. und 18. mitkämpfte und deren Ueberreste am 19. in Leipzig mit der 2. Brigade das Loos der Gefangenschaft theilten.

alle Officiere der 4 Kompagnien meines Regiments, welche unter Hauptmann von Bode in der Division Margaron mitfochten, verwundet, 246 Unterofficiere und Soldaten theils todt, theils verwundet, den Kampfplatz bedeckten.

Da mir der Herzog von Padua an der Stelle des Generals Margaron das Truppenkommando in Leipzig übertrug, so ritt ich nach der Stadt zurück.[1]) Auf dem Rannstädter Steinweg begegnete mir Marschall Ney und versicherte, die Schlacht sei gewonnen, worauf ich ihm erwiderte, daß vor der Hand noch nicht viel davon zu merken sei. In der Stadt angekommen, bestieg ich den Thurm zunächst der Wohnung des Herzogs von Padua, von wo ich deutlich die Niederlage beobachten konnte, welche Marschall Marmont bei Möckern durch die schlesische Armee erlitt. Ich eilte so schnell wie möglich an die Thore, um das Eindringen der Flüchtlinge in das Innere der Stadt und deren Plünderung zu verhindern. Abends ließ mich der Herzog von Bassano rufen, den ich sehr niedergeschlagen fand, und ertheilte mir den Auftrag, den baierischen General von Raglovich zu arretiren, weil man sichere Nachrichten vom Beitritt seines Königs zur Allianz gegen Frankreich habe. Ich verspürte sehr begreiflich keine besondere Lust zu dem Vollzug dieses Auftrags, da ich voraussah, daß Baden in ganz kurzer Zeit dem Beispiele Baierns folgen würde. Ich gab daher General von Raglovich einen Wink von dem erhaltenen Befehl, und zugleich zu verstehen, daß ich wünsche ihn nicht zu finden. So geschah es auch und ich begegnete dem General erst am 20. Oktober im Vorzimmer des Kaisers Alexander unter den andern gefangenen Generalen.

Den 17. Oktober mußte ich den würtembergischen General von Franquemont am Hallischen Thor und General Dombrowski in Löhrs Garten ablösen lassen. Ersteren traf ich zunächst dem Thore in einem Hause, wo er mit einigen Officieren auf dem Boden lag. Es war noch nicht Tag, ich konnte mich daher erst nach langem Rufen und indem ich in der Dunkelheit auf Jemanden trat, der sich für einen Prinzen von Hohenlohe zu erkennen gab, mit General Franquemont verständigen. Dombrowski fand ich im Löhr'schen Garten; die schlesische Armee begann eben das Gefecht vor dem Hallischen Thor und eine Kanonenkugel zerschmetterte

---

1) Hiernach ist die Note in Asters Werk: „Die Gefechte und Schlachten bei Leipzig im Oktober 1813" II. S. 245, als habe der Herzog dem Markgrafen das Kommando über Leipzig am 18. Oktober übergeben, zu berichtigen. Es geschah dieß schon am 16.

eine steinerne Figur, deren Stücke uns um die Köpfe flogen. Dombrowski umarmte mich und pries sich glücklich aus der übeln Lage erlöst zu werden, in der er sich mit seinen Polen befand. Major von Holzing machte hier mit 50 Mann des leichten Bataillons einen Ausfall, erstach dabei einen russischen Officier und brachte mir dessen Schärpe, die ich noch besitze. Kanonenkugeln und Granaten flogen in die Stadt, es brannte an verschiedenen Orten und wir verloren ziemlich Leute. Einen schaudervollen Anblick gewährte die Menge der nach dem äußern Hallischen Thore sich schleppenden Verwundeten, die, als sie es verschlossen fanden, blutend mit zerschossenen Armen oder Beinen über dasselbe zu steigen und sich zu retten suchten.

Den 18. Oktober in der Frühe verkündete Geschützdonner den umringenden Angriff der Verbündeten. Der Herzog von Padua verließ den ganzen Tag das Zimmer nicht, ja er verlangte von mir, ebenfalls bei ihm zu bleiben, was ich aber natürlich verweigerte. Mit einbrechender Dunkelheit begann der Rückzug der Franzosen durch Leipzig in der Richtung nach Lindenau, von wo das österreichische Korps unter Gyulai genöthigt worden war zurückzuweichen und dem Gegner die Straße von Lützen wieder zu öffnen. Ich säumte nun nicht meine badische halbe Fußbatterie und den Bagagetrain ebenfalls auf Weißenfels zurückzuschicken.

Der 19. Oktober brach an und mit ihm der letzte Akt der großen Schlacht. Vier Uhr Morgens begann die Hauptmasse der französischen Armee ihre rückgängige Bewegung, während man ein anhaltendes immer näher kommendes Kanonenfeuer vernahm. Wagen, Versprengte, Verwundete, Theile des kaiserlichen Hauptquartiers, bei demselben Herr Bacher zu Pferd, sowie der Herzog von Bassano mit seinem zahlreichen Personal eilten fortzukommen. Dann folgten die Garden, deren Marsch indessen durch eine Doppelreihe von Wagen und Artillerie auf der großen Promenade zwischen der innern Stadt und den Vorstädten außerordentlich erschwert wurde.

Gegen 9 Uhr Vormittags erschien der Kaiser mit dem König von Neapel. Beide stiegen bei dem König von Sachsen ab; man sah letztern im Fenster des Erkers lange und lebhaft mit dem Kaiser sprechen. Hierauf ritt dieser über den Marktplatz nach dem Rannstädter Thor, von wo er wegen Verstopfung der Straße durch einen undurchdringlichen Knäul von Menschen, Pferden, Wagen und Kanonen zurückkehrte und auf Umwegen den Ausgang nach Lindenau zu erreichen suchte.

Meine ganze Macht in Leipzig zur Vertheidigung der Stadt bestand aus 2 badischen und einem italienischen Bataillon, etwa 1000 Mann nebst 1200 Sachsen, die aber zunächst nur zum unmittelbaren Schutze ihres Königs bestimmt waren. Nach Maaßgabe als das 8., 11. und die Reste des 7. Korps das Schlachtfeld verließen und in den Vorstädten Stellung nahmen, um durch deren Vertheidigung den Rückzug der Garden und übrigen Korps zu erleichtern, zog ich alle Außenposten bis auf einige wenige in den Gärten an der Pleiße und Elster zurück und verstärkte die Wachen der innern Haupt- und Nebenthore, sowie einiger anderer Ausgänge und anstoßender Gebäude. Das Hallische Thor erhielt eine Wache von 100 Mann, das Hinterthor 50, das Grimmaische-, Peters- und Rannstädterthor ebenfalls jedes 50 Mann. In das Theater wurde das italienische Bataillon, in die Pleißenburg und an andere geeignete Punkte einzelne Trupps postirt, alle Nebenzugänge verrammelt, der Rest der badischen Brigade auf dem Marktplatz in Reserve behalten. Diese auf solche Weise zerstreute schwache Stadtbesatzung befand sich ohne ein einziges disponibles Stück Geschütz, lediglich auf das Feuergewehr und Bajonet angewiesen, ja es war ihr für den äußersten Fall nicht einmal ein letzter Zufluchtsort bezeichnet und als ich den Herzog von Padua auf die Pleißenburg, als auf den durch Lage und feste Bauart hiezu geeignetsten Posten aufmerksam machte, fand es sich, daß solche von unten bis oben mit einer unglaublichen Masse von Verwundeten und Kranken vollgepfropft war.[1]) Der unverantwortliche Leichtsinn des Generalstabs zeigte sich außer den mangelhaften Anstalten zur Vertheidigung der Stadt, auch in den gänzlich unterlassenen Vorkehrungen zur Erleichterung und Beschleunigung des Rückzuges, denn es waren weder Nebenbrücken über die Arme der Pleiße und Elster, noch Kolonnenwege über die viel durchschnittene morastige Niederung der beiden Flüsse vorgesehen. Alles — Infanterie, Kavallerie, Artillerie und zahlloses Gepäck — drängte daher mit- und durcheinander auf einem einzigen Weg nach der Hauptbrücke über die Elster und veranlaßte jeden Augenblick Unordnung, Stocken und Verwirrung.

Der Kampf um Leipzigs Vorstädte wurde immer heftiger. Ich forderte den Herzog auf, endlich ein Mal seine Wohnung zu verlassen und sich persönlich von den getroffenen Anstalten zur Vertheidigung der Stadt zu überzeugen. Er erwiederte indessen nur, ich möchte zu den Truppen auf den Marktplatz zurückkehren, er werde mir unverzüglich folgen. Da er nach längerem Warten nicht erschien und die Umstände dringender wurden, schickte ich zu ihm, mußte aber zu meiner größten Verwunderung vernehmen,

---

1) Nach Aster II., S. 435, lagen im Ganzen 23,000 dieser Unglücklichen in Leipzig aufgehäuft.

daß er sich gleich nach meinem Weggang aus seinem Quartier entfernt habe, durch eine Hinterthüre auf die Straße gelangt sei und kein Mensch wisse, was aus ihm geworden. Es lag nun klar am Tage, daß es ihm gar nicht Ernst war, mir zu den Truppen auf den Marktplatz zu folgen, sondern daß er nur Zeit gewinnen wollte, auf seine eigene Rettung Bedacht zu nehmen. [1])

Durch die heimliche Entfernung des Gouverneurs mir nun völlig selbst überlassen, entschloß ich mich, von jetzt an mit Beiseitsetzung aller andern Rücksichten mein ganzes Streben darauf zu richten, die Stadt und die mir untergebenen Truppen nach Möglichkeit zu erhalten, indem noch aus verschiedenen andern Umständen die Absicht der französischen Behörden hervorleuchtete, die Opfer und Verantwortung des Tages auf die Schultern der Bundestruppen zu wälzen. [2])

Die Barriere des Hallischen Thores, welche verpallisadirt und mit 3 Geschützen besetzt war, wurde nach langer Gegenwehr von den Truppen

---

1) Aster II., S. 307.

2) Bernhardi spricht noch deutlicher in dieser Beziehung, indem er in den Denkwürdigkeiten aus dem Leben des Grafen Toll III., S. 452 ff. sagt: „Er (Napoleon) ließ die Truppen, die zunächst standen, Victor, Augereau, die Garden, unaufhaltsam durch die Stadt und nach Lützen ziehen, Marmont, Souham, Lauriston sollten ihnen folgen, und gerade die entfernteren Heertheile unter Poniatowski, Macdonald und Reynier, der jetzt nur die schwache Division Durutte unter seinen Befehlen hatte, sollten dann Leipzig noch wo möglich bis zum Abend des 19., ja noch ganze vierundzwanzig Stunden behaupten.

Daß diese letztere dabei sehr übel fahren würden, das ließ sich sehr leicht vorhersehen, denn gewiß folgte ihnen der Feind an der Ferse und es konnte ihnen kaum die nöthige Zeit bleiben, sich zur Vertheidigung der Vorstädte gehörig aufzustellen und einzurichten. Selbst wenn Alles nach Wunsch gelang, konnte eine bis zum Abend verlängerte Vertheidigung, da Napoleon bei Lindenau keine Anstalten zur Erleichterung ihres Rückzugs traf, schwerlich anders enden, als mit einer Kapitulation und Gefangenschaft dieser Heertheile.

Diese Anordnungen, die von rein militärischem Standpunkte aus betrachtet, so manchen gegründeten Tadel zuließen, finden aber ihre sehr natürliche Erklärung darin, daß jene Heertheile, die Napoleon voranziehen ließ, die er um jeden Preis zu retten bemüht war, aus Franzosen bestanden, die ihm bei der Vertheidigung von Frankreich noch sehr gute Dienste leisten konnten, während Poniatowski's Schaaren aus Polen bestanden und Macdonalds Heertheil vollends zum größten Theil aus Rheinbundstruppen — Westphalen, Badenern, Hessen-Darmstädtern und Neapolitanern — aus Truppen, die doch auf jeden Fall für Napoleon verloren waren, da der Rheinbund unrettbar auseinanderfiel."

der schlesischen Armee genommen. In der Grimmaischen Vorstadt kämpfte die Division Marchand, aus der Brigade Stockhorn und den Hessen bestehend, auf das Tapferste. Von da entsendete Marschall Macdonald die Brigade Stockhorn an das Petersthor unter die Befehle des Marschalls Augereau, während die Divisionen Charpentier und Albert ihre Aufstellung auf der Esplanade nahmen. Unmittelbar hierauf wurde General von Stockhorn mit dem 3. Regiment nach dem äußern Grimmaischen Thor zurückgerufen, das der Feind inzwischen erstürmt hatte. Unverweilt setzte sich das Regiment dahin in Marsch, gefolgt von einer Eskadron französischer Kürassiere und einem Detachement polnischer Lanciers. Hierdurch gelang es das Grimmaische Thor dem Feinde auf kurze Zeit wieder zu entreißen. Bei dieser Gelegenheit wurde auf das längs der Esplanade vorrückende 1. Bataillon des 3. Regiments über den Stadtgraben heraus geschossen. Nach den französischen Schriftstellern Vaudoncourt, Fain und Norvins soll dieß von badischen Truppen geschehen sein. Ich habe mich gegen diese ganz unwahre Beschuldigung, sowie die andere, daß badische Truppen zum Feind übergegangen, auf das Nachdrücklichste erhoben und sie in zwei militärischen Zeitschriften, einer deutschen und französischen, widerlegen lassen. [1])

Ich glaubte nun den Augenblick gekommen, unsere Truppen vereinigen zu können, ein Ziel, dem ich schon so lange nachgestrebt. Zu diesem

---

1) Zeitschrift für Kunst, Wissenschaft und Geschichte des Krieges, Jahrg. 1826, VII., S. 280 ff., u. Spectateur milit. v. 15. März 1829, S. 505 ff. Das Feuern über den Stadtgraben findet sich auch bei Aster II., S. 289, erwähnt. Aster sagt aber nicht, daß es Badener gewesen, sondern französische Tirailleure, welche von der Stadt auf die längs der Esplanade vorrückenden Preußen geschossen und dabei aber auch den vorstehenden französischen und badischen Truppen Schaden zugefügt hätten. Von dergleichen rücksichtslosem Feuern auf Freund und Feind in sehr bedecktem Terrain, im hitzigen Kampfe um den Besitz von Oertlichkeiten und wenn die taktische Ordnung der Kämpfenden einmal gelöst ist, bietet die Kriegsgeschichte Beispiele der Menge. So findet sich u. A. in einem hinterlassenen Manuscripte des badischen Majors von Zech, daß in der Schlacht von Znaym eine badische Abtheilung von Leuten des 46. französischen Regiments, die vorher mit ihr auf derselben Stelle gefochten, bei einem raschen Anlauf der Oesterreicher aber gewichen waren, während jene stehen blieb, beschossen wurde und Mannschaft verlor. Ebenso schoß denselben Tag, kurz ehe der Waffenstillstand dem Kampfe ein Ende machte, eine rückwärts auf dem linken Thayaufer aufgestellte französische Batterie zum zweiten Mal unter ihre eigene Bedeckung, obgleich sie bereits aufmerksam gemacht worden, daß durch ihr unvorsichtiges Feuern ein Stabsoffizier und mehrere Soldaten des 2. badischen Regiments getödtet worden seien.

Zweck schickte ich durch meinen Adjutanten Major Pfnor an General von Stockhorn den Befehl, mit seiner Brigade ungesäumt zu mir in die Stadt zu rücken. Während dem breiteten sich die feindlichen Schützen allenthalben auf der Esplanade aus und suchten von da die Stadtmauern zu ersteigen. Die Thore wurden zum Theil mit Geschütz eingeschossen oder von den in größter Unordnung flüchtenden Haufen erbrochen. Das italienische Bataillon, welches den Eingang bei dem Theater vertheidigen sollte, hatte sich bei Zeiten davon gemacht, und die schwachen badischen Posten sahen sich genöthigt, der Uebermacht zu weichen und fechtend gegen den Marktplatz zurückzuziehen.[1]) Schwedische Artillerie beschoß uns auf ganz nahe Distanz. In diesem Augenblick gelangte der Prinz Emil von Hessen auf den Marktplatz. Ich redete ihm zu bei mir zu bleiben, es sei doch besser vor der Fronte der Truppen, als vereinzelt gefangen zu werden. Indessen ging er nicht darauf ein, sondern entfernte sich in eines der nächsten Häuser. Bald darauf sah ich ihn von den eingedrungenen Preußen über den Markt führen, einer derselben trug seinen Säbel.

Das Hallische Thor wurde zuerst durch Russen und Preußen, etwas später das innere Grimmaische durch Preußen, Russen und Schweden erstürmt. Zugleich vernahm ich, daß die große Brücke über die Elster in die Luft gesprengt worden sei. Der Stadtmagistrat wendete sich nun mit der Bitte an mich, eine Deputation an die verbündeten Monarchen absenden zu dürfen, um die Schonung der Stadt zu erflehen. In demselben Augenblick kam auch ein Parlamentär des Kronprinzen von Schweden an den König von Sachsen vorüber, der mich aufforderte, dem Blutvergießen Einhalt zu thun. Es war der Comte de Noailles, ein Emigrant, dem ich später als einem der französischen Kongreßgesandten in Wien wieder begegnete.[2]) Durch das Sprengen der Elsterbrücke von der Armee abge-

---

1) Hiemit stimmt die Geschichte des leichten Infanteriebataillons völlig überein, welches an diesem Tage mit der Besetzung und Vertheidigung der Stadtthore beauftragt war. Sämmtliche Thore wurden auf das Nachdrücklichste vertheidigt und erst als die Uebermacht der stürmenden Russen und Preußen zu groß wurde, warf sich der am Petersthor kommandirende Offizier mit seiner Mannschaft in die Pleiße und rettete sich auf das andere Ufer, während die Abtheilungen an den übrigen Thoren von dem in alle Straßen eingedrungenen Feind lebhaft verfolgt, fechtend bis auf den Marktplatz zurückzogen, wo sie sich an die Reserve, welche bereits kapitulirt hatte, anschlossen und Gewehr abnahmen.

2) Die Angabe in Tolls Denkwürdigkeiten III., S. 465, es seien er und der preußische Oberstlieutenant von Natzmer — ebenfalls als Parlamentäre von den

schnitten und mit meiner Handvoll Leute völlig umringt von ungeheuerer Uebermacht blieb mir keine andere Wahl, als die angebotene Kapitulation anzunehmen und hierdurch wenigstens den geringen Rest der badischen Truppen zu retten, deren Erhaltung bei dem unfehlbar zu erwartenden politischen Umschwung für den Großherzog von höchster Wichtigkeit werden mußte. Ich ließ daher sogleich das Feuer einstellen und Gewehr bei Fuß nehmen. Die auf dem Markte vor uns stehenden Sachsen hatten sich bereits ergeben. Dieses ereignete sich um 10 Uhr Morgens.

General von Stockhorn, an den mein Befehl in die Stadt herein zu marschiren nur mit großer Mühe gelangt war, zögerte demselben Folge zu leisten. Erst auf wiederholte Ordre und nachdem ihm der Rückzug auf der Esplanade schon beinahe abgeschnitten, schloß er sich an mich an.[1]) Es glückte ihm indessen nur mit seinem Regiment den Marktplatz zu erreichen; das mit dem Feinde lebhaft engagirte Regiment Großherzog dagegen wurde von der Stadt abgedrängt, bis an die Pleiße verfolgt und hier sammt der halben Batterie nach großem Verlust an Todten und Verwundeten theils in das Wasser gesprengt, theils gefangen.

Ich begab mich nun zu dem Kronprinzen von Schweden, den ich auf der Esplanade traf. Er bezeigte sich äußerst zuvorkommend, da er sich meiner noch von der Schlacht von Wagram her erinnerte. Hier begegnete ich auch dem russischen General en Chef von Bennigsen. Der Kronprinz

---

Monarchen an den König von Sachsen abgesandt — vom äußern Thore Leipzigs an von einem badischen Officier geführt worden, sowie weiter auf S. 468, Toll habe den Badnern auf dem Marktplatz, auf die anrückenden Preußen weisend, zugerufen: „Das sind Euere Freunde, die für Deutschlands Befreiung kämpfen, vereinigt Euch mit ihnen zum Kampf gegen die Franzosen, unsern gemeinschaftlichen Feinden, es lebe der Kaiser Alexander und die verbündeten Monarchen!" erklärt der Markgraf in einer eigenhändigen Randnotiz für entschieden unrichtig. Toll sei weder von einem badischen Officier geführt, noch eine Anrede an die Badener auf dem Marktplatze, woselbst sich der Markgraf persönlich befunden, gehalten worden.

1) General von Stockhorn glaubte vorher die Genehmigung dazu bei seinem französischen Divisionär General Marchand nachsuchen zu müssen, und ritt deßhalb an das Petersthor, ihn zu sprechen. Dieser hatte sich aber nach einer Unterredung mit Poniatowski sammt seinem Adjutanten entfernt und Niemand war vom Stabe der Division mehr gegenwärtig, als der Adjutant-Commandant Richard, Chef des Generalstabs, welcher sich auf Anfrage nicht nur mit dem Abzug der badischen Brigade in die Stadt einverstanden erklärte, sondern selber an der Spitze des 1. Regiments bis auf den Marktplatz mitritt. — Einem hinterlassenen Manuscript des Generals von Stockhorn entnommen.

stellte nun das Verlangen an mich, ihn zum König von Sachsen zu führen, was ich auch sogleich that. Wir fanden den König in seinem Quartier im Thomäischen Hause und wenn einige Schriftsteller behaupten, man wisse nicht was in der Unterredung zwischen dem König und dem Kronprinzen vorgefallen, so kann ich, als alleiniger Zeuge, sie dahin aufklären, daß eigentlich gar Nichts gesprochen wurde, denn kaum hatte man sich gesetzt, so erscholl von der Straße ein sehr lebhaftes Vivat hoch! In der ersten Ueberraschung dachte ich an die Möglichkeit einer Rückkehr des Kaisers Napoleon, bei dem man an das Hochrufen so gewöhnt war. Plötzlich aber klärte sich die Sache auf, es war Kaiser Alexander.[1]) Der Kronprinz verließ nun schnell den König, ich eilte mit ihm die Treppe hinunter. Wir trafen den Kaiser vom Pferd gestiegen, der Kronprinz sagte ihm Etwas in das Ohr, was ich aber nicht verstehen konnte, und stellte mich sodann dem Kaiser vor, der mich sehr freundlich anredete. In diesem Moment erblickte ich den König von Sachsen, der aber durch die Masse der versammelten Zuschauer nicht zum Kaiser durchzudringen vermochte. Mit inniger Theilnahme bemerkte ich, wie kein Mensch sich rührte, dem vom Unglück tief gebeugten alten Herrn Platz zu machen. Der Kaiser setzte sich, ohne den König anzusehen, sogleich wieder zu Pferd, sagte mir, er werde mich noch sprechen und ritt mit dem Kronprinzen weiter.[2])

Die Eindrücke dieses Tages werden mir immer unvergeßlich bleiben. Morgens sah ich den Kaiser Napoleon und seine aus so vielartigen Bestandtheilen gemischte Armee abziehen, und nun den Einzug der alliirten Monarchen mit ihren Armeen, deren Zusammensetzung das nämliche bunte Bild so vieler Nationen und Völkerschaften darbot. Russen, Oesterreicher, Preußen, Schweden, folgten rasch auf einander, sogar auch eine englische Raketenbatterie.

Erst gegen Abend wurde mir ein Platz vor der Stadt bei dem Spitalthor zum Biwakiren der badischen Truppen angewiesen. Ich eilte dann

---

1) Mit dem Kaiser war zugleich der König von Preußen. Beide Monarchen hielten zusammen ihren Einzug in Leipzig. Aster u. A.

2) In einer Randbemerkung drückt der Markgraf, der also unmittelbarer Zeuge dieser Thatsachen war, seine Verwunderung aus, wie es möglich, daß nach S. 226 der „biographischen Skizze des Feldmarschalls Radetzky“ in den Aufzeichnungen des Feldmarschallieutenants Bianchi erzählt werden konnte, man habe den König von Sachsen in Gesellschaft des Kaisers Alexander und des Königs Friedrich Wilhelm in dem nur durch eine Staketenwand von der Straße getrennten Garten am Hause auf- und abgehen sehen.

zum Kaiser Alexander, bei welchem ich mich durch einen General melden ließ. Während ich auf dessen Rückkehr wartete, frug mich ein anderer im Vorzimmer befindlicher Offizier, — es war General Kutusow — ob ich wisse, durch wen ich mich beim Kaiser habe melden lassen. Als ich dieß verneinte, sagte er, es sei der Großfürst Konstantin gewesen. Ich kam dadurch in einige Verlegenheit. Bald darauf öffnete sich die Thüre, und der Großfürst heraustretend brachte mir den Bescheid, daß mich der Kaiser Morgen früh 9 Uhr erwarte. Ich machte ihm nun meine Entschuldigungen, worauf er erwiederte, ich hätte ganz Recht gehabt mich an ihn zu wenden, da er die Dienste eines Generaladjutanten bei dem Kaiser versehe.

Bei der Rückkehr fand ich mein Quartier bei Kaufmann Reichenbach von dem Großfürsten Konstantin besetzt, allein die braven Leute im Hause behielten mich dennoch und bewiesen mir auch jetzt noch die größte Theilnahme.

Es wurde mir ein Pferd gebracht, welches der Marschall Fürst Poniatowski geritten, ehe er in der Pleiße ertrank. Ich nahm jedoch das Thier — einen Fuchsen — nicht, sondern kaufte nur die Bärendecke, die ich noch als Andenken besitze. Einige Tage nachher wurde die Leiche Poniatowski's vor den Fenstern der Prinzessin von Sachsen zu Grabe getragen, der er einst zum Gemahl bestimmt war.

Zweiter Abschnitt.

Der Markgraf mit den Truppen in Gefangenschaft nach Preußen transportirt. — Weist die Aufforderung, mit denselben preußische Dienste zu nehmen, zurück. — Soll deßhalb weiter nach Rußland abgeführt werden. — Inzwischen erfolgte Beitrittserklärung Badens zur Sache der Alliirten. — Entlassung aus der Gefangenschaft und Rückmarsch in die Heimath.

Den 20. Oktober begab ich mich zur anberaumten Stunde in die Wohnung des Kaisers Alexander. Hier fand ich 34 französische, polnische und deutsche Generale versammelt, die Tags zuvor gefangen worden waren.[1]) Nach langem Warten erschien der Kaiser, eine herrliche imponirende Gestalt mit Siegesbewußtsein im stolzen Blick und dennoch voll Herablassung und Theilnahme an unserm traurigen Loose. Zu mir sich wendend sagte er, er begreife die schwierige Lage, in welcher sich der Großherzog befinde. Ich stellte ihm die Generale von Stockhorn und von Schäffer vor, und bat um Erlaubniß, letztern mit der Nachricht von der durch die hohen Alliirten gewonnenen Schlacht nach Karlsruhe schicken zu dürfen, überzeugt, daß der Großherzog sich beeilen werde, dem Bündniß gegen Frankreich beizutreten, sobald er von dem entscheidenden Ausgang derselben unterrichtet sei. Der Kaiser erwiederte, nachdem er mich mit Aufmerksamkeit angehört, er werde mir seine Entschließung zukommen lassen. Hierauf begab

---

1) Nach einer Randbemerkung im Manuskript des Markgrafen waren es außer dem Prinzen Emil von Hessen, der nicht erschien, und dem Markgrafen, die französischen Korpskommandanten General Reynier und Lauriston, die Divisionsgenerale Charpentier und Pino, die Generallieutenante von Gersdorff und von Zeschau, die Brigadegenerale Bertrand (Kommandant von Leipzig), Denains, Dorsenne, Dubois, Goulomy, Aubry, Montmarie, Aufferanialle, Brenoville, Valory, Bony, Rocznicki, Kaminiecki, Malachowski, Slirowiecz, Krasinski, Bronikowski, Grabowski, Etzko, Ominski, Rauchhaupt, Berg, Bon, von Bose, von Naglovich, Graf von Beroldingen, von Stockhorn und von Schäffer.

ich mich zu dem Fürsten Wolkonsky, Generalstabschef des Kaisers, um ihm die nämliche Bitte vorzutragen.

Vom Fürsten Wolkonsky ging ich in unsern Biwak, versammelte sämmtliche Officiere und setzte ihnen die Gründe auseinander, weßhalb ich mich mit den unterhabenden Truppen ergeben, indem ich hervorhob, daß, durch das Sprengen der Elsterbrücke von den Franzosen abgeschnitten, jede längere Vertheidigung gegen die Uebermacht nutzlos, ja unmöglich geworden sei, und den völligen Untergang des mir anvertrauten Truppenkorps zur unfehlbaren Folge gehabt haben würde. Es war um so nothwendiger diese Aufklärungen zu geben und mit Entschiedenheit aufzutreten, als ich vernommen, daß bei mehrern selbst höhern Officieren, aus Unkenntniß der wahren Lage der Dinge und der großen mir daraus erwachsenen Schwierigkeiten und Verantwortung, sich sehr unrichtige Ansichten über meinen gefaßten Entschluß gebildet hatten.

Da ich von dem Fürsten Wolkonsky keine bestimmte Antwort erhielt, wiederholte ich noch ein Mal schriftlich die Bitte, er möchte befehlen, daß unsere Truppen desarmirt und mir Lokalitäten zur gesonderten Aufbewahrung der Waffen, Fahnen und Ausrüstung angewiesen werden möchten, damit wenn der Großherzog der Allianz beitrete, wir dieselben wieder zurückerhielten.[1]) Der Fürst schrieb mir zurück, die badischen Truppen seien zur Verfügung des Königs von Preußen gestellt, ich möchte mich daher mit meinem Anliegen an dessen Flügeladjutanten Major von Thiele wenden, der mir die Befehle Seiner Majestät zukommen lassen werde.[2])

Den Abend besuchte ich den Kronprinzen von Schweden. Er erkundigte sich über alle Details der Ereignisse der letzten Tage; ganz besonders interessirte ihn zu hören, daß Kaiser Napoleon erst kurz vor dem Sturm auf Leipzig die Stadt verlassen. Zuletzt stellte er die Frage, ob es mir nicht möglich gewesen wäre, den Kaiser in jenem Moment gefangen zu nehmen, worauf ich ihm erwiederte, daß dieses vielleicht möglich, jedenfalls aber ein schlechter Streich von mir gewesen wäre. Ich erneuerte bei dieser Gelegenheit die Bekanntschaft der in seiner Umgebung befindlichen Generale Löwenjielm und Tawast, welche sich früher längere Zeit im Gefolge König Gustav IV., Schwager des Großherzogs, in Karlsruhe aufgehalten hatten.

Den andern Tag machte ich dem König von Preußen meine Aufwartung, wobei ich ihm sagte, wie peinlich es mir sei, zum ersten Mal

1) Beilage 15.
2) Beilage 16.

in meinem Leben als Gefangener vor ihm zu erscheinen, indessen die exponirte Lage des Großherzogthums erfordere von meiner Seite die größte Vorsicht, doch hoffte ich, der Zeitpunkt sei nicht ferne, wo die Verhältnisse dem Großherzog gestatten, sich für die hohen Alliirten zu erklären und ich würde mich alsdann glücklich schätzen, vereint mit der preußischen Armee den Franzosen gegenüber zu stehen. Der König bemerkte hierauf, er sehe die schwierige Stellung des Großherzogs recht wohl ein, auch andern Staaten sei es noch nicht gar lange ebenso ergangen und er werde deßhalb alle möglichen Rücksichten eintreten lassen. Ich stellte ihm meinen Bruder, sowie die Generale von Stockhorn und Schäffer vor und bat zugleich um Erlaubniß letztern nebst Major von Holzing nach Karlsruhe schicken zu dürfen, um den Großherzog in die Lage zu versetzen, möglichst bald einen Entschluß zu fassen, wozu der König seine Einwilligung sogleich gab. Ich kann nicht genug sagen, wie mich das einfache und wohlwollende Wesen des edeln, selbst so schwer geprüften Monarchen ansprach und wie sehr ich mich dadurch in meiner höchst gedrückten Gemüthsstimmung beruhigt und aufgerichtet fühlte.

Abends brachte Major von Thiele die nähern Bestimmungen des Königs, wonach die Absendung des Generals von Schäffer und Majors von Holzing nach Karlsruhe gegen auszustellende Reverse, nicht gegen die Alliirten zu dienen, genehmigt, Lokalitäten zur Aufbewahrung unserer Ausrüstung angewiesen und eine Frist von 3 Wochen gegeben wurde, während der wir als Kriegsgefangene in Preußen die Erklärung des Großherzogs abzuwarten hätten, wenn solche innerhalb dieser Frist nicht erfolge, so solle es einem Jeden von uns freistehen preußische Dienste zu nehmen. Hierauf kam auch der preußische Oberst von Boyen, ein ebenso gebildeter und zugänglicher Mann wie Thiele, um mit mir das Nähere wegen unserm Abmarsch zu besprechen.

Ich hielt nun Alles auf das Beste eingeleitet, da las ich mit äußerstem Befremden im Armeebericht des Fürsten von Schwarzenberg, ein badisches Regiment habe bei der Einnahme von Leipzig seine Waffen gegen die Franzosen gekehrt. Diese offenbare Unwahrheit wirkte um so niederschlagender auf mich, als ich schwere Folgen davon für das Großherzogthum fürchtete, wenn etwa der französische Rückzug durch dasselbe ginge, und weil anderseits das Auftreten mit einem öffentlichen Widerspruch unter den Augen der verbündeten Monarchen und in einem Zeitpunkt sehr bedenklich war, wo der Haß gegen Alles, was mit dem Rheinbund zusammenhing, auf das Höchste gestiegen. Trotzdem entschloß ich mich sogleich zu den nöthigen Schritten. Ohne zu zögern wendete ich mich an General von Tawast, um mich auf das Zeugniß des Kronprinzen von Schweden zu berufen, daß jene Angabe unrichtig sei und schickte dann eine Widerlegung für die Leipziger Zeitung, welche dieselbe aber nicht ohne Genehmigung des russischen Generalgouverneurs von Sachsen Fürsten Repnin aufnehmen wollte. Da dieser eine solche wiederum von einer vorgängigen Billigung des Fürsten Schwarzenberg abhängig machte, so schrieb ich am 22. Oktober von unserm Marschquartier Delitsch aus an letztern, und bat um die Berichtigung des im österreichischen Armeebericht enthaltenen Irrthums, daß ein badisches Infanterieregiment übergegangen.[1]) Auch dieser Schritt blieb erfolglos, ja in einem spätern Bericht, der mir aber damals noch nicht bekannt war, hieß es sogar, General von Stockhorn und ich seien zu den Alliirten übergegangen, was um so auffallender, als Fürst Schwarzenberg meine Reklamation schon vorher erhalten haben mußte. Ich ließ nun ohne Weiteres durch General von Schäffer einen Protest in den Nürnberger Korrespondenten und die Karlsruher Zeitung einrücken[2]) und glaubte damit nun Alles erschöpft zu haben, die einstige Geschichte vor Unrichtigkeiten zu bewahren, die ein schiefes Licht auf den militärischen Geist und Disciplin der badischen Truppen werfen konnten. Dem war aber nicht so, denn es fanden sich demungeachtet in spätern Jahren außer den mehrerwähnten französischen Schriftstellern auch deutsche, welche sich nicht scheuten jene und andere gehässige Beschuldigungen zu erneuern.[3])

---

1) Beilage 17.

2) K. Zeit. v. 30. Okt. 1813 Nr. 301. Korresp. v. u. f. Deutschl. v. 27. Oktober 1813. Der Inhalt des Protests als Beilage 18. Die deßfallsige Meldung des Generals von Schäffer Beilage 19.

3) Daß man im Schwarzenbergischen Armeebericht dem thatsächlichen Uebergang anderer deutschen Truppen ohne Weiteres auch den der badischen beifügte, läßt sich begreifen, man hatte sich im ersten Drange der außerordentlichen Ereignisse geirrt, oder wollte vielleicht auf die deutschen Völker wirken, einen gewissen Druck auf den Beitritt ihrer noch zögernden Fürsten zur Koalition ausüben. Ebenso begreift sich, wenn ein Baudoncourt, Fain, Norvins, Marmont, den badischen Passus in jenem Armeebericht mit allem Eifer ergriffen haben, um in gewohnter Weise die durch Waffen erlittene Niederlage ihrer Landsleute mit dem Geschrei über Abfall und Verrath zu übertünchen. Nicht zu entschuldigen dagegen ist aber, daß Schlosser, der bekannte Historiker und Geschichtslehrer an einer badischen Hochschule, nach mehr als einem Menschenalter, wo doch der Sturm politischer Leidenschaften der ruhigen Prüfung längst das Feld geräumt und ganz andere Materialien für die Geschichtsforschung vorlagen, als jene ersten trüben Quellen, die alte Fabel vom Uebertritt badischer Truppen in Leipzig in seiner Geschichte des 18. und 19. Jahrhunderts, sowie in der spätern Bearbeitung seiner Weltgeschichte für das deutsche Volk von Kriegk wieder vorbringt. Auch ihm gegenüber legte, wie man aus der Vorrede zum 6. Band der 4. Auflage des ersteren Werkes ersieht, der Markgraf den entschiedensten Protest ein, indem er Schlosser die Unwahrheit seiner Beschuldigung unter Anerbietung aller nur wünschenswerthen

Den 22. Oktober reisten Schäffer und Holzing nach Karlsruhe ab.[1]) Denselben Tag in der Frühe begab ich mich in das Lager unserer Truppen. Beide Infanteriebrigaden waren von der anfänglichen Stärke von 6200 Mann im Verlaufe dieses Feldzuges bis auf 2300 Mann herabgeschmolzen. Es fand nun im Beisein eines preußischen Officiers vom Korps des Generals Bülow die Abgabe der Waffen statt, welche in Leipzig aufgehoben wurden. Die Officiere behielten ihre Degen, Unterofficiere und Soldaten ihre Tornister. Den Stabsofficieren, dem Generalstab, sowie den Adjutanten ließ man die Pferde.

Unser erster Marsch in Gefangenschaft ging nach Delitzsch unter Bedeckung eines preußischen Landwehrdetachements. Obgleich der König erlaubt hatte, für meine Person den Aufenthalt in Berlin zu nehmen, hielt ich es unter so schwierigen Verhältnissen doppelt für meine Pflicht von dieser Erlaubniß keinen Gebrauch zu machen, sondern bei unsern Truppen zu bleiben und das Loos der Gefangenschaft getreulich mit ihnen zu theilen.

Den 23. Oktober erreichten wir Jessnitz, den 24. Dessau. Der alte Herzog, obwohl krank und zu Bette, empfing mich sehr gut und zuvorkommend, ebenso der Erbprinz und die Erbprinzessin. Ich traf hier den Bruder der Letztern, den Prinzen Louis von Hessen-Homburg, welcher bei dem Sturm auf das Grimmaische Thor, das von unserer leichten Infanterie vertheidigt wurde, eine Verwundung erhielt.

Den 25. Oktober passirten wir die Elbe bei Aken und kamen nach Zerbst. Hier fand ich das Hauptquartier des Generals von Tauentzien, der die Belagerungen von Wittenberg und Torgau leitete. Den 26. hatten wir einen sehr beschwerlichen Marsch von 4 Meilen durch tiefen Sand

---

Dokumente nachweisen und um Berichtigung ersuchen ließ. Indessen statt diesem so gerechten Begehren zu entsprechen, gewährt Schlosser den badischen Truppen und ihrem erhabenen Führer keine andere Genugthuung, als daß er der geschehenen Reklamation als einer blos individuellen Meinung und Ansicht des hohen Reklamanten und zudem nur in der Vorrede zu einem Bande des fraglichen Geschichtswerkes Erwähnung that, wo das bestrittene Faktum sich gar nicht findet und Niemand sie suchen wird; anstatt auf Grund persönlich gewonnener historischer Ueberzeugung die erforderliche Abänderung im Texte des erst einige Jahre nach der Reklamation herausgegebenen 8. Bandes der 4. Auflage vorzunehmen, wo S. 447 immer noch und immer wieder die alte, wie unsere noch lebenden Veteranen von 1813 bestätigen können und werden, ganz unwahre Stelle, wenn auch gegen früher in etwas verdünnter Dimension, zu lesen ist: „daß die am Thore Leipzigs aufgestellten badischen Truppen übergegangen seien und die Preußen in die Stadt gelassen hätten."

1) Durch General Schäffer sendete der Markgraf zugleich seine ausführliche Meldung über die Leipziger Ereignisse — Beilage 14 — an den Großherzog.

nach Görtzke, dem ersten preußischen Dorf. Der folgende Marsch bis Brandenburg war wegen des tiefen Sandes abermals äußerst anstrengend; wir stießen daselbst mit einer starken Kolonne französischer Gefangener zusammen, wobei General Bertrand.

Brandenburg, auf einer Insel der Havel gelegen, war mit Verschanzungen umgeben, deren Anlage mir aber nicht sonderlich gefallen wollte. Ich verwendete mich bei dem Stadtkommandanten, daß die gefangenen Hessen, welche unter Oberst von Gall mit marschirten, nicht wie er beabsichtigte, von uns getrennt wurden. Hier sah ich eine Menge eroberter französischer Geschütz- und Munitionswagen von Leipzig ankommen.

Den 31. Oktober erhielt ich die Weisung nach Neu-Ruppin, unserm vorläufigen Bestimmungsort, abzumarschiren. Der Stadtkommandant nahm noch vorher den Officieren den Handschlag ab, nicht ohne Erlaubniß die preußischen Staaten zu verlassen. Unser nächstes Nachtquartier war Nauen. Den 1. November erreichten wir Fehrbellin, und den folgenden Tag Neu-Ruppin. Nach dem Einrücken versammelte der hier kommandirende General von Schaurodt die badischen und hessischen Officiere in dem Schulhaus, stellte sich auf eine Bank und hielt eine scharfe Anrede, deren Sinn dahin ging, daß wenn wir nicht jedem seiner Befehle willig gehorchen würden, ihm durch den Landsturm eine Macht zu Gebote stehe, die allen Widerstand vergeblich mache. Da Niemand an einen Widerstand dachte und die ächzende Bank dabei jeden Augenblick unter ihm zusammen zu brechen drohte, so kann man sich denken, welchen komischen Eindruck diese Scene auf uns machte. Neu-Ruppin ist eine freundliche kleine Stadt, die mich in vieler Beziehung an Rastatt erinnerte. Durch häufige Ausflüge zu Pferd mit meinem Bruder nach Alt-Ruppin, an den Ruppiner See und nach Rheinsberg — dem lieblichen einstigen Aufenthalt des Prinzen Heinrich und Friedrichs des Großen —, sowie durch eine feste Eintheilung des Tages verging die Zeit trotz aller Einförmigkeit unseres Lebens doch ziemlich schnell.

Der Gesundheitszustand bei unsern Leuten fing an große Besorgnisse zu erwecken; 181 Soldaten lagen an Nervenfieber und Typhus darnieder, welche Seuche einen bisher nicht gekannten Grad der Heftigkeit erreichte. Die Zungen der davon Ergriffenen wurden ganz schwarz und der Verlauf war so rasch, daß die Krankheit in wenig Tagen mit dem Tod zu endigen pflegte. Der ansteckende Karakter derselben hielt mich nicht ab, die Kranken recht oft zu besuchen, indessen fehlte es an der Hauptsache, an ausreichender ärztlicher Hilfe und an Geld zur Bestreitung der Verpflegung und zur Bezahlung der Arzneien, die der Apotheker lediglich auf meinen persönlichen Kredit hergab. Zum Glück trafen am 7. November die beiden Regimentsärzte Haller und Karch, nachdem unsere in Leipzig gefangenen Kranken in Stralsund untergebracht worden waren, von Berlin ein und gewährten dem bisher allein gestandenen Stabsmedikus Meier die gewünschte Unterstützung.

Es ist begreiflich, daß in dieser Zeit meine Blicke unverrückt auf die Heimath gerichtet waren, aus der ich in ängstlicher Spannung die endliche Entscheidung unseres Schicksales von einem Tag zum andern erwartete. Die eintreffende Nachricht von der Schlacht bei Hanau vermehrte meine Unruhe und machte mir den Gedanken immer unerträglicher, in Gefangenschaft ein müssiger Zuschauer der großen Ereignisse zu bleiben, die sich nothwendig in unmittelbarer Nähe meines Geburtslandes entscheiden mußten.

Den 16. November erhielt ich von General Grafen Tauentzien, durch dessen Adjutanten, Major von Vogel, ein Schreiben mit der unerwarteten Aufforderung, da die General Schäffer verwilligte Frist von drei Wochen nunmehr verstrichen, sogleich zu erklären, ob ich gesonnen sei, mit den unter mir stehenden Truppen unbedingt in preußische Dienste zu treten, ohne länger auf eine Entschließung des Großherzogs zu warten; im andern Falle würden wir nach Rußland in Gefangenschaft transportirt werden.[1]) In der Antwort an den Grafen Tauentzien, die ich ihm durch Major von Seutter übersendete, drückte ich mein Bedauern aus, ohne eine vorgängige Entscheidung des Großherzogs von dem Anerbieten in preußische Dienste zu treten, keinen Gebrauch machen zu können, und bat ihn zugleich unsern Transport nach Rußland noch auf einige Zeit zu verschieben.[2]) Graf Tauentzien erwiederte, die Befehle des Königs seien zu bestimmt, als daß er sich erlauben könne von der gestellten Alternative abzugehen.[3])

Da der Befehl zum unverzüglichen Abmarsch von Ruppin gegeben war, so gingen am 17. November einige Officiere als Quartiermacher nach Berlin voraus. In einem Zeitungsblatt las ich den Beitritt des Großherzogs von Hessen zum Bündniß gegen Frankreich. Meine Unruhe und Verlegenheit stieg dadurch auf das Höchste, denn die mir gewährte dreiwöchentliche Frist war längst vorüber und noch immer keine Nachrichten von Hause da. Auch angenommen, der Großherzog habe sich etwa nach Konstanz an die äußerste Grenze zurückgezogen, so konnte selbst in diesem

---

1) Beilage 20.
2) Beilage 21.
3) Beilage 22.

Falle seine Entschließung schon eingetroffen sein.[1]) Unter so bewandten Umständen hielt ich für das Beste in Berlin nähere Nachrichten einzuziehen und Aufschub unseres Weitertransportes zu erwirken. Ich reiste daher mit Major Pfnor schon am 17. Abends von Neu-Ruppin ab, während General von Stockhorn und mein Bruder mit den Truppen am 18. abmarschirten. Ich erreichte Berlin an diesem Tage in der Frühe bei sehr stürmischem Wetter. Nachdem ich mich beim Prinzen Emil von Hessen zuerst einigermaßen orientirt, begab ich mich zum Gouverneur von Berlin General der Kavallerie von Lestocq, dem ich das Mißliche unserer Lage vorstellte und abermals um Aufschub unseres Transportes nach Rußland bat. Er verlangte die schriftliche Darlegung meiner Wünsche, die ich auch sogleich übergab und darin besonders hervorhob, daß, je weiter man uns von dem Kriegsschauplatz entferne, um so später würden wir nach erfolgtem Beitritt des Großherzogs auf demselben erscheinen können. Trotz alledem erhielt ich abermals eine abschlägige Antwort.

Den 20. rückten unsere Truppen in Berlin ein, und bezogen die Kaserne der reitenden Artillerie. Ich wurde bei dem Grafen von Redern, einem Schwager des nachmaligen preußischen Gesandten zu Karlsruhe Baron von Otterstedt, einquartiert. An eben diesem Tage brachte die preußische Zeitung die bedeutungsvolle Nachricht, der badische Minister von Reitzenstein befinde sich in Frankfurt, dem Hauptquartier der verbündeten Monarchen, wodurch meine schwankenden Hoffnungen neu belebt wurden.

Um unserer drückenden Geldverlegenheit zu steuern, erhob ich auf meinen persönlichen Kredit einige Tausend Gulden, um im Stande zu sein, Vorschüsse an die Officiere und Mannschaft verabreichen zu lassen. Viel machten mir die englischen Werber zu schaffen, die unsere durch das Gerücht vom beabsichtigten Transport nach Rußland erschreckten Leute durch hohes Handgeld für die englisch-deutsche Legion anwarben. Ich gab mir alle Mühe diese Werbungen zu hintertreiben und setzte es auch bei dem Stadtkommandanten General von Brauchitsch durch, daß mir die bereits Angeworbenen wieder zurückgegeben wurden.

Endlich den 25. November erhielt ich die so lange und sehnlichst erwartete Antwort des Großherzogs auf die Meldung vom 20. Oktober,

---

1) Die wichtigen Gründe der Zögerung des Großherzogs mit dem Beitritt zur großen Allianz finden sich des Nähern in dessen Schreiben an den König von Preußen, Beilage 24. Dieses merkwürdige Expose über die unglückliche Lage des Großherzogthums bei jedem Kriege der Franzosen gegen Deutschland empfiehlt sich für alle Zukunft der höchsten Beachtung unserer deutschen Staatsmänner und Politiker.

womit er meinem Benehmen in Leipzig seine vollkommenste Billigung ertheilte und mich zugleich von der Absendung des Generals von Schäffer an den König von Preußen, sowie eines Wechsels von 20,000 Gulden benachrichtigte.[1]) Nun war unserer Noth abgeholfen und ich fühlte mich wie neu belebt durch die Anerkennung, die mir der Großherzog angedeihen ließ. Ich antwortete umgehend und dankte ihm für den empfangenen Ausdruck seiner Zufriedenheit und die getroffene Fürsorge für die Truppen.[2]) Den Wechsel zog ich sofort und ließ die ganze Summe an die Officiere und Mannschaft ausbezahlen.

Den 27. November speiste ich nebst meinem Bruder bei der Statthalterin von Holland Fürstin von Nassau-Oranien — einer leiblichen Cousine meines Vaters — und ihrer Tochter der Erbprinzessin von Braunschweig. Nach der Tafel besuchten wir die alte Gräfin Voß, Oberhofmeisterin der verstorbenen Königin Luise, ein wahres Original.

Der 28. November war ein hoher Freudentag, denn er brachte uns von General Tauentzien die Mittheilung, daß wir auf freien Fuß gesetzt seien und der Rückkehr in das Vaterland nun Nichts mehr im Weg stehe. Ich begab mich sogleich mit dieser Nachricht zu General von Lestocq und General von Brauchitsch, dann fuhr ich mit meinem Bruder und dem Prinzen Emil von Hessen, der, noch ohne Nachricht von Hause, sehr herabgestimmt war, zur Erbprinzessin von Braunschweig. Mittags speiste ich bei der Erbprinzessin von Oranien. Während der Tafel erschien der holländische General von Perponcher mit der frohen Botschaft, Holland habe sich erhoben und das Haus Oranien wieder in seine alten Rechte eingesetzt. Den andern Tag schlug auch für den Prinzen Emil die Stunde der Befreiung, indem der hessische Hauptmann Lyncker von Darmstadt bei ihm eintraf, worauf der Prinz gleich den folgenden Tag in Begleitung des Obersten von Gall dahin abreiste.

Nachdem die Marschroute und alles Uebrige geordnet, übergab ich den 2. Dezember General von Stockhorn das Kommando meiner durch die erlittenen Verluste bis auf ein kombinirtes Regiment reducirten Division, setzte mich mit meinem Bruder in den Wagen und eilte nun leichten Herzens von Berlin fort, dem Vaterlande zu. Ueber Potsdam, wo noch an demselben Tag unsere Truppen eintrafen, Belitz, Treuenbrietzen kam ich nach Koswig, den 3. Dezember nach Dessau und sodann über Delitzsch um

---

1) Beilage 23.
2) Beilage 25.

Mitternacht nach Leipzig. Sobald es Tag wurde ging ich zu dem preußischen Kommandanten General von Elsner und ersuchte ihn um die Rückgabe unserer deponirten Waffen und Armatur. Er wies mich an den Fürsten Repnin, der aber abwesend war. Da ich mich nicht aufhalten konnte, ließ ich zur weitern Betreibung und wegen der in Preußen verbleibenden Kranken den Major Pfnor mit den erforderlichen Instruktionen zurück und fuhr dann weiter über Pegau nach Zeitz.

Den 7. Dezember erreichte ich Nürnberg, den 8. Ansbach, wo ich sogleich den erprobten langjährigen Minister meines Vaters Freiherrn von Gemmingen besuchte, und den 9. Abends 7 Uhr endlich Karlsruhe. Ich begab mich sogleich zum Großherzog in das Schloß, der mich auf das Freundlichste empfing. Hier hörte ich, daß er den 11. November nach Frankfurt zu den dort versammelten Monarchen gereist, und von da den 19. November nach Karlsruhe zurückgekehrt war, wo er Tags darauf dem Lande seine Lossagung vom Rheinbunde und den Beitritt zu dem Bündniß der Alliirten gegen Frankreich verkündet hatte.[1])

Den 10. speiste ich nebst General Graf Wrede bei Hof. Nach der Tafel erschien, aus dem Hauptquartier Heidelberg kommend, Feldmarschall Fürst Schwarzenberg, worauf der Großherzog mir eröffnete, daß ich für das Kommando seiner Truppen im bevorstehenden Feldzug gegen Frankreich

---

1) Die bezüglichen Ordres an das Truppenkontingent in Spanien und großherzogliche Armeekorps, Beilage 26 und 27.

Ueber die Verhältnisse Badens und Würtembergs während der Verhandlungen wegen des Beitritts zur Sache der Verbündeten sagt Schlosser in seiner Geschichte des 18. und 19. Jahrhunderts, 4. Auflage, VIII., 455: „Da die Truppen Badens schon bei Leipzig übergegangen waren, und der alte Großherzog in demselben guten Rufe stand, wie der Herzog von Oldenburg, so war Jedermann erfreut, daß sich der russische Kaiser desselben annahm und die Geier abwehrte, die schon über seinem Lande schwebten, um es zu zerreißen. Am schamlosesten zeigte sich der despotische König von Würtemberg; und auch dieser kam sehr gut davon. Man gewährte ihm, als er ganz zuletzt am 2. November seinen Frieden schloß, daß er den Königstitel beibehalten dürfe ꝛc." Diese hier wörtlich angeführte Stelle enthält fast so viele Unrichtigkeiten als Zeilen; die badischen Truppen sind, wie wir bereits mit Schlosser abgemacht, bei Leipzig nicht übergegangen; der 1813 an der Regierung befindliche Großherzog Karl von Baden war erst 27 Jahre alt und Schlosser, der ihn den alten Großherzog nennt, verwechselt ihn offenbar mit seinem berühmten Großvater, Großherzog Karl Friedrich, der aber schon 1811 gestorben war. Ferner war es nicht der König von Würtemberg, der „ganz zuletzt am 2. November seinen Frieden schloß", sondern er schloß ihn noch vor Baden und vor Hessen.

unter dem russischen General der Kavallerie Grafen Wittgenstein bestimmt, allsogleich die Leitung der neuen Formationen zu übernehmen hätte.

Die Stimmung, welche ich bei meiner Rückkehr in unser Land gefunden, war eine ganz eigene. Dem französischen Wesen zeigte man sich im Ganzen entschieden abhold; allein die Leute getrauten sich nicht recht ihre Gesinnungen laut werden zu lassen, theils aus Furcht vor der Möglichkeit eines politischen Rückschlags, theils aus schonender Rücksicht für die Großherzogin Stephanie und ihre erklärbaren Sympathien für Napoleon, den Schöpfer ihres Glückes. So geschah denn, was nicht unterlassen werden konnte, aber vorerst ohne bemerkbaren Enthusiasmus für die deutsche Sache.

Der Feldzug von 1814.

Erster Abschnitt.

Graf Wittgenstein passirt bei Fort-Louis den Rhein. — Einschließung der französischen Festungen des Unterelsaßes. — Der Markgraf Kommandirender des badischen Armeekorps. — Wird unter den Oberbefehl Wittgensteins gestellt. — Löst ihn in den Blokaden im Elsaß ab. — Abmarsch der Russen zur Hauptarmee. — Großherzog Karl in das Hauptquartier der Monarchen. — Besichtigt auf der Durchreise die Blokadekorps des Markgrafen.

Gegen Ende Dezember 1813 hatte der größte Theil der verbündeten Hauptarmee unter Feldmarschall Fürst Schwarzenberg den Rhein bei und oberhalb Basel überschritten, um durch die Schweiz in das Innere Frankreichs vorzudringen. Ihr rechter Flügel — 6. Armeekorps[1]) — unter dem russischen General der Kavallerie Graf Wittgenstein deckte diese Operation, indem er die Beobachtung des Rheins zwischen Mannheim und Freiburg, sowie die Einschließung des Forts von Kehl übernahm. Hiernächst war Graf Wittgenstein angewiesen, den Rhein zu passiren und die feindlichen Plätze des Unterelsaßes so lange zu blokiren, bis die Mobilmachung des ihm unterstellten badischen Armeekorps hinreichend vorgeschritten sei, alsdann solle er sich von mir ablösen lassen und wieder zur Hauptarmee stoßen.

1) Es bestand aus den beiden Infanteriekorps der Generallieutenante Fürst Gortschakow und Herzog Eugen von Würtemberg und dem Kavalleriekorps des Generallieutenants Graf Pahlen.

Den 1. Januar 1814 kam Graf Wittgenstein nach Karlsruhe, wo er lebhaft auf die Beeilung unserer Mobilisirung drang, sodann nach Rastatt zurückkehrte und noch in der Nacht den Rheinübergang bei Fort-Louis erzwang. Fast gleichzeitig forcirte General von Sacken mit dem linken Flügel der schlesischen Armee den Rhein bei Mannheim.

Nachdem Graf Wittgenstein die Gemeinschaft mit dem rechten Rheinufer durch eine Pontonbrücke und einen Brückenkopf bei Fort-Louis gesichert, schritt er zur Cernirung der feindlichen Plätze Straßburg, Pfalzburg und Landau.

Sein Hauptquartier verblieb vorerst in Rastatt, wo er am 8. Januar unser 1. Infanterieregiment musterte. Den 10. bei einem Besuch in Karlsruhe sagte er mir, er müsse spätestens den 17. das Rheinthal verlassen, ich hätte daher unfehlbar den 15. mit dem leichten Infanteriebataillon und dem 3. Infanterieregiment von Karlsruhe abzumarschiren, das 1., welches bereits in Lichtenau kantonnirte, unterwegs an mich zu ziehen und mit diesen 5 Bataillonen, wozu er noch russische Infanterie, Kavallerie und Artillerie stoßen lassen werde, die Blokade von Kehl zu übernehmen. Da sich der Großherzog den 6. nach Freiburg in das Hauptquartier der Monarchen begeben, so schickte ich ihm einen Feldjäger und bat um Verhaltungsbefehle und zugleich dringend um die fortwährend hinausgeschobene Ernennung meines Generalstabs. Zu diesen dienstlichen Verlegenheiten kam die Mißstimmung und das gekränkte Selbstgefühl des Markgrafen Ludwig[1]), wegen des mißtrauischen Fernhaltens von jedwedem Einfluß. Nachdem der Großherzog ihm das Kommando über das Feldkorps abgeschlagen, wollte er, unterstützt von alliirter Seite, Sturmherzog über alle Volksaufgebote zwischen Bodensee und Neckar werden. Auch darauf ging der Großherzog nicht ein, sondern ernannte Generallieutenant von Harrant zum kommandirenden General des badischen Landsturms. Die Organisation des letztern, welche im März größtentheils beendet war, schuf für die Landesvertheidigung eine Macht von über 100,000 Mann. Rechnet man hiezu die in das Feld bestimmten 18,000 Mann Linie und Landwehr und zum Nachschub eine Reserve von 6000 Mann, so ergibt sich, daß innerhalb drei Monaten das Großherzogthum für die allgemeine Sache 124,000 Mann stellte, was bei einer Bevölkerung von kaum einer Million und nach den schweren Verlusten der beiden letzten Feldzüge eine ganz unerhörte Anstrengung war.

Den 14. besichtigte der Großherzog — Tags zuvor von Freiburg zurückgekehrt — die in Karlsruhe versammelten Truppen, deren Ausrüstung

---

1) Nachmals Großherzog und Regierungsnachfolger des Großherzogs Karl.

und Bekleidung sich höchst mangelhaft zeigte. Es fehlte dermaßen an allem Nöthigen, daß man sich kaum zu helfen wußte. Man nahm den noch nicht ausexerzirten Leuten die Monturen wieder ab, um die bereits Ausgebildeten vollständig einkleiden und marschiren lassen zu können. Eine höchst willkommene Aushilfe war, daß Kaiser Alexander dem Großherzog 12 französische Geschütze schenkte und uns einige Tausend Stück Gewehre aus dem Vorrath der in Leizig eroberten Waffen überließ.

Nach der Revue begab ich mich zum Grafen Wittgenstein nach Rastatt und vernahm nun von seinem Chef des Generalstabs General d'Auvray das Nähere meiner Bestimmung, nämlich sogleich die Blokade von Kehl, und sowie die übrigen badischen Truppen marschfertig, auch die von Straßburg, Landau, Pfalzburg, Bitsch, Lichtenberg und Lützelstein (Petite-Pierre) zu übernehmen, weiter sollte ich in der Nähe von Kehl an einem meiner Wahl überlassenen Punkte eine Schiffbrücke über den Rhein schlagen, die gesprengten Werke von Fort-Louis wieder herstellen, und den Höllenpaß, Offenburg und Villingen befestigen, wozu mir österreichische Ingenieurofficiere zugetheilt werden würden.

Am 15. setzte ich das 3. Regiment, leichte Infanteriebataillon und die 4. Fußbatterie nach Kehl in Marsch, ohne jedoch vorher die Ernennung meines Generalstabs erlangen zu können. Außer meinen beiden Adjutanten Major Pfnor und Lieutenant Fischer erlaubte der Großherzog mir nur den Oberstlieutenant von Lasollaye und Hauptmann Meyer mitzunehmen. In das Wittgenstein'sche Hauptquartier wurde Rittmeister von Stern kommandirt und meinem Bruder Leopold [1]) die Genehmigung ertheilt, den Feldzug in demselben mitzumachen.

Da ich vernahm, Graf Wittgenstein werde am 17. nach Saverne abgehen, bis wo dessen Armeekorps bereits vorgerückt war, so begab ich mich, begleitet von meinem Bruder Max, den 16. noch einmal zu ihm nach Rastatt, schloß mich sodann den in Marsch befindlichen badischen Truppen an und kam den 17. nach Kork, wo ich sogleich von General Helferich das Kommando vor Kehl übernahm und die Russen durch unsere Truppen ablösen ließ. Mein Korps vor Kehl bestand nun aus dem badischen 1. und 3. Regiment, leichten Infanteriebataillon und der 4. Fußbatterie, an russischen Truppen aus 3 Eskadronen des Lubny'schen Husaren-, 5 Eskadronen des Tschernuschkinschen Kosackenregiments, einer schweren Batterie von 12 Ge-

1) Der nachmalige Großherzog Leopold, Regierungsnachfolger des Großherzogs Ludwig und Vater S. K. H. des jetzt regierenden Großherzogs Friedrich.

schützen und einer Kompagnie Pioniere, im Ganzen aus 4670 Mann, mit 675 Pferden und 18 Geschützen. Zugetheilt wurden mir der russische Ingenieuroberst Trousson und Lieutenant Bibikow. Als Ordonnanzofficier nahm ich Lieutenant Jannow von den Lubnyschen Husaren. Noch am Abend traf der badische Oberstlieutenant Tulla, Direktor des Wasser- und Straßenbaues ein, den ich wegen der Anlage der Rheinbrücke von Karlsruhe verlangt hatte.

Um mich mit den nächststehenden Blokadekorps in die nothwendige Verbindung zu setzen, entsendete ich sofort Oberstlieutenant von Lasollaye an den baierischen General Graf Pappenheim vor Schlettstadt und zu General Gortschakow vor Straßburg, sodann mehrere Officiere mit dem Auftrag, sich wegen des erforderlichen Materials für den Bau der Brücke nach allen Seiten umzusehen. Die Verschanzungen vor Kehl, an denen zuerst die Baiern, dann die Russen gearbeitet, fand ich noch unvollendet und überdieß für die Stärke meines Korps viel zu ausgedehnt. Ich beschränkte mich daher nur auf die wichtigern Werke und ordnete deren rasche Vollendung an. Die provisorische Befestigung von Offenburg leitete der österreichische Ingenieurhauptmann von Schulz. In dem ehemaligen Kloster zu Schuttern ließ ich ein Feldspital und in Kork, wo mein Hauptquartier, ein Filialmagazin einrichten, das Hauptmagazin befand sich zu Offenburg.

Beim Abgang nach Saverne gab Graf Wittgenstein folgenden Tagsbefehl heraus: „Soldaten! Der Allerhöchste hat unsere heißesten Wünsche erfüllt: Deutschland ist frei. Schon wehen unsere Fahnen in Frankreich und der gedrängte Feind, um sich der gerechten Rache aller von ihm unterdrückten Nationen zu entziehen, sucht einen Zufluchtsort im Innern seines Reichs. Wir überschreiten jetzt den Rhein, um vereint mit unsern Alliirten den Frieden zu erkämpfen, dessen Europa so sehr bedarf. Zwei merkwürdige Jahre, die den Ruhm unserer Waffen zu den spätesten Nachkommen bringen werden, sind verflossen. Soldaten! Beim Eintritt des neuen Jahres bleibt mir nichts zu wünschen übrig, als daß es eben so rühmlich für Euch sein möge, wie die verflossenen. Die badischen Truppen werden in Zukunft vereint mit euch für die gerechte Sache kämpfen. Ihr seid gewohnt euern Ruhm brüderlich mit den Preußen und Oesterreichern zu theilen, ihr werdet ein Gleiches mit euern neuen Waffenbrüdern thun. Und ihr, tapfere Badener, euch zwang die Uebermacht euere Waffen gegen das nämliche Rußland zu führen, dem ihr jetzt euere Freiheit dankt, durch einen Kampf, der euch ein Beispiel sein möge, daß die Vorsehung auf Seite der Gerechtigkeit ist und die Räuber straft. Folgt dem Beispiel euerer neuen Waffenbrüder, wißt zu siegen und zugleich die Liebe und Erkenntlichkeit der friedlichen Einwohner zu erwerben! An euerer Tapferkeit zweifle ich nicht, und ich freue mich, an euerer Spitze zu stehen. Badener, seid edelmüthig! Betragt euch mit den Einwohnern Frankreichs, wie mit euern Landsleuten. Seid denen furchtbar, die gegen euch die Waffen tragen, aber Beschützer der friedlichen Einwohner. Ihr werdet als Freunde empfangen werden und ihr Segen wird euch zum Frieden und Ruhm begleiten. Dieß macht den wahren Helden. Rächt die Beleidigungen, die ihr seit vielen Jahren von den Franzosen erlitten, nur auf dem Felde der Ehre. Soldaten, ich leite euch zum Siege; zur Unsterblichkeit führt nur der Segen besiegter Nationen. Die Disciplin ist die Seele des Dienstes. Bis jetzt habe ich, Dank sei dem Allerhöchsten, die vereinigten russischen, preußischen und österreichischen Truppen befehligt, ohne daß ich die mir anvertraute Gewalt zur Herstellung der Ordnung gebraucht hätte. Soldaten, erspart mir auch jetzt durch euere gute Mannszucht strenge Maaßregeln, die meinem Herzen fremd sind. Freunde! der Zweck aller unserer Anstrengungen und Wünsche ist nahe, folgt meinem Rathe und ein glücklicher Friede wird unsere Bemühungen krönen. Die freigebigen Belohnungen unserer Monarchen werden jedes Verdienst auszeichnen und der wahre Ruhm wird euere Namen auf die spätesten Nachkommen bringen."

Die Arbeiten vor Kehl wurden dnrch die eingetretene sehr ungünstige Witterung bedeutend erschwert. Die ganze Gegend stand unter Wasser, so daß alle Verbindung unter den Vorposten eine Zeit lang völlig gehemmt war. Bei der ersten Visitation derselben wurde ich mit einigen feindlichen Kanonenschüssen begrüßt, und dabei einem Kosacken unmittelbar hinter mir das Pferd erschossen.

Den 23. Januar entsendete ich die russische Pionierkompagnie nebst 2 Eskadronen Husaren nach Fort-Louis, dessen Herstellung der österreichische Ingenieurhauptmann von Duoda leitete.

In Folge genauer Rekognoscirungen wurde zwischen Altenheim und Goldscheuer oberhalb Kehl der vortheilhafteste Punkt für die zur Sicherung der Gemeinschaft beider Rheinufer höchst wichtigen Brückenanlage ermittelt.

Da aber außer den Schiffen noch eine Menge kostspieliger Requisiten wie Holz, Anker, Seile, Eisenwaaren u. a. nöthig war, und ich die Kosten unserm ohnedem von Durchmärschen und Kriegslasten aller Art schwer heimgesuchten Lande nicht auch noch aufbürden wollte, so wendete ich mich an den russischen Civiladministrator des Elsaßes Baron Moltke und verlangte deren Beischaffung im Wege der Requisition, sowie von General Gortschakow zur Sicherung des Brückenbaues die Besetzung von Illkirch und engere Einschließung von Straßburg. Von den österreichischen Geniehauptmännern von Wetzlar und von Zitta erhielt ich regelmäßige Berichte über den Fortgang der Befestigungsarbeiten von Villingen und im Höllenthal.

Graf Wittgenstein drang unaufhörlich auf die Ablösung der Russen auch vor den übrigen Elsaßplätzen, allein mein Regiment und die Landwehr befanden sich noch in der Organisation, noch hatte ich keinen Generalstab, keine Sanitäts-, Verpflegungs- und Verwaltungsbeamte, keinen einzigen General und keine Kriegskasse.

Graf Wittgenstein wiederholte seine dringenden Mahnungen unter Beifügung positiver Befehle, die Brigade des Generals Fürsten Schachoffskoi vor Landau so schnell wie möglich durch badische Truppen abzulösen und diese an den zurückbleibenden russischen General Sokolowski zu weisen. Hievon machte ich dem Großherzog mittels Kourier Meldung, worauf dann das 2. Bataillon meines Regiments unter Oberstlieutenant Cornely und die 2. Fußbatterie den 28. Marschbefehl erhielten, indessen durch die Hochwasser des Rheins aufgehalten, erst am 1. und 3. Februar vor Landau eintrafen, nachdem die Batterie vorher 2 Geschütze an die 4. Batterie vor Kehl entsendet. Das Blokadekorps vor Landau trat nun unter meine Befehle und bestand unter General Sokolowski aus 8 Kompagnien des Jaroslaw'schen-, 4 Kompagnien des Lubow'schen-, 6 Kompagnien meines Regiments, 5 Eskadronen des Jaroslaw'schen Kosacken-, 1 Eskadron der Kosacken-Kalmücken-, einem Detachement des Twer'schen Dragonerregiments, 2 russischen und 4 badischen Geschützen, im Ganzen aus 2,100 Mann Infanterie, 365 Mann Kavallerie, 81 Artilleristen — zusammen 2,550 Mann mit 6 Geschützen.

Den 24. Januar bestanden die Russen vor Straßburg ein ziemlich ernsthaftes Engagement bei dem Dorfe Hoenheim mit dem Feind. Dieser brachte zwischen 3 und 4000 Mann Infanterie, 4 Eskadrone und 4 Geschütze in das Gefecht. Unser 2. Dragonerregiment fand dabei Gelegenheit sich durch eine gelungene Charge auf die französische Kavallerie auszuzeichnen, wobei die Rittmeister Prinz Taxis und von Preen besonders genannt wurden. Tags zuvor hatten 50 Mann Gensdarmen und Kürassiere in Illkirch ein badisches Piket von einem Wachtmeister und 9 Dragonern, das durch Ueberschwemmung von seiner Unterstützung abgeschnitten war, gefangen. In Straßburg kommandirte der französische Divisionsgeneral Graf Broussier und unter ihm in Kehl General Asselin, den ich von Aspern her kannte, wo er mit mir die jungen Garden zum Sturm anführte.

Nachdem nun auch das 1. Bataillon meines Regiments und die Landwehr verfügbar und mir Generalmajor von Neuenstein zugetheilt worden, so übergab ich diesem das Kommando vor Kehl und benachrichtigte General Gortschakow, daß ich bereit sei, ihn vor Straßburg abzulösen. Ich beorderte nun das 1., 4. und 5. Landwehrbataillon vor Kehl als Ersatz für das 1. Regiment und leichte Infanteriebataillon, die ich nebst einer Eskadron Lubny'scher Husaren unter Oberst Pokrowski und 10 russischen Geschützen unter Oberst Wiliaminow zur Blokade von Straßburg bestimmte, wohin ich außerdem das 1. Bataillon meines Regiments, sowie das 2., 3., 6., 7. und 8. Landwehrbataillon dirigirte.

Den 3. Februar ging ich von Kork über Hügelheim nach Fort-Louis. Da nur ein sehr schlechter Weg von Hügelheim an die Pontonbrücke führte, so ordnete ich sogleich den Bau einer soliden Fahrstraße und ebenso einer stehenden Brücke über den sogenannten rothen Rhein in das Fort Elsaß an.

Den 4. fand in der Frühe der Wanzenau zu ein Ausfall statt, wobei die Franzosen 40 Todte und Verwundete, die Russen 8 Verwundete einbüßten und unser 2. Dragonerregiment sich abermals auszeichnete, deßgleichen bei Illkirchen, wo der Feind 500 Mann und 3 Kanonen in das Gefecht brachte, jedoch durch das leichte Infanteriebataillon unter Major Hufffchmid kräftig zurückgewiesen und bis zum Monument des Generals Desaix verfolgt wurde. Ebenso geschah ein Ausfall aus Kehl gegen Sundheim, dessen man ebenfalls bald Meister wurde und wobei das 2. Bataillon des 3. Regiments 4, die Kosacken 1 Mann verloren.

Den 4. Abends übernahm ich von General Gortschakow in Hagenau den Dienst, worauf dieser am 5. mit 5 russischen Bataillonen nach Nancy weiter marschirte. Am 9. Februar hatte ich 8 badische Bataillone, die von Kehl mitgenommenen Russen, nebst dem badischen 2. Dragonnerregiment, 2 Eskadronen Lubny Husaren, 1 Eskadron Donischer Kosacken und 10 Sechspfünder Kanonen, welche mir General Gortschakow zurückgelassen — im Ganzen 8 Bataillone, 7 Eskadrone, zusammen 6184 Mann mit 1391 Pferden und 20 Geschützen vor Straßburg vereinigt. Diese Truppenzahl wäre vollkommen genügend gewesen die 5—6000 Mann starke Besatzung von Straßburg in Respekt zu halten, wenn nicht der größte Theil meiner Infanterie aus Landwehr bestanden, die in höchster Eile aufgeboten, nur sehr nothdürftig einexerzirt und zum ersten Mal vor dem

Feind, die gleiche Garantie nicht bot, wie kriegsgewohnte Truppen und daher die äußerste Behutsamkeit und ununterbrochene Aufsicht erforderte. Da ich bei der Last anderweitiger Geschäfte eine solche selbst beim besten Willen nicht zu leisten vermochte, so bat ich in Karlsruhe inständigst um Zusendung eines weitern Generals, dem ich die Blokade von Straßburg übertragen könne, und von Geld, woran es mir dergestalt gebrach, daß ich oft nicht einmal die nothwendigsten Kourierreisen zu bestreiten vermochte.

Was die Stellung des Blokadekorps betrifft, welche noch durch keine Verschanzungen gesichert war, so hatte der linke Flügel seinen Stützpunkt in Hoenheim, die Vorposten bis gegen die vom Feind besetzte Ruprechtsau vorgeschoben, und beobachtete die Straßen von Hagenau und Bischweiler, die Mitte stand in Ober-, Mittel- und Niederhausbergen mit Posten in Wolfisheim, Eckbolsheim und Holtzheim, die Straßen von Hagenau und Saverne beobachtend, und hielt Verbindung mit Illkirchen, wo der rechte Flügel stand.

Den 6. Februar mußte ich die 10 russischen Sechspfünder und 2 Eskadrone Lubny-Husaren zur Armee abgehen lassen, wofür ich eine russische schwere Batterie von 12 Geschützen zugetheilt erhielt.

Noch vor meinem Abgang von Kehl waren Stabsmedikus Meier und Kapitän Mayer eingetroffen; ersterer wurde mit der Spitaleinrichtung zu Schuttern, letzterer mit dem Bau der Brücke und des Brückenkopfes bei Altenheim beauftragt und ihm Lieutenant Papawicza der österreichischen Pontonierabtheilung in Fort-Louis zugetheilt. Regierungsrath Winter — der nachmalige badische Minister — kam etwas später, um die Stelle eines Verpflegsintendanten zu übernehmen.

Um mehr in der Mitte der Stellung zu sein, verlegte ich den 7. Februar das Hauptquartier von Lampertheim nach Oberhausbergen; auch beauftragte ich Oberst Trousson vor diesem Dorfe eine geschlossene Redoute zu 4 Geschützen anzulegen und Hoenheim zu verschanzen. Oberst Pokrowski übergab ich das Kommando der Kavallerie und Oberst Wiliaminow das der Artillerie des Blokadekorps. Den ersten Sieg der Verbündeten bei Brienne feierte ich durch eine dreimalige Salve rings um Straßburg und ein Mittagsmahl, wobei ich die Gesundheit der hohen Monarchen ausbrachte.

Durch einen von Karlsruhe zurückkehrenden Kourier vernahm ich, daß Generalmajor von Franken zu meinem Chef des Generalstabs und Major und Flügeladjutant von Kalenberg zur Dienstleistung in demselben bestimmt sei. Ersterer eröffnete seine Beziehungen zu mir durch Uebersendung der Abschrift einer Meldung des Rittmeisters von Stern mittels Estafette, wonach Graf Wittgenstein beabsichtigte, die badische Linieninfanterie und ein

Dragonerregiment an sich zu ziehen und durch würtembergische Landwehr zu ersetzen. Durch eine solche Maaßregel wäre das badische Armeekorps, welches zum ersten Mal vereinigt vor dem Feind stand, wieder wie in allen frühern Feldzügen völlig zersplittert und unsere Landwehr, erst seit 14 Tagen in Bataillone formirt, und ohne alle Erfahrung im Felddienst, zugleich der so nothwendigen, ja ganz unentbehrlichen Unterstützung der Linie beraubt worden, aus welchem Grunde ich sogleich beim Eintreffen der erstern angeordnet hatte, daß aller Dienst gemischt gegeben würde. Ich schrieb daher sowohl an General von Franken, wie Rittmeister von Stern, es möchte Alles angewendet werden, Graf Wittgenstein davon abzubringen und dahin zu wirken, daß ich entweder, was ohnedem mein lebhafter Wunsch, mit dem ganzen badischen Armeekorps zu der Hauptarmee berufen, andernfalls aber ungetrennt bei den Blokaden belassen würde. Wir werden später sehen, daß Graf Wittgenstein dennoch wieder auf die Idee einer Theilung desselben zurückkam.

Dem frechen Schmuggel mit Straßburg zu steuern und der Garnison die häufigen Ausfälle — um Vieh und Lebensmittel einzubringen — zu erschweren, ließ ich einen Theil der Ruprechtsau — den Sitz des Gemüsehandels mit Straßburg und Hauptschlupfwinkel der Schmuggler — besetzen und durch Oberst Trousson die Abgrabung des Bruche-Kanals vornehmen, um die von demselben getriebenen Mühlen in der Stadt trocken zu legen. Den badischen Kapitän von Noel schickte ich nach Mutzig zur Betriebsetzung der dasigen Gewehrfabrik, den russischen Artilleriekapitän Masson auf die Eisenhütte nach Niederbronn zur Erzeugung von Eisenmunition für die russische Artillerie, da sich die Anordnung des Generals d'Auvray den Bedarf an die russischen Batterien aus den badischen Parks abzugeben, wegen der Verschiedenheit der Geschützkaliber als unthunlich erwiesen. Auch verlegte ich zur Schonung unseres Landes 600 Bespannungspferde und 450 Mann des österreichischen Pontontrains auf das linke Rheinufer. Den 11. rückte Major von Holzing mit der 1. Eskadron des freiwilligen Jägerregiments beim Blokadekorps ein.

Nachdem die Straßburger Besatzung den 12. unsere Vorposten allarmirt und bereits wieder den 13. einen Ausfall gegen die Ruprechtsau versucht, wobei sich das 8. Landwehrbataillon unter Kapitän von Beust recht gut benahm, so beschloß ich diese öftern Neckereien noch in der Nacht auf den 14. durch eine Allarmirung meinerseits gebührend zu erwiedern. Morgens 1 Uhr gingen demgemäß 2 russische Einhörner, gedeckt durch die Eskadron des Rittmeisters von Preen, in größter Stille auf dem Weg von Oberhausbergen bis auf 400 Schritte vom Glacis vor und warfen einige dreißig Granaten und Brandkugeln mit solcher Geschwindigkeit in die Stadt, daß ich das Detachement bereits wieder zurückgezogen hatte, ohne daß der überraschte Feind das Feuer beantworten konnte. Die Antwort übernahm andern Tags die Straßburger Zeitung, indem sie tüchtig über diese nächtliche Ruhestörung und mein „tempérament cosaque“ schimpfte.

Durch das Eintreffen fast sämmtlicher badischen Truppen hielt ich mich nun für hinreichend stark auch General Lialin vor Pfalzburg abzulösen. Ich bestimmte hiezu außer dem bereits daselbst stehenden 1. Dragonerregiment den Obersten von Neubronn mit dem 1. Bataillon meines Regiments, dem 2. Landwehrbataillon und 4 russischen Geschützen. Den 16. fand die Ablösung statt, worauf General Lialin mit den bisher bei sich gehabten Russen zur Hauptarmee abging.

Nun war es aber auch an der Zeit für mich eine Stellung einzunehmen, die mir erlaubte, mit Entschlagung von irgend welchem speziellen Kommando, den Befehl im Großen und Ganzen zu führen. Ich beorderte daher General von Neuenstein, das Kommando vor Kehl bis zum Eintreffen des Generals Brückner an Oberst von Brandt abzugeben, und statt meiner das vor Straßburg zu übernehmen.

Den 15. Februar erhielt ich vom Grafen Wittgenstein folgendes Schreiben aus Mery vom 10. Februar: „„Da gegenwärtig die großherzoglich badischen Truppen und auch die Landwehr bei Ihnen eingetroffen sein müssen, so sehe ich mich veranlaßt, Euer Excellenz angelegentlichst zu bitten, nur so viel Truppen zurückzulassen, als Sie im äußersten Nothfall zu den Blokaden der verschiedenen Festungen für unumgänglich nöthig erachten und das Kommando derselben entweder selbst zu behalten, oder es einem andern sehr zuverlässigen General anzuvertrauen, alle übrigen Truppen aber, wozu ich vorzüglich die russische Artillerie gerechnet wissen möchte, nach der hier beigefügten Marschroute zur Vereinigung mit mir aufbrechen zu lassen, mich aber von dem Tag ihres Abmarsches in Kenntniß und dadurch in Stand zu setzen, ihnen meine weitern Befehle entgegenschicken zu können.““ Vom Großherzog ermächtigt, unter keiner Bedingung auf eine Trennung unserer Truppen einzugehen, erwiederte ich ihm auf der Stelle: „„Durch die vollzogene Ablösung des Generals Lialin vor Pfalzburg seien das Tenginski'sche Infanterie-, 26. Jägerregiment und 4 Geschütze der 33. Batterie für die Armee verfügbar geworden und bereits auf dem Marsch. Das werde auch mit den beiden russischen Geschützen vor Landau geschehen; ebenso hoffte ich in Bälde die russischen Truppen vor Landau entbehren zu können, da der französische Kommandant von Pfalzburg zu kapituliren wünsche und deßhalb mit Genehmigung des Generals Lialin zwei französische Officiere in das große Hauptquartier abgeschickt habe, um sich über die Anwesenheit des Herzogs von Angouleme zu vergewissern.

Weitere Truppen vermöchte ich nicht abzusenden, ohne den mir früher ertheilten Befehlen offenbar zuwider zu handeln, und dem Feind freies Spiel zu lassen, durchzubrechen wo es ihm beliebe und mit Hilfe des insurgirten Landvolks im Rücken des alliirten Heeres zu operiren und die Brücken bei Fort-Louis und Altenheim der höchsten Gefahr auszusetzen. Ohne die bestimmtesten Befehle könne ich die Verantwortung hiefür nicht übernehmen. Finde man aber für geeignet, was mir zugleich erwünscht, so könnte mich das am 18. in Rastatt eintreffende Armeekorps des Prinzen Philipp von Hessen-Homburg ablösen, das aus ganz neu gebildeter Mannschaft bestehend, viel geeigneter für den Blokadedienst als für das freie Feld sei, während ich der Armee schon theilweise kriegsgeübte Truppen zuführen könne.““ Nach dieser Erwiederung kam die Sache nicht wieder zur Sprache. Wie ich später erfuhr, waren die unglücklichen Gefechte der schlesischen Armee beim Vorgehen gegen Meaux, die sie dann zum Rückzug nach Chalons nöthigten, Ursache, warum er die Verstärkung seines Armeekorps so eilfertig betrieb.[1])

Den 16. kehrte Major von Holzing nach Karlsruhe zurück, um die Organisation seines Freiwilligenregiments zu beendigen. Bald darauf kamen General Brückner und Major von Kalenberg, ersterer um nunmehr das Kommando vor Kehl, und letzterer bis zur Ankunft des Generals von Franken den Dienst als Chef des Generalstabs zu übernehmen. Von General von Schäffer erhielt ich die Nachricht, daß der Großherzog nach Frankreich in das Hauptquartier der Monarchen gehen werde, und auf der Durchreise die Blokadetruppen sehen wolle. Den 18. und 19. fanden kleine Vorpostengefechte statt.

Um das Schlagen der Brücke besser zu sichern, zog ich das 7. Landwehrbataillon von Plobsheim in die Linie und ließ Neuhof durch dasselbe besetzen. Den andern Morgen inspicirte ich die Arbeiten am Brückenkopf und kehrte über Illkirch nach Oberhausbergen zurück. Bei Landau hatte den 19. ein bedeutender Ausfall stattgefunden. In der Meldung des Generals Sokolowski wurde das 2. Bataillon meines Regiments lobend erwähnt, das 8 Mann verlor. Der Verlust der Russen betrug 19 Verwundete, der des Feindes 1 Officier todt, 40 Soldaten todt und verwundet.

---

1) Diese Annahme erscheint der Zeitfolge der Ereignisse nach nur als sehr bedingt zulässig. Möglicherweise konnte Wittgenstein am 10. Februar in Mery von dem am gleichen Tage vorgefallenen unglücklichen Treffen von Champeaubert bereits etwas wissen, selbstverständlich aber noch nichts von den beiden andern Unfällen der schlesischen Armee bei Montmirail und Etoges am 11. und 14. Februar.

Den 21. verlegte ich das Hauptquartier nach Brumath, worauf mein Bruder Max zu seinem Regiment abging, um das Kommando einer Eskadron zu übernehmen. Von Karlsruhe war eine Ordre über die taktische Formation unseres Feldkorps, als 8. deutsches Armeekorps eingetroffen, die mir jedoch gestattete, sie unbeschadet der gegenwärtigen Verwendung der Truppen, erst in Vollzug zu setzen, wenn es die Umstände erlaubten. Ich gebe hiernach die Uebersicht der nunmehrigen Stärke und Eintheilung:

Kommandirender: Generallieutenant Graf Hochberg.

Chef des Generalstabs: Generalmajor von Franken.

1. Infanteriebrigade.
Oberst von Brandt.

Infanterieregiment Großherzog Nr. 3	2 Bataillone.
Landwehrbataillon Nr. 2, 3, 4	3 "

2. Infanteriebrigade.
Generalmajor von Neuenstein.

Infanterieregiment Graf Hochberg Nr. 2	2 Bataillone.
Landwehrbataillon Nr. 1, 5, 6	3 "

3. Infanteriebrigade.
Generalmajor Brückner.

Infanterieregiment von Stockhorn Nr. 1	2 Bataillone.
Leichtes Infanteriebataillon	1 "
Landwehrbataillon Nr. 7, 8	2 "

Kavalleriebrigade.
Generalmajor von Schäffer.
ad int. Oberst von Baumbach.

Dragonerregiment von Freystedt Nr. 1	5 Eskadrone.
Dragonerregiment von Geusau Nr. 2	5 "
Freiwilliges Jägerregiment	3 "

Artillerie.
Oberstlieutenant von Lasollaye.

Die 2. Fußbatterie	6 Geschützen.
Die 4. Fußbatterie	6 "
Reitende Artillerie	2 "
Reitende Artillerie des freiwilligen Jägerregiments	2 "

Zusammen 15 Bataillone, 13 Eskadrone, $2^2/_3$ Batterien = 15,409 Mann, 2,504 Pferde und 16 Geschütze. Bei der Landwehr waren zugleich die Kontingente der Fürsten von Hohenzollern, Lichtenstein und von der Leyen eingetheilt.

Außerdem befand sich das Garde-Grenadierbataillon nebst der reitenden Batterie mit 6 Geschützen und 233 Pferden — 1044 Mann stark — unter Oberstlieutenant von Beust bei der preußischen Garde-Infanteriebrigade, welche im russisch-preußischen Reservekorps unter Großfürst Konstantin bei der Hauptarmee stand und im Lande unter General von Stockhorn die aus den zwei Garde du Corps- Eskadronen, den Depot-Eskadronen der beiden Dragonerregimenter, dem Reservebataillon des nach Spanien detachirten 4. Infanterieregiments, den Depotbataillonen der 3 übrigen Regimenter, der Depotabtheilung des leichten Infanteriebataillons und der Artillerie und 4 Reserve-Landwehrbataillonen bestehende Reserve aufgestellt.[1])

Den 26. schickte der Großherzog einen Feldjäger, um zu erfahren, welchen Weg er nehmen solle, um die Blokadekorps zu besichtigen. Da die Pontonbrücke bei Fort-Louis des Eisgangs wegen abgeführt war, ließ ich ihm vorschlagen den Rhein bei Mannheim zu passiren und mit Landau zu beginnen. Ich sendete ihm Major Pfnor nach Mannheim entgegen und erwartete ihn andern Tags in Rohrbach bei Landau. Der Großherzog kam indessen erst am 2. März und zwar nicht über Mannheim sondern über Lauterburg. In seinem Gefolge befanden sich der russische Generalmajor Muskin Puschkin, General von Franken, der nun sogleich den Dienst als Chef des Generalstabs antrat, Oberstallmeister von Geusau, General von Schäffer, Oberstlieutenant von Seutter, Major von Holzing und Leibarzt Doktor Schrickel. Er bestieg sogleich ein Pferd und wir beritten einen Theil der Vorposten, worauf in Rohrbach übernachtet wurde. Den 3., 4. und 5. März verweilte der Großherzog bei mir in Brumath.

Ein an den Grafen Wittgenstein abgesendeter Feldjäger hatte von Vitry durch eine Estafette schlimme Nachrichten von den die schlesische Armee auf dem Marsch nach Meaux betroffenen Unfällen gemeldet. Um so freudiger überraschte uns den 4. die Ankunft des nämlichen Feldjägers mit der

---

1) In diese beispiellose Anspannung der Kräfte des Landes muß auch das zur französischen Armee in Spanien gestellte Kontingent eingerechnet werden, welches nach dem Beitritt des Großherzogs zur Sache der Verbündeten auf das schonungsloseste entwaffnet und bis zur Einnahme von Paris im Innern von Frankreich gefangen gehalten wurde, nachdem es während eines sechsjährigen mörderischen Kampfes für die französische Sache geblutet und sich auf den Schlachtfeldern von Zornoza, Medelin, Talavera, Almonacid, Ocanna und Vittoria mit unvergänglichem Ruhme bedeckt hatte.

Nachricht von dem Siege der Generale Wrede und Wittgensteim am 27. Februar über die Korps von Oudinot und Sebastiani bei Bar-sur-Aube. Mein Bruder Leopold schrieb, daß er dabei seine erste Feuertaufe erhalten und so glücklich gewesen, dem König von Preußen auf dem Schlachtfeld vorgestellt zu werden. Graf Wittgenstein, der durch eine kleine Gewehrkugel im Schenkel verwundet sei, habe er selber den ersten Verband mit der Binde und Charpie angelegt, womit ihn unsere Schwester für das Feld ausgerüstet. Ich ließ sogleich ein Bülletin über den erfochtenen Sieg drucken und überall anschlagen.

Das schlechte Wetter hielt auch den 6. an, weßhalb die Besichtigung des Straßburger Blokadekorps erst am 7. geschehen konnte. Der Großherzog musterte zuerst das 6. Landwehrbataillon, eine Eskadron Lubny-Husaren und 8 russische Geschütze bei Hoenheim, dann das 2. Dragonerregiment, die Eskadron freiwilliger Jäger und 4 russische Geschütze bei Mittelhausbergen, zuletzt das 1. Infanterieregiment und eine neuerbaute Redoute bei Oberhausbergen, wo übernachtet wurde. Des andern Tags ritten wir über Eckbolsheim nach Illkirch und von da zum leichten Infanterie- und 7. Landwehrbataillon, die auf Vorposten standen. Hierauf besah er die nunmehr vollendete auf 70 großen Rheinkähnen ruhende Altenheimer Brücke und den Brückenkopf, welcher für 1200 Mann Infanterie und 10 Geschütze eingerichtet war. Alsdann kehrten wir nach Illkirch zurück. Während der Großherzog, etwas unwohl, sich frühe zurückzog, machte ich mit General Muskin Puschkin und einigen unserer Officiere ein Spiel; der vortreffliche Wein des Maire Herrn Poirsot fand Beifall und die Heiterkeit war so laut, daß der Großherzog es bis in sein Schlafgemach hören konnte. Als man sich nun trennte, um zur Ruhe zu gehen, ließ er mich rufen und fragte, welche Maaßregeln ich zu seiner Sicherheit getroffen, in der That aber, wie ich leicht merken konnte, in Sorge, ob ich nicht auch, wie die übrigen Herren seiner Umgebung, des süßen Weines etwas zu viel genossen. Sobald er sich von meiner vollkommenen Dienstfähigkeit überzeugt, legte er sich nun auch beruhigt zu Bette.

Den 9. wurde in Oberhausbergen, den 10. in Saverne übernachtet, um von hier aus die Blokadetruppen vor Pfalzburg zu besichtigen. Den 11. fuhren wir demgemäß von Saverne bis Quatre-Vents zu dem daselbst aufmarschirten 1. Bataillon meines Regiments; dann ging es zu Pferd über Büchelberg nach Mittelbronn zur Besichtigung des 2. Landwehrbataillons, worauf sich der Großherzog sammt Gefolge in den Wagen setzte und in Begleitung des Majors von Holzing und der 1. Eskadron seines Regiments nach Nancy weiter reiste.

Da die Straße von Saverne nach Saarburg durch Pfalzburg versperrt war und daher die nachrückenden Abtheilungen des Wittgenstein'schen Korps zur Umgehung derselben stets die höchst beschwerlichen Seitenwege vom Jägerhaus oberhalb Quatre-Vents über Graustyal, Berlingen und Wilsberg nach Mittelbronn einschlagen mußten, diese Verbindung aber, im Fall eines Rückzugs der Hauptarmee von großer Wichtigkeit werden konnte, so traf ich alle Anordnungen zu ihrer bessern Instandsetzung und kehrte nach einer sorgfältigen Rekognoscirung der Umgegend am 12. nach Brumath zurück.

Zweiter Abschnitt.

Uebergabsverhandlungen mit Pfalzburg. — Bombardement der Festung 27. und 28. März. — Graf Artois in Nancy. — Kunde von der Einnahme von Paris. — Insurrektion in den Vogesen. — Ausfall der Straßburger Besatzung aus Kehl 8. April. — Kunde von der Abdankung Napoleons. — Konvention mit Pfalzburg 12. April; Einzug in diese Feste. — Waffenstillstand mit Straßburg 15. April. — Verträge mit Bitsch und Lützelstein. — Konvention mit Landau 28. April. — Einzug des Markgrafen in Landau.

Die vom 2. bis 11. März verlängerte Anwesenheit des Großherzogs hatte mich in dem laufenden Dienst sehr zurückgebracht und es gab Vieles zum Nachholen. Vor Allem erkannte ich für nothwendig die kleinen Bergfestungen in den Vogesen, welche bisher nur durch eine einzige Eskadron beobachtet wurden und daher die Gegend durch fortwährende Ausfälle weit und breit beunruhigten, besser zu zügeln. Ich ließ demnach Lützelstein durch eine Infanteriekompagnie mit einer Abtheilung Dragoner unter Kapitän von Schweickhardt, Lichtenberg durch ein gleiches Detachement unter Kapitän von Holle und Bitsch durch eine Eskadron vom 1. Dragonerregiment unter Premierlieutenant von Massenet einschließen und stellte alle drei Blokadedetachements unter das Kommando des Oberstlieutenants Grafen Ysenburg.

Um meinem rechten Flügel vor Straßburg einen Stützpunkt zu verschaffen, ließ ich vorwärts Illkirch eine geschlossene Schanze erbauen. Für die beiden am 14. vor Kehl eingetroffenen badischen Depoteskadronen wurden die beiden Eskadrone von Lubny-Husaren vor Straßburg gezogen. Denselben Tag vollführte ich mit dem 8. Landwehrbataillon nebst einer Eskadron Kosacken eine Rekognoscirung gegen die Ruprechtsau. Ich drang bis zur Orangerie der Kaiserin vor, als uns plötzlich ein lebhaftes Feuer der hier versteckt liegenden feindlichen Infanterie empfing, wobei einige Kosacken und Pferde verwundet wurden. Hiebei sah ich, wie die unter den

Kosacken befindlichen Baschkiren das Blut der Verwundeten besprechen mußten, welches aber nach wie vor fortfloß.

Den 16. fand ich nach einem Besuch der Gewehrfabrik von Mutzig ein Schreiben des Generals Broussier, womit er mich benachrichtigte, daß ein maréchal des logis chef vom 8. Husarenregiment Namens Pfleigner mit dem Vorgeben aus Straßburg desertirt sei, er wolle mich erschießen, er bitte, ich möchte meine Maaßregeln dagegen nehmen. Bald darauf wurde dieser Mann auf unsern Vorposten ergriffen und als Deserteur abgegeben. Nach angestelltem Verhör ließ ich ihn in Gewahrsam nach Karlsruhe bringen und beeilte mich sodann in einem höflichen Schreiben General Broussier für seine Aufmerksamkeit zu danken.

Den 17. sprach ich Graf Wittgenstein zu Hagenau auf der Durchreise nach Rastatt, wo er seine Herstellung von der bei Bar-sur-Aube erhaltenen Wunde abwarten wollte.

Der Kommandant von Pfalzburg Oberst Brancion hatte am 11. Februar mit General Lialin einen Waffenstillstand abgeschlossen und zwei seiner Officiere in Begleitung eines russischen in das Hauptquartier des Fürsten Schwarzenberg gesendet, um sich von den stattgehabten Ereignissen und den siegreichen Fortschritten der Verbündeten zu überzeugen und alsdann weiter zu unterhandeln. Durch die Nachrichten wieder eingeschüchtert, welche die französischen Officiere am 26. Februar zurückbrachten, also zur Zeit, wo Napoleon eben große Vortheile über Blücher und Schwarzenberg davon getragen, hatte Oberst Brancion, obgleich den Bourbons geneigt, die Unterhandlungen wieder abgebrochen. Ich hoffte nun, ihn auf einem andern Weg, wenn ich ihm nämlich einen tüchtigen äußern Sporn einsetzte, zur Uebergabe zu bringen. Ich verstärkte am 26. das Blokadekorps vor Pfalzburg durch das 1. Bataillon des 1. Regiments, eine Eskadron vom 2. Dragonerregiment, die freiwillige Jägereskadron des Rittmeisters von Mentzingen und 7 russische Einhörner vom Straßburger Korps und die in Saverne stehende Eskadron des 1. Dragonerregiments. Oberst von Neubronn hatte ich schon vorher befohlen, zu einem Bombardement 1000 Arbeiter, 600 Sandsäcke, 600 Schanzkörbe nebst 20 bespannten Wagen in Bereitschaft zu setzen. Den 26. begab ich mich sodann selbst nach Quatre-Vents, ließ den Waffenstillstand auf den 27. Mittags 1 Uhr künden und besichtigte die für das Bombardement gewählten Geschützstellungen. Eine Batterie zu 2 Einhörnern kam vorwärts von Quatre-Vents, rechts der großen Straße, eine zweite zu 5 Geschützen — 4 Einhörner und 1 Zwölfpfünder — vorwärts des Dorfes Eichbaraken und die dritte zu 2 Einhörnern vorwärts Mittelbronn. Die Armirung der Batterien bot wegen des durch anhaltenden Regen sehr aufgeweichten Bodens große Schwierigkeiten, dennoch standen die Geschütze mit Einbruch der Dunkelheit schußbereit in den Batterien. Das Feuer begann um halb 10 Uhr; schon auf den dritten Schuß brannte es in der Festung, auf den zwanzigsten begann diese das Feuer zu erwiedern. Nachdem 200 Granatwürfe geschehen, befahl ich das Feuer einzustellen und die Geschütze zurückzuziehen, damit sie nicht unter Tags dem feindlichen Feuer ausgesetzt blieben. Wir hatten nur 1 Todten und 1 Verwundeten. Im Lauf des Tags hörte man eine Kanonade von Straßburg her, worauf die Meldung einging, die dortige Besatzung habe einen Ausfall gegen Neuhof unternommen, sei aber vom 7. Landwehrbataillon zurückgewiesen worden.

Ich ließ nun an einer neuen Batterie bei Mittelbronn arbeiten; der Feind hatte dieß nicht sobald bemerkt, als er mit Anbruch des 28. ein heftiges Feuer dagegen richtete und einen Ausfall machte, den aber Kapitän Pfnor mit dem 2. Landwehrbataillon zurückwarf. Den 29. eine Stunde nach Mitternacht wurde die Beschießung fortgesetzt und 220 Schuß gethan, wobei es abermals in der Festung brannte. Der Feind erwiederte unser Feuer nicht, sondern begrüßte uns erst gegen Tag mit einigen Kugeln, die er in verschiedenen Richtungen aussendete. Hierauf schickte ich einen Officier in die Festung und forderte den Kommandanten nochmals zur Uebergabe auf, indem ich ihm im Fall einer abschlägigen Antwort mit einer Reise nach Sibirien drohen ließ. Oberst Brancion weigerte sich jedoch ganz entschieden eine Kapitulation einzugehen, die ihn mit der Garnison zu Gefangenen mache, dagegen erbot er sich neuerdings zu einem von 20 zu 20 Tagen zu erneuernden Waffenstillstand, bis es gewiß sei, ob die Bourbonen den Thron wieder besteigen oder nicht.

Ich hatte mehr als einen triftigen Grund diesen Vorschlag in Erwägung zu ziehen. Einmal hatte sich gezeigt, daß die Uebergabe durch kein Bombardement zu erzwingen sei, anderseits fehlte zur förmlichen Belagerung alles Material. Ferner begannen die von den kaiserlich französischen Emissären angeschürten Insurrektionen in den Vogesen und Ardennen immer bedenklicher zu werden, seit Napoleon im Rücken und auf den Verbindungen der nach Paris ziehenden Verbündeten stand. Aus der Bewilligung des Waffenstillstandes erwuchs dagegen der Vortheil, sogleich einen Theil der Einschließungstruppen gegen die Insurgenten verwenden zu können. Graf Wittgenstein, der diese Ansicht theilte, ermächtigte mich nicht allein zu einem Waffenstillstand von 14 zu 14 Tagen, mit 48stündiger Aufkündigung, sondern auch zu der beantragten Absendung eines meiner Officiere, um mit dem Grafen von Artois in Verbindung zu treten, von welchem ich hörte, daß er in Nancy sein sollte. Nachdem mein Ordonnanzofficier Lieutenant von Rotberg aus Nancy mit der Bestätigung zurückgekehrt war, daß sich

Graf Artois wirklich dort befinde, fertigte ich am 31. Major von Kalenberg mit einem Schreiben an ihn ab. Die dem Blokadekorps vor Straßburg entnommenen Truppen ließ ich in Folge des erneuten Waffenstillstandes mit Pfalzburg wieder bei demselben einrücken und begab mich nach Brumath zurück.

Den 26. hatte ein bedeutender Ausfall aus Landau stattgehabt. Nach der Meldung des Generals Sokolowski brachte der Feind 2000 Mann mit 4 Kanonen in das Gefecht, das 3 Stunden dauerte, bis es gelang ihn wieder vollständig in die Festung zurückzutreiben. Er verlor 300 Todte und Verwundete und 79 Gefangene, wir 22 Todte und Verwundete, wovon die Hälfte Badener. Von minderer Bedeutung war ein Ausfall am 30. aus Kehl.

Zur Ablösung der russischen Geschütze vor Landau zog die badische 2. Batterie ihre vor Kehl stehenden beiden Geschütze wieder an sich. Die beiden reitenden Geschütze des freiwilligen Jägerregiments trafen vor Straßburg ein; die bei Oberhausbergen fertig gewordene Redoute wurde mit 4 russischen Geschützen armirt.

Den 1. April setzte sich Oberst Pokrowski mit einer Eskadron Lubny-Husaren, einem Kavalleriedetachement unter Fürst Melin Osipof, einem russischen Rekonvalescentenbataillon und den beiden vor Landau gestandenen russischen Geschützen als Eskorte des wiedergenesenen Grafen Wittgenstein nach Blamont in Marsch. Ich theilte ihm eine badische Infanteriekompagnie und 30 Dragoner zu, welche bis Blamont mitmarschirten und alsdann als mobile Kolonne auf einem andern Weg zurückkehren sollten.

Die Ankunft des Kaisers Napoleon zwischen der Marne und Maas im Rücken der Verbündeten hatte die französischen Festungskommandanten mit neuen Hoffnungen erfüllt, sie schickten nach allen Seiten Emmissäre aus, welche das Landvolk aufwiegelten und ihm Ausfälle und Waffen versprachen. Da es hieß, daß in Straßburg schon viele mit Waffen beladene Wagen bereit stünden, so ließ ich eine Aufforderung an die Unterpräfekten ergehen, ihre Untergebenen nachdrücklich zu warnen und alle Einwohner, welche mit den Waffen in der Hand ergriffen würden, mit der ganzen Strenge der Kriegsgesetze bedrohen. Die erste größere Zusammenrottung in den Vogesen fand in dem Dorfe Rothan bei Schirmeck statt, wo ein gewisser Wolff einen Insurgentenhaufen von 400 Mann gesammelt hatte.[1])

---

1) Der von diesem Insurgentenführer im Namen des Kaisers unter dem Landvolk verbreitete Aufruf ist nicht ohne geschichtliches Interesse und lautete: „L'ennemi étant en pleine déroute, l'Empereur m'envoie parmi vous, comme votre com-

Gegen diesen entsendete ich am 4. April Hauptmann von Bodmann mit 100 Mann Infanterie und einem Zug Dragoner.

Den 4. kam Major von Kalenberg in Begleitung des französischen Obersten Grafen Trogoff mit einem eigenhändigen sehr verbindlichen Antwortschreiben des Grafen Artois zurück, worin er mir Graf Trogoff empfahl, der bevollmächtigt sei, im Namen König Ludwig XVIII. mit dem Kom-

---

patriote pour venger de concert avec vous les injures de ces hordes barbares qui ne sont venues dans ces contrées que pour répandre la désolation et pour dissiper cette union qui y régnoit, comme chez tous les Français. Je ne prétends point vous donner des détails de tous les forfaits qu'ils exercent dans leurs retraites, cela ne serviroit qu'à semer l'épouvante parmi des Braves. L'Empereur mon maître et votre Souverain est déjà prévenu de l'affection que vous lui portez, ainsi qu'à votre patrie, qui vous est chère. Il a dit à vos braves concitoyens du Haut et Bas Rhin et des Vosges qui sont allés le trouver en députation au nom de ces départements et qu'il a reçus en son camp impérial de Corbigny près Laon: „„c'est bien sur cette partie de mes peuples que je compte pour la délivrance de la France;"" ainsi, mes amis, ne trompez pas l'attente de Sa Majesté Impériale et Royale. Prouvons-lui de nouveau que nous sommes dignes d'elle et de son attachement, reprenons cette ancienne attitude et courons aux armes, n'importe lesquelles. Le moment de la vengeance est arrivé, nos vils ennemis tremblent déjà de toutes parts, ils ne savent pas sur quel point effectuer leurs retraites. Nos départements voisins les harcèlent de tous côtés, si nous les laissons entrer dans nos montagnes nous nous rendrons la proie de ces brutes. Je sais d'avance que personne parmi vous ne serait assez vil, ni assez lâche pour se rendre l'esclave de tels Barbares. Il faut qu'ils ne rentrent dans leurs affreux déserts, qu'après avoir été nos prisonniers; tels sont les voeux du Souverain et de tous les bons Français. L'Empereur s'attend d'autant plus à ce que vous lui ferez voir votre attachement puisqu'il a daigné écouter la demande, que je lui fis, sur l'abolition des droits réunis et ferme de Tabac, il m'a dit: „„je ferai tout pour mon peuple, s'il a assez de courage et de fermeté pour soutenir la gloire du nom français."" Sa Majesté sait, que quelques militaires assez faibles ont été trompés par la fausseté de ses ennemis et se sont livrés à des désertions, en oubliant qu'ils avaient une patrie; j'espère qu'ils n'hésiteront pas à se joindre à moi, je me chargerai d'obtenir leur pardon auprès de Sa Majesté Impériale et Royale. Quant aux anciens braves en retraite ou autrement, j'aime à croire que je n'ai pas besoin de les appeler; ils savent d'avance qu'il n'y a que ce moyen pour mériter les bienfaits de Sa Majesté. M. M. les Employés forestiers et autres n'ont que ce moyen pour conserver leurs places. Le 3. Avril 1814. Le Commandant des Chasseurs des Montagnes du Bas-Rhin Chevalier de l'Empire Wolff." Näheres über die Beziehungen, in denen Wolff zum französischen Hauptquartier stand, findet man bei Fain, Manuscript de 1814 S. 128—129.

mandanten von Pfalzburg in Unterhandlung zu treten.[1]) Ersterer brachte zugleich ein Schreiben an Oberst Brancion mit dem Befehl, mir die Festung zu übergeben und mit der Besatzung nach Nancy zu marschiren, zu welchem Ende eine Marschroute vom russischen Civilgouverneur von Lothringen Grafen Alopäus beigelegt war.

Nachmittags traf Graf Wittgenstein auf der Rückreise zur Armee in Saverne ein. Da der neuangelegte Weg um Pfalzburg herum völlig grundlos war, so wurde der Kommandant ersucht, dem Grafen den Gebrauch des näher am Glacis hinziehenden Weges zu gestatten und zugleich zu einer Unterredung mit ihm eingeladen, was er beides zugestand. Ich fuhr nun mit Graf Wittgenstein von Saverne nach Pfalzburg, wo der Kommandant uns mit einigen Officieren auf dem Glacis erwartete. Die nun erfolgende längere Unterredung führte abermals zu keinem entschiedenen Resultat und Graf Wittgenstein reiste weiter. Vorher ertheilte er noch auf meinen Vorschlag 10 Wladimir-Orden an verschiedene Officiere meines Korps und mir, um den sich mehrenden Insurrektionen Einhalt zu thun, freie Hand über Leben und Tod der Insurgenten. Den Sieg von Lafere Champenoise — 25. März — ließ ich bei allen Blokadekorps mit Ausnahme von Pfalzburg, mit 101 Kanonenschüssen feiern. Graf Broussier erwiederte unsere Salve mit ebensoviel Schüssen von den Wällen von Straßburg mit dem Vorgeben, es sei wegen einem Sieg, den der Kaiser bei Chaumont erfochten.

Den 7. April brachte Oberst von Rönne, Adjutant des Grafen Wittgenstein, auf der Durchreise nach Bruchsal, wo sich die Kaiserin von Rußland aufhielt, die frohe Botschaft von der siegreichen Schlacht und Einnahme von Paris. Von diesem hochwichtigen Ereigniß setzte ich augenblicklich alle Blokadekommandanten in Kenntniß, um es den französischen Kommandanten mitzutheilen, ließ sämmtliche Blokadekorps in Parade ausrücken, 101 Kanonenschüsse abgeben und in allen Kirchen ein Te Deum halten. Ich bemerkte dabei, daß unsere Freude von der Masse der Bevölkerung nichts weniger als getheilt wurde, sie verhielt sich vielmehr ganz passiv und blieb kalter Zuschauer bei allen unsern Feierlichkeiten.

Mittlerweile waren von Kapitän von Bodmann Nachrichten eingegangen, wonach er den Insurgentenchef Wolff bei Rothan angegriffen, sich aber vor der bedeutenden Ueberlegenheit desselben mit einigem Verlust wieder bis Urmath zurückgezogen hatte, und daß ein von General Graf Pappenheim

---

1) Beilage 28.

von Schlettstadt abgesendetes baierisches Detachement nicht glücklicher gewesen sei. Hierauf schickte ich die freiwillige Jägereskadron des Rittmeisters von Mentzingen nach Molsheim zur Unterstützung des Kapitäns von Bodmann und zur Deckung des dasigen Magazins und Hospitals, sowie Kapitän von Blarer mit 140 Mann Infanterie und 30 Pferden zur Durchstreifung der Vogesen bis Blamont.

Den 8. hörte man bei Kehl stark schießen. Ich setzte mich sofort zu Pferd und eilte nach Hoenheim. Um die Aufmerksamkeit der Straßburger Besatzung auf mich zu ziehen, und den Truppen vor Kehl Luft zu machen, ließ ich das ganze Blokadekorps vor Straßburg unter das Gewehr treten und ein Tirailleurgefecht mit den feindlichen Außenposten engagiren. Den andern Tag erfuhr ich den nähern Hergang des Kehler Ausfalls. Der Feind war Mittags nach 1 Uhr mit 4000 Mann Infanterie, 300 Pferden und 20 Geschützen zwischen Neumühl und Auenheim erschienen und hatte sich im ersten Anfall der Verschanzungen zwischen beiden Dörfern bemächtigt, weil die Vorposten statt, wie für einen solchen Fall im Voraus befohlen war, links und rechts der Straße zurückzugehen und dem Geschütz in der diese bestreichenden Redoute freies Feld zu geben, auf der Straße blieben und dadurch die Artillerie am Feuern verhinderten. Inzwischen widerstand das 5. Landwehrbataillon dem weitern Vordringen des Feindes gegen Bodersweyer, bis Oberstlieutenant von Reischach mit dem 2. Bataillon des 3. Regiments aus der Reserve herbeieilen konnte, dem es gelang die verlorenen Verschanzungen wieder zu nehmen, wobei viele Franzosen in die Gieselbach gesprengt wurden. Ebenso mißlang der Versuch des Feindes Auenheim wegzunehmen, indem das 4. Landwehrbataillon unter Major Günther tapfern Widerstand leistete. Dabei litten aber Neumühl und Sundheim durch die bis Abends 7 Uhr anhaltende feindliche Kanonade großen Schaden. Wir hatten 11 Todte, 25 Vermißte, 2 Officiere und 91 Soldaten verwundet, 7 Pferde theils getödtet, theils verwundet. Der Verlust der Franzosen betrug mindestens 300 Todte und Verwundete. Dieser Tag war für unsere Landwehr höchst ehrenvoll. Um dem Feind zu imponiren hatte man durch Sturmläuten weit und breit den Landsturm zusammenberufen; der von Offenburg und Lahr war schon in der Nähe vor Kehl eingetroffen, fand aber den Kampf bereits beendet. Es war die erste und einzige Gelegenheit seit der Errichtung unserer allgemeinen Volksbewaffnung ihren patriotischen Eifer zu erproben, und sie that es willig und entschlossen. Der Kommandant von Straßburg verdient in jeder Rücksicht strengen Tadel wegen dieses zwecklosen Ausfalles und Aufopferung so vieler braven Soldaten, nachdem er die Einnahme von Paris bereits kannte.

Auf die Mittheilung aus Karlsruhe, daß zwei weitere reitende Geschütze marschfertig seien, beantragte ich deren Verwendung bei den Blokadetruppen vor Kehl.

Den 10. erhielt ich die Nachricht von der erfolgten Thronentsagung des Kaisers Napoleon. Sogleich ließ ich alle Maires der benachbarten Orte zusammenkommen und ihnen die Proklamation Ludwigs XVIII. diktiren. Während diesem Akt wurden weiße Kokarden aus Papier improvisirt, auf ihre Hüte geheftet und sie damit wieder aus meinem Quartier entlassen.

Den 12. brachte Oberst Graf d'Olonne die Konvention, die er im Namen des Grafen von Artois und des Grafen Alopäus mit dem Kommandanten von Pfalzburg abgeschlossen hatte. Da meiner in dieser Konvention mit keinem Wort gedacht war, so verweigerte ich die Anerkennung und sendete den nachfolgenden Entwurf eines Vertrags an Oberst Brancion mit dem Bemerken, daß ich auf keine andern, als die darin gestellten Bedingungen eingehen würde:

Artikel 1. Der Kommandant von Pfalzburg wird in seiner Würde bestätigt, steht jedoch mit seiner Garnison unter meinen Befehlen.

Artikel 2. Eine badische Kompagnie wird in Pfalzburg einquartiert und übernimmt die Besetzung eines Thores und seiner Außenwerke, eine Kompagnie der französischen Besatzung garnisonirt in Saverne.

Artikel 3. Die in Pfalzburg stehende badische Kompagnie steht unter dem Festungskommandanten, und die in Saverne kantonnirende französische unter dem Obersten von Neubronn.

Artikel 4. Ich übernehme die Sorge für die Verpflegung der Garnison.

Artikel 5. In der Festung wird ein von mir zu ernennender badischer Officier sein, der für die Polizei bei Durchmärschen alliirter Truppen sorgt.

Artikel 6. Da die Stadt durch das Bombardement gelitten hat, so erhält sie weder fremde Garnison, noch bezahlt sie Kontribution.

Nachdem ich den Major Pfnor mit dieser Konvention, welche ohne weitere Umstände angenommen wurde, an den Grafen Wittgenstein nach Paris abgefertigt hatte, begab ich mich den 14. persönlich nach Pfalzburg, wo ich mit den meinem Range gebührenden Ehrenbezeugungen von der hiezu ausgerückten Besatzung empfangen wurde. Diese bestand, noch 1724 Mann stark, aus 10 Kompagnien des 6. leichten, einem kombinirten Bataillon des 23., 138. und 142. Infanterieregiments, 2 Kompagnien Veteranen, 30 Artilleristen und 20 Pferden — da die meisten Pferde geschlachtet und verzehrt worden waren — das vorhandene Geschütz aus

20 Kanonen und 12 Mörsern. Nach der Revue verfügte ich mich in die Kirche, wo unter Abfeuern der Kanonen ein Te Deum mit Begleitung von Militärmusik abgehalten wurde. Dann besichtigte ich die Werke, deren guter Zustand mich überzeugte, daß man den Platz nicht ohne förmliche Belagerung hätte nehmen können. Die Laufgräben würden dann von der nördlichen Seite her zu eröffnen gewesen sein, weil ein tiefes Ravin das Approchiren von der andern Seite verhindert. Ein Versuch des Herzogs Eugen von Würtemberg beim Beginn des Feldzugs Pfalzburg durch gewaltsamen Angriff zu nehmen, um dem Wittgenstein'schen Korps die Straße nach Saarburg zu öffnen, schlug bekanntlich ganz fehl und kostete viele Leute.

Mich interessirte es nun auch die Wirkungen unseres Bombardements zu sehen. In der Kirche stacken mehrere Kugeln, in einer Kaserne war eine durch den Schornstein gefallene Granate unter dem Bett eines französischen Bataillonschefs geplatzt, ohne ihn zu tödten, was er der dicken Roßhaarmatraze verdankte, auf der er ruhte. Auch sonst bemerkte man viele Spuren gewaltsamer Zerstörung. Hierauf ritt ich nach Saverne zurück, wo mich ein Feldjäger erwartete, der mir nähere Nachrichten über den großen Verlust brachte, den unser Gardebataillon in der Schlacht von Paris erlitten hatte. Ich bedauerte ganz besonders den Tod des braven Kapitäns von Porbeck.

In Folge der Konvention mit Pfalzburg wurde ein Theil des Blokadekorps für andere Bestimmungen verfügbar: Eine Kompagnie des 2. Landwehrbataillons rückte nach Pfalzburg, die 5 übrigen Kompagnien nach Saverne, wohin auch der Konvention gemäß eine französische Kompagnie aus Pfalzburg verlegt wurde. Vom 1. Dragonerregiment kamen 2 Eskadrone vor Straßburg, eine Eskadron blieb vor Pfalzburg, eine Eskadron vor Bitsch stehen. Oberst von Neubronn marschirte mit dem 1. Bataillon meines Regiments nach Landau, um sich daselbst mit dem 2. Bataillon zu vereinigen. Nach diesen Anordnungen begab ich mich wieder nach Brumath.

Von Graf Ysenburg ging Meldung ein, daß Premierlieutenant von Massenet den 9. April mit 60 Dragonern und einer Abtheilung preußischer Infanterie, 250 Mann der Garnison Bitsch bei einem Ausfall geschlagen, 7 Mann getödtet und 11 Gefangene gemacht, unser Verlust dabei 1 Todter und 4 Verwundete betragen habe. Da sich der Aufstand in den Vogesen gelegt hatte, so zog ich die ausgesandten Streifkommandos wieder ein.

Nach vielem Hin- und Herverhandeln kam endlich am 15. April zwischen mir und General Broussier ein Waffenstillstand für Straßburg und

Kehl zum Abschluß[1]), nachdem alle meine Bemühungen eine gleiche Konvention wie mit Pfalzburg durchzusetzen fruchtlos geblieben und Graf Broussier darauf beharrte, über eine solche nur mit der provisorischen Regierung zu Paris verhandeln zu wollen.

Bei Uebersendung des Waffenstillstandsvertrags an Graf Wittgenstein erbat ich mir zugleich die Ermächtigung die Fortifikationsarbeiten bei Fort-Louis und im Großherzogthum einzustellen und das im Schußrayon des Altenheimer Brückenkopfes in dem Straßburger Stadtwald geschlagene Holz zum Besten der durch die französische Beschießung so schwer heimgesuchten badischen Orte Neumühl und Auenheim zu verwerthen. Dem Großherzog schrieb ich, sich bei den hohen Alliirten zu verwenden, daß mir Befehl ertheilt werde, für Baden von Kehl Besitz zu nehmen.

General Sokolowski ließ durch seinen Adjutanten Vasquez melden, daß die Garnison und Einwohnerschaft von Landau, aufgewiegelt von dem gewesenen Unterpräfekten von Weißenburg Berny, weder etwas von der provisorischen Regierung noch von Ludwig XVIII. wissen wolle, die dahin gesandten Nachrichten seien öffentlich verbrannt worden, der Kommandant General Verrieres weigere sich, Parlamentäre anzunehmen und mache täglich Ausfälle, so daß das ganze Blokadekorps fortwährend biwakire; er bedürfe deßhalb dringend einer Truppenverstärkung. Hierauf setzte ich sämmtliche Kosacken vor Straßburg, die vor Pfalzburg stehende Dragonereskadron und 4 russische Geschütze dahin in Marsch und einige Tage später die 3. Eskadron des freiwilligen Jägerregiments.

Im Innern von Straßburg ging es unterdessen nicht minder stürmisch zu, indem sich die Anhänger des Kaisers und die Partei der Bourbons in den Haaren lagen und mit Wuth bekämpften, so daß bald die weiße, bald die dreifarbige Kokarde oben war. Diese Nachrichten brachte zuerst Oberst Graf d'Olonne, der sich, da ihn der große Haufe nicht mehr in der Stadt duldete, auf die Bitte des Kommandanten schnell fortgemacht hatte, um sein Glück in Schlettstadt zu versuchen.

Kaum war Graf d'Olonne weg, so erschien ein alter Mann gebückt, in abgetragener bürgerlicher Kleidung, und verlangte mich zu sprechen. Es war General Graf Broussier, derselbe der bisher stets höhnend auf alle Aufforderungen geantwortet und noch vor Kurzem mit dem Bülletin der großen Pariser Ereignisse in der Tasche einen wüthenden Ausfall aus Kehl gemacht hatte. Er komme, sagte er, sich mir in die Arme zu werfen und wolle mir überlassen, ob ich ihn als Freund oder Kriegsgefangenen behan-

1) Der Wortlaut des Waffenstillstandsvertrags Beilage 29.

deln werde. Dann erzählte er, wie man schon seit lange gegen ihn kabalirt, daß General Desbureaux ihn hasse, und so auch der Präfekt, in seinem Chef des Generalstabs habe er eine Schlange im Busen genährt, man habe ihn gezwungen, die weiße Fahne und Kokarde wieder abnehmen zu lassen, zuletzt habe man ihm sogar nach dem Leben getrachtet, worauf ihm Nichts übrig geblieben sei, als General Desbureaux das Kommando zu übergeben und sich schleunigst aus Straßburg zu entfernen. Sein Wunsch sei nun, zum Grafen Damas nach Nancy zu gehen und dessen Befehle einzuholen, was ich ihm gestattete.

Wie komisch mir dieses entworfene Bild der Zustände in Straßburg im ersten Moment auch vorkam, so brachte mich die Sache denn doch in einige Verlegenheit, denn wenn die Gesinnungen der Truppen in Straßburg wirklich so waren, wie sie General Broussier schilderte, wer stand mir dafür, daß nun, nachdem Derjenige fort war, mit dem ich den Waffenstillstand geschlossen, General Desbureaux sich noch daran binden werde. Eben wollte ich deßhalb Oberstlieutenant von Lasollaye um nähere Aufklärung nach Straßburg schicken, als General Schramm, Kommandant der Nationalgarde der 5. Militärdivision mit dem Obersten Turot erschien und mir ein Schreiben des Generals Desbureaux übergab, womit dieser anzeigte, er habe das Kommando zu Straßburg übernommen und werde Schlag 12 Uhr die weiße Fahne ausstecken und mit 101 Kanonenschüssen salutiren.

Beide Officiere verbürgten sich zugleich für die Ruhe der Garnison und genaue Beobachtung des Waffenstillstandes, was auch bald darauf General Desbureaux schriftlich that. Dieser hatte, wie ich vernahm, nach Antritt des Kommandos große Energie gezeigt, den neuerrichteten Vertheidigungsrath versammelt und ihm seinen Willen mit dem Beisatze erklärt, daß er den ersten Unruhestifter augenblicklich erschießen lassen werde.

Unterdessen waren Befehle des neuen Kriegsministers Dupont von Paris an den Kommandanten zu Straßburg gekommen, Officiere in alle Plätze der 5. Militärdivision abzuordnen, und deren Kommandanten zur Unterwerfung unter die neue Ordnung der Dinge aufzufordern. General Desbureaux sendete zu dem Ende den 20. April eine aus General Schramm, Oberstlieutenant von Müllenheim und Herrn von Bury bestehende Deputation an General Verrieres nach Landau, wohin ich sie durch Lieutenant von Rotberg begleiten ließ. Denselben Tag brachte Kapitän Mechiny ein Schreiben des Generals Maisonneuf, Kommandanten von Bitsch, womit dieser mir anzeigte, daß er mit der Garnison und Stadt Ludwig XVIII. anerkannt habe, und deßhalb um Einstellung aller Feindseligkeiten ersuche. Dieses Ansinnen setzte ein vollkommenes Einverständniß zwischen den Autoritäten der hohen Alliirten und dem neuen französischen Gouvernement voraus.

In Paris mochte dieß wohl der Fall sein, aber hier, wo ich noch nicht ein officielles Wort und nicht die mindeste Instruktion über das nunmehr gegen die blokirten Festungen einzuhaltende Verfahren besaß, blieb mir Nichts übrig, als General Maisonneuf zuerst die nämliche Konvention wie mit Pfalzburg und im Ablehnungsfall einen Waffenstillstand wie mit Straßburg anzubieten. Die Verhandlung darüber führte zu Letzterem, jedoch ohne die Straßburg zugestandene freie Passage einzelner Militärs und des bürgerlichen Handels und Wandels.

Glücklicher war ich mit Lützelstein. Der Kommandant Kapitän Wall ging den 20. April in eine Konvention ein, die ihn unter meine unmittelbaren Befehle stellte und mir, wie bei Pfalzburg, das Mitbesetzungsrecht einräumte. Nicht so bei Lichtenberg, dessen Kommandant die Unterwerfung unter das neue Gouvernement verweigerte, was eine Verstärkung der Blokade zur Folge hatte.

Den 23. kam die von Straßburg nach Landau abgegangene Deputation unverrichteter Dinge und voll Entrüstung wieder zurück. General Schramm berichtete, er sei schon bei den ersten französischen Posten von dem Obersten Martigues des 23. Dragonerregiments auf eine insolente Weise empfangen worden. Am Thor wollte ihn General Verrieres erst in einem Pförtnerhäuschen abfertigen, entschloß sich aber dann doch, ihn, umringt von Wachen und Pöbel in seine Wohnung zu führen. Der hier versammelte Vertheidigungsrath ergoß sich nun in die gröbsten Schmähungen gegen General Schramm und dessen Begleiter, indem er sie Verräther nannte, Napoleon hoch leben ließ und die weiße Kokarde, Ludwig XVIII. und alle Royalisten verwünschte. Plakate wurden überall angeschlagen, um das Volk aufzuwiegeln,[1]) der Tumult wuchs mit jeder Stunde, die Musik-

---

1) Um einen Begriff von dem Tone zu geben, in welchem diese wüthenden Maueranschläge abgefaßt waren, möge einer derselben hier Platz finden: „François! L'on vous trompe: Louis XVIII. n'est pas sur un trône illustré par Napoleon le Grand — — — — il en est indigne. François! L'on vous trompe: ceux-là même, qui par reconnoissance devoient le plus être attachés à la personne de l'empereur ont été corrompus; les traitres, ils n'ont arboré la cocarde blanche que par lâcheté. François! L'empereur est à la tête de deux cent mille hommes, soyez fermes! Braves habitants de Landau, vous François d'un siècle restez fidèles à votre empereur. Vous brave général, à qui l'empereur a confié ses plus chers intérêts, la défense d'une place forte, restez ferme, comme un rocher au milieu de la mer, contre lequel ses flots courroucés viennent se briser en vain. — Vous braves officiers des régiments qui composent la garnison de Landau, sachez que vos pères ont les yeux fixés sur vous; ils aiment l'empereur; — ne vous laissez pas séduire par de vaines promesses, par des insinuations perfides. L'empereur vit!"

banden spielten das Ça ira und alle revolutionären Hymnen, dabei liefen General Verrieres und die andern Officiere mit den Hüten auf dem Kopf in allen Zimmern herum und schrieen wie Besessene, man sprach von Gefängniß, ja von Laternisiren und zwang General Schramm „Vive l'Empereur!" zu rufen. Der Lärm auf den Straßen dauerte bis 2 Uhr Morgens, wo es General Schramm und seinen Begleitern endlich gelang, mit Hülfe des Maires heimlich und zu Fuß durch eine Poterne zu entkommen.

Trotz dieser Auftritte kehrten die Behörden in Landau doch bald zur Besinnung zurück. Sie fühlten die Nothwendigkeit wieder annähernde Schritte zu thun und sendeten zu diesem Ende den Obersten Martigues und den Unterpräfekten Verny zu mir, wegen Pässen nach Straßburg und Paris, um sich, wie sie angaben, zu überzeugen, ob sich Alles so verhalte, wie die Befehle des Kriegsministers besagten. Da beide gerade die ärgsten Schreier waren, so konnte der Empfang von meiner Seite nicht der freundlichste sein, zudem führten sie eine noch dermaßen exaltirte Sprache, daß ich ihnen Zeit geben wollte, sich zu sammeln. Ich ließ sie ohne Weiteres festnehmen, mich dabei auf die schändliche Behandlung des Generals Schramm berufend und auf ihr allem Völkerrecht zuwider laufendes Betragen gegen die Parlamentäre, auf die man in Landau geschossen hatte.

Den 24. April berief ich Oberst Martigues zu mir und fand ihn in einer weit ruhigern Stimmung. Er versprach, wenn ich ihn nach Landau zurückgehen lassen wollte, Alles anzuwenden, um die Garnison zur Unterwerfung zu vermögen. Nachdem er mir diese Zusicherung noch einmal schriftlich wiederholt und das Ehrenwort gegeben hatte, am 27. wieder da zu sein, ließ ich ihn abreisen, behielt aber den Unterpräfekten als Geisel zurück. Oberst Martigues stellte sich schon am 26. wieder und zwar mit der überraschenden Nachricht, daß Landau die weiße Fahne ausgesteckt habe und der Kommandant einen Waffenstillstand abzuschließen wünsche. Ich hielt nun für zweckmäßig, mich in Person vor Landau zu begeben und reiste den 27. dahin ab. In Rohrbach empfing mich eine aus einem Oberstlieutenant und drei Herren vom Civil bestehende Deputation, der ich erklärte, ich müsse jetzt auf dem bestimmten Verlangen beharren, daß eine alliirte Besatzung in die Festung aufgenommen werde und drohte, das beobachtete schändliche Betragen dem König zu melden.

Hierauf erhielt ich um Mitternacht ein Schreiben des Generals Verrieres, mit dem Vorschlag einer persönlichen Zusammenkunft auf den andern Tag, um eine Konvention wegen Mitbesetzung der Festung abzuschließen. Ich sendete Oberstlieutenant von Lasollaye mit der Antwort zurück, daß ich gesonnen sei ein Detachement von 300 Mann nach Landau zu legen, welche das deutsche Thor und dessen Außenwerke besetzen würden, eine gleiche Anzahl französischer Truppen könnten in unsere Kantonnements gelegt werden. Ich ließ eben Vorbereitungen zum Einrücken des Detachements treffen, da kam Oberstlieutenant von Lasollaye mit der Meldung zurück, der schwache Kommandant — willenlos zwischen den Parteien hin und her schwankend — habe erklärt, es sei ihm unmöglich fremde Truppen in die Festung aufzunehmen, die Unterschrift der an mich gesendeten Briefe habe man ihm abgedrungen, übrigens werde er sogleich selbst nach Walzheim kommen, um seine Aufwartung zu machen und in der That erschien auch bald darauf der alte General, der schon unter Ludwig XV. gedient hatte, en grande tenue. Ich empfing ihn sehr ungehalten. Die Vorwürfe, mit denen ich ihn überschüttete, brachten ihn völlig außer Fassung. Nun kam es darauf an, diesen Augenblick zu benützen, und so gelang es General von Franken und Oberstlieutenant von Lasollaye, die ich mit ihm allein ließ, ihn zum Abschluß folgender Punkte zu bringen:

Artikel 1. General Verrieres behält das Kommando des Platzes und hat sich über alle Dienstangelegenheiten mit mir zu benehmen.

Artikel 2. Hundert Mann der Alliirten werden in die Stadt verlegt und versehen gemeinschaftlich den Dienst am deutschen Thor mit den französischen Truppen.

Artikel 3. Obiges Detachement steht unter den Befehlen des Festungskommandanten.

Artikel 4. Ich verpflichte mich für den Unterhalt der Garnison zu sorgen.

Artikel 5. Die alliirten und französischen Truppen haben den freien Durchmarsch durch die Stadt.

Artikel 6. In der Festung wird ein Officier der alliirten Truppen sein, der beim Durchmarsch fremder Truppen für die Polizei sorgt. Er steht unter dem Kommandanten.

Artikel 7. Die Stadt ist bis auf weitere Ordre des französischen Gouvernements von aller Kontribution und Einquartierung frei.

Artikel 8. Vorstehender Traktat soll zwar sogleich in Wirkung gehen, den höchsten Autoritäten der kontrahirenden Theile aber zur Ratifikation vorgelegt werden.

Unmittelbar nachdem ich diese Uebereinkunft genehmigt, ließ ich die zur Mitbesetzung bestimmte Truppenabtheilung, zur Hälfte aus Russen, zur Hälfte von meinem Regiment, abmarschiren und setzte mich mit der Generalität, meinem Generalstab und sämmtlichen Stabsofficieren unter Kavalleriebedeckung an deren Spitze. General Verrieres sendete mir eine Eskadron Ehrengarden entgegen und ließ, sobald ich am Glacis angelangt, die Ehren=

bezeugung mit 21 Kanonenschüssen abgeben. Als der erste Schuß fiel, war ich nicht sicher, ob nicht scharf geladen sei, da ich noch keine Gewißheit der Ratifikation der Konvention hatte und bei der Karakterschwäche des Kommandanten Alles zu erwarten stand. Er selbst empfing mich am Thor, umgeben von allen nicht im Dienst befindlichen Officieren. Hierauf verfügten wir uns zu einem Te Deum in die Kirche, begleitet von dem russischen Detachement und besichtigten alsdann das Militärhospital und die Festungswerke.

Mittlerweile hatte sich die ganze Garnison in einem einzigen großen Karre zur Parade aufgestellt; ich passirte sie die Revue und ließ dann defiliren. Mit Ausnahme der Schweizer konnte man den meisten Officieren den verbissenen Ingrimm auf dem Gesicht lesen; manche salutirten mit einer Wuth, daß man beim Herabsenken des Degens glaubte, sie wollten Jemand niederhauen. Die Besatzung, deren Stärke General Verrieres wohl etwas übertrieben, zu 5000 Mann angab, bestand größtentheils aus Nationalgarden und zusammengerafften Leuten von verschiedenen Korps, nur die Schweizer waren schöne Truppen, aber ganz der königlichen Sache ergeben. Auch war es die Frau eines Schweizerofficiers, welche bei den Uebergangsverhandlungen eine sehr wirksame Vermittlerrolle gespielt hatte.

Bei General Verrieres nahm ich ein Diner ein. Als ich ihm vorschlug mit mir anzustoßen und König Ludwig XVIII. leben zu lassen, entgegnete mir der General: „Hé bien, cela m'est égal qui vive!“ Abends kehrte ich nach Brumath zurück, sehr zufrieden endlich auch mit Landau im Reinen zu sein.[1])

---

1) Die Darstellung der Blokade von Landau in Plotho's Werk „der Krieg in Deutschland und Frankreich 1813 und 1814“ III, 488—489 wimmelt von Unrichtigkeiten, auch die von Straßburg, Kehl und Pfalzburg Seite 487—488 ist dürftig und ungenau.

Dritter Abschnitt.

Beifällige Aufnahme der durchgesetzten Konventionen im großen Hauptquartier. — Der Pariser Waffenstillstand. — Beginn der Räumung von Frankreich. — Die Blokaden aufgehoben. — Die badischen Truppen auf das rechte Rheinufer verlegt. — Auf das Linke zurückbeordert. — Wiederkehr auf das Rechte. — Revue vor dem Großherzog. — Versetzung auf den Friedensfuß.

Für die erlangten Resultate unter so verwickelten und schwierigen Verhältnissen und ohne alle noch so oft von Paris verlangten Instruktionen, wurde mir die Genugthuung zu Theil, daß Fürst Schwarzenberg die abgeschlossenen Konventionen sehr beifällig aufnahm, sogleich ratifizirte und mir durch Graf Wittgenstein seine ganze Zufriedenheit zu erkennen geben ließ.[1]) Der im obern Elsaß kommandirende baierische General Graf Beckers wünschte mir Glück zu den Abkommen mit Pfalzburg und Landau, er sei mit Schlettstadt und Breisach nicht so glücklich gewesen, wo man zwar ein Te Deum nach dem andern singe, aber weder von einem Durchmarsch alliirter Truppen, noch von sonst Etwas wissen wolle.

Graf Wittgenstein eröffnete mir im weitern Auftrag des Fürsten Schwarzenberg, Fort-Louis — welches der österreichische Hauptmann von Duoda mit so großer Geschicklichkeit und unsäglichem Fleiß gänzlich hergestellt hatte — dergestalt wieder zu demoliren, daß es keines Wiederaufbaues fähig sei. So war also die ungeheuere, kostspielige Arbeit voller vier Monate vergeblich, was mich um so tiefer schmerzte, als es so leicht gewesen, beim Friedensschluß diesen wichtigen Punkt für Deutschland zu erwerben. Es stand damals noch ein badischer Grenzstein hart am Glacis des Forts.

---

1) Beilage 30.

Den 29. kam Befehl von Paris die Wlasow'schen und Tschernuschkin'schen Kosacken vor Landau und Kehl nach Mannheim abmarschiren zu lassen, wo sie weitere Befehle des Hettmann Grafen Platow finden würden.

Während der Gouverneur von Straßburg längst wußte, daß nach der Pariser Konvention vom 23. April Kehl wieder an Deutschland fallen sollte und schon seit 8 Tagen in aller Stille an der Desarmirung arbeiten ließ, kam jetzt erst der österreichische Oberst des Generalstabs von Varnbühler mich Namens des Fürsten Schwarzenberg in Kenntniß zu setzen, daß er beauftragt sei, Kehl in Besitz zu nehmen und ich eine badische Besatzung hineinzulegen hätte. Die Uebergabe erfolgte den 2. Mai, worauf ich das 1. Bataillon des 3. Regiments einrücken ließ und Oberstlieutenant von Reischach zum Kommandanten von Kehl ernannte. Wir fanden 60 Geschütze von verschiedener Gattung und bedeutende Munitionsvorräthe darin. Eine Anzahl schwerer Kanonen und Mörser, welche General Asselin hatte wegbringen lassen, mußten die Franzosen wieder zurückgeben. Bekanntlich wurde Kehl später demolirt und an Baden abgetreten.

Auf meinen schon längst gestellten Antrag erfolgte nun Weisung alle Befestigungsarbeiten im Großherzogthum einzustellen. Jetzt erst konnte ich unserm Lande die große Erleichterung gewähren, daß die Menge Arbeiter bei den Befestigungen von Offenburg, Villingen und im Höllenthal in die Heimath entlassen wurden.

Die zurückmarschirenden Truppen der großen Armee fingen bereits an das Elsaß zu passiren. Den 3. Mai traf Graf Wittgenstein, von Paris kommend, in Hagenau ein, wo er mir im Namen des Kaisers von Rußland den St. Annenorden 1. Klasse überreichte und sich dann nach Rastatt weiter begab.[1]) Den 5. musterte ich das Straßburger Blokadekorps bei Mittelhausbergen. Es bestand unter Kommando des Generals von Neuenstein aus 2 Eskadronen Lubny Husaren, unsern beiden Dragonerregimentern, dem leichten Infanteriebataillon, dem 1., 3., 6., 8. Landwehrbataillon, 22 russischen Fuß- und 4 badischen reitenden Geschützen. Nach der Musterung defilirten diese Truppen in einer Haltung, die man nicht schöner

---

1) Die Leistungen des Markgrafen wurden auch von Seiten des Kaisers von Oesterreich ehrend anerkannt, indem der Kaiser ihm das Kommandeurkreuz des ungarischen St. Stephansordens durch den Feldmarschall Fürsten Schwarzenberg zustellen ließ. Beilage 31.

sehen konnte. Von den Landwehrbataillonen, die in Disciplin, Dressur und Dienst für die kurze Zeit viel gethan hatten, zeichnete sich das 6. besonders aus.

In Folge meiner Anfrage bei Graf Wittgenstein erhielt ich den Auftrag, die allürten Truppen aus den mitbesetzten Plätzen herauszuziehen, gegen schriftlichen Revers der Kommandanten von Pfalzburg, Landau und Lützelstein ihnen jederzeit den Durchmarsch zu gestatten, ferner die Blokaden aufzuheben und die Blokadekorps in weite Kantonnements zu verlegen. Wegen der beharrlichen Renitenz des Kommandanten von Lichtenberg möchte ich mich mit dem französischen Generalkommissär Marquis de Lasalle benehmen, welcher ihm zu drohen habe, bei längerer Verweigerung der Unterwerfung Waffengewalt anzuwenden; sodann sei die Brücke von Altenheim nach Fort-Louis zu verbringen und dort aufzustellen.

Mein Armeekorps bezog nun nach Heranziehung der Truppen vor Kehl folgende Kantonnements:

Badische Truppen: 1. Infanteriebrigade Saverne und Umgebung; 2. Infanteriebrigade Bezirk von Weißenburg; 3. Infanteriebrigade Bezirk von Mutzig; Kavalleriebrigade Bezirk von Hagenau; reitende Artillerie bei Brumath; 2. Fußbatterie bei Weißenburg; 4. Fußbatterie Truchtersheim.

Russische Truppen: 29. Fußbatterie Lampertheim und Umgebung. General Sokolowski mit allen übrigen Russen Bezirk von Landau und Edenkoben. Oberst Wiliaminow hatte Befehl mit den 2 Eskadronen Lubny-Husaren und der 3. russischen Fußbatterie nach Köln abzumarschiren.

Den 7. Mai erhielt ich vom Fürsten Schwarzenberg eine aus St. Cloud vom 3. datirte Ordre, mit den badischen Truppen das Elsaß zu verlassen und in das Großherzogthum zurückzukehren. Ich passirte demgemäß den Rhein am 8., 9. und 10. Mai in 3 Kolonnen: die 3. Brigade, beide Dragonerregimenter und die 2. Fußbatterie bei Altenheim, die 1. und 2. Brigade, das freiwillige Jägerregiment und die 4 reitenden Geschütze bei Fort-Louis, die 4. Fußbatterie bei Lauterburg.

Da die französischen Behörden die Sprengung von Fort-Louis auf alle mögliche Weise zu hindern suchten, so ließ ich zur Deckung der Demolirungsarbeiten 4 Kompagnien vom 2. Bataillon des 3. Regiments und 2 reitende Geschütze für einige Zeit daselbst zurück, ebenso die beiden andern Kompagnien dieses Bataillons zur Unterstützung des österreichischen Generalgouverneurs von Heß in Hagenau. Die Magazine in Brumath, Molsheim, Saverne und Weißenburg wurden nach letzterm Orte geschafft, nachdem unsere Truppen sich für den Rückmarsch noch vorher daraus verproviantirt hatten.

Den 13. Mai rückten die letzten Abtheilungen in die Kantonnirungen, welche das Armeekorps zwischen Kinzig und Murg bezog. Mein Quartier kam nach Achern. Den 10. Mai war ich mit Graf Wittgenstein, der nach Straßburg ging, in Bischoffsheim zusammengetroffen. Seinen Vorschlag, ihn zu begleiten, lehnte ich mit guter Manier ab, da ich nicht Lust hatte als Reisender in einer Stadt zu erscheinen, in welche ich an der Spitze meiner Truppen einzurücken so nahe daran war, was auch sicher geschehen wäre, wenn nicht die übergroße Generosität der Monarchen mir alle weitern Unternehmungen gegen diesen Platz unmöglich gemacht hätte.

Da ich nunmehr unter die unmittelbaren Befehle des Fürsten Schwarzenberg trat und dadurch mein bisheriges Verhältniß zu dem Grafen Wittgenstein gelöst wurde, so ging ich den 14. nach Rastatt, um Abschied von ihm zu nehmen. Es gehörte mit zu dem raschen Scenenwechsel, woran die durchlebte große Zeit so reich war, daß ich in diesem ersten Feldzug gegen die Franzosen unter denselben General zu stehen kam, gegen den ich vor kaum mehr denn einem Jahre mit den Franzosen in Rußland gefochten hatte. Die Gesinnungen, womit Graf Wittgenstein von den badischen Truppen schied, beweisen am besten die nachstehenden Worte, welche er am 13. Mai vor der Heimkehr, von Rastatt aus schriftlich an mich richtete: „Da sich das mir so angenehme Verhältniß zwischen dem Großherzoglich badischen Korps und mir demnächst auflösen wird, so kann ich nicht umhin, Euerer Excellenz und sämmtlichen Herrn Generals deßfalls mein Bedauern zu erkennen zu geben und für die besondere Thätigkeit und den Eifer herzlich zu danken, welcher sich seit unserer Bekanntschaft so laut für die gerechte Sache aussprach. Ich ersuche Euer Excellenz durch einen Tagsbefehl dem gesammten Korps bekannt zu machen, daß ich es mir zur besondern Ehre schätze, so brave Truppen unter meinem Kommando gehabt zu haben, daß mir dieß stets eine angenehme Erinnerung bleiben wird, und ihnen meinen Dank abzustatten. Genehmigen Euer Excellenz diese wenigen Worte als den reinen Ausdruck meiner Gefühle, sowie die Versicherung, daß die vorgeschlagenen Belohnungen des Verdienstes unfehlbar nachfolgen werden."

Auf die Nachricht, daß ein würtembergisches Korps von 4000 Mann von Basel über Pforzheim in die Heimath marschiren solle und um unserm völlig erschöpften Land eine Erleichterung zu gewähren, schrieb ich an den österreichischen Kommandanten in Basel General Baron Taxis und bat ihn in Zukuft alle Truppen auf dem linken Rheinufer marschiren zu lassen und erwirkte zugleich, daß das würtembergische Korps über Oppenau und den Kniebis statt über Pforzheim instradirt wurde.

Den 17. Mai brachte mir der österreichische Hauptmann von Bienenfeld einen Befehl des Fürsten Schwarzenberg aus St. Cloud vom 12. Mai, sogleich mit dem ganzen badischen Armeekorps wieder über den Rhein zurückzukehren, nach Speier zu marschiren und ein Kantonnement zu beziehen, dessen Grenzlinie nördlich die Straße von Mannheim über Dürkheim, Kaiserslautern, Homburg nach Saarbrück, westlich und südlich aber die französische Grenze von 1792 ausmachen sollte. Da ich diese nicht kannte, so mußte ich mir vorher durch das badische Ministerium des Auswärtigen die nöthige Kenntniß davon verschaffen.

Den 18. begann die Bewegung der Truppen. Die aus Frankreich zurückkehrenden alliirten Kolonnen kreuzten sich mit den unsern, das Großherzogthum war von Durchmärschen förmlich überfluthet, so daß ich mich veranlaßt sah, einen Officier an den russischen Generallieutenant von Oertel nach Offenburg abzuschicken, um ihn dringend um Schonung des Landes bitten zu lassen.

Unsere Truppen hatten den Rhein passirt und ich kam den 21. Mai nach Speier, wo ich von dem Magistrat und der Bürgerkavallerie feierlich empfangen wurde. Die Ursache dieser Zuvorkommenheit war, wie ich nachher erfuhr, die allgemein verbreitete Meinung, daß die Stadt badisch werden würde.

Da Freiherr von Heß die Civiladministration in Hagenau an die französischen Behörden abgegeben, so zog ich die daselbst stationirten beiden Kompagnien wieder ein. Fort-Louis blieb noch besetzt, jedoch verminderte ich das dasige Detachement um 2 Kompagnien und beide reitende Geschütze.

Vom 25. bis 31. Mai passirte das ganze 5. Armeekorps des Feldmarschalls Wrede, aus 3 baierischen, 2 österreichischen Divisionen bestehend und zu 60,000 Mann angegeben, Speier, um in Kantonnements zwischen der Straße von Mannheim nach Saarbrück bis Oberwesel am Rhein zu rücken; das Korps von Langeron 30,000 Mann stark, war im Anmarsch über Anweiler und Neustadt. Unsere Truppen mußten deßhalb von der großen Straße wegdislocirt werden, um sie möglichst frei zu machen. Sämmtliche Straßen in dem ganzen von uns belegten Distrikt waren nun von marschirenden Truppen bedeckt.

Große Freude gewährte mir der Besuch des aus russischer Gefangenschaft zurückgekehrten Obersten von Laroche, der Kapitäne von Zech, Cloßmann und Valender, der Lieutenante von Meiern und Schaub, sowie meines treuen Jägers Franz Gidemann. Es war für mich ein recht beseligendes Gefühl, jene wackern Leidensgefährten nach so langer herber Trennung wiederzusehen.

Der badische Kommandant in Fort-Louis Oberstlieutenant von St. Julien meldete unter dem 5. Juni, daß die französischen Generale Schramm und Geither unter Bedeckung eines Kavalleriedetachements einen erneuten diplomatischen Versuch gemacht hätten, Fort-Louis im Namen ihres Königs zu besetzen, er habe es aber verweigert, worauf sie ein Protokoll darüber aufgenommen und dann den Rückweg angetreten hätten. Dieser Vorfall ließ mich wieder so recht den Mangel jeglicher Verhaltungsbefehle während dieses ganzen Feldzugs empfinden, wodurch ich in unaufhörliche Verlegenheit gebracht und genöthigt wurde, stets nur auf Geradewohl zu handeln. So setzte man mich nicht einmal von dem am 23. April zu Paris abgeschlossenen Waffenstillstand in Kenntniß, daher mein bis zum letzten Augenblick so gespanntes Verhältniß zu den französischen Behörden. Denn was war bei dem Mangel jedweder Instruktion natürlicher, als dem bisherigen Gegner so wenig Vortheile als möglich einzuräumen, und so gab ich Fort-Louis nicht eher aus der Hand, als bis ich vom Fürsten Schwarzenberg ausdrücklichen Befehl dazu erhielt. Es war diese Haltung um so nothwendiger, als ich bestimmt wußte, wie man von alliirter Seite noch immer eine gewisse Hinneigung zur französischen Sache bei uns argwöhnte, wovon ich mich später auf dem Wiener Kongreß sattsam zu überzeugen Gelegenheit hatte.

Im Begriff eine Inspektion unserer Truppen in ihren Kantonnements vorzunehmen, traf ein österreichischer Stabsofficier mit dem Befehl des Fürsten Schwarzenberg ein, das badische Armeekorps wieder über den Rhein zurückzuführen und Kantonnements im Großherzogthum zu beziehen, indem nur österreichische und baierische Truppen die neuacquirirten Länder auf dem linken Rheinufer besetzt halten sollten.

Ich schickte nun sogleich Major von Kalenberg nach Karlsruhe, um die Befehle des Generalkommandos wegen dem Abmarsch und der Dislokation in unserem Lande einzuholen. Dieser meldete, es bestehe keine Möglichkeit das Korps daselbst unterzubringen, dasselbe sei von fremden Truppen ganz belegt, zudem würde die russische Garde erwartet und die Oesterreicher unter General Graf Hardegg, welche bereits bis Sinzheim gekommen, auf einen Gegenbefehl wieder nach Schwezingen zurückmarschirt seien. Ich beorderte nun Kalenberg nach Worms zum General der Kavallerie Baron Frimont, um wo möglich von ihm einen Aufschub meines Abmarsches zu erlangen. Wieder eine von den Situationen, in die man nur bei Armeen versetzt werden kann, wo die verschiedenartigsten Interessen sich durchkreuzen und mehr als eine Hand das Steuerruder führt!

Den 10. Juni traf das nach Paris geschickte Artilleriedetachement mit den 10 Geschützen in Speier ein, welche von unserer Grenadiergarde in der Schlacht von Paris erobert und ihr vom Kaiser von Rußland, als Belohnung für die bewiesene Tapferkeit, überlassen worden waren.

General Frimont hatte sich bereits von Worms hinweg, weiter nach Mainz begeben und Kalenberg mit seinem Auftrag an den baierischen Generallieutenant de Lamotte gewiesen; dieser war so gefällig, in den Vorschlag einzuwilligen, mit seinen Truppen erst am 16. oder 18. Juni in die von uns inne habenden Kantonnements einzurücken. Indessen erhielt ich einen Erlaß der Regierungskommission zu Karlsruhe, daß es selbst bis zu diesem Termin eine Unmöglichkeit sei, das Armeekorps im Lande aufzunehmen. Ich setzte nun General de Lamotte hievon in Kenntniß und daß wir nothgedrungen noch länger als bis 18. stehen bleiben müßten. Er ging jedoch nicht darauf ein, eine baierische Kavalleriebrigade rückte am 15. ohne Weiteres nach Germersheim, — die größte Verwirrung war im Anzug, da kam zum Glück eine Ordre von Karlsruhe, daß der Rückmarsch in das Land angetreten werden könne. Wir passirten demgemäß am 19., 20. und 21. Juni den Rhein bei Mannheim, Altlusheim, Rheinhausen und Germersheim und marschirten in die uns angewiesenen Kantonnements bei Bruchsal, Eppingen, Bretten und Pforzheim; ich nahm mein Quartier in Bauschlott.

Der Großherzog, von Paris zurückgekehrt, schickte mir den 19. einen Feldjäger mit der Benachrichtigung, daß er unsere Truppen vor der Versetzung auf Friedensfuß noch besichtigen wolle, ich möchte ihm deßhalb Vorschläge machen. Ich wählte hiezu die beiden Punkte Pforzheim und Eppingen und begab mich den 22. an erstern Ort, um den Großherzog zu erwarten, der hier Abends, begleitet von meinem Bruder Leopold, eintraf. Den folgenden Tag musterte er die 2. und 3. Brigade zwischen Pforzheim und Eutingen, den 24. die 1. Brigade, die Kavallerie und Artillerie zwischen Gochsheim und Neu-Sickingen, wobei er den Truppen seine vollste Zufriedenheit aussprach und zahlreiche Orden, Medaillen und öffentliche Belobungen erfolgen ließ. Ebenso wurden sie von den Monarchen von Rußland und Preußen mit Orden und Ehrenzeichen rühmlichst bedacht.

Mit dieser Revue endigte mein Kommando und die Truppen bezogen, nachdem ich in einem Tagsbefehl Abschied genommen und ihnen für die ausgezeichnete Weise, mit der sie auch in diesem Feldzug gedient und für das mir bewiesene Vertrauen und Anhänglichkeit gedankt, ihre Friedensgarnisonen. Das freiwillige Jägerregiment und dessen Artillerie, sowie die 4 Reserve-Landwehrbataillone wurden aufgelöst, die 8 Feld-Landwehrbataillone aber auf meinen Vorschlag beibehalten und bis auf die Bataillonsstäbe in Urlaub entlassen.

Der Feldzug von 1815.

Erster Abschnitt.

Der Markgraf auf dem Wiener Kongreß. — Eindruck der ersten Kunde von Napoleons Verschwinden von Elba. — Rüstungen. — Des Markgrafen Uebergehung im Kommando der badischen Truppen. — Kaiser Franz gibt ihm eine österreichische Division unter Erzherzog Johann. — Mit den Blokaden von Schlettstadt und Neu-Breisach beauftragt. — Ausfälle. — Waffenstillstand mit Schlettstadt 23. Juli. — Mit Breisach 10. August. — Der Markgraf vor Hüningen.

Bei dem Kongresse zu Wien, wohin ich mich mit Erlaubniß des Großherzogs begeben hatte, folgte ein glänzendes Fest auf das andere, während die Verhandlungen einen immer schleppenderen Gang nahmen, was den Fürsten von Ligne bekanntlich zu dem damals viel applaudirten Witz veranlaßte: „Le Congrès danse, mais il ne marche pas.“ Da fuhr plötzlich mitten unter die Monarchen, Heerführer und Diplomaten am 7. März 1815 die Nachricht wie ein Blitzstrahl, daß Napoleon von der Insel Elba verschwunden sei. Es wurden eben in der Kaiserburg von Liebhabern zwei französische Stücke: „Les rivaux d'eux mêmes“ und „Le Calife de Bagdad“ aufgeführt und so hatte ich denn die beste Gelegenheit zu beobachten, wie der elektrische Schlag auf die verschiedenen Physiognomien wirkte. Alles steckte die Köpfe zusammen, sprach von Nichts als dem großen Ereigniß des Tages und frug sich in fieberischer Unruhe, wohin Napoleon wohl gegangen. Ich hörte mehrere Generale und Diplomaten laut äußern, dießmal müsse man mit dem wortbrüchigen Despoten ohne Gnad und Barmherzigkeit verfahren, worauf ihnen der in der Nähe stehende König von Preußen mit der ihm so eigenen Seelenruhe sagte: „Erst müssen wir ihn haben, meine Herren!“ Den 11. März erfuhr man in Wien durch den Fürsten von Monacco, daß Napoleon, dem er in die Hände gefallen war, in Frejus gelandet und von da auf Grenoble marschirt sei, kurz darauf, daß er sich bereits in Lyon befinde, und überall vom Volk und den Truppen mit Enthusiasmus empfangen werde.

Die versammelten Monarchen trafen mit Einmüthigkeit die umfassendsten Maaßregeln, um den gefürchteten Gegner noch einmal gemeinschaftlich zu bekämpfen. Vom Fürsten Wolkonsky erfuhr ich, daß an alle deutschen Fürsten die Aufforderung ergangen, ihre Truppen unverzüglich in marschfertigen Stand zu setzen. Ich eilte zum Großherzog und sagte ihm, wie ich nur seines Befehls harrte, um sogleich nach Karlsruhe abzureisen, aber statt dessen machte mir sein Generaladjutant von Franken die niederschlagende Mittheilung, daß nicht ich, sondern General von Schäffer zum Kommandirenden unserer Truppen bestimmt und die Ordre zur Mobilmachung der Linie und Landwehr bereits unterwegs sei. Es wurde mir nun klar, was ich bisher nur vermuthete, daß die mir während des Kongresses von den Monarchen, insbesondere von Seiten des Kaisers von Rußland, zu Theil gewordenen mannichfachen Auszeichnungen die Empfindlichkeit des Großherzogs erregt hatten und die Uebergehung im Kommando unserer Truppen die nächste Folge davon war. Da ich die Sache nicht mehr ändern konnte, so erbat ich mir die Erlaubniß, um ein Kommando bei einer der verbündeten Mächte anhalten zu dürfen, indem ich unmöglich bei den bevorstehenden Ereignissen unthätig zu Hause bleiben könne, was mir der Großherzog gestattete. Meiner Sache sicher zu sein, wendete ich mich sowohl durch den Fürsten Schwarzenberg an den Kaiser von Oesterreich, als auf Anrathen des Ministers von Stein an den Flügeladjutanten des Königs von Preußen Major von Thiele, mit dem ich 1813 in Leipzig die Konvention abgeschlossen, um beiden Monarchen meine Dienste anzubieten. Während mir Fürst Schwarzenberg seine Verwendung bei dem Kaiser versprach, ertheilte mir der König für den Fall, daß ich bei Oesterreich nicht reussiren sollte, die Erlaubniß, den bevorstehenden Feldzug im Hauptquartier des Fürsten Blücher mitzumachen, welcher Umstand den Irrthum erklären mag, daß mich Plotho in seinem bekannten Werk als attachirt an das Hauptquartier des Fürsten Blücher aufgeführt hat.

Den 27. März kam die Nachricht vom Abfall des Marschalls Ney und Tags darauf die von der Flucht des Königs und dem Einzug Napoleons in Paris.

Trotzdem zogen sich die Rüstungen der Alliirten bis in den Monat Juni hinein. Es war verabredet worden, außer den beiden österreichischen Heertheilen in Ober- und Unteritalien unter Frimont und Bianchi, 4 Armeen aufzustellen: eine Niederländische unter Wellington von der Meresküste bis gegen die Dyle, links davon die Niederrheinische unter Blücher an der Maas und hinter der Sambre, an diese anschließend die aus Russen bestehende Mittelrheinische unter Barclay de Tolly, dann die Oberrheinische oder Hauptarmee unter Fürst Schwarzenberg. In diese wurde das 1., 2., 3. und 4. Armeekorps unter Colloredo, Fürst von Hohenzollern, Kronprinz von Würtemberg und Fürst Wrede, die österreichische Reservearmee des Erzherzogs Ferdinand von Este und das Blokadekorps des Erzherzogs Johann eingetheilt. Nach Feststellung des Operationsplanes, der bezweckte mit allen vier Armeen zugleich auf Paris zu rücken, verließen gegen Ende Mai die Monarchen Wien, um im Hauptquartier zu Heidelberg wieder zusammenzutreffen. Ich hatte mich schon vorher, auf die Nachricht, daß sich Straßburg und die übrigen Elsaßfestungen für Napoleon erklärt, von den hohen Monarchen verabschiedet, welche mir ohne Ausnahme ihr Bedauern über die erfahrene Zurücksetzung ausdrückten. Meine Abreise von Wien fand am 4. April statt, Karlsruhe erreichte ich über München und Stuttgart am 8., während der Großherzog erst den 24. Mai eintraf.

Sobald ich die Ankunft des Kaisers von Oesterreich in Heidelberg erfuhr, begab ich mich zu ihm, um die Entscheidung wegen meiner erbetenen Verwendung herbeizuführen. Der Kaiser empfing mich mit vieler Güte und versprach eine baldige günstige Entschließung. „Ich weiß," fügte er freundlich bei, „Sie haben bei Leipzig nicht übergehen wollen, als es für uns gut stand, Sie werden nun auch bei uns aushalten, sollte es wieder schlecht gehen." Bei der Tafel erhielt ich den Platz neben dem Kaiser, der viel über die Chancen des kommenden Feldzugs sprach und als ich mir im Verlauf die Bemerkung erlaubte, wie wichtig es für die künftige Sicherheit von Deutschland sei, daß er dießmal das Elsaß, dieses alte Besitzthum seines Hauses nicht wieder fahren lasse, erwiederte er mit der ihm ganz eigenen Bonhomie: „Das ist ganz schön und gut, wenn nicht noch Andere mitzureden hätten." Die Unterhaltung des Kaisers hatte viel Anziehendes für mich, aus jedem Worte sprach ein schlichtes, gesundes Urtheil, gepaart mit wahrer Herzensgüte und ein so ungesuchtes, wohlwollendes Wesen, daß mir die große Popularität vollkommen erklärlich wurde, die er bei allen seinen Völkern in so hohem Grade genoß.

Den 18. Juni kamen die ersten russischen Truppen nach Heidelberg. Es war dieß eine prächtige Division leichter Kavallerie. Ungeheuere Bestürzung erregte an unserem Hofe die eingetroffene Nachricht von der am 16. verlorenen Schlacht bei Ligny, sowie von dem Tod des Herzogs von Braunschweig bei Quatre-Bras. Während man sich den äußersten Befürchtungen über dieses unglückliche Debut des Feldzugs überließ, kam schon den Tag darauf General von Stockhorn und brachte aus dem Hauptquartier des Fürsten Schwarzenberg, dem er als badischer Militärabgeordneter folgte, die frohe Botschaft von dem entscheidenden Siege bei Waterloo.

Inzwischen war meine Anstellung in der österreichischen Armee erfolgt. Ich erhielt das Kommando einer kombinirten Division von zwei Brigaden bei der Blokadearmee des Erzherzogs Johann, welchem die Oberleitung der Einschließung von Befort, Hüningen, Neu-Breisach und Schlettstadt übertragen war. Die 1. Brigade unter dem österreichischen Generalmajor von Volkmann bildete sich aus dem 4. Bataillon des Infanterieregiments Bianchi, dem 1., 5. und 8. badischen Landwehrbataillon; die 2. Brigade unter dem würtembergischen Generalmajor von Stockmaier aus 3 würtembergischen Landwehrbataillonen, 1 hessen-darmstädtischen Bataillon, 2 Divisionen Kaiser-Chevauxlegers und 2 leichten österreichischen Fußbatterien. [1])

Außerdem wünschte Fürst Schwarzenberg, ich möchte den Großherzog zur Ueberlassung einer badischen Batterie an meine Division vermögen, ein Auftrag, dem ich aber auswich, da bei der Verstimmung des Großherzogs um so weniger ein günstiger Erfolg zu hoffen stand, als bereits 3 seiner Landwehrbataillone hatten unter meine Befehle treten müssen.

Nach einem aus dem Hauptquartier Heidelberg vom 23. Juni datirten Befehl des Fürsten Schwarzenberg sollte ich nach dem Rheinübergang der Hauptarmee mit der Brigade Volkmann Neu-Breisach und mit der Brigade Stockmaier Schlettstadt cerniren, Kolmar mit dem hessischen Bataillon, einer Division Kaiser-Chevauxlegers und einer halben Batterie besetzen und beide Blokaden unter dem Erzherzog Johann kommandiren. [2]) Dieser selbst stand wieder unter dem Erzherzog Ferdinand, welcher

---

1) Plotho's Angabe IV., S. 71, daß die Division des Markgrafen später durch 5 weitere badische Landwehrbataillone und ein badisches Jägerkorps unter Generalmajor von Laroche verstärkt worden sei, ist falsch; dieser General stand vom Anfang des Feldzugs bis zu seiner schweren Verwundung vor Straßburg am 9. Juli bei der dem österreichischen 2. Armeekorps einverleibten badischen Felddivision und kommandirte die badische Kavalleriebrigade.

2) Beilage 32.

den Auftrag hatte, mit dem 1. und 2. Armeekorps und der Reserve zwischen Basel und Rheinfelden über den Rhein zu gehen, und nach Vertreibung des Generals Lecourbe mit der Reserve auf Nancy zu marschiren. Bei dem rechten Flügel erhielt der Kronprinz von Würtemberg die Bestimmung, mit dem 3. Armeekorps bei Germersheim überzugehen, das Korps des Generals Rapp aus den Weißenburger Linien zu vertreiben und Straßburg einzuschließen. Feldmarschall Wrede sollte nach dem Uebergang über die Saar zur Niederlage des Grafen Rapp mitwirken und sich alsdann ebenfalls auf Nancy dirigiren.

Diesen Dispositionen gemäß passirte der Kronprinz von Würtemberg am 23. und 24. Juni den Rhein, trieb das 20,000 Mann starke Korps des Grafen Rapp nach den glücklichen Gefechten bei Saarburg, Selz und an der Suffel in die verschanzte Stellung von Straßburg und schloß ihn hier ein. Mittlerweile hatte Erzherzog Ferdinand am 26. bei Rheinfelden und Basel den Rhein ebenfalls überschritten, dem 1. Armeekorps die Verfolgung von Lecourbe auf der Straße nach Befort und die Einschließung des Platzes übertragen, Hüningen cernirt, mit dem 2. Korps und der Reserve aber die Richtung nach Kolmar eingeschlagen, wohin den 30. das Hauptquartier kam. Vor Neu-Breisach ließ er einstweilen die Division Mazzuchelli vom 2. Korps und vor Schlettstadt den Generalmajor Herzogenberg mit 4 Grenadierbataillonen der Reserve, $1\frac{1}{2}$ Eskadronen Vincent Chevauxlegers und 6 Geschützen. Ich selbst mußte vorerst noch mit meiner Division zur Beobachtung des Rheins zwischen Rastatt und Freiburg bis zum 29. Juni auf dem rechten Ufer verbleiben, wo ich vom Erzherzog Ferdinand den Befehl erhielt, mit der Brigade Volkmann bei Rheinweiler den Rhein zu passiren und die Blokade von Breisach den 1. Juli zu übernehmen. Ich ging demgemäß den 30. Juni bei Rheinweiler über, setzte mich zu Pferd und ritt mit einer Eskorte Kaiser-Chevauxlegers unter Lieutenant Graf Migazzi, meinem Ordonnanzoffizier, nach Ottmarsheim, wo die Brigade Volkmann das Lager bezogen hatte. Alle Ortschaften, durch die ich kam, waren von ihren Bewohnern verlassen, viele Dörfer brennend und überall einzelne Soldaten, die sich großen Excessen hingaben. Durch meine Eskorte ließ ich die Excessisten, wo ich deren antraf, sogleich derb bestrafen und suchte der eingerissenen Unordnung nach Möglichkeit zu steuern. [1])

---

1) Hiebei darf nicht unerwähnt bleiben, daß das feindselige Benehmen der französischen Bevölkerung gegen die Truppen der Verbündeten häufig zu Repressalien reizte. Ueberall machten bewaffnete Insurgentenhaufen die Straßen unsicher, hoben

Den 1. Juli halb 5 Uhr Morgens ließ ich die Brigade aufbrechen. Wir hatten 9 Stunden bis nach Breisach zurückzulegen. General Volkmann löste nun den Feldmarschalllieutenant Mazzuchelli ab, der nach Schlettstadt weiter marschirte. Ich begab mich zu Erzherzog Ferdinand nach Kolmar, wo ich auch den Erzherzog Ludwig und den Erbprinzen von Hessen-Homburg traf. Mein Quartier nahm ich in der Präfektur. Von Kolmar entsendete Erzherzog Ferdinand das 2. Armeekorps zur Ablösung des Kronprinzen von Würtemberg vor Straßburg, mit dem Reservekorps setzte er den 2. Juli über St. Marie-aux-Mines, den 3. über St. Dié den Marsch nach Nancy fort, mit der Weisung an mich, ihm direkte Meldung zu erstatten, so lange er noch in der Nähe sei, ferner für die Einrichtung eines Hospitals in Kolmar zu sorgen und die Kommunikation mit Freiburg über die Brücke bei Sponeck einzuleiten, sobald diese fertig sei. Zur Unterstützung des österreichischen Oberstlieutenants Bittner, der mit dem Brückenschlag beauftragt war, sendete ich ein Detachement nach Markolsheim.

Auf die eingehende Nachricht, der Kronprinz von Würtemberg habe das Korps des Generals Rapp geschlagen und nach Straßburg geworfen, wurden an den meisten Orten weiße Fahnen ausgesteckt. Im Ganzen aber machte sich im Elsaß die frühere Abneigung gegen die Bourbons wieder bemerklich, besonders befürchteten die Protestanten die Wiederkehr der alten Bedrückungen.

Aus Kästenholz (Chatenois) bei Schlettstadt erhielt ich vom Blokadekommandanten General Baron Herzogenberg, den Erzherzog Ferdinand beim Abmarsch aus dem Elsaß mir unterstellt hatte, die Meldung, daß er wegen gehinderter Kommunikation durch die Ill die Cernirung der Festung nur unvollkommen habe bewerkstelligen können. Den 4. Juli fand dessen Ablösung durch General von Stockmaier statt, welcher mit seiner Brigade auf Fähren bei Fort-Louis übergegangen war. In Folge der umgehenden Gerüchte von Bauernaufständen in den Vogesen verlangte General Herzogenberg eine Ordre von mir, welchen Weg er zur Hauptarmee nehmen solle. Da er nun abgelöst und nicht mehr unter meinem Kommando stand, so trug ich Bedenken ihm eine solche zu ertheilen, als er aber darauf beharrte, so schrieb ich ihm zurück, mit einer kaiserlichen

---

die Kouriere auf, überfielen und massakrirten einzeln Marschirende und Detachements und verübten nicht selten die empörendsten Grausamkeiten gegen ihre Gefangenen.

Grenadierbrigade, glaubte ich, könne man hin marschiren, wohin man wolle, indessen dürfte am zweckmäßigsten sein, den Weg über St. Marie-aux-Mines einzuschlagen.

General von Stockmaier meldete, daß die Besatzung von Schlettstadt unter General St. Suzanne 5000 Mann stark anzunehmen sei, worunter jedoch außer den Artilleristen nur 4—500 gediente Soldaten, alles Uebrige wären uneingekleidete Nationalgarden, die bei jeder Gelegenheit desertirten, wie denn deren schon 86 Mann zu ihm übergegangen seien.

Bei Neu-Breisach, worin der Marechal-de-Camp Dermoncourt kommandirte, fanden fast täglich kleine Gefechte statt. Um die Ausfälle des Feindes auf den verschiedenen Straßen zu erschweren, wurden unter Leitung des österreichischen Geniemajors von Diebel einige Verschanzungen aufgeworfen.

Nachdem ich die vor Breisach angelegten Schanzen, Brücken und Kolonnenwege inspicirt, begab ich mich nach Kästenholz zu General Stockmaier und beritt mit ihm die ganze Vorpostenkette um Schlettstadt. Erzherzog Johann ließ mich durch seinen Adjutanten Oberst von Pley benachrichtigen, daß er am 8. Juli von Basel kommend bei dem Blokadekorps vor Breisach eintreffen würde; ich fuhr daher in aller Frühe dahin. Unterwegs hörte ich stark kanoniren. Ich setzte mich sogleich zu Pferd und ritt scharf zu bis an die Brücke des Kanals, wo ich General Volkmann traf. Von da wendete ich gegen Weckolsheim und den Kapuzinerwald zu unserm 1. Landwehrbataillon, das ich in heftigem Gefecht fand. Der Feind hatte einige Geschütze vorgebracht und bewarf das Dorf mit Granaten. Eine solche fiel unter mein Pferd, krepirte aber zum Glück nicht. Ich schickte jetzt eine Tirailleurlinie vor, welche gedeckt von der hohen Frucht auf den Feldern, an die feindlichen Geschütze heranschlich und sie durch ihr Feuer bald zum Abzug nöthigte. Dieses Gefecht, das bis 10 Uhr dauerte, ehe der Feind völlig in die Festung zurückgetrieben werden konnte, kostete uns 5 Todte und 42 Verwundete, worunter 2 Officiere. Der Verlust der Franzosen war jedenfalls viel bedeutender. Eine komische Zwischenscene, welche sich bei diesem Ausfall zutrug, möge hier Erwähnung verdienen. Als ich das Landwehrbataillon des Majors von Beust vorrücken ließ, stürzte er mit dem Pferd, und ich sah, wie einer seiner Füße verkehrt nach oben stand. Sehr besorgt, er möchte sein einziges gesundes Bein — das andere hatte er in der Schlacht bei Wagram verloren — nun auch gebrochen haben, eilte ich herbei ihn aufzurichten. Wie froh war ich aber, als mir der Major mit aller Seelenruhe versicherte, es sei nur der hölzerne Fuß, der sich im Sturze verdreht habe.

Einige Stunden nach dem stattgehabten Ausfall traf der Erzherzog in Heiteren ein, wo er eines meiner Pferde bestieg. Von Heiteren führte ich ihn nach Andolsheim, wo wir von einem günstig gelegenen Gebäude die ganze Gegend übersehen konnten. Ich begleitete ihn dann nach Kolmar und brachte daselbst den Abend mit ihm zu.

Den 9. Juli ging ich mit dem Erzherzog in die Kirche und fuhr dann nach Kästenholz. Hier erwartete ich ihn mit General Stockmaier auf dem ersten Piket. Wir beritten nun die Vorpostenstellung, die neu angelegten Kolonnenwege u. s. f., worauf er nach Kolmar und andern Tags nach Basel zurückkehrte. In einem Schreiben gab der Erzherzog seine Zufriedenheit mit den getroffenen Anstalten und der guten Verfassung der Blokadetruppen zu erkennen, empfahl mir zugleich verschiedene Anordnungen zur vollständigern Einsperrung der beiden Plätze und verfügte, daß wenn die bevorstehende Verstärkung unter Feldmarschalllieutenant Mazzuchelli vor Schlettstadt eintreffe, General Stockmaier unter dessen Befehle treten, ich aber die Oberleitung über beide Blokaden beibehalten sollte.[1]) Die öftern Ausfälle und die immer keckeren Streifzüge der Insurgenten hatten nämlich bei dem Kommandirenden des 2. Armeekorps vor Straßburg Fürsten Hohenzollern für die Rheinbrücken und die neu etablirte Kommunikation der Hauptarmee von Marckolsheim über Guemar, Ribeauvillé, Charmes und Neufchateau ernstliche Besorgnisse erweckt und ihn veranlaßt, beim Fürsten Schwarzenberg die Verstärkung der Blokadetruppen vor Schlettstadt zu beantragen, wovon er mich bereits mit Schreiben vom 7. in Kenntniß gesetzt und zugleich zu fleißiger Entsendung von Streifkommandos zur Verfolgung und Entwaffnung der insurgirten Landesbewohner aufgefordert hatte.[2])

Den 10. Juli kam die Nachricht von dem Einzug der Preußen und Engländer in Paris. Erzherzog Johann sandte mir die Proklamation Ludwig XVIII., um sie an die französischen Kommandanten der blokirten Festungen gelangen zu lassen, was jedoch ganz erfolglos blieb.

Den 11. Juli fand bei Schlettstadt wieder ein bedeutender Ausfall statt, wobei die Würtemberger einen Verlust von 9 Todten, 45 Verwundeten, worunter 2 Officiere, nebst 73 Vermißten, die Franzosen von mehreren Todten, dabei einen Officier und 100 Verwundeten hatten. Da der Ausfall bei Nacht geschah, konnte die Kavallerie und Artillerie nicht gebraucht werden und war daher nicht zu verwundern, daß die jungen

---

1) Beilage 33.
2) Beilage 34.

Soldaten der würtembergischen Landwehr, die hier zum ersten Mal in das Feuer kamen, durch das Nachtgefecht etwas überrascht wurden. In der Meldung des Generals Stockmaier waren rühmend erwähnt, die beiden ihm zugetheilten österreichischen Genieofficiere Hauptmann Czychocki und Lieutenant Graf Wengerski, Oberstlieutenant von Seybotten, Major Sattler und Hauptmann Mahl von den Würtembergern.

Den 12. Juli traf Feldmarschallieutenant Mazzuchelli mit 3 Bataillonen des Infanterieregiments Würtemberg und einer Sechspfünderbatterie vor Schlettstadt ein. Da er Schwierigkeiten machte unter mein Kommando zu treten, so schrieb ich deßhalb an den Fürsten Hohenzollern und begab mich selbst vor Schlettstadt, um ihm zu erklären, daß ein bestimmter Befehl des Erzherzogs Johann es so wolle und ich mich daher daran halten müße. Als auch im nämlichen Sinne Weisung vom Fürsten Hohenzollern erging, so fügte er sich militärisch.

Ich erfuhr zu meinem nicht geringen Leidwesen, daß mein Bruder Max bei dem heftigen Ausfall der Franzosen am 9. Juli bei Straßburg mehrere Wunden erhalten hatte. Major Pfnor schrieb mir aus dem Hauptquartier des Generals von Schäffer, mein Bruder habe an der Spitze des 2. Dragonerregiments im dichtesten Handgemenge wie ein alter deutscher Ritter gekämpft, seine Wunden seien indeßen nicht lebensgefährlich. Ich forderte ihn sofort auf zu kommen und bis zu seiner Heilung bei mir zu bleiben.[1])

Den 16. Juli machte die Besatzung von Schlettstadt mit 1500 Mann einen abermaligen erfolglosen Ausfall. Die Würtemberger hatten 9 Verwundete.

Die Zusammensetzung und Stärke meiner Division war um diese Zeit folgende:

Blokadekorps von Schlettstadt.

Feldmarschallieutenant Mazzuchelli.

Oesterreichisches Infanterieregiment Würtemberg 3 Bat.	2737 Mann.
Würtembergische Landwehr unter General von Stockmaier 3 Bat.	2702 Mann.

1) Man sehe den officiellen Bericht des Fürsten von Hohenzollern an den Feldmarschall Fürst Schwarzenberg über das für die badischen Truppen so höchst rühmliche Ausfallgefecht am 9. Juli in der Bad. St. Zeitung v. 14. u. 15. August 1815.

Kaiser Chevauxlegers	2 Esk.	124 Mann	124 Pferde.
Eine österreichische Batterie Sechspfünder		102 Mann	95 Pferde.
Eine " " Dreipfünder		95 Mann	
zusammen		5760 Mann	219 Pferde.

Blokadekorps von Neu-Breisach.
Generalmajor von Volkmann.

Oesterreichisches Inf.-Reg. Bianchi	1 Bat.	796 Mann	
Badische Ldw. Bataillone 1, 5 u. 8,	3 Bat.	2516 Mann	
Hessisches Bataillon Groß- und Erbprinz	1 Bat.	700 Mann	
Kaiser Chevauxlegers	2 Esk.	311 Mann	311 Pferde.
Eine österr. Batterie Sechspfünder		112 Mann	67 Pferde.
zusammen		4435 Mann	378 Pferde.

Besatzung in Kolmar.

Oesterr. Inf.-Reg. Vogelsang	1 Komp.	115 Mann	
Szekler Husaren	1 Esk.	113 Mann	113 Pferde.
Oesterreichische Dragoner		28 Mann	28 Pferde.
zusammen		256 Mann	141 Pferde.
Total ohne die Entsendungen		10,451 Mann	738 Pferde.
Total mit den Entsendungen		12,658 Mann	1056 Pferde.

Den 23. Juli erhielt ich vom Fürsten Hohenzollern ein Anzeigeschreiben, daß er mit General Rapp einen Waffenstillstand abgeschlossen, worin außer Straßburg auch Schlettstadt, Neu-Breisach, Hüningen und Befort einbegriffen seien und daß in Folge davon General Rapp gestattet worden, französische Officiere mit dieser Konvention dahin abzusenden. Ferner meldete Feldmarschallieutenant Mazzuchelli, daß er mit dem Kommandanten von Schlettstadt einen 6tägigen Waffenstillstand getroffen. Ich berichtete sogleich hierüber an den Erzherzog. Während ich dessen Antwort entgegensah, erschien der französische General Tavernier mit Oberst Graf Waldner, um sich aus Auftrag des Generals Rapp mit Schlettstadt und Breisach in Verbindung zu setzen. In erstere Festung hatte sie Feldmarschallieutenant Mazzuchelli bereits eingelassen. Ich bemerkte ihnen, daß sie bis zur Rückkehr des an den Erzherzog abgesandten Kouriers in Kolmar bleiben müßten und erstattete dem Erzherzog auch hievon Meldung nach Sponeck, wo er, wie ich hörte, erwartet wurde. Noch am nämlichen Abend erhielt ich Antwort. Er genehmigte unter mehreren Modifikationen den Waffenstillstand mit Schlettstadt und autorisirte mich einen ähnlichen mit Breisach abzuschließen, wenn der Kommandant es verlange. Wegen der vom Für-

sten Hohenzollern mit General Rapp getroffenen Uebereinkunft, bemerkte der Erzherzog, daß deren Ausdehnung auch auf die feindlichen Plätze seines Kommandobezirks ohne vorheriges Benehmen mit ihm ihn nicht wenig befremde. Er habe vom Fürsten Schwarzenberg Befehl Hüningen zu belagern, folglich könne dieß nicht inbegriffen sein und ebensowenig Befort, das bereits mit dem 1. Armeekorps auf einen Waffenstillstand eingegangen; er könne daher die Uebereinkunft des Fürsten nur bedingungsweise genehmigen, ich solle ihm diesen Entschluß mittheilen und die französischen Officiere wieder zurücksenden.[1]) Ich eröffnete General Tavernier diesen Bescheid sofort und theilte ihn auch dem Fürsten von Hohenzollern mit.

Von Oberstlieutenant Bittner reklamirte ich alle beim Sponecker Brückenbau überzählig gewordenen französischen Schiffe, ließ sie verkaufen und den Erlös als Miethzins unter die badischen Schiffer vertheilen, welche ihre Fahrzeuge zum Brückenbau hatten abgeben müssen. Auch gelang mir, eine beträchtliche Geldsumme auf das Departement des Niederrheins angewiesen zu erhalten, als Entschädigung für diejenigen badischen Unterthanen, die im verflossenen Feldzug beim Altenheimer Brückenbau ihre Schiffe verloren oder Beschädigung daran erlitten hatten. Da die badischen Vorspannfuhren im Elsaß zur großen Benachtheiligung unserer Landesbewohner nicht regelmäßig abgelöst wurden, so veranlaßte ich die Aufstellung eines Fuhrwesenparks in Marckolsheim für die Etappenstraße nach St. Marie aux Mines und eines solchen zu Muntzenheim für die Straße nach Kolmar zur Sicherung der regelmäßigen Ablösung der badischen Vorspanne durch französische.

Von General von Stockhorn in Paris erhielt ich eine mit dringend bezeichnete Depesche für den Großherzog. Der damit beauftragte Kourier brachte mir zugleich ein sehr freundliches, anerkennendes aus Sens 20. Juli datirtes Schreiben vom Erzherzog Ferdinand mit.[2])

Je nachdem es meine Zeit erlaubte, hatte ich mich bald zu dem Blokadekorps vor Breisach, bald zu dem vor Schlettstadt begeben. Bei Letzterem trug sich, es war noch vor dem Waffenstillstand, ein ganz eigener Vorfall zu. Um mich genau von der Aufstellung der feindlichen Außenposten zu überzeugen, ritt ich ziemlich nahe an die Festung heran. Den die österreichische Batterie kommandirenden Oberfeuerwerker, der mich begleitete, hieß ich zurückgehen, indem seine rehfarbene Uniform und rothen Aufschläge weithin kenntlich waren. Da es mir aber schien, daß er die Besorgniß

---

1) Beilage 35.
2) Beilage 36.

für seine Person als Aengstlichkeit für die meine auslegte, hieß ich ihn bleiben. Gleich darauf ging das bestimmte Vorgefühl, das ich hatte, in traurige Erfüllung: der junge Mann fiel an meiner Seite von einer Wallbüchsenkugel getroffen, die ihm das Bein zerschmetterte. So leid es mir auch that, konnte ich nicht umhin ihm zu sagen, daß er besser gethan hätte meinem Befehl zu folgen, als eine ganz unnöthige Bravour an den Tag zu legen.

Den 31. Juli machte der Feind einen Ausfall aus Breisach. Das Engagement war aber unerheblich und von kurzer Dauer. Gegen 1000 Stück Gewehre, welche ich bei der Entwaffnung des Landvolks hatte abnehmen lassen, erhielt ich Befehl nach Basel an den österreichischen Artilleriegeneral Fasching abzuliefern.

Vom Erzherzog ging mir unter dem 1. August die Weisung zu, nunmehr auch mit Breisach eine Konvention wie mit Schlettstadt abzuschließen, indem ihn der Fürst Schwarzenberg beauftragt habe, den vom Fürsten Hohenzollern mit General Rapp abgeschlossenen Vertrag anzunehmen, weßhalb ich mich mit dem Fürsten in Benehmen zu setzen hätte. Zugleich benachrichtigte er mich, daß er demnächst zur Belagerung von Hüningen zu schreiten Willens sei, ich würde dann eine andere Bestimmung erhalten und sich das Mißverhältniß mit Feldmarschalllieutenant Mazzuchelli von selber lösen, der sich fortwährend auf die Befehle des Fürsten Hohenzollern berief, die ich als dem Erzherzog unterstellt, nicht anerkennen konnte.

Es zeigte sich hier wieder in recht grellem Lichte die geringe Uebereinstimmung in den Anordnungen von Oben, denn während bei Straßburg und Schlettstadt die Waffen ruhten, dauerten die Feindseligkeiten bei Breisach fort und Hüningen sollte nun gar belagert werden.

Am 2. August machte die Breisacher Besatzung mit 5—600 Mann und 4 Kanonen einen Ausfall aus Fort Mortier. General Volkmann äußerte sich in der deßfalls erstatteten Meldung mit Major von Beust und seinem Landwehrbataillon besonders zufrieden. Den 6. August erhielt ich vom Erzherzog die Nachricht, daß meine Ablösung durch die königlich sächsischen Truppen unter dem Herzog von Koburg demnächst vor sich gehen werde und ich alsdann für meine Person mit der würtembergischen Brigade des Generals Stockmaier, dem hessischen Bataillon, den 4 Eskadronen Kaiser Chevauxlegers und beiden österreichischen Batterien zum Belagerungskorps von Hüningen abzugehen hätte.

General Stockmaier meldete das Eintreffen von 2 Bataillonen des Regiments Bianchi und daß auf den Wällen von Schlettstadt die weiße Fahne wehe.

Den 10. kam endlich zwischen General Volkmann und dem Kommandanten von Breisach ein Waffenstillstand mit 4stündiger Aufkündigung zum Abschluß. Vom Herzog von Koburg erhielt ich durch den sächsischen Major von Cerrini ein Schreiben, worin er mich von seinem demnächsten Eintreffen benachrichtigte und zu einer Besprechung vor Schlettstadt einlud. Weil aber der Erzherzog befohlen hatte, die Brigade Stockmaier, selbst wenn die Sachsen noch nicht eingetroffen wären, so in Marsch zu setzen, daß sie unfehlbar am 15. vor Hüningen sei, so ertheilte ich General Stockmaier die Weisung mit der Brigade, den beiden Eskadronen Chevauxlegers und der österreichischen Dreipfünder-Batterie den 13. von Schlettstadt nach St. Croix zu rücken, hier das vor Breisach stehende hessische Bataillon an sich zu ziehen und sodann am 14. nach Mühlhausen und den 15. bis Burgfelden bei Hüningen zu marschiren.

Den 14. fand in Kästenholz die Dienstübergabe an den Herzog von Koburg statt. Am 16. ritt ich mit ihm und Generallieutenant von Lecoq nach Horburg zu einer Musterung der sächsischen Gardeküraſſiere und Grenadiere, von da nach Weidensohl zu dem hier aufmarschirten und zur Blokade von Breisach bestimmten Korps des Generals von Leiser. Die Truppen fand ich wirklich ausgezeichnet schön, die Officiere indeßen in sehr gedrückter Stimmung, da kurz zuvor die Trennung der sächsischen Armee und die Abgabe der einen Hälfte an Preußen vollzogen worden, in Folge des so viel Aufsehen erregenden Vorfalls gegen den Fürsten Blücher.

General Volkmann trat noch am nämlichen Tag mit den 3 badischen Landwehrbataillonen und dem Bataillon von Bianchi den Marsch zum 2. Armeekorps vor Straßburg, die 2 Eskadronen Chevauxlegers und die österreichische Sechspfünder Batterie dagegen nach Mühlhausen an. Ich begab mich den 17. nach Basel. Hier meldete ich mich sogleich beim Erzherzog, der mir hierauf den Befehl über die eine der beiden Divisionen des Belagerungskorps vor Hüningen übertrug.

Zweiter Abschnitt.

Belagerung und Eroberung von Hüningen.

Es wurde bereits erwähnt, daß Erzherzog Ferdinand nach dem Rheinübergang am 26. eine vorläufige Einschließung des Platzes von Hüningen angeordnet hatte. Folgenden Tags fand die Ablösung der hiezu verwendeten Truppen durch das zur eigentlichen Blokade bestimmte, aus 4 Bataillonen, 2 Eskadronen und einer Batterie bestehende Korps des Feldmarschallieutenants Baron Mariassy' statt, womit die Leitung derselben zugleich an den Erzherzog Johann überging. Die österreichische Postenkette dehnte sich auf eine Entfernung von 1000 bis 1200 Schritten vom Glacis der Festung auf beiden Ufern des Rheins bis an die Schweizergrenze aus. Ferner deckte ein im Gebiet der Stadt Basel postirtes eidgenössisches Korps unter Oberst d'Affry die Schweizergrenze und unterhielt längs derselben eine Vorpostenlinie auf beiden Rheinseiten.

Die Besatzung von Hüningen, deren Stärke sich auf etwa 3000 Mann belief und unter den Befehlen des Generals Barbanegre und des Platzkommandanten Obersten Chancel stand, war, was die Officiere, Linientruppen und zum Dienst beigezogenen Bürger betrifft, durchaus willig und zuverlässig, nicht so die Nationalgarden, welche jede Gelegenheit benützten, um davon zu laufen. Der Platz, in welchem sich über 100 Geschütze befanden, war mit Lebensmitteln und Schießbedarf zu einer längern Vertheidigung ausgerüstet, der Zustand der Werke sehr gut.

Die Eröffnung der Feindseligkeiten begann damit, daß der französische Kommandant unter einem nichtigen Vorwand am Abend des 28. Juni die Stadt Basel aus der nahe gelegenen Redoute Abatucci heftig bewerfen ließ, was der Erzherzog nicht hindern konnte, da es ihm an schwerem Geschütz gänzlich mangelte, welches man erst von Prag und Linz erwartete.

Eine erstmalige Aufforderung zur Uebergabe am 3. Juli blieb ebenso erfolglos, wie die zweite am 10., obschon der Erzherzog den Kommandanten von der an diesem Tage erhaltenen Nachricht der Uebergabe von Paris in Kenntniß setzte. Seitdem verging die Zeit ohne besondere Ereignisse bis zum 28. Juli, wo General Barbanegre um Mittag Basel aus der Redoute Abatucci zum zweiten Mal während zweier vollen Stunden beschoß. Um die Wiederholung dieser ebenso zwecklosen, als unerklärlichen Beunruhigung von Basel zu verhindern, nahm der Erzherzog, dem es noch immer an den dazu erforderlichen Gewaltmitteln fehlte, seine Zuflucht zu Unterhandlungen. Er bot dem Kommandanten einen Waffenstillstand, sowie die Absendung eines Officiers nach Paris an, um sich dort von dem Stand der Dinge zu überzeugen und bei dem Kriegsminister des Königs Verhaltungsbefehle einzuholen. Allein General Barbanegre, anstatt auf diese Vorschläge einzugehen, zog vor, seine wahre Absicht zur Sprache zu bringen, indem er die Einstellung der Beschießung von Basel an die Bedingung knüpfte, daß ihm die Stadt sofort eine Baarsumme von 300,000 Franken, 4,000 Ellen Tuch, ebensoviele Ellen Leinwand und 4,000 Paar Schuhe liefere.

Um die Redoute Abatucci zu bedrohen und dadurch die wirksame Beschießung der Stadt wenigstens zu erschweren, befahl der Erzherzog die Errichtung dreier Batterien auf dem rechten Rheinufer, die eine am linken Ufer der Wiese bei ihrer Einmündung in den Rhein zu 4 Mörsern und 3 Haubitzen, die andere im Dorfe Klein-Hüningen zu 2 Vierundzwanzigpfündern und 1 Achtzehnpfünder. Beide Batterien waren bestimmt ihr Feuer gegen die Redoute in dem Augenblick zu beginnen, wenn aus derselben abermals gegen Basel gefeuert würde. Die dritte Batterie vor Klein-Hüningen am Rhein zu 2 Zwölfpfündern sollte die Gemeinschaft der Redoute mit den vorgelegten Fleschen bestreichen. Die Batterien wurden von der österreichischen Artillerie erbaut und die von Zürich und Basel angekommenen 9 Stück Belagerungsgeschütze zu deren Armirung bestimmt.

Am 4. August war der Bau der Batterien vollendet und das Schweizer Geschütz eingeführt; auch waren Gräben für die Züricher Schützen ausgehoben worden, durch deren sicheres Feuer die Gemeinschaft der Redoute mit dem Platze bei Tag sehr erschwert wurde. Der Feind begann, sobald er den Batteriebau bemerkte, den Bau eines Blockhauses in der Redoute Abatucci.

Alle weitern Unternehmungen mußten bis zur Ankunft des österreichischen Belagerungsgeschützes verschoben bleiben. Um diesen Zeitpunkt zu beschleunigen, sendete der Erzherzog den General von Fasching mit dem Auftrag nach Ulm, alles etwa daselbst befindliche Geschütz sogleich vor Hüningen zu schaffen, den Marsch des ankommenden aber nach Möglichkeit zu beschleunigen, auch wendete er sich sowohl an den König von Würtemberg, als an den Großherzog von Baden mit der Bitte, das Belagerungsgeschütz sammt Munition und Belagerungsgeräth auf dem Zug durch ihre Staaten mittels Vorspann bei Tag und bei Nacht befördern zu lassen. Nachdem das österreichische Geschütz in 3 Transporten am 15., 17. und 21. August bei Weil angelangt war, verfügte der Erzherzog über 99 österreichische, 9 schweizerische, im Ganzen über 108 Stück Geschütze.

Durch das Eintreffen der mir zugetheilten Brigade des Generalmajors Fürsten Hohenlohe am 19. war zugleich das Belagerungskorps auf seine beantragte Stärke gebracht. Meine Division bestand aus obiger Brigade — 3 Bataillone Kaiser Infanterie — 3109 Mann — und der Brigade Stockmaier — 3 Bataillone Würtemberger, 1 Bataillon Hessen — 4201 Mann, zusammen 7 Bataillone = 7310 Mann; die andere Division unter Feldmarschallieutenant Mariassy aus der Brigade des Generalmajors von Callenbach mit 1 Bataillon Kollowrat, 1 Bataillon Kaiser Alexander, 1 Bataillon Bellegarde, 1 Bataillon J. Colloredo, 1 Bataillon Würtemberg, 1 Bataillon vom 1. Szekler Grenzregiment, 2 Eskadronen Kaiser Chevauxlegers, zusammen 7 Bataillone, 2 Eskadrone. Hiezu eine Abtheilung des Bombardirkorps, 2 Kompagnien österreichische Artillerie, 1½ Kompagnien Mineure, 2 Kompagnien Sappeure gerechnet, betrug die Gesammtstärke des Belagerungskorps ungefähr 12,000 Mann, das schweizerische Korps des Obersten d'Affry nicht mitbegriffen. Dieses zählte 7 Bataillone Infanterie und 3 Kompagnien Artillerie in der Stärke von etwa 6,000 Mann und wurde nur auf der rechten Rheinseite gegen die Festung gebraucht; seine Artillerie bediente das eidgenössische Geschütz. Generalmajor Graf Morzin — Generaladjutant des Erzherzogs — leitete das Detail des Belagerungsdienstes, Generalmajor von Fasching das Artilleriewesen.

Der Erzherzog hatte beschlossen die südliche Fronte, die Bastionen 14, 15 des feindlichen Platzes anzugreifen; sie schloß sich mit Bastion 15 unmittelbar an den Rhein an. Vor dieser Fronte befand sich ein hoher Erdrand, welcher am Rheinufer beginnend, längs derselben und auf 60 Klafter von den vorliegenden Lünetten hinzieht, dann aber von der Festung sich entfernt und nach Bourglibre (St. Louis) wendet. Die Redoute Abatucci lag auf der Höhe des Erdrandes, die hinter derselben befindlichen Lünetten dagegen, gleich wie alle übrigen Vorwerke, in der Niederung.

Die Werke der Angriffsfronte waren:

1. Die Redoute Abatucci. Die 12 Fuß tiefen Gräben derselben waren verpfählt, die Kehle mit Pallisaden geschlossen. Im Innern befand sich ein Blockhaus.

2. Zwei geräumige Lünetten. Sie lagen 150 Klafter rückwärts der Redoute. Es waren Erdwerke mit 10 Fuß tiefen Gräben, und ihre Kehlen ebenfalls mit Pallisaden geschlossen. Hinter diesen Lünetten

3. ein gemauertes Hornwerk. Die Flügel reichten bis an den Fuß des Festungsglacis. Es hatte nach Vaubans erstem Umrisse kleine Halbbastione mit Oreillons, ein kleines Ravelin mit Reduit und war an der Kehle durch eine mit Schießlöchern versehene Mauer geschlossen. An den Flügeln befanden sich Abschnitte. Die Gräben liefen nicht mit dem Hauptgraben zusammen.

Der bedeckte Weg der Festung war verpallisadirt, die eingehenden Waffenplätze ohne Abschnitte, die Kontrescarpe gemauert, der Hauptgraben sowie die Gräben aller Außen- und Vorwerke trocken, Minen nirgends vorhanden. Die Hauptumfassung — nach Vaubans erstem Umrisse — hatte 30 Fuß hohe Mauern, vor den Kourtinen befanden sich Raveline mit Reduits und Tenaillen. Vor dem Wasserbastion 15 dicht am Rhein war ein gemauertes Werk, an das sich eine gemauerte Enveloppe anschloß, bestimmt das Mauerwerk der Wasserfronte zu decken. Die Bastionen 14 und 13 waren mit Kavalieren versehen, welche den vorliegenden Erdrand überhöhten, deren Erdböschungen jedoch den innern Raum der Bastione sehr beengten. Im Bastion 15 befand sich ein Abschnitt an der Schulter.

Der hohe Erdrand vor der gewählten Angriffsfronte und die Möglichkeit diese vom rechten Rheinufer in Flanke und Rücken zu nehmen, waren Vortheile, welche bei jeder andern wegfielen, wo man überdieß mit mehreren Fronten zugleich hätte anbinden und den Belagerungsarbeiten eine viel zu große Ausdehnung geben müssen. Der hohe Erdrand verschaffte unsern Demontirbatterien zugleich eine günstige Lage und man konnte von ihm aus die Mauerverkleidungen der Hauptumfassung bis zur Hälfte ihrer Höhe entdecken, ein Umstand, welcher bei der beschränkten Zahl des Belagerungsgeschützes schon allein für diese Wahl hätte entscheiden müssen.

Ich gehe nun zur Darstellung der kurzen, aber mit vollständigem Erfolg gekrönten Belagerung über, mit theilweiser Benützung der Belagerungsakten, denen ich auch das bisher Gesagte entnommen habe.

Auf Befehl des Erzherzogs wurden in der Nacht vom 17. zum 18. August — also unmittelbar nach meinem Eintreffen in Basel die Laufgräben auf beiden Rheinseiten zugleich eröffnet, wozu die Brigade Stockmaier Mannschaft geben mußte. Die Arbeit auf dem rechten Rheinufer bestand aus einer längs dem Rheine vor- und abwärts Klein-Hüningen geführten Parallele von 700 Klaftern Länge, welche sich bis an das Ende der Schusterinsel erstreckte, dann aus einer rückwärts derselben nach dem Neuhaus geführten 900 Klafter langen Verbindung. Ungeachtet des steinigen Bodens, der großen Nähe der Festungswerke und eines lebhaften Feuers aus der Festung, war man mit unbedeutenden Verlusten bei der Division Mariassy mit Tagesanbruch eingegraben.

Auf dem linken Ufer wurde von den letzten Häusern außerhalb des Johannisthors von Basel vorwärts der Straße nach Bourglibre eine 360 Klafter lange Verbindung und am Ende derselben eine 150 Klafter lange Halbparallele, deren rechter Flügel sich an den Fluß stützte, gegen die Redoute Abatucci eröffnet; 1000 Arbeiter gruben sich hier bis gegen den Morgen ein. Die Halbparallele war 200 Klafter von der Redoute entfernt, um die Arbeit in dem steinigen Boden nicht zu frühe zu verrathen. Sie wurde auch nicht entdeckt und durch kein Feuer gestört. Der Erzherzog war mit den Leistungen der Würtemberger so wohl zufrieden, daß er Wein unter sie austheilen ließ. Am Tage wurden sämmtliche gemachten Arbeiten vervollständigt, die Artillerie steckte die Batterien aus und zwar in der Halbparallele auf dem linken Ufer eine Demontirbatterie auf dem Horizont des Erdreichs für 4 achtzehnpfündige Kanonen und eine Wurfbatterie für 4 dreißigpfündige Mörser, beide Batterien gegen die Redoute Abatucci. Auf dem rechten Ufer war die Parallele am Morgen noch nicht durchweg gangbar, wie ich mich selbst überzeugte, weßwegen hier die Aussteckung der Batterien unterblieb. Ich speiste bei dem Erzherzog zu Mittag, was nun fast täglich der Fall war und begab mich Abends wieder in die Laufgräben.

Nacht vom 18. zum 19. August: Die Erweiterung der Arbeiten wurde auf beiden Ufern fortgesetzt. Auf dem rechten wurde die Parallele auf eine Breite von 12, auf dem linken die Halbparallele auf eine solche von 15 Fuß gebracht und mit Auftritten versehen. Die Artillerie begann den Bau der beiden Batterien in der Halbparallele. Der Erzherzog belebte die Thätigkeit der Arbeiter durch seine persönliche Gegenwart. Am 19. wurden die Arbeiten fortgesetzt. Der Kommandant verlangte Waffenstillstand und wollte einen Officier nach Paris schicken. Beide Anträge, welche er abgelehnt hatte, als sie ihm von den Belagerern gemacht worden waren, wurden jetzt von unserer Seite abgeschlagen. Es wurde festgesetzt, daß Feldmarschallieutenant Mariassy, der nur eine Brigade stark war, während einem Tag, ich dagegen während zwei Tagen, die Oberleitung bei den Belagerungstruppen führen solle.

Nacht vom 19. zum 20. August: In der Parallele auf dem rechten Ufer begann der Bau von drei Demontir-, zwei Rikoschett- und drei Wurfbatterien. Wegen des steinigen Erdreichs und da man durch mehrere Grundmauern des alten Brückenkopfs vor der Schusterinsel brechen mußte, auch der Feind ein heftiges Feuer auf die Arbeiter unterhielt, konnte der Bau der Batterie und die Arbeiten an der Parallele nur langsam fortschreiten.

Nacht vom 20. zum 21. August: Auf dem rechten Ufer wurde noch eine Wurfbatterie angelegt, in der Halbparallele auf dem linken der Batteriebau vollendet, auch vom Dorf Bourglibre eine neue Gemeinschaft zu graben angefangen, welche in zwei Wendungen in einer Länge von 500 Klaftern bis an den hohen Erdrand reichte, längs dem späterhin die zweite Parallele eröffnet werden sollte. Am Tage wurden diese Arbeiten fortgesetzt. Abends war ich mit dem Erzherzog in den Laufgräben, wo dicht neben uns eine feindliche Granate niederfiel, krepirte und uns mit Erde bedeckte, ohne aber Jemanden zu beschädigen. Heute hatte der Erzherzog seine Wohnung in Basel verlassen müssen, weil mehrere Bomben ganz nahe gefallen waren. Er nahm nun sein Quartier mehr im Innern der Stadt.

Nacht vom 21. zum 22. August: Der Batteriebau auf dem rechten Ufer wurde bis auf eine Demontirbatterie beendigt und das Geschütz eingeführt. Die Schweizer begannen den Bau einer neuen Batterie zu 2 Haubitzen. Die übrigen Arbeiten wurden fortgesetzt.

Am 22. Vormittags 10 Uhr begannen die Batterien des rechten Ufers mit Einschluß der während der Blokade erbauten, in Allem 11 Batterien mit 40 Geschützen, ihr Feuer gegen die Festung. Ich begleitete den Erzherzog auf den Thurm am Johannisthor, von wo man die Wirkung des Feuers sehr deutlich wahrnehmen konnte. Es war eine wahre Freude das gute Schießen der österreichischen Artilleristen in der Nähe mit anzusehen. Um 11 Uhr fingen auch die Batterien in der Halbparallele gegen die Redoute Abatucci zu feuern an. In 2 Stunden waren deren Schießscharten zerstört, das Blockhaus mit der darin befindlichen Munition flog in die Luft, die Besatzung entfloh, aber nicht nach dem Platze, wohin ihr der Weg zu gefährlich schien, sondern sie ging größtentheils zu uns über. Nachdem auf diese Art die Redoute Abatucci, der fortwährende Schrecken Basels, für immer zum Schweigen gebracht war, wendeten die dahin gerichteten Batterien ihr Feuer nach dem Platze. Es wäre nichts leichter gewesen, als die verlassene Redoute Abatucci sogleich zu besetzen, allein die Behauptung des Werks bis zur Nacht wäre nur mit bedeutendem Menschenverlust möglich geworden. Der Erzherzog entschloß sich daher, die Besetzung erst mit Einbruch der Nacht anzuordnen, wo dann die Verbauung nebst der Verbindung mit den rückliegenden Belagerungsarbeiten sogleich mit hergestellt werden konnte. Für den Fall, daß der Feind die Redoute früher wieder besetzt haben würde, war ich vom Erzherzog beordert, dieselbe Abends 9 Uhr mit Sturm zu nehmen. Hiezu wurden 600 Mann bestimmt, welche sich in 3 Kolonnen zu 200 Mann zu formiren und wovon jede wieder ihre Mannschaft in Unterabtheilungen von je 100 Mann zu theilen hatte; die eine mit aufgepflanztem Bajonet und ungeladenem Gewehr war zum Sturm bestimmt, die andere sollte in angemessener Entfernung als Reserve folgen; die erste Kolonne von der Mühle längs dem Rideau am Denkmal Abatucci vorüber in die linke Flanke und in die tambourirte Kehle der Redoute vordringen, die zweite vom linken Flügel der Halbparallele auf die Fronte losgehen und die dritte aus der Verbindung von Bourglibre sie umgehend, in die rechte Flanke und Kehle fassen und jede Kolonne von einem Ingenieurofficier geführt werden. Das Signal zum Sturm sollte Abends 9 Uhr mit zwei Bombenwürfen aus der Halbparallele erfolgen. Außerdem wurde mir aufgetragen 7 Uhr Abends 1200 Arbeiter bereit zu halten.

Das Feuer wurde den ganzen Tag mit Erfolg fortgesetzt und von der Festung mit solchem Nachdruck beantwortet, daß auf dem rechten Ufer eine Batterie ganz verlassen, die meisten übrigen mehr oder minder beschädigt und mehrere Geschütze demontirt wurden. Wir hatten 11 Verwundete, wobei 1 Officier, 2 Feuerwerker und 6 Todte. Mehrere Bomben fielen ganz in der Nähe des Thurmes in der Vorstadt, worauf ich mich beim Erzherzog befand, ja sogar bis in das Innere der Stadt selbst. Auf dem linken Ufer hatten die Batterien fast gar nicht gelitten.

Nacht vom 22. zum 23. August. Während die durch das feindliche Feuer beschädigten Batterien ausgebessert wurden und daher unser Feuer nur schwach fortgesetzt werden konnte, fand die Besetzung der vom Feind verlassenen Redoute Abatucci ohne Widerstand statt. Es wurden 100 Mann hineingelegt, die Pallisaden im Graben umgehauen und dieser einzuebnen begonnen. Sofort schritt man mit 2000 bewaffneten Arbeitern zur Eröffnung der zweiten Parallele, jenseits der Redoute Abatucci. Sie stützte ihren rechten Flügel an den Rhein und war hier durch eine 300 Klafter lange Gemeinschaft mit der Halbparallele verbunden; ihr linker Flügel endete an der Straße von Bourglibre nach Hüningen, wo die schon hergestellte Gemeinschaft mit ihr zusammentraf. Sie war 100 Klafter von dem Vorwerk der Festung entfernt; die Arbeit geschah daher mit der fliegenden Sappe; die Länge der Parallele betrug 700 Klafter. Ungeachtet der Feind die Arbeit sogleich entdeckte, mit Kartätschen und aus kleinem Gewehr beschoß, so waren doch die Arbeiter bis Tagesanbruch mit unbedeutendem Verlust eingegraben. Aus der Festung kamen viele Deserteure an.

Am 23. mit Tagesanbruch begann das Feuer aus unsern Batterien mit erneuerter Kraft und wurde von dem Feinde, der auf die Rheinfronte allein bei 30 Geschütze gebracht hatte, nachdrücklich beantwortet. Der Kommandant wurde zur Uebergabe aufgefordert. Er schlug es aus, verlangte aber nochmals einen Officier nach Paris absenden zu dürfen, was nicht bewilligt wurde. Von meiner Division hatte ich 1200 Arbeiter und 30 Schützen für die kommende Nacht in die neue Parallele zu geben.

Nacht vom 23. zum 24. August. Die beschädigten Batterien wurden ausgebessert, aus den übrigen das Feuer gegen die Festung unterhalten. In dem Graben der Redoute Abatucci begann man mit dem Bau einer Mortierbatterie. Die zweite Parallele wurde erweitert und in derselben 12 neue Batterien ausgesteckt. Des Morgens sah man auf dem Kavalier des Bastion 13 die weiße Fahne abwechselnd wehen und wieder verschwinden. Ueberläufer sagten aus, daß die Besatzung und Bürgerschaft von Parteien zerrissen und höchst uneinig seien. Der seit dem 22. im Hauptquartier verweilende Herzog von Koburg reiste wieder ab, wogegen Erzherzog Ludwig und der Großherzog von Weimar eintrafen.

Erzherzog Johann ließ mich rufen und sagte mir, der Kronprinz von Oesterreich werde den folgenden Tag nach Basel kommen, ich sei bestimmt ihn in die Laufgräben zu führen. Ich bemerkte ihm, wie schmeichelhaft mir dieser Auftrag auch sei, wollte ich ihm doch anheimstellen, den Kronprinzen selber zu führen, da ich bei aller Vorsicht doch nicht für ein Unglück stehen könne und dann die Verantwortung dafür auf mir bliebe. Nun fiel mir der Erzherzog in das Wort und sagte, gerade weil er des Kronprinzen Oheim sei, eigne er sich am wenigsten zu dessen Begleiter, ich möchte also nur nach bestem Wissen und Gewissen handeln und er verlasse sich dabei ganz auf mich. Zum Glück hob, wie wir gleich sehen werden, der Gang der Ereignisse unsere Verlegenheit ganz einfach.

Ich erhielt Befehl für die Nacht 1300 Mann Arbeiter und eine Kompagnie Bedeckung zu stellen und den andern Morgen durch eine gleiche Anzahl ablösen zu lassen. General von Stockmaier meldete mir, daß am 23. Mittags während in den Laufgräben gearbeitet wurde, eine Bombe in dieselbe gefallen sei, der gerade anwesende Hauptmann Lieschnig von der würtembergischen Landwehr bemerkend, daß die Zündröhre noch stark brenne, habe einem Mann seiner Kompagnie einen zufällig in der Hand haltenden Kessel mit Wasser entrissen, sich der Bombe mit größter Unerschrockenheit genähert, den Zünder ausgelöscht und so die Explosion, welche unfehlbar eine bedeutende Anzahl braver Leute gekostet hätte, verhindert.

Da General Barbanegre unter dem Vorwand das Fest Ludwigs XVIII. zu feiern um Waffenstillstand bat, so wurde ihm solcher bis zum 26. August bewilligt. Man stellte daher gegen Abend das Feuer ein, ließ aber die

Arbeiten mit verdoppelter Kraft fortsetzen. Ich erhielt Befehl 800 Mann meiner Division zur Hülfsbedienung an die Belagerungsartillerie abzugeben.

Nacht vom 24. zum 25. August. Der Batteriebau auf dem linken Ufer begann. Die Gemeinschaft hinter den Batterien wurde eröffnet und die Parallele mit Faschinen bekleidet. Am 25. Morgens 10 Uhr versammelten sich alle Generale beim Erzherzog, mit welchem wir zum Kronprinzen von Oesterreich gingen, der eben angekommen war. Nun wurde bis zu den Laufgräben am linken Ufer geritten und dieselben zu Fuß begangen. Da Waffenstillstand war, begleitete der Erzherzog den Kronprinzen überall in Person und so erledigte sich mein Auftrag ganz von selbst, worüber ich herzlich froh war. Erzherzog Ludwig reiste nach Paris weiter, dafür kamen die beiden Prinzen von Sachsen. Mittags speisten alle Generale beim Erzherzog. Nach der Tafel besah der Kronprinz auch die Arbeiten auf der rechten Rheinseite und reiste dann ab.

Nacht vom 25. zum 26. August. Der Batteriebau näherte sich der Vollendung. Vier Batterien wurden ganz fertig und die Geschütze eingeführt. Ich hatte, wie Tags zuvor, 1000 Mann von meiner Division auf Arbeit zu geben.

General Barbanegre verlangte zu kapituliren. Am 26. um 10 Uhr frühe erschien der französische Major Mecusson vom Geniekorps und Kapitän Schneider von der Artillerie als Bevollmächtigte in Bourglibre. Vom Belagerungskorps waren die Generale Graf Morzin, Callenbach und Stockmaier dahin beordert. Bis zum Abend war die Kapitulation abgeschlossen und ausgewechselt.

Den 27. ließ mich der Erzherzog rufen und theilte mir die Kapitulation mit. Darnach sollte Hüningen mit allen Kriegs- und Mundvorräthen an den Kaiser von Oesterreich übergeben werden, die Besatzung auf dem Glacis die Waffen strecken, hierauf die Linientruppen, nachdem sie sich verpflichtet, nicht mehr gegen die Alliirten zu dienen, hinter die Loire geführt, die Nationalgarden aber mit Pässen in die Heimath entlassen werden.

Den 28. früh 8 Uhr hatte ich den Befehl erhalten, ein Bataillon Kaiser Infanterie, 2 würtembergische und das hessische Bataillon zwischen Hüningen und der Parallele, den linken Flügel an Hüningen, Front nach der Straße von Bourglibre, aufzustellen; 1 Bataillon von Kaiser, 1 Bataillon von Kollowrat, 1 Bataillon von Kaiser Alexander nebst 2 Eskadronen Kaiser Chevauxlegers marschirten gegenüber auf; von dem Schweizerkorps kamen auf jede Seite ein Bataillon. Gleich nach dem Erscheinen des Erzherzogs rückte die französische Besatzung aus dem Elsaßer Thor und streckte 1917 Mann stark die Waffen. Es war mir ein ganz eigenes Gefühl General Barbanegre, den ich vor drei Jahren in Rußland als Kommandant von Smolensk kennen gelernt, nunmehr mit verbundenem Kopf — er hatte schon früher ein Auge verloren — vorüber ziehen zu sehen, um die Waffen vor uns zu strecken. Auch Oberst Chancel war am Kopf verwundet. Nachdem dieser Akt beendet, marschirten wir durch die Festung wieder in das Lager, nur ein Bataillon Kollowrat blieb als Besatzung in Hüningen zurück. Sehr interessant war mir, den Zustand der Festung in Folge unserer Beschießung zu beobachten. Das Geschütz, insbesondere die großen Bomben aus den beiden Schweizer Mörsern Diana und Apollo hatten schreckliche Verwüstungen hervorgebracht. An Geschütz wurden 103 Stücke in der Festung vorgefunden. Unser Verlust während der Belagerung bestand in 4 verwundeten Officieren, 11 todten und 88 verwundeten Unterofficieren und Soldaten.

Der Erzherzog stellte mir für den Großherzog ein Dankschreiben zu für allen bei der Belagerung von Hüningen geleisteten Vorschub, welches ich ihm sogleich mit der Nachricht von der Uebergabe mit Kourier überschickte. Ich erhielt darauf unter dem 29. August ein sehr freundliches Antwortschreiben, worin er große Befriedigung darüber äußerte, aus dem Schreiben des Erzherzogs entnehmen zu können, welche allgemeine Achtung ich mir auch in diesem Feldzug erworben hätte.

Den 30. August rückte das ganze Belagerungskorps zur Abhaltung eines feierlichen Te Deums aus. Die Truppen bildeten hiezu ein großes Viereck. Nach dem Gottesdienst wurde ein dreimaliges Freudenfeuer abgegeben, dann vor dem Erzherzog defilirt. Hierauf speiste derselbe im Lager bei den Truppen, welche er reichlich bewirthen ließ. Dieser Feier war folgender Tagsbefehl des Erzherzogs vorausgegangen: „Soldaten! Euern kraftvollen Anstrengungen und Euerm Muthe ward die Ausführung anvertraut, in wenig Tagen die Festung Hüningen zu bezwingen. Diese Eroberung ist in militärischer und politischer Hinsicht wichtig und hundert Stücke Geschütz, bedeutende Vorräthe an Munition und Lebensmitteln sind die Früchte Eures Sieges gewesen. Indem Ich beschlossen habe Morgen in Euere Mitte Mich zu begeben, um dem Allmächtigen, der die Schicksale der Völker lenkt, Unser gemeinschaftliches heißes Dankgebet zu entrichten, soll auch dieser Tag ein Tag der Freude vereinter Waffenbrüder werden. Mit wahrem Vergnügen ergreife Ich diese Gelegenheit, denen Herren Divisionärs, Generalen, Stabs- und Oberofficieren, sowie der ganzen

Mannschaft Meine Zufriedenheit zu bezeugen und Meinen lebhaften Dank zu erstatten. Gewiß werde Ich nicht unterlassen, wo es Ihnen Ehre und Nutzen bringt, Sie bestens anrühmen zu wissen."

Hüningen wurde bekanntlich nach der Einnahme geschleift und Frankreich mußte sich überdieß im Pariser Friedenstraktat verpflichten auf 3 Stunden von Basel keine neuen Festungen mehr anzulegen.

Den 31. August erhielt ich Befehl den General Hohenlohe mit dem Infanterieregiment Kaiser nach Mömpelgard in Marsch zu setzen. Der Abschied von dem liebenswürdigen Fürsten that mir recht leid, sowie auch von dem ausgezeichneten Regiment. Ich ahnte nicht, daß ich dasselbe später unter so ganz andern Verhältnissen in Palermo wieder treffen würde. Den 8. September marschirte die Brigade Stockmaier aus dem Lager in Kantonnements bei Ensisheim, das hessische Bataillon trat den Heimmarsch unmittelbar in das Vaterland an. Ich schrieb sowohl an den Kronprinzen von Würtemberg, als an den Prinzen Emil von Hessen nach Paris, um ihnen das ausgezeichnete Benehmen dieser so braven unter meinem Kommando gestandenen Truppen anzurühmen.[1])

Als ich hörte, daß der Köng von Würtemberg dem Erzherzog seinen Orden ertheilt hatte, beantragte ich beim Großherzog ein gleiches Zeichen der Anerkennung von seiner Seite; zugleich empfahl ich ihm zu einer Auszeichnung den General Grafen Morzin, Obersten von Pley, Obersten Buonomo des Ingenieurkorps, sowie General von Stockmaier.

Nachdem mir der Erzherzog eröffnet, daß er Basel verlassen und nach Paris abreisen würde, der Feldzug vorüber war und ich Nichts mehr zu thun hatte, so nahm ich bei ihm Urlaub. General von Stockmaier wurde nunmehr an die Befehle des Feldmarschallieutenants Mariassy gewiesen und ihm dabei bekannt gegeben, daß der Erzherzog den 13. September nach Paris abreisen und Feldmarschallieutenant Baron Wimpffen in seiner Abwesenheit das Kommando über das Blokadekorps führen werde. In dem deßfallsigen Schreiben vom 11. September drückte mir der Erzherzog für die geleisteten Dienste seine Zufriedenheit aus[2].) Ich reiste nun über Mühlhausen nach Rheinweiler, wo ich die Verschanzungen sah,

---

1) Die Rückschreiben des Kronprinzen, sowie des Prinzen Emil unter Beilage 37 und 38.

2) Beilage 39.

welche vor der stehenden Brücke daselbst angelegt worden waren und traf in der Nacht des 23. September in Karlsruhe ein. Hiemit endete mein fünfter Feldzug.[1])

---

1) Auch nach der Waffenbrüderschaft dieses Feldzugs widmete Erzherzog Johann dem Markgrafen fortgesetzte Freundschaft und Achtung. Im Jahre 1858 kurz vor beider Tod sahen sich die greisen Fürsten noch einmal auf dem Landsitze des Markgrafen zu Rothenfels, unfern Rastatt. Als der Erzherzog auf dem Wege dahin diese Festung besichtigte, sprach er mit dem Herausgeber — damals Festungskommandant von Rastatt — von diesem Vorhaben, indem er zugleich fragte, wie es dem Markgrafen gehe und wie er lebe. Auf die Antwort, er lebe der Jagd und der Landwirthschaft, entgegnete der Erzherzog in seiner eigenthümlich humoristischen Weise: „Da macht er's wie ich und die meisten alten Kriegsleute. Und wissen Sie warum? Wir jagen, weil wir das Morden gewohnt sind und treiben Landwirthschaft, um den vielen Schaden zu repariren, den wir im Feld angerichtet haben."

Beilagen.

Feldzug 1809.

Beilage 1.

Kaiser Napoleon an Großherzog Karl Friedrich von Baden.

Valladolid 15. Januar 1809.

Mon Frère! Ayant battu et détruit les armées espagnoles et battu l'armée anglaise, et apprenant que l'Autriche continue ses armemens et fait des mouvemens, j'ai jugé à propos de me rendre à Paris. Je prie Votre Altesse royale de me faire connaître sans délai la situation de ses troupes. J'ai été satisfait de celles qu'elle m'a envoyées en Espagne. J'espère que Votre Altesse pourra compléter à 8000 hommes les troupes, qu'elle mettra en campagne; car il vaut mieux porter la guerre chez nos ennemis, que de la reçevoir.

Sur ce je prie Dieu qu'il vous ait en Sa sainte et digne garde. Votre bon frère Napolèon.

Beilage 2.

Marschall Massena an Oberst Graf Wilhelm von Hochberg.

Pforzheim 19. März 1809.

Il est ordonné à Monsieur le Comte de Hochberg Colonel au Service de Son Altesse royale le Grand Duc de Bade de partir le 26 de ce mois de Carlsruhe pour se rendre à mon Etat-Major, où il sera employé. Le Maréchal de l'Empire, Duc de Rivoli, Commandant en Chef le Corps d'observation de l'armée du Rhin, Masséna.

Beilage 3.

Großherzog Karl Friedrich von Baden an Graf Wilhelm von Hochberg.

Karlsruhe 22. Mai 1809.

Mon cher fils! Le soins paternels que Mr. le Maréchal Duc de Rivoli a eus continuellement pour Vous, m'ont inspiré les sentiments de la plus vive reconnaissance. La bonté qu'il a témoignée pour mes troupes et la gloire dont elles ont commencé à se couvrir sous ses auspices n'ont fait qu'accroître le désir que j'ai de pouvoir faire quelque chose qui lui soit agréable. J'agrée donc avec plaisir à la proposition que Vous me faites de conférer un de mes ordres à Mr. le Duc de Rivoli et je veux que ce soit le grand cordon de la fidélité, pour prouver en lui donnant le premier de mes ordres, combien j'attache de prix aux services qu'il me rend, en comblant de bontés un membre aussi cher de ma famille.

Soyez, mon cher fils, l'organe de ces sentiments près de Mr. le Maréchal et prevenez son Excellence, que j'ai chargé le Capitaine de Kageneck à le remettre à S. M. l'Empereur et Roi en la priant de l'envoyer à M. le Maréchal avec la permission de le porter.

J'éspère que Mr. le Maréchal ne verra dans cette démarche, qu'une preuve non équivoque de mon éstime et de la reconnaissance, que je lui dois, pour les bons procédés qu'il a tant pour mes troupes, que pour un fils, qui nouvellement par sa conduite a su mériter mon plus tendre attachement.

Je suis, mon cher fils, Votre très-affectionné père Charles Frédéric.

Beilage 4.

Marschall Massena an Großherzog Karl Friedrich von Baden.

Im Biwak auf der Lobau 31. Mai 1809.

Je dois et je joins avec plaisir ma voix à celles qui Vous auront déjà annonçées la conduite distinguée de Monsieur le Comte Votre fils; j'en ai été parfaitement satisfaite; il a déployé une bravoure et un sang froid digne du sang dont il est issu. J'ai demandé pour lui à Sa Majesté l'Empereur la décoration de son Ordre et j'éspère qu'il pourra sous peu annoncer lui-même à Votre Altesse Royale qu'il possède le témoignage parlant de son excellente conduite.

De Votre Altesse Royale le très-humble et respectueux serviteur, le Maréchal d'Empire, Duc de Rivoli, Masséna.

Beilage 5.

Marschall Massena an Großherzog Karl Friedrich von Baden.

Wien, 23. August 1809.

Monseigneur! Monsieur le Comte de Hochberg m'a remis la lettre que Votre Altesse Royale m'a fait l'honneur de m'écrire. La suspension des hostilités a amené l'instant où les services de la campagne trouvent leur récompense. Ceux de Monsieur Votre fils lui font autant d'honneur que Votre Altesse Royale éprouve de satisfaction à le savoir échappé aux périls de la guerre. Aussi ai-je cru devoir demander pour lui la décoration d'Officier de la Légion d'honneur, qui je l'éspère lui sera accordée. Votre Altesse Royale peut être persuadée, que je mettrai le plus grand empressement à faire valoir les titres de Monsieur le Comte d'Hochberg dans toutes les circonstances et que je m'éstimerai très-heureux si Elle daigne reconnaître dans ces empressements une légère marque des sentiments de vénération profonde avec lesquels j'ai l'honneur d'être, Monseigneur, de Votre Altesse Royale le très-humble et très-obéissant serviteur, le Maréchal, Duc de Rivoli, Masséna.

Beilage 6.

Kaiser Napoleon an Großherzog Karl Friedrich von Baden.

Schönbrunn 14. Oktober 1809.

Mon frère! Je m'empresse d'annoncer à Votre Altesse que la paix a été signée, aujourd'hui à neuf heures du matin entre le Comte de Champagny et le Prince de Lichtenstein. Le Comte de Champagny expédiera Copie des articles à Votre Ministre des rélations extérieures. Sur ce, mon frère, je prie Dieu, qu'il Vous ait en Sa sainte et digne garde. Votre bon frère Napoléon.

Beilage 7.

Marschall Massena an Oberst Graf Wilhelm von Hochberg.

Wien 25. Oktober 1809.

Je m'empresse, Monsieur le Comte, de vous envoyer le congé, que S. A. le Prince Major-Général vous a accordé sur ma demande. A la veille de m'éloigner de l'armée d'Allemagne, aussi bien que vous, je ne puis m'empêcher de vous donner un témoignage de mes regrets et de ma satisfaction pour les services, que vous avez rendus dans la campagne, qui vient de finir contre l'Autriche. Vous vous êtes trouvé auprès de moi, comme Aide-de-Camp dans toutes les circonstances difficiles, et particulièrement aux mémorables batailles d'Eckmühl, d'Essling et de Wagram, et aux combats d'Ebersberg, d'Hollabrunn et de Znaym, et vous avez montré partout le sang froid et la bravoure qui constituent le vrai militaire. Il me serait très-agréable, Monsieur le Comte, que si de nouveaux dangers sollicitaient de nouveaux éfforts, vous fussiez appelé à partager ceux que je serai toujours jaloux de faire pour la prospérité des armes de S. M. l'Empereur et Roi et des Souverains ses alliés.

Je vous prie, Monsieur le Comte, d'agréer l'expression de mon estime et de mon dévouement. Le Maréchal, Duc de Rivoli, Prince d'Essling, Masséna.

Feldzug 1812.

Beilage 8.

Uebersicht der Operationen an der Berezina während der Tage vom 25. bis 29. November.

Napoleon mit den Trümmern der großen Armee im Rückzug von Moskau an der Berezina angekommen, findet die stehende Brücke von Borisow von den Russen zerstört. Borisow gegenüber am rechten Ufer steht Tschitschagoff mit der Moldauarmee auf der feindlichen Rückzugslinie nach Wilna, bei Baran am linken Ufer Wittgenstein mit der Dünaarmee in der Flanke der Franzosen — beide Generale bereit, während des Flußübergangs Napoleon auf beiden Ufern zugleich anzufallen. Der Gefahr dieses Doppelangriffs und der Vernichtung zu entgehen, beschließt der Kaiser Tschitschagoff durch Demonstrationen vor Borisow festzuhalten und bei Studianka oberhalb Borisow überzugehen, um sich eine neue Rückzugslinie über Zembin nach Wilna zu öffnen. Die russische Hauptarmee unter Kutusow ist noch am Dniepr mehrere Märsche von der Berezina entfernt und daher ohne direkte Einwirkung auf die nachfolgenden Operationen:

25. November.

Franzosen: Abends der Kaiser mit den Garden in Alt-Borisow; Oudinot (2. Korps) in Studianka mit dem Auftrag das Schlagen der Brücken daselbst zu decken und dann den Uebergang der Armee zu eröffnen; Victor (9. Korps), Ney (3. und 5. Korps), Eugen (4. Korps), Davoust (1. Korps), von Losnitza bis Krupki längs der Hauptstraße echelonirt.

Russen: Wittgenstein bei Baran nördlich der Hauptstraße; Tschitschagoff vor Borisow.

26. November.

Franzosen: Oudinot passirt die Brücke bei Studianka und wirft ein von Tschitschagoff detachirtes Seitenkorps bis hinter Brilowa zurück; Ney folgt in der Nacht auf das rechte Ufer und stellt sich hinter Oudinot auf; der Kaiser mit den Garden in Studianka, Victor bei Alt-Borisow, Eugen und Davoust bei Niemanitza und Losznitza.

Russen: Wittgenstein Vorbewegung von Baran nach Kostritza; Tschitschagoff marschirt in Ungewißheit über den wahren feindlichen Uebergangspunkt stromabwärts gegen Beresino, Abtheilungen zur Beobachtung vor Borisow und Studianka gegenüber zurücklassend.

27. November.

Franzosen: Der Kaiser folgt Ney mit den Garden und nimmt sein Hauptquartier in Zaniwki an der auf dem rechten Ufer nach Borisow führenden Straße, Oudinot und Ney vor sich, Front gegen Tschitschagoff, Victor zur Vertheidigung der Brücken bei Studianka am linken Ufer, Front gegen Wittgenstein; die Division Partouneaux mit der Kavalleriebrigade Delaitre als Nachhut der Armee in Borisow; die badische Brigade durch unmittelbaren Befehl des Kaisers auf das rechte Ufer gerufen, in einer Aufstellung zunächst der Brücken; Eugen, Davoust und Latour-Maubourg folgen dem Kaiser in der Nacht.

Russen: Wittgenstein Vorbewegung von Kostritza auf Alt-Borisow; Tschitschagoff zieht sich wieder stromaufwärts gegen Brilowa, um sich gleichzeitig mit Wittgenstein auf die Franzosen zu werfen.

28. November.

Schlacht an der Berezina.

Der Kaiser wird von Tschitschagoff am rechten, Victor von Wittgenstein am linken Ufer angegriffen, nachdem letzterer die in Borisow aufgestellte Division Partouneaux von Studianka abgeschnitten und zur Kapitulation gezwungen. Der Kaiser sowohl als Victor, der die badische Brigade wieder an sich gezogen, behaupten sich gegen die große feindliche Uebermacht unter blutigen bis zum Abend verlängerten Kämpfen in ihren vor der Schlacht inne gehabten Stellungen.

29. November.

Die französische Armee tritt früh Morgens den allgemeinen Rückzug auf der

Straße nach Zembin an, ohne von den Russen verfolgt zu werden; Victor hat die Brücken in der Nacht passirt und hierauf zerstört; Abends befindet sich der Kaiser mit den Garden in Kamen, Eugen und Davoust in Pleszeniczi, Victor in Zembin, Ney verstärkt durch das 2. Korps als Nachhut.

Beilage 9.

Bericht des Generalmajors Grafen Wilhelm von Hochberg an Großherzog Karl von Baden.

Königsberg 20. Dezember 1812.

Aus meinem letzten unterthänigsten Bericht, datirt Babinowicz 22. Oktober, werden Euere Königliche Hoheit ersehen haben, daß wir im Begriff waren, uns der Düna zu nähern. Den 23. Oktober verließen wir auch wirklich unsere Kantonnirungen und marschirten in zwei Märschen nach Witepsk, das ganz von Truppen entblößt war. Der Feind war wenige Tage zuvor in die Vorstädte jenseits der Düna gekommen; wir erhielten daher Ordre, sehr auf unserer Hut zu sein. Es kam die Nachricht, das zweite Armeekorps habe sich nach einem sehr hitzigen Gefecht von Polotzk nach Kamen zurückgezogen. Um sich mit diesem in Verbindung zu setzen, wurde die bergische Brigade auf der Straße nach Senno und General Lingg mit seinem Bataillon und dem Leibregiment auf die Straße nach Beszenkowicz detachirt. Oberst von Franken stand mit seinem 1. Bataillon auf Vorposten in Ostrowno und hatte ein bergisches Bataillon mit 2 Piecen als äußerste Spitze in Buterowa. Zu gleicher Zeit wurde Kapitän von St. Ange vom Divisionsgeneral nach Beszenkowicz detachirt mit einigen sächsischen Dragonern, um von der Bewegung des 2. Korps Nachricht zu geben.

Ich erhielt Befehl, die Bagage zurückzuschicken. Es wurde dazu Kapitain Knapp kommandirt und derselbe nach Babinowicz instradirt. Es blieben nur die Ambulancen bei den Regimentern.

Unterdessen rückte der Marschall, Herzog von Belluno, mit der Division Girard, die in Smolensk gestanden, und der Division Partouneaur, die nebst unsern Husaren in Mstislaw in Kantonnirung gewesen war, heran.

Den 28. Oktober verließen wir Witepsk und marschirten nach Ostrowno. Aus den langsamen Bewegungen, die wir machten, war leicht zu ersehen, daß es dem Marschall nicht darum zu thun war, dem gedrängten 2. Korps zu Hülfe zu eilen. Ich hatte den Kapitän Zech in Witepsk zurückgelassen, um uns Schuhe und Mäntel nachzubringen, die ich versucht hatte durch eine Requisition zu erhalten. Den 29. Oktober setzten wir unsern Marsch weiter nach Beszenkowicz fort. General Lingg wurde an die Ula nach Buterowa detachirt, wo er die Division Legrand vom 2. Armeekorps fand. Den folgenden Tag erhielten wir eine Ordre, nach welcher das 2. und 9. Armeekorps von nun an unter dem Kommando des Herzogs von Belluno vereinigt sei, indem

Marschall St. Cyr einer Kontusion am Fuß wegen das Kommando über sein Armeekorps niedergelegt habe. Zu gleicher Zeit wurden die beiden vereinigten Armeekorps folgendermaaßen eingetheilt:

Das Kommando über den rechten Flügel, der aus der Division Legrand vom 2. Armeekorps und der Division Dändels vom 9. Armeekorps bestand, übernahm General Dändels, weil General Legrand blessirt war. Das Centrum kommandirte General Merle, er hatte seine Division vom 2. und die Division Partouneaux vom 9. Armeekorps. Endlich befehligte General Girard vom 9. den linken Flügel und hatte bei sich die Division Maison vom 2. Korps. Sämmtliche Kavallerie stand unter General Doumerc. In Folge dieser Eintheilung übernahm General Damas provisorisch den Befehl über die 26. Division.

Den 30. Abends hörten wir Kanoniren; bald darauf erhielten wir Marschordre nach Buterowa, wo die Vereinigung des rechten Flügels statthaben sollte. Kaum waren wir aber vor das Städtchen herausmarschirt, so traf Contreordre ein, unsere Direktion war Czasniki. Der Marschall hatte daselbst sein Hauptquartier genommen, und den Abend eine Rekognoscirung gemacht, wobei dann einige Kanonenschüsse gefallen waren. General Lingg erhielt Ordre, der Bewegung der Division Legrand mit seinem Bataillon zu folgen. Die Nacht war sehr kalt, die Wege eng und schlecht, wir mußten daher oft halten, um uns zu sammeln. Gegen Tag kamen wir endlich nach einem sehr fatiguanten Marsch vor Czasniki an und nahmen rechts von der Straße Position. Unterdessen engagirte sich vor uns eine sehr ernstliche Kanonade, Alles gab Anlaß zu den größten Erwartungen für den heutigen Tag. Um 11 Uhr holte uns ein Adjutant des Marschalls, um Theil an der Affaire zu nehmen. Officiere und Soldaten, obgleich vom Nachtmarsch höchst ermüdet und obwohl sie 24 Stunden nichts gegessen hatten, bewiesen außerordentlich viel Ruhe und Gelassenheit und gaben die besten Hoffnungen, die sie dann auch später bei jeder Gelegenheit noch übertrafen. Alles brannte vor Begierde sich auszuzeichnen und war von dem besten Eifer beseelt. Nachdem wir eine Stunde marschirt, befanden wir uns vor dem Schlößchen Sierlany, das schon brannte. Wir stellten uns in Bataillonskolonnen rechts von der Division Merle und hatten zur Deckung unseres rechten Flügels die Ula, vor uns viele Artillerie vom 2. Korps; die badische Artillerie stand hinter uns in Reserve. Um unsere Stellung besser zu decken, detachirte General Dändels den Oberst von Franken mit 5 Kompagnien vom 2. Bataillon Leibregiment, 1 bergischen Bataillon und 4 bergischen Kanonen jenseits der Ula, mit dem Befehl sich daselbst auf gleiche Höhe mit uns zu setzen. Nur durch einen großen Umweg gelangte Oberst von Franken auf seinen Posten und stellte sich in Kolonne vor ein Gehölz, jeden Augenblick bereit, sich in's Karre zu formiren. Der Feind zeigte viele Kavallerie, wagte aber doch keine Attake, da unsere Infanterie vortreffliche Kontenance behielt. Oberst von Franken rühmt sehr das Benehmen unserer Leute. Vorher hatte ich die 2. Voltigeurkompagnie vom Leibregiment unter Kommando des Lieutenants von Müller I. zur Deckung der Artillerie vorgeschickt. Nachdem sie sich verfeuert, ließ ich sie durch die 1. Voltigeurkompagnie meines Regiments ablösen. Lieutenant Hoffmann II., sowie Lieutenant von Müller benahmen sich recht gut.

Ich stand mit dem Rest der Brigade bis gegen Abend immer auf dem nämlichen Fleck und verlor einige Leute durch Granaten. So verging der Tag, ohne daß auf der einen oder der andern Seite nur das mindeste Entscheidende vorgefallen war. Man sagte, der Marschall erwarte seine Kavallerie unter General Fournier; mir scheint es aber wahrscheinlicher, daß der Grund unseres Ruhigverhaltens die Unentschlossenheit des Marschalls war, die sich später noch oft zeigte. Die Nacht war unterdessen hereingebrochen, ich erhielt Befehl zurückzumarschiren und eine halbe Stunde vom Schlachtfelde, links von der Straße von Witepsk an einem Wald Position zu nehmen.

Unser Verlust an diesem Tage bestand: Lieutenant Holz II. Kontusion am Kopf, 2 Todte und 18 Blessirte, von denen das Bataillon, das mit Oberst von Franken rechts detachirt war, die meisten hatte. Oberst von Franken blieb bis spät in der Nacht auf dem nämlichen Fleck stehen und rückte gegen Mitternacht wieder ein.

Gleich nach der Niederlassung im Lager nahm ich eine Vertheilung von dem herrlichen Kraftsuppenmehl vor, das heute sehr gut angewendet war. Unsere Leute waren die einzigen in der Armee, die etwas zu essen hatten, und fühlten nun so recht die väterliche Gnade ihres Fürsten. Während der Nacht kam auch General Lingg mit der Division Legrand wieder an und vereinigte sich mit der Brigade; er war in der Dunkelheit auf die russischen Vorposten gestoßen, mußte dann wieder umkehren und langte sehr ermüdet an; es blieben ihm über 80 Mann unterwegs liegen, darunter Lieutenant Rieß. Um 2 Uhr Morgens erhielten wir Befehl in der Stille abzumarschiren, uns links zu dirigiren, an die Division Merle anzuschließen und hierauf auf der Straße von Senno zu retiriren.

Diese Bewegung, die der Marschall in der Nacht ausgeführt haben wollte, wurde durch die Ungeschicklichkeit des französischen Artilleriekommandanten, der die Artillerie der Division auf einen unrechten Weg führte, bis gegen Tag verschoben, und wir machten nun unsere Bewegung ganz im Angesicht des Feindes, der sich jedoch auch zurückgezogen hatte. Was den Marschall wohl dazu vermocht, seine ganze Armee auf einem Punkt zu versammeln, dann eine Affaire zu engagiren, die gar nichts Entscheidendes bezweckte und sich endlich zurückzuziehen, war Jedermann ganz unbegreiflich. Soviel ist jedoch gewiß, daß dadurch die schönste Gelegenheit vorbeiging, um den Grafen Wittgenstein über die Düna zurückzuwerfen. Alle Truppen waren ärgerlich über den Rückzug und hätte man den 1. November angegriffen, statt zu retiriren, ich bin überzeugt, wir hätten einen glänzenden Tag erlebt. Die Russen griffen nun viele von unsern Traineurs auf, die während den Nachtmärschen zurückgeblieben und durch die Veränderung der Straße abandonnirt waren. Wir verloren dadurch über 120 Mann, darunter das leichte Infanteriebataillon den Lieutenant Rieß und gegen 80 Mann. Wir marschirten ungefähr 6 Stunden, dann bezogen wir ein Lager, von dem wir am 2. nach Senno marschirten. Zum Glück trafen wir hier unsere Bäcker mit Brod, die ich von den Regimentern in Beszenkowicz zurückgelassen hatte. Die Administration war in dieser Kampagne so schlecht, daß der Soldat sich Alles selbst zubereiten mußte. Die zwei Nächte, die wir hier im Biwack zubrachten, waren sehr hart, denn Alles war rings umher abgebrannt und nirgends fand man Unterkunft. Die Gesundheit des Stabsmedikus Meier hatte sehr gelitten, ich sah, daß er vor der Hand dem Korps keinen Nutzen schaffen konnte und gab ihm Erlaubniß nach Tilsit zurückzugehen. Unsere Bagage war von nun an in Babinowicz nicht mehr sicher, besonders da die Russen sich Witepsk bemächtigt und den Gouverneur sammt einem bergischen Bataillon dort gefangen hatten. Ich schickte deßhalb den Lieutenant Fischer mit dem Befehl an Kapitän Knapp, derselbe solle sich schleunigst nach Orsza begeben, dort auf der großen Straße fort Wilna gewinnen und dann weiter bis an den Niemen gehen.

General Legrand war unterdessen von seiner Blessur genesen und übernahm nun das Kommando über den rechten Flügel. Den 4. November marschirten wir nach Torbinka und von da den folgenden Tag bis Czereja. Die leichte Kavallerie war unterdessen auf der Straße von Czasniki stehen geblieben und befand sich auf gleicher Höhe mit uns rechts. Den 5. hatten sich einige Hundert Kosaken gezeigt. Oberst von Cancrin, der mit unsern Husaren auf Vorposten stand, ließ dieselben bei dem Schlosse Krasnoygura über die Brücke gehen und nachdem sie diesseits des Defiles waren, fiel er mit dem Regiment auf sie, hieb einige nieder, die übrigen suchten ihre Rettung in der Flucht. Wir hatten nur einen leicht Blessirten.

Der Marschall Herzog von Belluno nahm nun auch sein Hauptquartier in Czereja. Er schickte die Division Legrand mit sämmtlicher leichter Kavallerie und den 4 Piecen badischer reitender Artillerie vorwärts auf der Straße von Lukoml. Den 8. wurde diese Avantgarde durch überlegene Kavallerie zurückgedrängt. Hauptmann Sensburg, der etwas zurückstand, wurde im Trabe herbeigeholt. Seine Piecen thaten so gute Wirkung, daß die Russen schnell retirirten und viele Leute liegen ließen. General Legrand war sehr mit ihm zufrieden. Die bergische Brigade wurde nun zum Soutien der Division Legrand nach Stroczewicze halb Wegs Lukoml detachirt. Während dem kam Marschall Oudinot in Czereja an. Er war noch nicht ganz von seiner Blessur am Arm kurirt, die er bei Polotzk erhalten hatte, übernahm aber doch das Kommando über das 2. Armeekorps. So waren nun beide Korps wieder getheilt. Marschall Oudinot zog sich mit seinem Korps rechts. Die bergische Brigade mußte die Stelle der Division Legrand in Lukoml einnehmen, und wir die der bergischen Brigade in Stroczewicze, wohin wir den 9. November rückten. Hier kam Hauptmann Zech wieder zu uns, leider aber mit leeren Händen. Er war von dem französischen Gouverneur unnütz in Witepsk hingehalten worden, ohne etwas für das Korps zu erhalten.

Den Oberst von Franken mußte ich schwer krank in Czereja zurücklassen, für das Leibregiment ein sehr schmerzhafter Verlust in dem gegenwärtigen Augenblick, 135 Kranke mußten gleichfalls zurückbleiben. Den 11. machte das ganze Armeekorps eine Bewegung vorwärts nach Lukoml. Den folgenden Tag vollführten wir einen Flankenmarsch, immer vor der Fronte der Russen, nach Mieliszkowicz. Unsere leichte Kavallerie engagirte sich gegen Abend mit dem Feind bei dem Dorfe Truchanowicz. Die Russen hatten Artillerie in Position; bis die Kavallerie des Generals Fournier ankam, ging Zeit verloren. Gleich die erste Granate tödtete den Obersten von Cancrin, ein großer Verlust für das Regiment; er hatte sich die Liebe und Achtung seiner Obern und Untergebenen zu erwerben gewußt. Sonst verlor das Husarenregiment keine Todte; Lieutenant Graf von Leiningen wurde blessirt, ebenso 4 Husaren und 3 Pferde. Ich machte diesen Tag mit der Brigade die Arrieregarde. Wir erreichten, da die Artillerie vor uns nicht fortkam, erst nach Mitternacht das Lager, die Leute äußerst fatiguirt. Den 13. marschirten wir mit Tagesanbruch weiter nach Zeulaszy, das ganze Armeekorps auf einer Kolonne. Wir befanden uns nun wieder auf der Straße von Czasniki. Der Marschall Herzog von Belluno hatte, wahrscheinlich durch die Ankunft des Marschalls Oudinot angespornt, den Entschluß gefaßt, die Russen über die Düna zurückzuwerfen. Es engagirte sich gegen Abend ein ziemlich lebhaftes Avantgardengefecht, wobei die Division Partouneaux beträchtlich litt, das Husarenregiment verlor einige Pferde.

Den 14. rückten wir 2 Stunden weiter vorwärts und befanden uns nun wieder bei Czasniki auf dem alten Terrain, auf dem wir uns den 31. Oktober geschlagen. Die Russen waren noch so postirt wie damals und hatten viele Artillerie in Position. Die Division Girard engagirte sich gleich sehr lebhaft. Wir debouchirten rechts und folgten der Bewegung der Division Partouneaux, die den Feind in der linken Flanke umgehen sollte, indem sie sich dahin dirigirte, wo Oberst von Franken den 31. gestanden, General Partouneaux gewann dadurch das rechte Ufer der Ula.

Wir hatten heute wieder beinahe gleiches Schicksal wie das vorige Mal, nämlich den ganzen Tag im Kanonenfeuer zu stehen. Ich schickte auf Befehl des Generals Dändels die Voltigeurkompagnie des leichten Infanteriebataillons vor. Kapitän Hecht, der sie kommandirte, benahm sich recht gut. Diese Kompagnie wurde, nachdem sie sich verfeuert hatte, durch die Voltigeurkompagnie des 2. Regiments abgelöst. Auf unserer linken Flanke war das Gefecht hitziger; die Division Girard hielt sich nur mit Mühe in dem Dorf Czasniki. So ging der Tag vorbei, der nur dazu angewendet worden, der Armee eine Stellung für den folgenden Tag zu geben, an welchem der Marschall eine Bataille liefern wollte. Das 2. Armeekorps war gegen Abend auf unserer linken Flanke erschienen. Die Nacht brachten wir an der Ula vor dem Dorfe Wotzenka zu; Jedermann war in der größten Erwartung auf den folgenden Tag. Unser Verlust bestand dießmal: Kapitän Hebdäus vom 1. Regiment blessirt, Kapitän von Cloßmann vom 3. Regiment deßgleichen, Lieutenant Spinner vom 3. Regiment Streifschuß, 18 Todte und 40 Blessirte. Unsere Leute bezeigten außerordentlich viel Ruhe und manövrirten im heftigsten Feuer wie auf dem Exerzierplatz. Die Husaren verloren einige Pferde, die badische Artillerie that keinen Schuß, verlor aber 2 Pferde.

Wie erstaunt wir waren, als wir den 15. Ordre zur Retirade erhielten, ist nicht zu beschreiben. Erst später erfuhren wir, daß in der Nacht der erste Adjutant des Marschalls Oberst Chateau aus dem Hauptquartier des Kaisers zurückgekommen sei, mit der Nachricht vom Rückzug der großen Armee. Nun war unsere Bewegung zu begreifen. Wir kehrten auf dem nämlichen Weg, den wir gekommen, zurück, ohne daß uns der Feind beunruhigte. In Ulianowicz blieben wir 2 Tage stehen und trafen den 20. wieder in Czereja ein, von wo wir unsern Weg ruhig fortsetzten, um die große Straße von Orsza zu gewinnen. Den 21. zog der Marschall aus seinen 3 Divisionen eine Arrieregarde heraus, die aus 2 Kavallerieregimentern und 4 Bataillonen Infanterie bestand und von General Delaitre kommandirt wurde, ich mußte dazu das leichte Infanteriebataillon geben. Den 23. war General Delaitre bei dem Schloß Staroczycze stehen geblieben und hatte, wie es scheint, seine Vorposten nicht gut ausgestellt; er wurde in der Nacht überfallen und dabei eine Außenwacht von 24 Mann vom leichten Infanteriebataillon unter Lieutenant Vallender gefangen, der mir keine Schuld daran zu haben scheint. Den nämlichen Tag standen wir nebst unsern Husaren und den sächsischen Dragonern in Doknitza. Gegen Abend kam die Nachricht, die Kosaken hätten einen Konvoy von 200 Wagen mit Lebensmitteln und Arzneien eine Stunde von da überfallen. General Fournier ließ die Husaren sogleich aufsitzen und dahin sprengen. Ich detachirte 3 Kompagnien als Soutien; Oberst von Laroche traf die Kosaken — gegen 400 Mann — beim Plündern des Konvoys. Er stürzte sich, als er kaum 60 Pferde beisammen hatte, blitzschnell auf den Feind und ließ den Rest als Soutien folgen. Schnell war der Sieg entschieden; die Unsrigen machten 18 Gefangene, darunter 2 Offiziere, und hieben 6 bis 8 nieder. Das Husarenregiment hatte keinen einzigen Blessirten und so war der sehr wichtige Konvoy gerettet. Oberst von Laroche hat alle Ehre von dieser Affaire, sowie überhaupt das ganze Regiment, der Marschall ließ ihm schriftlich seine Zufriedenheit zu erkennen geben; ich empfehle ihn der Gnade Euerer Königlichen Hoheit. Der Oberst rühmt seinerseits sehr das Benehmen des Lieutenant von Seldeneck.

Den 24. wurde die Arrieregarde bei dem Dorfe Batury von der russischen Avantgarde lebhaft angegriffen. Das ganze Armeekorps hatte kurz vorher daselbst gehalten und wir waren die Letzten, die von da weg marschirten. General Delaitre ließ mich sogleich präveniren und um Unterstützung bitten. Ich ließ demzufolge General Lingg mit dem Leibregiment stehen, welcher das Kommando dieses Regiments während der Abwesenheit des Obersten von Franken übernommen. Der Feind drängte indessen immer stärker an und ich sah mich gezwungen, mit dem Rest der Brigade Halt zu machen und das Leibregiment und die 4 Bataillone der Arrieregarde, die schon sehr fatiguirt waren, zu unterstützen. Ich nahm Position an der Spitze eines Waldes; die Kavallerie zog sich des sehr koupirten Terrains wegen hinter uns zurück und General Delaitre überließ mir nun die fernere Sorge für den Rest des Tages. Die 4 Bataillone der Arrieregarde hatten sich verfeuert; General Lingg sah sich daher genöthigt eine Kompagnie nach der andern zum zerstreuten Gefecht aufzulösen, da die Russen viele Tirailleure zeigten. Es schien der Feind wolle unsere rechte Flanke umgehen; ich detachirte daher rückwärts in den Wald, an den wir uns anlehnten, das 2. Bataillon vom 2. Regiment nebst 1 bergischen Bataillon zur Sicherung unseres Rückens. Oberstlieutenant von Grolmann gab sich sehr viele Mühe unsere Tirailleure zu dirigiren und sie nach und nach zurückzuziehen. Wir behaupteten unsere Stellung bis zur einbrechenden Nacht. Das leichte Infanteriebataillon hatte sich diesen Tag sehr gut gehalten und besonders Kapitän Hufschmidt, der wegen Krankheit des Oberstlieutenant Peternell das Bataillon kommandirte und die Kapitäne Schwarz und Hecht sehr ausgezeichnet. Wir retirirten nun in der Nacht bis Beszaury, wo der Marschall, der daselbst sein Hauptquartier hatte, der Brigade seine ganze Zufriedenheit zu erkennen gab. Das leichte Infanteriebataillon rückte nun wieder bei der Brigade ein. Wir hatten ziemlich viele Verwundete, darunter den braven, hoffnungsvollen Kapitän von Imhof, der im Vorgehen mit seiner Kompagnie einen Schuß am Kopf bekam, woran er noch in der Nacht starb, — den Hauptmann Eichfeld, der im Zurückgehen wahrscheinlich einen falschen Weg einschlug und vermißt wurde, die Lieutenante Rau und Fröhlich, außerdem an Mannschaft 25 Todte und 60 Blessirte, die ich nur mit der äußersten Mühe fortbrachte, da alle Transportmittel fehlten.

Den 25. kamen wir nach Losnitza auf die große Straße von Wilna nach Moskau, — ein unvergeßlicher Tag für uns Alle, denn hier sahen wir die große Armee an uns vorüber ziehen, ein Anblick, der alle Vorstellung übertraf. Wir dachten sie uns wohl sehr übel zugerichtet; allein eine so gänzliche Auflösung, wie wir hier gewahrten, davon hatte Niemand eine Ahnung. Alles marschirte durcheinander, Generale zu Fuß, Artillerie, Kavallerie, Infanterie, ein Jeder ging, wie er konnte und wollte. Leider mußten auch wir später so weit kommen; das böse Beispiel blieb nicht ohne Rückwirkung und wir können unser Unglück von jenem Tag an rechnen.

Den 26. marschirten wir in diesem Schwarm von Menschen nach Borisow. Es hieß, der Kaiser wolle uns mustern, es kam aber nicht dazu. Unterwegs trafen wir zu meinem größten Leidwesen unsere Bagage unter Kapitän Knapp, der nicht über die Berezina gekonnt hatte, weil die Russen jenseits standen; auch stießen wir auf Lieutenant Hammes mit dem Lebensmitteltransport. Ich erhielt Erlaubniß auf der Straße einen Halt zu machen und ließ nun schnell von dem Zwieback, der gerade zur gelegenen Stunde kam, ausgeben. Die leer gemachten Wagen wurden verbrannt, um die andern desto besser bespannen zu können. Die Russen hatten die Brücke bei Borisow zerstört, der Kaiser fand sich daher zwischen zwei russische Armeen eingeengt. Die alte Brücke wieder herzustellen wäre sehr schwierig gewesen, da das jenseitige Ufer der Berezina viel höher ist und die Russen jenseits Verschanzungen angelegt hatten.

Der Kaiser zog also vor, sich 3 Stunden rechts aufwärts der Berezina zu ziehen, bis an das Dorf Studianka, um dort den Uebergang zu forciren. Er hatte dazu das 2. Armeekorps bestimmt, unter dessen Schutz am 26. zwei Brücken geschlagen wurden. Wir rückten diesen Tag noch in die Nähe der Brücken und nahmen für die Nacht bei Klein-Borisow Position. Ich benützte diesen ruhigen Moment, um die mit dem Konvoy gekommenen Schuhvorräthe schnell an die Brigade auszutheilen. Ich kann Eurer Königlichen Hoheit nicht genug sagen, wie sehr sich unsere Leute über diese große Wohlthat freuten und laut ihren Fürsten priesen, der trotz der ungeheuern Entfernung so väterlich für sie sorgte. Sie fühlten recht deutlich, welchen Vorzug sie in dieser Hinsicht vor allen andern Truppen genoßen, die meist ganz entblößt von Allem waren.

Den 27. rückten wir gegen Mittag bis an die Brücken, woselbst ein nicht zu beschreibendes Gedränge von Menschen, Pferden und Wagen stattfand. Der Kaiser war selbst beschäftigt die Truppen defiliren zu lassen. Ich erhielt Befehl, die Brücke zu passiren, allein dazu sah ich vorerst keine Möglichkeit. Nur nach langer Mühe gelang mir gegen Abend die Brigade über die Brücke zu führen; wir nahmen nun Position am Wasser und blieben die Nacht stehen. Gegen Tag erhielt ich vom Marschall Befehl wieder über die Brücke zurückzugehen. War das Herüberkommen schwierig, so war das Wiederpassiren noch schwieriger, da das Gedränge sich noch mehr gesteigert hatte. Mit dem Tag standen wir indeß doch wieder auf dem linken Ufer der Berezina. Wir nahmen auf einer Anhöhe dicht vor dem Dorfe Studianka Position und hatten die Division Girard auf unserer linken Flanke, uns zur rechten den Fluß, vor uns ein Thal, das wohl eine halbe Stunde breit war. Die Division Partouneaux mit dem bergischen Lanciers und den sächsischen Dragonern Prinz Johann unter General Delaitre hatten seit Losnitza die Arrieregarde. Diese Arrieregarde war noch nicht eingerückt; wir standen daher ganz ruhig bis Mittag und erwarteten keinen Feind, als plötzlich einige Kosacken bis an unser Lager heransprengten. Zugleich kam auch ein Officier der Division Partouneaux und meldete, daß diese Division nebst der Brigade Delaitre gefangen sei, — ein uns unerklärliches Ereigniß, bis wir erfuhren, daß General Partouneaux Tags zuvor mit seinem Chef des Generalstabs und zwei Brigadegeneralen — Billard und Blamont — nebst General Delaitre auf einer Rekognoscirung gefangen worden; nun blieb nur noch General Lecamus, ein alter Mann, der das Kommando übernahm. Statt auf der geraden Straße zu retiriren, ließ er sich irre machen und schlug eine Seitenstraße ein. Den 28. mit dem Tage sah er sich nun von allen Seiten umringt und ergab sich. Das 9. Armeekorps verlor dadurch seine stärkste Division; nun blieben dem Marschall kaum 5000 Mann, mit denen er die ganze Macht des Wittgenstein'schen Korps aufhalten sollte, das, nicht zu hoch angeschlagen, 20,000 Mann zählte.

Es verging keine Viertelstunde, so sahen wir schon auf den Höhen vor uns russische Infanterie und Artillerie. Der Marschall hatte 14 Piecen auf dem Plateau, worauf wir standen, auffahren lassen und die Kanonnade engagirte sich nun mit Heftigkeit. Die badische Artillerie war, da sie nicht mehr wegen dem Gedränge auf der Brücke durchkommen konnte, jenseits geblieben und kam deßwegen gar nicht in's Gefecht. Um nicht unnöthig Menschen zu verlieren, stellte ich die Brigade dicht an das Dorf in die Tiefe und ließ nur einige Tirailleurs auf der Krete der Anhöhe. Der Divisionsgeneral befahl mir nun, ein Bataillon rechts an die Berezina zu detachiren, weil die Russen Miene machten, uns von daher in die Seite zu kommen. Ich bestimmte dazu General Lingg mit seinem Bataillon nebst noch einem französischen Bataillon der Division Partouneaur, das durch einen Zufall allein entkommen, mir zugetheilt worden war. General Lingg füllte nun den Raum zwischen der Berezina und der Straße, an die unser rechter Flügel gelehnt stand. Vor sich hatte er ein Gehölz, das die Russen besetzt hielten. Das Kleingewehrfeuer wurde daselbst sehr lebhaft und ich sah mich bald gezwungen noch das 2. Bataillon meines Regiments unter Major Corneli ebenfalls dahin zu entsenden. General Lingg erhielt einen Schuß in den Arm und mußte das Schlachtfeld verlassen. Seine 3 Bataillone rechts wurden stark vom Feinde gedrängt und mußten, da ihnen überdieß die Munition ausging, vor der Uebermacht weichen. Ich begab mich nun schnell dahin und befahl Oberstlieutenant von Etzdorff mir mit seinem Bataillon zu folgen. Als unsere Leute sahen, daß sie unterstützt wurden, sammelten sie sich schnell wieder; ich ließ Sturm schlagen und ohne einen Schuß zu thun, trieben wir die Russen bis tief in den Wald zurück. Eurer Königlichen Hoheit kann ich nicht genug die Kaltblütigkeit unserer Leute rühmen. Der Regimentstambour des leichten Infanteriebataillons, obgleich blessirt, that bei dem Sturm die besten Dienste nnd verdient alles Lob. Das leichte Infanteriebataillon und das 2. Bataillon vom 3. Regiment wurden nun vom 2. Bataillon des 2. Regiments abgelöst und rückten wieder bei der Brigade ein. Während dieß auf dem rechten Flügel vorging, waren die Polen der Division Girard und die bergische Brigade vom Feind lebhaft angegriffen und geworfen worden und verloren viele Leute. Die Russen dadurch dreist gemacht, ließen nun ein Bataillon durch das Thal, das sie von uns trennte, vorgehen. Ich stand gerade mit dem Divisionsgeneral auf der Krete des Plateaus und glaubte, es wären polnische Tirailleurs, die zurückkämen, als wir beinahe zu spät unsern Irrthum gewahrten. Der Marschall ließ schnell unsere Husaren chargiren und in einem Augenblick war das ganze feindliche Bataillon vom 34. Regiment gefangen. Oberst von Laroche stieß hinter der Infanterie auf feindliche Dragoner, von denen er sogleich chargirt wurde. Das brave Regiment warf auch diese; allein Oberst von Laroche fiel mit seinem Pferde im Tumult und wurde, nachdem er einen starken Hieb ins Gesicht bekommen, gefangen. Kaum hatte Wachtmeister Springer dieses gesehen, so stürzte er sich mit noch drei Husaren in den dichtesten Haufen und hieb glücklich seinen Obersten wieder heraus; damit nicht zufrieden, springt er von seinem Pferd und gibt es dem Obersten, der lebhaft verfolgt wurde. Es ist schwer Jemanden zu nennen, der sich besonders ausgezeichnet, denn das ganze Husarenregiment bedeckte sich mit Ruhm; doch verdienen Rittmeister Bischoff und von Rüdt und Lieutenant Sartori besonders genannt zu werden. Auch war der Marschall überaus zufrieden und ertheilte dem Obersten und allen Officieren die größten Lobsprüche. Unterdessen litten wir viel vom Geschützfeuer und es fiel mancher brave Mann; doch behielten unsere Leute immer gute Kontenance. Ich mußte nun das Bataillon vom 2. Regiment durch das erste Bataillon vom Leibregiment ablösen lassen, weil sich ersteres ganz verschossen hatte und sein Oberstlieutenant blessirt worden war. Letzteres behauptete sich alsdann in seiner Stellung bis zur Stunde unserer Retraite, wo es wieder einrückte. Lieutenant von Göler dieses Bataillons bewies diesen Tag sehr vielen Eifer.

Der Marschall war über seine Lage in größter Verlegenheit, denn ein einziges kühnes Unternehmen des Feindes hätte hingereicht, uns ins Wasser zu werfen. Er kam zur Brigade und befahl mir, den Leuten zu sagen, wie sehr er mit ihrer Ruhe zufrieden sei; er betrachte uns als die einzigen Truppen, auf die er sich verlassen könne. — Endlich rückte der Abend heran; wir blieben auf dem nämlichen Platz stehen. Die Verluste des Armeekorps waren schwer: der Marschall hatte eine Kontusion am Fuß; die Generale Girard, Geither, Damas, Fournier und Lingg waren blessirt. Die bergische Brigade hatte ganz aufgehört zu sein. Wir bedauerten vom Husarenregiment: den Obersten von Laroche, Rittmeister Bischoff und Lieutenant von Ammerongen blessirt; vom Leibregiment: Lieutenant Holz I. und Oehl todt, Lieutenant Obermüller blessirt; vom 2. Regiment: Oberstlieutenant von Etzdorff schwer am Arm blessirt; Lieutenant Betz und Dörr; vom 3. Regiment: Kapitän von Woldeck und Lieutenant Rutschmann todt, Kapitän Mahler verlor den Fuß, Lieutenant von Dürrheim, de Rosée und Spinner blessirt; vom leichten Infanteriebataillon: Kapitän Hecht und Lieutenant Sachs blessirt; Oberstlieutenant von Grolmann eine Kontusion am Fuß, Kapitän von Kalenberg am Arm; Lieutenant von Strauß war sein Pferd todtgeschossen worden. An Mannschaft hatten wir ungefähr 45 Mann Todte und 200 Blessirte. Um 12 Uhr Nachts erhielt ich Ordre in der Stille abzumarschiren und der Artillerie des Korps über die Brücke zu folgen; an uns schloß sich die Division Girard an. Das Gedränge der Wagen, Artillerie, Menschen und Pferde war immer noch ungeheuer; die Artillerie, hinter der ich marschirte, kam nicht vom Fleck, woran denn auch viel die Ungeschicklichkeit der französischen Trainsoldaten Schuld war, die gar nicht fahren können. So ging die Nacht mit Warten vorüber und ich fürchtete den Tag anbrechen zu sehen, ohne die Brücke passirt zu haben. Ich ließ deßhalb an den Marschall Meldung machen, der mir hierauf Befehl gab, mit der Infanterie durchzudringen, es koste, was es wolle. Wir hatten ungefähr noch eine starke Viertelstunde bis an die Brücke, — noch nie ist mir ein Weg so lang geworden —; überall mußten wir uns mit dem Bajonet Platz machen und uns durch Tausende von Menschen und Pferden durchdrängen, mehrere Hundert Pferde waren wir genöthigt niederzustechen, um nur durchzukommen. Da lagen Officiere, Soldaten, Pferde ꝛc., die den Tag durch an der Brücke theils blessirt, theils zusammen getreten worden und über die wir ohne Erbarmen wegschritten. Nur nach der größten Anstrengung gelang es mir, mit der Brigade an der Brücke anzukommen. Der Tag war angebrochen, die beiden Brücken wurden nun schnell zerstört und Alles, was sich noch auf dem linken Ufer der Berezina befand, blieb in der Gewalt des Feindes. Es ist, wie ich glaube, nicht zu viel gesagt, wenn man die Menschenmasse, die dadurch in Gefangenschaft gerieth, auf 10,000 anschlägt. Die meiste Bagage der Armee ging verloren, darunter auch die unsrige; es gelang mir nur einige wenige Wagen des Lieutenant Hammes zu retten. So ging der schöne Konvoi verloren, nebst all den guten Pferden, denn ich muß Lieutenant Hammes das Zeugniß geben, daß seine Pferde in bestmöglichstem Zustande waren. Der große Tresor, gegen 40 Kanonen und eine unzählige Menge von Munitionswagen, nebst beinahe allen Wagen der Generale blieben stehen, und wurden während unserer Retirade von den Traineurs geplündert. Unsere meisten Blessirten blieben liegen, weil man sie nicht fortzubringen vermochte.

Während wir uns den 28. auf dem linken Ufer der Berezina schlugen, hatte Marschall Oudinot eine sehr lebhafte Affaire auf dem rechten Ufer, wobei er und viele seiner Generale blessirt wurden. Uebrigens war auch diese sehr glücklich, denn die Kürassiere machten eine glänzende Charge, worin sie dem Korps des Generals Tschitschagoff gegen 2000 Gefangene abnahmen. Der Kaiser setzte nun seinen Marsch ruhig fort, nahm aber den nähern Weg über Zembin nach Wilna, die große Straße von Minsk links lassend. Er hatte sich auch dießmal wieder sehr glücklich aus der fatalen Lage herausgerissen, denn wären die Russen unternehmender gewesen, so konnte er und seine Armee dießmal nicht entrinnen. Die Kosacken umschwärmten uns indessen von allen Seiten und machten täglich eine Menge Gefangene.

Die Kommunikation mit Wilna war noch immer unterbrochen; von 28 Kouriers, wie wir dann später erfuhren, gelangte kein einziger an den Kaiser; Niemand wußte, was vor uns vorging, überall ertönte nur der gefürchtete Name „Kosack“, der dann gleich Unordnung verbreitete. Die Demoralisirung der Armee war auf den höchsten Grad gestiegen. So sehr ich schon damals gewünscht Euerer Königlichen Hoheit Nachricht von uns zu geben, so war dieß mir doch unter den geschilderten Verhältnissen unmöglich. Marschall Ney hatte wegen der Blessur des Marschall Oudinot das Kommando über das jetzt sehr geschwächte 2. Armeekorps übernommen und dasselbe mit dem 3. und 5. vereinigt; alle drei Korps mochten im Ganzen noch etwa 1500 Bajonete betragen haben, damit machte er zwei Tage die Arrieregarde. Den 2. Dezember übernahm sie unser Armeekorps. Um Mittag wechselten wir einige Kanonenschüsse mit dem Feind, zogen uns aber während dessen stets von Position zu Position zurück, bis an ein Defile, das ganz voll Artillerie und Wagen steckte. Der Marschall befahl mir, mich mit der Brigade zwischen durch zu drängen und jenseits des Waldes zu halten; die polnische Division ließ er am Eingang des Defiles zurück. Die Russen, die wohl sahen, daß in dem engen Waldwege ein starkes Gedränge stattfand, warfen einige Granaten, wodurch dann die Unordnung auf den höchsten Grad stieg; Alles kam durcheinander und hätten uns die Russen mehr gedrängt, so war schon damals alle Artillerie verloren. Meiner erhaltenen Ordre zufolge sammelte ich jenseits des Waldes die Brigade, die natürlich auch auseinander gekommen war. Doch zeigte sich auch hier wieder von welch gutem Geist unsere Soldaten beseelt waren, denn es dauerte nicht lange, so hatte ich sie wieder vollständig beisammen. Der Rest des 2. Korps aber, der ebenfalls in das Gedränge der Traineurs und Marodeurs gerieth, ging ganz verloren. Nachdem die Artillerie noch glücklich durchgekommen, zog sich die Division Girard auch durch den Wald zurück; der Feind folgte derselben. Ich hatte mich in einem Dorf aufgestellt und erhielt nun Befehl links der Straße Position zu nehmen an einer Stelle, wo sie eine große Biegung links macht; unsere rechte Flanke war an dem Wald, die linke an den Weg angelehnt; jenseits stand die Division Girard; vor uns hatte der Marschall eine Zwölfpfünder Batterie auffahren lassen, die den Moment erwartete, wo der Feind aus dem Wald debouchiren würde. Ich hatte zur Unterstützung der Polen die 2. Voltigeurkompagnie des Leibregiments und den Kapitän von Rüdt mit der 1. zur Deckung unserer rechten Flanke vorgeschickt. Nun debouchirte der Feind aus dem Walde; nachdem er aber mit einigen Kartätschenschüssen begrüßt worden, zog er sich wieder zurück. Die Nacht war indessen gekommen und wir retirirten noch eine Stunde Wegs. Unser Verlust betrug heute: Kapitän von Haynau Prellschuß auf die Brust und 6 Leichtblessirte. Unsere Leute waren ungeheuer ermüdet, da wir von Nachts 12 Uhr bis den andern Abend 10 Uhr marschirten und alle Augenblick Position nehmen mußten.

Den 3. Dezember brachen wir wieder sehr frühe auf und marschirten bis wir an eine Brücke kamen, vor welcher wie den Tag zuvor an dem Wald, eine Menge Artillerie und Bagagewägen stacken, die alle nicht vorwärts noch rückwärts konnten. Der Marschall ließ uns daher Position nehmen, seine ganze Artillerie auf einer Anhöhe vor uns auffahren und so erwarteten wir den Feind. Glücklicherweise erweiterte sich das Defile bevor der Feind kam und wir hatten Zeit, die Brücke zu gewinnen, die sogleich abgeworfen wurde. Die badische reitende Artillerie, die der Marschall an derselben zurückließ, wechselte dann einige Schüsse mit der feindlichen. Wir retirirten weiter. Gegen Abend holte uns jedoch der Feind wieder ein, der die schlecht zerstörte Brücke hergestellt hatte, nachdem unsere Artillerie zurückgezogen worden war. Wir nahmen in einem Wald Position, die Polen links von der Straße, wir rechts. Es geschahen von beiden Seiten noch einige Kanonenschüsse, dann kam die Nacht und wir setzten unsern Weg noch eine Stunde weiter fort.

Den 4. marschirten wir von 3 Uhr Morgens bis Mittag bis Malodeczno, wo wir wieder die große Straße von Minsk gewannen. Wo diese beiden Straßen sich vereinigen, steht ein Schloß, in dessen Garten wir Position nahmen, gedeckt durch die in altfranzösischem Geschmack angelegten Baumalleen, so daß uns der Feind nicht sehen konnte. Vor uns, rechts von der Straße, lag eine bedeutende Anhöhe, welche die Division Girard besetzte. Wir sicherten unsere Verbindung mit dieser durch Anlegung eines Faschinendammes über den den Garten umgebenden Sumpf, der nur einzeln durchwatet werden konnte. Die Straße, auf der wir gekommen, führte über mehrere Brücken, die der Marschall abbrennen ließ. Auf die Straße selbst stellte er seine Artillerie und ließ uns im Garten nur eine einzige Piece der badischen reitenden Artillerie. Bald zeigten sich russische Jäger und drängten die polnischen Voltigeurs. Ich detachirte zu ihrer Unterstützung Lieutenant Schaub mit der 2. Voltigeurkompagnie meines Regiments und Lieutenant Müller I. mit der 2. Voltigeurkompagnie des Leibregiments. Beide hielten sich den ganzen Tag sehr brav und verdienen alles Lob. Unterdessen hatten die Russen einige zugefrorene Stellen des Grabens auf unserer rechten Flanke gefunden und bedrohten uns von daher. Ich schickte ihnen Kapitän von Rüdt mit der 1. Voltigeurkompagnie des Leibregiments entgegen. Durch die hohen Zäune gedeckt und dadurch den Augen der Russen entzogen, haben sie uns, wie es scheint, für viel stärker gehalten, als wir wirklich waren; vielleicht wurden sie auch durch unsere vielen Tirailleurs getäuscht, sonst wäre es ihnen bei der großen Uebermüdung unserer Leute ein Leichtes gewesen, uns über den Haufen zu werfen.

Kapitän Hufschmidt mußte ich mit dem sehr schwachen leichten Infanteriebataillon den Polen auf der Anhöhe vor uns zum Soutien schicken, um diesen wichtigen Posten zu behaupten, weil nach dem Verlust jener Position wir dann ebenfalls gezwungen waren, die unsrige zu verlassen.

Man schlug sich bis zur einbrechenden Nacht auf derselben Stelle, da machten die Russen ein Hurrah auf uns, indem ihre Schützen Mittel gefunden, bis in den Garten selbst zu dringen. Ich rückte ihnen mit den wenigen Leuten, die mir noch als Reserve verblieben, da ich zur Unterstützung unserer Voltigeurs bereits mehrere Kompagnien detachirt hatte, schnell entgegen und in einem Augenblick waren wir wieder Herr unserer vorigen Stellung. So endigte diese Affaire. Ich ging hierauf zum Marschall und erklärte ihm, wir hätten heute unsern letzten Effort gemacht, ich könne für unsere Leute nicht mehr stehen, weil sie zu sehr fatiguirt seien und in den letzten 3 Mal 24 Stunden nichts mehr zu essen bekommen hätten; zudem seien wir zu schwach, um die Arrieregarde mit Ehren fortgeben zu können, indem mir nur mehr 200 und der polnischen Division noch 150 Mann verblieben. Der Marschall, welcher meine Gründe vollkommen einsah, schickte deßhalb sogleich einen seiner Adjutanten an den Prinzen von Neufchatel und trug mir zugleich auf, ich möchte den Truppen bekannt machen, der Kaiser hätte ihm befohlen, uns seine Zufriedenheit zu erkennen zu geben.

Die Russen müssen diesen Tag viel verloren haben; wir hatten Lieutenant von Biedenfeld blessirt und ungefähr 8 Todte und 20 Blessirte, worunter auch Feldwebel

Heuchele vom Leibregiment — ein tüchtiger Soldat. Ich muß hier noch den besondern Eifer des Kapitän Kühn rühmen, der auch bei dieser Gelegenheit sein Bataillon sehr gut in Ordnung hielt und alles Lob verdient. Ich formirte nun aus jedem Regiment ein Bataillon und aus der leichten Infanterie und dem 2. Bataillon des 2. Regiments deßgleichen eines.

Nach Mitternacht verließen wir unsere Stellung und befanden uns nun auf der großen Straße von Wilna. Die Kälte wurde immer empfindlicher, Menschen und Pferde fielen erfroren um, eine Menge Artillerie blieb stehen. Wir faßten seit 14 Tagen zum ersten Mal wieder Branntwein und Zwieback. Der Marschall suchte nun jedes fernere Engagement mit dem Feinde zu vermeiden. So marschirten wir Tag für Tag bis zum 7. Dezember, wo die Kälte bis auf 25° stieg. Es war die fürchterlichste Nacht im Biwak, die man sich nur denken konnte. Als ich Morgens aufstellen ließ, blieben mir kaum 50 Mann, die anderen lagen alle erfroren um die Feuer — ein schrecklicher Anblick. Unterwegs blieben nun noch alle Augenblicke Officiere und Soldaten liegen und starben den schrecklichsten Tod; unter den erstern Kapitän von Stetten vom Leibregiment, Lieutenant Hoffmann III., Lassollaye von meinem Regiment, Junker von Hammerer vom 2. Regiment. Gleiches Schicksal hatten noch an jenem Tag: Chirurg Klotz vom Generalstab und Waldmann vom 3. Regiment. Nur mit der größten Anstrengung schleppten wir Uebriggebliebenen uns fort, um zum Wenigsten nicht gefangen zu werden. Der Marschall gab in Oszmiana den Befehl, Wilna zu gewinnen und täglich so weit zu kommen, wie möglich; wir machten daher jeden Tag 15 bis 16 Stunden. Ich selbst bin dem Erfrieren sehr nahe gewesen, und wurde nur durch einen Zufall gerettet. So gelangten wir den 8. Abends in Wilna an und hofften da Erholung zu finden, wurden aber in unserer Hoffnung auf das härteste getäuscht. Die zwei Tage des 7. und 8. nämlich war die Armee ganz ohne Arrieregarde marschirt, weil das 9. Korps nicht mehr existirte. Die Polen hatten alle ihre Leute verloren, die bergische Brigade schon den 28. v. M. aufgehört zu sein und wir seit dem 7. Frühe. Die Kavalleriedivision Doumerc theilte mit uns gleiches Schicksal und verlor in der einzigen schrecklichen Nacht ebenfalls fast alle ihre Leute. Auch ging in diesen beiden Tagen sämmtliche Artillerie, einschließlich unserer schönen badischen Artillerie, nebst dem Rest unserer Bagage verloren. Der Weg war äußerst glatt, die Pferde abgemattet und nicht beschlagen, an jeder Anhöhe lagen Pferde und Wagen durcheinander und so mußte nothwendig Alles zu Grunde gehen. Der Kaiser verließ nun die Armee in der Stille und der König von Neapel übernahm das Kommando über dieselbe. In Wilna machte man Miene sich zu halten; jedem Armeekorps wurde ein Kloster angewiesen, um sich zu sammeln. Wir trafen hier die Lieutenante von Gilten und Brieff mit Mänteln und Montirungen, die ich schnell ausgeben ließ. In dem Hause, das ich bewohnte, sammelten sich nun alle unsere Officiere, von denen beinahe ein jeder Hände, Nase und Füße erfroren hatte. Das ganze Haus glich einem Spital und es war ein schreckliches Gefühl für mich, die besten Officiere so hülflos da liegen zu sehen. Kapitän Knapp starb im Moment, als man ihn in das Haus bringen wollte.

Den 10. in der Nacht erhielten wir Marschordre. Die meisten Officiere mußten wir nun liegen lassen, weil Niemand andere Transportmittel besaß, als seine eigenen Füße. Unter den Zurückgebliebenen befinden sich: vom Husarenregiment: Oberst von Laroche, Major Dietz, Rittmeister Schwarz und Bischoff, die Lieutenante von Preen, von Stetten, Sartory, von Ritz und Graf von Leiningen; vom Leibregiment: Kapitän Hebdäus, von Poly, von Zech, von Eck, von Wolframsdorf, die Lieutenante

Walz, Uloth, Schmidt, Hirsch I., Obermüller, Hoffmann, von Spitznaas; vom 2. Regiment: Oberst von Boecklin, Oberstlieutenant von Etzdorff, Kapitän von Heddesdorf, Greiff, Lamerz, von Esleben, Klein, von Beust, Closmann, die Lieutenante Betz, von Althaus, Fritsch, Bomatsch, von Meyern, Regimentsquartiermeister Münzer, Regimentschirurgus Witzel und Bataillonschirurg Grosch; vom 3. Regiment: Kapitän von Ehrenberg, Merlet, Medicus, von Haynau, Mahler, die Lieutenante Hoffmann II., von Beck, Schaub, von Dürrheim, de Rosée, Schuster, Spinner, von Rechthaler, von Froben, Sartorius, Laiblin, Speck, Strohmeyer, Gesell, Frisch und Serger; vom leichten Infanteriebataillon: Oberstlieutenant Peternell, Kapitän Schwarz, die Lieutenante von Vogel, Rieß, Nau, Fröhlich, Clauer und Maurus; von der Artillerie: Kapitän Fischer und Sensburg, die Lieutenante Kreuzbauer, Schwab, Rummer, Trainlieutenant Petermann und Hammes und Feldjäger Schütz.

Wegen Ungeschicklichkeit eines polnischen Soldaten wurde Lieutenant Uloth durch eine Flintenkugel in den Schenkel blessirt; Kapitän Hecht starb an Entkräftung, sowie die Lieutenante Steinberg, Müller II. und Hirsch II. vom Leibregiment; Lieutenant Gilm von Rosenegg an Wassersucht. Ueber das Schicksal des Lieutenants Hoffmann I. von meinem Regiment, der in Witepsk krank zurückblieb, habe ich noch keine bestimmte Nachricht. Oberstlieutenant von Grolmann war auch sehr krank und konnte nicht mehr gehen; ich setzte ihn in meine Kalesche, die mir noch allein von meiner Equipage geblieben.

Es war schon sehr schwierig wegen des Gedränges zum Thor von Wilna hinauszukommen. Eine Stunde von der Stadt aber, an einem sehr steilen Berg stieg die Unordnung wieder auf das Höchste; ein Wagen stack im andern, keiner konnte weder vorwärts noch rückwärts; kaum daß man sich mit außerordentlicher Mühe zu Fuß durchdrängen konnte. Die Arrieregarde, die nun General Wrede mit den sehr schwachen Baiern und General Loison mit einigen Truppen der Konföderation machte, konnte sich in Wilna nicht mehr halten und wäre beinahe durch die Russen abgeschnitten worden. Diese Truppen vermochten aber auch nicht, der Kälte zu widerstehen und sind nun ebenfalls aufgelöst. So mußten alle Wagen an diesem Defile stehen bleiben und aller Rest von Equipagen der ganzen Armee, nebst den wenigen noch übrig gebliebenen Kanonen ging dadurch verloren, darunter ein kaiserlicher Schatz von mehr als zehn Millionen, viele kaiserliche Wagen und die aller Marschälle; ich habe dadurch auch Alles verloren. Was aus Oberstlieutenant von Grolmann und Rittmeister von Rüdt, der bei ihm blieb, geworden, weiß ich nicht. Keiner meiner Bedienten bei meinem Wagen und meinen Reitpferden ist gekommen; ich muß daraus schließen, daß jene beiden Officiere nebst dem Feldjäger Hubbauer gefangen sind, — ein sehr schmerzhafter Verlust für mich in diesem Augenblick, indem Oberstlieutenant von Grolmann mich stets mit Rath und That unterstützte und durch seinen Eifer und Thätigkeit bei jeder Gelegenheit die besten Dienste leistete.

Durch den Verlust aller meiner Papiere kann ich Euerer Königlichen Hoheit keine andere Meldung machen, als wie ich sie aus meinem Gedächtniß augenblicklich zusammen zu bringen im Stande bin; ich bitte daher unterthänigst um Nachsicht, bei ruhigeren Zeiten werde ich mich bemühen, ein detaillirtes Tagebuch aufzusetzen und Euerer Königlichen Hoheit zu Füßen legen.

Jeder ging nun zu Fuß wie es seine Kräfte gestatteten nach Kowno, wo wir den 12. Dezember ankamen. Ich hatte schon in Wilna Alles versucht, durch einen Kourier Euerer Königlichen Hoheit eine Meldung zu überschicken, ein zweiter Versuch in Kowno Postpferde zu erhalten, gelang ebenso wenig. Ueberall waren die Menschen entflohen und die Dörfer rechts und links der Straße abgebrannt. An der Brücke von Kowno stopfte sich wieder Alles; hier blieben auch die letzten Wagen der französischen Armee stehen und man kann dreist sagen, daß auch nicht eine einzige Kanone über den Niemen gekommen. Ich suchte nun in starken Märschen vorauszukommen, welches mir nach vieler Anstrengung endlich auch gelang.

Seit zwei Tagen bin ich hier in Königsberg angelangt und damit beschäftigt gewesen, unser Depot von hier weiterzuschaffen, wie dieses Euere Königliche Hoheit aus meiner anliegenden unterthänigsten Meldung ersehen werden. Unsere Bestimmung ist nun Marienwerder, da soll sich das 9. Armeekorps wieder sammeln. Ich zweifle im Stande zu sein, mehr als 300 Mann zusammenzubringen, die aber alle durch die Härte der Witterung viel gelitten haben. Wäre es eine Möglichkeit sie in das Vaterland zurückzuführen, so könnten sie zum Wenigsten neuen Regimentern zum Stamm dienen und die Officiere benützt werden, die jetzt meist ohne alle Bestimmung sind. Ich habe es dem Marschall Herzog von Belluno schon vorgestellt und ihm die Unmöglichkeit gezeigt uns im Ausland wieder zu formiren; derselbe sieht dieß auch wohl ein. Stimmt meine Ansicht mit dem Willen Euerer Königlichen Hoheit überein, so zweifle ich nicht, daß man uns nach Hause lassen wird, da wir nicht im Stande sind, unter den gegenwärtigen Umständen zu etwas gebraucht zu werden.

Ungefährer Verlust: An Officieren 15 Todte, 25 Blessirte, 68 krank zurückgeblieben; an Unterofficieren und Soldaten 100 Todte, 350 Blessirte. Das Schicksal der übrigen ist mir zur Zeit noch unbekannt.

Ich habe den Hauptmann von Kalenberg gewählt, um Euerer Königlichen Hoheit diese meine unterthänigste Meldung zu überbringen. Er hat mich keinen Augenblick verlassen und ist im Stande Höchstdenenselben über Alles mündlich weitere Auskunft zu geben."

Beilage 10.

Marschall Victor an Generallieutenant Graf Wilhelm von Hochberg.

Nackel 15. Januar 1813.

L'Empereur m'appelle au commandement du 2. Corps de la Grande-Armée, je quitte avec regret celui du 9me. En m'éloignant de Vous, Monsieur le Général, j'emporte avec satisfaction le souvenir de l'attachement, que Vous m'avez marqué. Je le conserverai toujours, ainsi que la volonté de vous témoigner combien j'y suis sensible.

Je Vous prie de faire connaître aux troupes sous Vos ordres, que j'ai été dans toutes les circonstances content de la manière dont elles ont servie. Elles ont acquis des droits à la bienveillance et aux récompenses de l'Empereur, je m'empresserai de les solliciter. Veuillez m'adresser, le plutôt possible, le travail que Vous avez du faire à ce sujet,

J'ai l'honneur de Vous renouveler, Monsieur le Général, l'assurance de ma considération très-distinguée. Le Maréchal Duc de Belluno.

Beilage 11.

Divisionsgeneral Dändels an Generallieutenant Graf Wilhelm von Hochberg.

Posen 21. Januar 1813.

L'ordre de marche, que j'ai l'honneur de Vous transmettre pour la troupe de Bade, qui se trouve içi, ne pourra servir pour les Officiers, S. Officiers et Soldats malades, qui se trouvent à Custrin. Je Vous invite donc, Monsieur le Général, de les faire partir par la route la plus directe, par l'intervention de Monsieur le Gal Gouverneur de cette forteresse.

Permettez, Général, que je me recommande dans Votre souvenir, éspérant que Vous viendrez au printemps reprendre le commandement d'une nouvelle Colonne Badoise, qui se conduira toujours sous Vos Ordres comme celle, avec laquelle Vous allez rentrer dans Votre patrie.

Agréez, mon cher Comte, les assurances de mon amitié et des considérations les plus distinguées. Le Général de Division Daendels.

Beilage 12.

Großherzog Karl von Baden an Generallieutenant Graf Wilhelm von Hochberg.

Karlsruhe 16. Januar 1813.

Mein lieber Herr Graf! Verzeihen Sie mir, daß ich so lange zögerte, Denenselben auf die Meldung, welche mir Kapitän von Kalenberg überbrachte, zu antworten, allein die Verlegenheit des Augenblicks möchte mir zu einiger Entschuldigung dienen. Ich finde keine Ausdrücke, Denenselben meine Bewunderung über Ihr vortreffliches Benehmen erkennen zu geben, nehmen Sie also meinen Dank dafür an. Der Verlust ist schmerzhaft für jeden gutdenkenden Badener, den das schöne Korps erlitten hat und wie er wieder ersetzt werden will, ist sehr schwer. Da das Ergänzungs-

Bataillon schon auf dem Marsch nach der großen Armee war, ehe ich Ihre Meldungen erhielt, so gab es mir den Anlaß, aus seiner Mannschaft das Regiment von Stockhorn zu complettiren, welches denn nun einzig bei der Nordarmee von badischen Truppen stehen bleiben wird. Ich hoffe auf diese Weise den Herrn Grafen in Bälde hier zu sehen und empfehle Ihnen recht sehr auf den Abgang aller nicht zum Regiment von Stockhorn gehörigen Leute zu sehen. Da es sehr zu wünschen ist im Lande gute Unterofficiere zu haben, hoffe ich, daß Dieselben auf deren Auswahl Bedacht nehmen werden. Ich verbleibe mit vollkommenster Hochachtung des Herrn Grafen ganz ergebenster Karl.

Beilage 13.

Nachweis über die Officiere und Kriegsbeamten

Truppentheil.	Charge.	Namen.
Generalstab.	General-Major und Kommandirender	Graf Wilhelm von Hochberg
	Gen.-Major zur Dienstleistung	Lingg
	Oberstlieutenant und Chef des General-Stabs.	v. Grolmann
	Kapitän und 1. Adjutant des Kommandirenden	v. Kalenberg
	Lieut. u. 2. Adjut. d. Kommand.	Fischer
	Lieutenant u. Ordonnanzofficier des Kommandirenden	v. Straus
	Lieutenant und Adjutant des General Lingg	v. d. Schleyß vom leichten Drag.-Reg.
	Stabsarzt	Meier
	Ober-Chirurg	Herrmann
	Chirurg	Klotz
	Kriegskommissär	Hauer
	Kommissariats-Adj.	Bauer
	Kommissariats-Sekretär	Wernlein
	Stabsauditor	Müller
	Feldjäger	Schütz
	Feldjäger	Hubbauer
Leib.-Inf.-Rgt. Großherzog Nr. 1.	Oberst und Regimentskommandeur	v. Franken
	Zweiter Oberst	Graf v. Sponeck
	Oberstlieutenant	K. v. Brand
	Major	H. v. Brandt
	Kapitän	Kühn
	"	Hebdäus
	"	v. Poly
	"	H. v. Stetten
	"	v. Zech
	"	v. Rüdt I.

Bemerkungen.
Der Rückzugs-Katastrophe entronnen und 7. Februar 1813 in das Vaterland zurückgekehrt.
An der Berezina verwundet, d. Rückz.-Katastr. entr., 1813 i. d. Vaterl. zurückgek.
An der Berezina verw., 13. Dezemb. bei Petrowieschken gefangen, nach Wilna transportirt und daselbst 8. Februar 1813 am Nervenfieber gestorben.
An der Berezina verw., 20. Dezemb. vom Kommandirenden als Kourier in das Vaterl. vorausgeschickt.
Der Rückz.-Katastr. entr. u. 7. Febr. 1813 in das Vaterl. zurückgek.
An der Berezina verw., der Rückz.-Katastr. entr., 7. Febr. 1813 mit Nervenfieber in das Vaterl. zurückgek.
Auf dem Rückzug krank in Wilna gefangen u. 18. Januar 1813 daselbst an Brustentzündung gestorben.
Im Oktob. 1812 wegen Erkrankung in das Vaterl. zurückgek.
Der Rückz.-Katastr. entr., und 1813 in das Vaterl. zurückgek.
Auf dem Rückz. 7. Dezemb. bei Oszmiana zu Grunde gegangen.
Der Rückz.-Katastr. entr., und 1813 in das Vaterl. zurückgek.
Der Rückz.-Katastr. entr., und 1813 in das Vaterl. zurückgek.
Auf dem Rückz. in Wilna gefang. u. 18. Jan. 1813 das. am Faulfieber gest.
Der Rückz.-Katastr. entr. und 1813 in das Vaterl. zurückgek.
Auf dem Rückz. in Wilna gefang., nach dem Innern v. Rußland transp. u. daselbst gest.
13. Dezemb. mit Obstlt. v. Grolmann bei Petrowieschken gefang., nach Wilna u. von hier nach d. Innern v. Rußl. transp.; 1814 aus d. Gefangenschaft in das Vaterl. zurückgek.
Im Januar 1813 zu Königsberg nervenfieberkrank gefangen, März 1813 auf Ehrenwort in das Vaterl. entlassen.
Anfang September zum 3. Bataillon nach Karlsruhe versetzt.
Der Rückz.-Katastr. entr., vor der Rückkehr in d. Vaterl. zum Kommandeur des neuerrichteten 1. Inf.-Reg. ernannt und 1813 der Vertheidigung von Glogau beigewohnt.
Anfang Oktober zum 3. Bataillon nach Karlsruhe versetzt.
Der Rück.-Katastr. entr., u. 1813 in das Vaterl. zurückgek.
Bei Czaszniki verw., auf dem Rückz. in Wilna gefang., nach dem Innern von Rußland transp., 1814 in das Vaterl. zurückgek.
Auf dem Rückz. in Wilna gefang. u. 18. Jan. 1813 daselbst am Faulfieber gest.
7. Dezember 1812 bei Oszmiana zu Grunde gegangen.
Durch die Kälte beinahe erblindet, in Wilna gefang., nach dem Innern von Rußland transp., 1814 in das Vaterl. zurückgek.
Auf dem Rückz. zu Grunde gegangen.

Truppentheil.	Charge.	Namen.
Leib=Inf.=Rgt.	Kapitän	v. Eck
Großherzog Nr. 1.	"	v. Beck
	"	v. Wolframsdorf
	"	v. Imhof
	Pr. Lieutenant	v. St. Ange
	"	v. Göler
	"	v. Müller I.
	"	Walz
	Lieutenant	Uloth
	"	v. Müller II.
	"	v. Cloßmann
	"	Schmidt
	"	v. Steinberg
	"	v. Biedenfeld
	"	Hirsch I.
	"	L. Holtz I.
	"	E. Holtz II.
	"	Wolf
	"	Obermüller
	"	Hirsch II.
	"	F. Hoffmann
	"	Oehl
	"	v. Spitznaas
	"	v. Froben
	"	v. Sirjacques
	"	v. Succow
	"	v. Beroldingen
	"	v. Stulpnagel
	"	Junkh
	"	Zipf
	"	v. Hammerer
	Rgts.=Quartiermeister	Gottreu
	Rgts.=Chirurg	Stippel
	Bat.=Chirurg	Heilmann
Inf.=Rgt. vacant Nr. 2.	Oberst u. Rgts.=Kommandeur	v. Böcklin

Bemerkungen.

22. Dezember zu Wilna in Gefangensch. am Nervenfieber gest.
Der Rückz.-Katastr. entr. u. 1813 in das Vaterl. zurückgek.
18. Dezember zu Wilna in Gefangenschaft am Nervenfieber gest.
24. November bei Batury gefallen.
Der Rückz.-Katastr. entr. und 1813 in das Vaterl. zurückgek.
An der Berezina verw., der Rückz.-Katastr. entr., 1813 in das Vaterl. zurückg.
Der Rückz.-Katastr. entr. und 1813 in das Vaterl. zurückgek.
Auf dem Rückz. in Wilna gefang., nach dem Innern von Rußland transp., 1814 in das Vaterl. zurückgek.
Verwundet und vor Wilna auf dem Rückz. gest.
Auf dem Rückz. mit erfrorenen Gliedern gefang., 24. Jan. 1813 zu Wilna gest.
Der Rückz.-Katastr. entr. und 1813 in das Vaterl. zurückgek.
Auf dem Rückz. in Wilna gefang., 4. Febr. 1813 daselbst am Faulfieber gest.
Auf dem Rückz. vor Wilna zu Grunde gegangen.
Bei Malodeczno verw., der Rückz.-Katastr. entr. und Anfang 1813 in das Vaterl. zurückgek.
Auf dem Rückz. in Wilna gefang., nach dem Innern von Rußland transp.; 1814 in das Vaterl. zurückgek.
In der Schlacht an der Berezina gefallen.
31. Oktober bei Czasznikі Kontusion am Kopf, der Rückz.-Katastr. entr., 1813 in das Vaterl. zurückgek.
Der Rückz.-Katastr. entr. u. 1813 in das Vaterland zurückgek.
Auf dem Rückz. in Wilna gefang., 15. Jan. 1813 daselbst am Faulfieber gest.
Auf dem Rückz. zu Grunde gegangen.
Auf dem Rückz. mit erfrorenen Gliedern in Wilna gefang., nach dem Innern von Rußland transp., 1814 in das Vaterl. zurückgek.
In der Schlacht an der Berezina von einer Granate zerschmettert.
Auf dem Rückz. in Wilna gefang., nach dem Innern von Rußland transp., 1814 in das Vaterl. zurückgek.
Auf dem Rückz. in Wilna gefang., 25. Jan. 1813 das. am Faulfieber gest.
Der Rückz.-Katastr. entr. und 1813 in das Vaterl. zurückgek.
4. Oktober von Smolensk in das Vaterl. zurückgeschickt.
Auf dem Rückz. vermißt und gest.
In Gefangenschaft gest.
Der Rückz.-Katastr. entr., vor der Rückkehr in das Vaterl. zu dem neuerrichteten 1. Infant.-Reg. versetzt.
Auf dem Rückz. zu Grunde gegangen.
7. Dezember auf dem Rückzug zu Grunde gegangen.
Der Rück.-Katastr. entr. und 1813 in das Vaterl. zurückgek.
Auf dem Rückz. in Wilna gefang. und in Gefangensch. gest.
Auf dem Rückz. in Wilna gefang., 4. Febr. 1813 das. am Faulfieber gest.
Auf d. Rückz. mit erfror. Gliedern in Wilna gefang., 1814 in d. Vaterl. zurückgek.

Truppentheil.	Charge.	Namen.
Inf.=Reg. vacant Nr. 2.	Oberstlieutenant	v. Etzdorff
	Kapitän	Weber
	"	Greiff
	"	Jagemann
	"	v. Heddersdorf
	"	v. Lammerz
	"	Pfnor
	"	v. Poetz
	"	v. Beust
	"	v. Weinzierl
	"	Knapp
	"	Klein
	"	v. Esleben
	"	v. Reichert
	Pr. Lieutenant	Closmann
	"	Krapp
	"	Betz
	"	v. Vincenti
	"	Stepp
	"	v. Liebenstein
	"	Gerber
	"	Möller
	Lieutenant	Closmann
	"	Saul
	"	Lebeau
	"	Bomatsch
	"	v. Althaus
	"	Guignard
	"	v. Pattberg
	"	Beckert
	"	v. Petzeck
	"	Fritsch

Bemerkungen.
An der Berezina verw., auf dem Rückz. in Wilna gefang., nach dem Innern von Rußland transp., 1814 in das Vaterl. zurückgek.
Der Rückz.=Kataſtr. entr. u. 1813 in das Vaterl. zurückgek.
Auf dem Rückz. zu Grunde gegangen.
Der Rückz.=Kataſtr. entr. u. 1813 in das Vaterl. zurückgek.
Auf dem Rückz. zu Grunde gegangen.
In Wilna gefang., nach dem Innern von Rußland transp., 1814 in das Vaterl. zurückgek.
Der Rückz.=Kataſtr. entr., zu dem neuerrichteten 1. Inf.=Reg. verſetzt und 1813 der Vertheidigung von Glogau beigewohnt.
Der Rückz.=Kataſtr. entr. und 1813 in das Vaterl. zurückgek.
In Gefangenſchaft 3. Januar 1813 im Hoſpital zu Minsk geſt.
Auf dem Rückz. die Füße erfroren, in Königsberg gefang. u. daſ. geſt.
An der Berezina verw., auf d. Rückz. in Wilna gefang., u. 11. Dez. daſ. geſt.
Auf dem Rückz. in Wilna gefang., nach dem Innern von Rußland transp., 1814 in das Vaterl. zurückgek.
Auf dem Rückz. in Wilna gefang., nach dem Innern von Rußland transp., 1813 daſelbſt geſt.
Der Rückz.=Kataſtr. entr. und 1813 in das Vaterl. zurückgek.
Auf dem Rückz. in Wilna gefang., nach dem Innern von Rußland transp., 1814 in das Vaterl. zurückgek.
Der Rückz.=Kataſtr. entr. und 1813 in das Vaterl. zurückgek.
An der Berezina verw., der Rückz.=Kataſtr. entr., 1813 in das Vaterl. zurückgek.
Der Rückz.=Kataſtr. entr., vor der Rückkehr in das Vaterl. zu dem neuerrichteten 1. Inf.Reg. verſ. u. 1813 der Vertheidigung von Glogau beigewohnt.
Der Rückz.=Kataſtr. entr. und 1813 in das Vaterl. zurückgek.
Der Rückz.=Kataſtr. entr. und 1813 in das Vaterl. zurückgek.
Der Rückz.=Kataſtr. entr. und 1813 in das Vaterl. zurückgek.
Der Rückz.=Kataſtr. entr. und 1813 in das Vaterl. zurückgek.
Der Rückz.=Kataſtr. entr. und 1813 in das Vaterl. zurückgek.
Der Rückz.=Kataſtr. entr. und 1813 in das Vaterl. zurückgek.
Der Rückz.=Kataſtr. entr. und 1813 in das Vaterl. zurückgek.
Auf dem Rückz. in Wilna gefang., nach dem Innern von Rußland transp., 1814 in das Vaterl. zurückgek.
Auf dem Rückz. mit erfrorenen Gliedern in Wilna gefang., nach dem Innern von Rußland transp., 1814 in das Vaterl. zurückgek.
Der Rückz.=Kataſtr. entr. und 1813 in das Vaterl. zurückgek.
Der Rückz=Kataſtr. entr. und 1813 in das Vaterl. zurückgek.
Auf dem Rückz. zu Grunde gegangen.
Auf dem Rückz. zu Grunde gegangen.
Auf dem Rückz. in Wilna gefang., nach dem Innern von Rußland transp., 1814 in das Vaterl. zurückgek.

Truppentheil.	Charge.	Namen.
Inf.-Rgt. vacant Nr. 2.	Lieutenant	v. Meyern
	„	Maas
	„	v. Arnoldi
	„	Dörr
	„	Hieronimus
	„	v. Drost
	„	Bonn
	„	Heilig
	Rgts.-Quartiermeister	Münzer
	Rgts.-Chirurg	Witzel
	Bat.-Chirurg	Grosch
	„	Happold
Inf.-Rgt. Graf v. Hochberg Nr. 3.	Oberst u. Rgts.-Kommandeur	Brückner
	Oberstlieutenant	Cornely
	Kapitän	v. Ehrenberg
	„	Merlet
	„	Medicus
	„	v. Haynau
	„	Heckeroth
	„	v. Cloßmann
	„	L. v. Beck
	„	v. Woldeck
	„	Greiner
	„	v. Wäncker
	„	Mahler
	Pr. Lieutenant	G. Hoffmann I.
	„	H. Hoffmann II.

Bemerkungen.

Auf dem Rückz. in Wilna gefang., nach dem Innern von Rußland transp., 1814 in das Vaterl. zurückgek.
Auf dem Rückz. zu Grunde gegangen.
An der Berezina verw., und auf dem Rückz. zu Grunde gegangen.
In der Schlacht an der Berezina gefallen.
An der Berezina verw., mit erfror. Gliedern in Wilna gefang., nach dem Innern von Rußl. transp., 1814 aus der Gefangensch. in das Vaterl. zurückgek.
Auf dem Rückz. in Wilna gefang., 23. Jan. 1813 das. am Nervenfieber gest.
Auf dem Rückz. in Wilna gefang., 9. Jan. 1813 daselbst am Faulfieber gest.
Auf dem Rückz. zu Grunde gegangen.
Auf dem Rückz. in Wilna gefang., 25. Febr. 1813 das. am Nervenfieber gest.
In Wilna gefang., nach dem Innern von Rußland transp., 1814 in das Vaterl. zurückgek.
In Wilna gefang., nach dem Innern von Rußland transp., 1814 in das Vaterl. zurückgek.
In Wilna gefang., nach dem Innern von Rußland transp., 1814 in das Vaterl. zurückgek.
Der Rückz.-Katastr. entr. u. 1813 in das Vaterland zurückgek.
Der Rückz.-Katastr. entr. u. 1813 in das Vaterl. zurückgek.
Auf dem Rückz. in Wilna gefang., 10. Febr. 1813 daselbst an den Folgen der Amputation gest.
Auf dem Rückz. in Wilna gefang., 19. Jan. 1813 daselbst den ausgestandenen Strapatzen erlegen.
Auf dem Rückz. in Wilna gefang., 19. Febr. 1813 das. an Brustentzündung gest.
2. Dezember bei Chotawiczi eine Schußwunde, auf d. Rückz. in Wilna gefang., nach dem Innern von Rußland transp., und daselbst an der erhaltenen Verwundung gest.
Beim Einmarsch nach Rußland in Wilna erkrankt und von da in das Vaterl. zurückgeschickt.
14. November bei Czaszniki verw., der Rückz.-Katastr. entr., 1813 in das Vaterl. zurückgek.
Der Rückz.-Katastr. entr. und 1813 in das Vaterl. zurückgek.
In der Schlacht an der Berezina durch eine Kanonenkugel getödtet.
Auf dem Rückz. in Wilna gefang., nach d. Innern von Rußl. transp.; 1814 aus der Gefangensch. in das Vaterl. zurückgek.
Der Rückz.-Katastr. entr. und 1813 in das Vaterl. zurückgek.
In der Schlacht an der Berezina durch eine Kanonenkugel das Bein verloren und bald darauf gest.
Bei Witepsk gefang., nach dem Innern von Rußland transp., 1814 in das Vaterl. zurückgek.
Auf dem Rückz. in Wilna gefang., nach dem Innern von Rußland transp., 1814 in das Vaterl. zurückgek.

Truppentheil.	Charge.	Namen.
Inf.-Reg. Graf v. Hochberg Nr. 3.	Pr. Lieutenant	v. Dürrheim
	"	de Rosée
	"	Schuster
	"	Knapp
	"	v. Beck
	"	Schaub
	"	v. Blarer
	"	v. Rechthaler
	"	Spinner
	"	v. Froben
	"	K. Hoffmann III.
	"	Sartorius
	"	v. Gilten
	Lieutenant	Gilm v. Rosenegg
	"	Kiefer
	"	Bleiler
	"	Frisch
	"	Schulz
	"	Serger
	"	Nebenius
	"	Laiblin
	"	Strohmeyer
	"	Gesell
	"	Speck
	"	v. Lassolaye
	"	Brieff
	"	Rutschmann
	Rgts.-Quartiermeister	Schreiber
	Rgts.-Chirurg	Hauer

Bemerkungen.

An der Berezina verw., auf dem Rückz. in Wilna gefang., 11. Jan. 1813 das. an seiner Wunde gest.

An der Berezina verw. und noch vor Wilna zu Grunde gegangen.

In Wilna gefang., nach dem Innern von Rußland transp., 1814 in das Vaterl. zurückgek.

Der Rückz.-Katastr. entr., vor der Rückkehr in das Vaterl. zu dem neuerrichteten 1. Inf.-Reg. versetzt und 1813 der Vertheidigung von Glogau beigewohnt.

Auf dem Rückz. noch vor Wilna zu Grunde gegangen.

Auf dem Rückz. in Wilna gefang., nach dem Innern von Rußland transp., 1814 in das Vaterl. zurückgek.

Der Rückz.-Katastr. entr., und 1813 in das Vaterl. zurückgek.

Auf dem Rückz. gefangen und in Gefangenschaft gest.

14. November bei Czaszniki verw., auf dem Rückz. mit erfror. Gliedern in Wilna gefang., und das. 25. Dezember gest.

In Wilna gefang., nach dem Innern von Rußland transp. u. in Gefangensch. gest.

Auf dem Rückz. 7. Dezember bei Oszmiana erfroren.

Auf dem Rückz. in Wilna gefang., nach dem Innern von Rußland transp. und daselbst gest.

Auf dem Rückzug in Wilna gefang. und 25. Januar 1813 daselbst am Faulfieber gest.

Auf dem Marsch erkrankt und im Hospital zu Dubrowna gest.

Der Rückz.-Katastr. entr. und 1813 in das Vaterl. zurückgek.

Der Rückz.-Katastr. entr., und 1813 in das Vaterl. zurückgek.

Auf dem Rückzug gefang., nach dem Innern von Rußland transp., 1814 in das Vaterl. zurückgek.

Der Rück.-Katastr. entr., u. 1813 in das Vaterl. zurückgek.

Auf dem Rückz. bei Tilsit gefang. und später aus der Gefangenschaft in das Vaterl. zurückgek.

Der Rückz.-Katastr. entr. und 1813 in das Vaterl. zurückgek.

Auf dem Rückz. in Wilna gefang., nach dem Innern von Rußland transp., 1814 in das Vaterland zurückgek.

Auf dem Rückz. in Wilna gefang., 2. Februar 1813 am Faulfieber gest.

Auf dem Rückz. in Wilna gefang., 14. Januar 1813 am Faulfieber gest.

Auf dem Rückz. in Wilna gefang., nach dem Innern von Rußland transp., und daselbst gest.

Auf dem Rückz. 7. Dezemb. bei Oszmiana zu Grunde gegangen.

Auf dem Rückz. in Wilna gefang., nach dem Innern von Rußland transp., 1814 in das Vaterl. zurückgek.

In der Schlacht an der Berezina gefallen.

Der Rückz.-Katastr. entr. u. 1813 in das Vaterl. zurückgek.

Auf dem Rückz. in Wilna gefang., nach dem Innern von Rußland transp., 1814 in das Vaterl. zurückgek.

Truppentheil.	Charge.	Namen.
Inf.=Rgt.	Bat.=Chirurg	Burckhardt
Graf v. Hochberg Nr. 3.	Bat.=Chirurg	Waldmann
Leichtes Inf.=Bataillon Lingg	Oberstlieutenant und Int.=Kommandeur	Peternell
	Kapitän	Huffschmidt
	"	Eichfeld
	"	Schwarz.
	"	Bachelin
	"	Hecht
	Pr.=Lieutenant	Ballender
	"	Bresle
	Lieutenant	Rieß
	"	Rau
	"	Fröhlich
	"	v. Vogel
	"	Schäfer
	"	K. Sachs
	"	Szuhani
	"	Clauer
	"	Maurus
	Rgts.=Quartiermeister	Dams
	Rgts.=Chirurg	Sicust
	Chirurg	Goller
	"	Niebergall
Husaren=Rgt. v. Geusau.	Oberst und Rgts.=Kommandeur	v. Laroche
	Zweiter Oberst	v. Cancrin
	Major	Dietz
	Rittmeister	Schwarz
	"	Bischoff
	"	v. Rüdt

Bemerkungen.
In Gefangenschaft 1813 gest.
Auf dem Rückz. mit erfrorenen Gliedern in Wilna gefang. u. das. 24. Dez. gest.
Auf dem Marsch erkrankt, beim Rückz. in Wilna gefang., 1814 in das Vaterl. zurückgek.
Der Rückz.-Katastr. entr., und 1813 in das Vaterl. zurückgek.
Bei Batury verw., auf dem Rückzug vor Wilna gefang., 1814 in das Vaterl. zurückgek.
Auf dem Rückz. in Wilna gefang., nach dem Innern von Rußland transp., 1814 in das Vaterl. zurückgek.
Der Rückz.-Katastr. entr. und 1813 in das Vaterl. zurückgek.
An der Berezina verw., auf dem Rückz. gefang. und bald darauf an der Verwundung gest.
Bei Staroczycze gefang., nach dem Innern von Rußland transp., 1814 in das Vaterl. zurückgek.
Der Rückz.-Katastr. entr. und 1813 in das Vaterl. zurückgek.
In der Schlacht an der Berezina gefallen.
Bei Batury verw., auf dem Rückz. zu Grunde gegangen.
Bei Batury verw., auf dem Rückz. zu Grunde gegangen.
In Gefangenschaft gest.
Auf dem Rückz. zu Grunde gegangen.
In der Schlacht an der Berezina verw., der Rückz.-Katastr. entr. und 1813 in das Vaterl. zurückgek.
Auf dem Rückz. in Wilna gefang., nach dem Innern von Rußland transp., 1814 in das Vaterl. zurückgek.
An der Berezina verw., auf dem Rückz. in Wilna gefang., nach dem Innern von Rußland transp., 1814 in das Vaterl. zurückgek.
Auf dem Rückz. in Wilna gefang., nach dem Innern von Rußland transp., 1814 in das Vaterl. zurückgek.
Der Rückz.-Katastr. entr., und 1813 in das Vaterl. zurückgek.
Auf dem Rückz. in Wilna gefang. und gest.
Der Rückz.-Katastr. entr. und 1813 in das Vaterl. zurückgek.
Der Rückz.-Katastr. entr. und 1813 in das Vaterl. zurückgek.
In der Schlacht an der Berezina verw., auf dem Rückz. in Wilna gefang., nach dem Innern von Rußl. transp., 1814 in das Vaterl. zurückgek.
12. November bei Truchanowicz durch eine Granate getödtet.
Auf dem Rückz. in Wilna gefang. u. das. den ausgest. Strapatzen erlegen.
Auf dem Rückz. krank in Wilna gefang., nach dem Innern von Rußland transp., 1814 in das Vaterl. zurückgek.
An der Berezina verw., auf dem Rückz. in Wilna gefang. und das. 13. Febr. 1813 am Nervenfieber gest.
Bei Petrowieschken mit Oberstl. v. Grolmann gefang., der Gefangenschaft wieder entr., 1813 in das Vaterl. zurückgek.

Truppentheil.	Charge.	Namen.
Husaren-Rgt. v. Gensau	Pr.-Lieutenant	Bachelin
	"	v. Preen
	Lieutenant	v. Stetten
	"	Beckert
	"	Sartori
	"	v. Strauß
	"	v. Ammerongen
	"	v. Ritz
	"	v. Seldeneck
	"	Graf v. Leiningen
	Rgts.-Chirurg	Kohaut
	Chirurg	Wetzel
	Chirurg	Burstert
Artillerie	Kapitän	Fischer
	"	Sensburg
	Pr.-Lieutenant	Creuzbauer
	Lieutenant	Wind
	"	Schwab
	"	Swaab
	"	Nummer
	Rgts.-Chirurg	Nußbaumer
	Bat.-Chirurg	Würthle
Train	Pr.-Lieutenant	Petermann
	Lieutenant	Hammes

Bemerkungen.

Im Oktober von Mstislaw zum Empfang von Ergänzung nach Königsberg komm. und 1813 in das Vaterl. zurückgek.

An der Berezina verw., auf dem Rückz. in Wilna gefang., der Gefangenschaft wieder entr., 1813 in das Vaterl. zurückgek.

Auf dem Rückz. in Wilna gefang., nach dem Innern von Rußland transp. und das. den ausgest. Strapatzen erlegen.

Im Feldspital zu Orsza gest.

1813 in Gefangenschaft gest.

S. Gen.-Stab.

An der Berezina verw., der Rückz.-Katastr. entr., 1813 in das Vaterl. zurückgek.

An der Berezina verw., auf dem Rückz. in Wilna gefang. und das. 31. Dezemb. an Entkräftung gest.

Der Rückz.-Katastr. entr. und 1813 in das Vaterl. zurückgek.

Bei Truchanowicz verw., auf dem Rückz. in Wilna gefang., nach dem Innern von Rußland transp., 1814 in das Vaterl. zurückgek.

Auf dem Rückz. in Wilna gefang., nach dem Innern von Rußland transp., 1814 in das Vaterl. zurückgek.

Der Rückz.-Katastr. entr. und 1813 in das Vaterl. zurückgek.

Auf dem Rückz. in Wilna gefang., weiteres Schicksal unbekannt.

Auf dem Rückz. in Wilna gefang., nach dem Innern von Rußland transp., 1814 in das Vaterl. zurückgek.

Auf dem Rückz. krank in Wilna gefang. und das. 18. Jan. 1813 den ausgest. Strapazen erlegen.

Auf dem Rückz. in Wilna gefang., nach dem Innern von Rußland transp., 1814 in das Vaterl. zurückgek.

Der Rückz.-Katastr. entr. und 1813 in das Vaterland zurückgek.

Auf dem Rückz. in Wilna gefang. und das. am 5. Jan. 1813 am Faulfieber gest.

Der Rückz.-Katastr. entr. und 1813 in das Vaterl. zurückgek.

Auf dem Rückz. in Wilna gefang., nach dem Innern von Rußland transp., 1814 in das Vaterl. zurückgek.

Auf dem Rückz. in Wilna gefang., nach dem Innern von Rußland transp., 1814 in das Vaterl. zurückgek.

Auf dem Rückz. in Wilna gefang., nach dem Innern von Rußland transp., 1814 in das Vaterl. zurückgek.

Der Rückz.-Katastr. entr. und 1813 in das Vaterl. zurückgek.

Der Rückz.-Katastr. entr. und 1813 in das Vaterl. zurückgek.

Feldzug 1813.

Beilage 14.

Meldung des Generallieutenants Grafen Wilhelm von Hochberg an Großherzog Karl von Baden.

Leipzig 20. Oktober 1813.

Euerer Königlichen Hoheit erstatte ich die unterthänigste Meldung, daß der gestrige Tag für Höchstdero Kontingent-Korps merkwürdig und traurig war, indem er unsere gänzliche Auflösung nach sich zog. Nur allein die Artillerie und das Dragonerregiment von Freystedt, die schon früher, sowie auch die ganze Bagage der Division von hier abgingen, werden wahrscheinlich zur Zeit noch existiren, die sämmtliche Infanterie aber wurde dahier gefangen.

Schon aus meiner letzten unterthänigsten Meldung und dem Euerer Königlichen Hoheit mitgetheilten Schreiben des Generals von Schäffer werden Euere Königliche Hoheit die mißliche Lage der französischen Armee gnädigst ersehen haben. Diese verschlimmerte sich seit dieser Zeit mit jedem Tag, der Mangel an Lebensmitteln nahm mit jedem Tag zu, die schlechte Witterung und das immerwährende Marschiren und Biwakiren hatte die Armee sehr fatiguirt und ihre gänzliche Demoralisirung nach und nach herbeigeführt. Hiezu kam noch, daß der Feind sie von allen Seiten mit seiner leichten Kavallerie umschwärmte, ihr alle mögliche Zufuhr abschnitt, die Kommunikation von einem Korps zum andern erschwerte und ihr dadurch täglich eine Menge von Gefangenen und Kourieren abnahm, denn Alles, was sich rechts oder links von der Hauptstraße entfernte, wurde genommen. In dieser Verfassung näherte sich der Kaiser mit seiner sehr geschwächten und muthlosen Armee der Stadt Leipzig, schlug sich in deren Nähe mehrere Tage, um sich einen Ausweg zu verschaffen, wurde aber überall mit Nachdruck zurückgewiesen und verlor ungeheuer. Den 18. Abends schien er endlich auf eine förmliche Retraite zu denken; er ließ das Gros seiner Bagage und Artillerie auf der Straße nach Lützen defiliren und folgte endlich den 19. gegen 10 Uhr Morgens mit dem Rest seiner Garden. Zur Deckung seiner Retraite und der Vertheidigung der Stadt blieben nur die Polen, das Armeekorps von Marschall Macdonald und ein Theil des Augereau'schen Korps zurück. Diese Truppen, bei denen sich auch die 1. Brigade von Euerer Königlichen Hoheit befand, standen in und außerhalb der Vorstädte, in der Stadt selbst war nur der Rest unserer 2. Brigade, von der bei dem Gefecht am 16. bei Lindenau, das die Oesterreicher mit Macht angriffen, abermals 4 Kompagnien meines Regiments bis auf 80 Mann aufgerieben wurden; 10 Officiere wurden verwundet, von denen einer, Lieutenant von Freiberg, den andern Tag starb; 96 Unterofficiere und Soldaten sind getödtet und 150 verwundet. Sie bestand also nur noch aus ungefähr 1000 Mann, von denen 800 Mann im Dienst und außerhalb der Stadt sich befanden, und ungefähr 200 Mann zur Reserve noch übrig blieben. In dieser Lage nun wurde Leipzig von allen

Seiten angegriffen, die Vorstädte in Bälde genommen und eines der Thore, das die französischen Flüchtlinge selbst sprengten, vom Feind besetzt. In diesem Augenblick kam ein russischer Parlamentär zu dem König von Sachsen und sicherte diesem im Namen seines Kaisers Schonung und Sicherheit zu, denn dieser gute Herr wurde vom Kaiser Napoleon hier zurückgelassen. Man gab ihm den Rest seiner Truppen, 12—1500 Mann zurück und überließ ihn der Großmuth der koalisirten Mächte. Bis zu diesem Augenblick hatte der Herzog von Padua noch immer in der Stadt kommandirt. Bei der Nachricht, daß der Feind die Vorstädte genommen und in die Stadt einzudringen im Begriff sei, schickte er mich von sich, um Vertheidigungsanstalten zu treffen; ich war aber kaum auf die Straße gekommen, als ein russischer General (der nämliche der als Parlamentär in die Stadt zum König geschickt war) mit mehrern russischen und preußischen Jägern auf mich zusprengte und verlangte, mich zu ergeben.[1]) In dieser Lage blieb mir nun Nichts mehr übrig, als diesem Begehren zu entsprechen, wenn ich nicht ohne Noth meine Leute opfern wollte, da aller Rückzug mir bereits abgeschnitten war, und der Kaiser selbst mehrere Brücken hinter sich hatte zerstören lassen. Ich ließ also die auf dem Marktplatz befindlichen Leute ruhig mit Gewehr beim Fuß stehen, die in den Straßen sich hier und da noch Schlagenden zusammenrufen und schickte General von Stockhorn, der außerhalb dem Petersthor mit seinem Regiment aufmarschirt stand und dessen Retraite auch bereits abgeschnitten war, Befehl, sich an mich anzuschließen, welches er dann auch noch glücklich mit seinem Regiment vollzog. Das Regiment Euerer Königlichen Hoheit war aber bereits lebhaft mit dem Feinde engagirt, daher nur Wenige noch in die Stadt kamen, alles Uebrige wurde theils gefangen, theils verwundet und getödtet oder in das Wasser gesprengt. Alles, was in die Stadt und auf den Marktplatz kam, behielt seine Gewehre und wird bis jetzt mit Schonung und Auszeichnung behandelt.

Nachdem die Stadt in Besitz genommen war, erhielt ich Befehl, die Truppen vor dieselbe defiliren zu lassen, wo ihnen Platz zum Biwak angewiesen wurde. Ich ließ mich sogleich zum Kronprinzen von Schweden bringen, der diesen Angriff dirigirt haben soll, der mich sehr gut aufnahm und mir versprach uns schonend und zur Zufriedenheit Euerer Königlichen Hoheit zu behandeln.

Späterhin traf auch noch Kaiser Alexander, Kaiser Franz und der König von Preußen hier ein. Ich ging nun sogleich auch noch zu Seiner Majestät dem Kaiser von Rußland, konnte aber für diesen Abend nur allein Seine Kaiserliche Hoheit den Großfürsten Konstantin sprechen. Seine Majestät beorderten mich auf diesen Morgen 9 Uhr. Bei dieser Audienz nahmen mich Seine Majestät äußerst gnädig auf, sagten mir Höchst Ihre Fürsorge, sowie die Erlaubniß zu, den General von Schäffer und Major von Holzing nach Haus schicken zu dürfen und versprachen, daß unsere Truppen bis auf weitere Ordre nicht transportirt werden sollen, indem Seine Majestät hofften, daß wir bald zusammen marschiren würden. So ist unsere Lage. General von Schäffer wird sie Euerer Königlichen Hoheit noch näher detailliren und in meinem Namen um eine baldige gnädige Resolution bitten, sowie auch vorzüglich um die Uebermachung von Wechseln, indem wir jetzt Geld äußerst nöthig bedürfen und ich bereits auf meinen Namen 7000 Gulden schon früher aufnehmen mußte.

---

1) War ein schwedischer Parlamentär — Graf Noailles — wie der Markgraf in seinen spätern Aufzeichnungen selber berichtigt hat.

So eben erhalte ich noch die Nachricht, daß wir nun Morgen desarmirt und in die Gegend von Berlin transportirt werden sollen. Unsere Leute haben durch den Drang der Umstände seit zwei Tagen sehr Mangel an Lebensmitteln gelitten, von Morgen an sollen wir nun ordentlich verpflegt werden. Anliegend erhalten Euere Königliche Hoheit einen summarischen Rapport des Korps, er ist so genau wie möglich.

Graf von Hochberg, Generallieutenant.

Beilage 15.

Generallieutenant Graf Wilhelm von Hochberg an den Generalstabschef des Kaisers Alexander General Fürst Wolkonsky.

Leipzig 20. Oktober 1813.

Mon Général! La situation du Grand-Duché de Bade, ma patrie, ne permettant pas par sa proximité à la France, que ses troupes, que j'ai l'honneur de commander, ayent l'air d'être passées dans les rangs de l'armée alliée, je prends la liberté de prier Votre Excellence de nous faire désarmer en attendant que les circonstances permettront à Son Altesse Royale le Grand-Duc mon souverain, de se déclarer.

Mais je prierai Votre Excellence de vouloir nous faire assigner une maison ou nous pourrons déposer nos armes, drapeaux, instruments militaires etc. et qu'ils nous soyent conservés là, afin que, si son Altesse Royale le Grand-Duc nous permet de nous joindre à la cause commune, nous soyons en état de répondre sur le champs. En même temps je prie, qu'on laisse aux officiers et sousofficiers leurs épées et sabres, afin qu'ils soyent en état de maintenir la discipline et qu'on leur donne la permission de garder de leurs équipages, ce qu'ils auront pu sauver.

Je profite de cette occasion pour rappeler à Votre Excellence la promesse qu'Elle a daignée me faire, de me donner des passeports pour le Général Schäffer et pour l'Aide-de-camp du Grand-Duc, le Major de Holzing, qui tous les deux étaient simplement en mission et que je voudrais envoyer à Carlsrouhe conformement à la promesse de sa Majesté L'Empereur.

Agréez l'assurance de ma très-haute considération. Le Général de Division, Commandant des troupes de Bade, Comte de Hochberg.

Beilage 16.

Antwort auf das Vorige.

Leipzig 20 Oktober 1813.

Monsieur le Comte! J'ai l'honneur d'informer Votre Excellence en réponse de la lettre que Vous m'avez fait l'honneur de m'écrire rélativement à Vos quartiers, que comme les troupes badoises sont mises à la disposition du Roi de Prusse, c'est à Monsieur le Major de Thiele, attaché à Sa Majesté le Roi, que Votre Excellence doit s'adresser.

Veuillez au reste, Monsieur le Comte, reçevoir les assurances de ma haute considération, Le Prince Wolkonsky, Chef d'Etat-major impérial.

Beilage 17.

Generallieutenant Graf Wilhelm von Hochberg an Feldmarschall Fürst Schwarzenberg.

Delitsch 22. Oktober 1813.

Euerer Hochfürstlichen Durchlaucht beeile ich mich eine Deklaration ehrerbietigst hiermit zu übersenden, welche ich unterm gestrigen Seiner Königlichen Hoheit dem Kronprinzen von Schweden vorzulegen die Ehre gehabt habe. — Höchstdieselben werden daraus zu ersehen geruhen, welches Mißverständniß sich rücksichtlich des Betragens von einem Regiment der unter meinen Befehlen gestandenen Großherzoglich badischen Infanteriedivision bei Erstürmung von Leipzig ergeben hat und worinnen eigentlich das richtige Verhältniß des in dem Armeebericht vom 19. d. M. angeführten Vorfalls besteht. Euere Hochfürstliche Durchlaucht werden gewiß meinen Wunsch nicht verkennen, diesen Irrthum in dem officiellen Weg berichtigt und das Publikum hierüber belehrt zu sehen. Ich habe daher die Ehre Höchstdieselben unterthänig zu bitten, den Inhalt dieser Deklaration in den nächsten Armeebericht aufnehmen zu lassen und ergreife diese Gelegenheit, um die Versicherung meines tiefsten Respektes und meiner ausgezeichnetsten Hochachtung darzubringen.

Beilage 18.

Des Generallieutenants Grafen Wilhelm von Hochberg officielle Berichtigung des österreichischen Armeeberichts vom 19. Oktober 1813.

Leipzig 22. Oktober 1813.

Aus den kaiserlich österreichischen Armeeberichten vom 19. Oktober dieses Jahres hat der Unterzeichnete zu ersehen gehabt, daß in solchen pag. 7 gesagt wird, daß ein großherzoglich badisches, auf dem großen Platze nebst den Sachsen aufmarschirtes Infanterieregiment dem Beispiel der Sachsen gefolgt wäre und seine Waffen sogleich gegen die kaiserlich französischen Truppen gekehrt habe. Da diese Anführung auf ein Mißverständniß sich gründen muß, so halte ich mich verbunden, solcher zu widersprechen und hiermit zu erklären, daß die großherzoglich badischen Truppen, nachdem sie nach Erstürmung der Stadt die Waffen gestreckt hatten, solche nicht wieder ergriffen haben, um sie gegen die kaiserlich französischen Truppen zu kehren. Vielmehr geschah solches, um den Sachsen vor das Grimma'sche Thor zu folgen, wo der Kampf schon längst geendet war und wo ihnen ein Emplacement bis auf weitere Verfügung angewiesen wurde. Ich darf mich dieser vorstehenden Darstellung halber auf das Zeugniß Seiner Königlichen Hoheit des Kronprinzen von Schweden, den ich gleich nach Erstürmung der Stadt zu sehen die Ehre hatte, beziehen, indem Höchstdieselben auf meine Erklärung, daß man den unter meinen Befehlen befindlichen Truppen die Waffen wiedergegeben habe, versicherte, daß solches nicht in der Absicht geschehen, uns gegen die kaiserlich französischen Truppen zu gebrauchen und habe ich zur Bestätigung des Vorstehenden nur noch anzuführen, daß man den Truppen meines Souveräns die Waffen wieder abgenommen hat und solche als Kriegsgefangene nach Berlin abgeführt worden sind.
Der Großherzoglich badische Generallieutenant Graf von Hochberg.

Beilage 19.

Der badische Generalmajor von Schäffer an Generallieutenant Graf Wilhelm von Hochberg.

Karlsruhe 28. Oktober 1813.

Hochgeborener Herr Graf, insonders Hochzuverehrender Herr Generallieutenant! Euer Excellenz eile ganz gehorsamst zu benachrichtigen, daß ich gestern Abend nebst dem Major von Holzing hier angekommen bin; Mangel an Postpferden, verbunden mit sehr schlechten Wegen, hat unsere Ankunft verzögert und mich früher des Vergnügens beraubt, Euer Excellenz von verschiedenen Gegenständen in Kenntniß zu setzen.

Wie ich hoffe werden Euer Excellenz mein Schreiben aus Leipzig vom 22. Oktober d. J. erhalten haben: ich benachrichtigte Hochdieselben in solchem, daß ich ohngeachtet aller Demarchen nicht so glücklich gewesen sei, es in Leipzig dahin zu bringen, daß die Anführung, als seien die Großherzoglichen unter Euer Excellenz Befehlen befindlichen Truppen zu denen gegen Frankreich verbündeten Mächten übergegangen, widerrufen würde. Der Fürst Repnin, als Gouverneur der Stadt, wollte sich auf keine Weise hiezu verstehen, indem er behauptete, daß dieser Widerruf zuerst von dem österreichischen Militär General-Kommando, von welchem die fragliche Anführung in die Armeenachrichten aufgenommen worden wäre, gebilligt sein müsse, Euer Excellenz sich daher vorzugsweise an dieses zu wenden haben würden.

Unter diesen Umständen hielt ich es für zweckmäßig über Nürnberg zu reisen, um wenigstens vorerst eine Widerlegung in den allgemein gelesen werdenden Correspondenten von und für Deutschland einrücken zu lassen und wirklich hat der Redakteur dieses Blattes sich dazu bereitwillig erklärt und wird diese Widerlegung in der Zeitung vom 27. Oktober statt haben; ich habe zugleich 24 Exemplare derselben bestellt und werde ich nicht ermangeln, einige davon Euer Excellenz zuzusenden, sobald ich solche erhalte.

Ich kann ferner die Ehre haben Euer Excellenz zu benachrichtigen, daß Seine Königliche Hoheit der Großherzog, Hochdero Benehmen in dem großen Moment der Krise, wo das Leben so vieler hundert braver Männer auf dem Spiel stand, völlig genehmigen und sehr vergnügt sind, daß Hochdieselben durch Entschlossenheit auf der einen Seite und weise Nachgiebigkeit auf der andern, dem Staate so viele brave Soldaten, die Hoffnung so vieler Familien, erhalten haben. Ich freue mich ungemein, daß ich so glücklich bin, der Erste zu sein, der Euer Excellenz diese angenehme Nachricht gibt, indem ich von Anfang bis ans Ende unserer intricaten Verhältnisse, die Demarchen verehrt habe, welche Hochdieselben dieserhalb gemacht; denn wem wird es entgehen, daß es schwerer ist in solchen verwickelten Augenblicken den rechten Gang einzuhalten, als eine Batterie zu vertheidigen. Seien Sie so gnädig und stellen das Betragen des Duc de Padoue einmal in Parallele und Euer Excellenz werden finden, daß dieser Mann in dem Augenblick der Gefahr sich durchaus nicht sehen ließ, Alles der Willkühr eines Jeden überließ, sich nur selbst aus der Affaire zu ziehen bemüht war, — daß dagegen Hochdieselben durch Ihre allenthalben zweckmäßige Gegenwart uns allen eine anständige Behandlung und dadurch, daß wir unter Hochdero Anführung den verbündeten Monarchen kühn unter die Augen traten, eine ehrenvolle Aufnahme verschafft haben.

Ich habe nebst dem Herrn Major von Holzing ferner die Gnade gehabt, Seiner Königlichen Hoheit dem Großherzog die Nothwendigkeit vorzustellen, Euer Excellenz mit Geld versehen zu lassen, um für die Bedürfnisse der Truppen sorgen zu können, und werden Seine Königliche Hoheit das Nöthige dieserhalb heute zu verfügen geruhen. Nicht minder gereicht es mir zum Vergnügen, Euer Excellenz sagen zu können, daß Ihr Wagen nach Aussage des Kriegszahlmeisters Koch gerettet ist, auch sind 4 bis 5 Officiere, welche man von der ersten Brigade ertrunken glaubte, glücklich durchgekommen und werden hier mit jedem Tag erwartet. Zufolge der Erzählung des eben erwähnten Kriegszahlmeisters ist zwischen Weißenfels und Freiburg eine große Anzahl Bagage, bei welcher sich selbst mehrere Wagen von Marschällen befanden, auf Befehl des Kaisers verbrannt worden, um dem Feind nicht in die Hände zu fallen. Uebrigens wird Euer Excellenz der Marsch des Generals von Wrede bereits bekannt sein; sein Hauptquartier war den 26. Oktober in Aschaffenburg und seine leichten Truppen waren denselbigen Tag von der großen Route von Fulda nach Frankfurt, in der Gegend zwischen Saalmünster und Hanau nur durch die Kinzig getrennt. Der König von Neapel ist den 26. d. M. in Frankfurt eingetroffen und hat seine Reise unverzüglich nach Mainz fortgesetzt. Der ich mit ausgezeichneter Verehrung verharre rc. rc. von Schäffer.

Beilage 20.

Der preußische Generallieutenant Graf von Tauentzien an Generallieutenant Graf Wilhelm von Hochberg.

Domitsch 12. November 1813.

Hochgeborener Herr Graf! Insonders Hochzuverehrender Herr Generallieutenant! Seine Königliche Majestät, mein allergnädigster Herr haben, wie Euer Excellenz bekannt sein wird, dem Großherzoglich-Badenschen Generalmajor von Schäffer erlaubt, mit einer dreiwöchentlichen Frist nach Karlsruhe zu reisen, um die Willensmeinung seines Herrn in Betreff Ihrer Truppen einzuholen. Diese Frist ist gegenwärtig abgelaufen, ohne daß der Generalmajor von Schäffer zurückgekehrt wäre, indem er vielleicht nur durch unvorhergesehene Hindernisse aufgehalten ist. Ich bin aber dem Befehle Seiner Majestät gemäß veranlaßt, Euer Excellenz nunmehr durch den Ueberbringer meinen Generaladjutanten Major von Vogel, um Ihre bestimmte Erklärung zu ersuchen, ob es Ihnen genehm ist, mit Ihren Truppen ohne weitere Bedingungen in die Dienste Seiner Majestät zu treten oder nicht.

Die Wahl der letztern Alternative würde ich um so mehr bedauern, als ich es aufrichtig wünsche, mit Euer Excellenz und Ihren braven Truppen in ein näheres Verhältniß zu treten, wogegen es mir höchst schmerzlich fallen würde, dem Allerhöchsten Befehle gemäß den Transport derjenigen Personen Ihres Korps, die nicht Dienste nehmen wollen, nach Rußland in die Kriegsgefangenschaft sofort veranlassen zu müssen.

Euer Excellenz, wie Ihr Korps werden indessen, wie ich nicht zweifle, es vorziehen, an der Seite Ihrer deutschen Landsleute für die Befreiung des gemeinsamen Vaterlandes und dessen künftige Unabhängigkeit zu kämpfen und habe ich für diesen Fall den Major von Vogel mit den nöthigen Instruktionen wegen Armirung Ihrer Truppen und deren Abmarsch versehen.

Euer Excellenz bitte ich die Versicherung meiner vorzüglichsten Hochachtung gefälligst anzunehmen, mit welcher ich die Ehre habe zu sein, Euer Excellenz ganz ergebenster Diener Tauentzien.

Beilage 21.

Antwort auf das Vorige.[1])

Hochgeborener Herr Graf! Insonders Hochzuverehrender Herr Generallieutenant! Euer Excellenz Schreiben hat mir Herr Major von Vogel überbracht. Sehr schmerzlich fällt es mir, das gnädige Anerbieten Seiner Majestät des Königs in den Reihen seiner Truppen zu dienen, nicht annehmen zu dürfen, indem ich die Antwort meines Souveräns, Seiner Königlichen Hoheit des Großherzogs von Tag zu Tag erwarte. Ich kann nicht anders glauben, als daß der Großherzog bei Ankunft des Generals von Schäffer in Konstanz und nicht in Karlsruhe war, wodurch ich mir die Verzögerung der Antwort erkläre. Uebrigens kann dieselbe unmöglich mehr lange ausbleiben, da ich zu sehr von den Gesinnungen Seiner Königlichen Hoheit überzeugt bin und gewiß glaube, daß derselbe diese Gelegenheit ergriffen haben wird, um der deutschen Sache beizutreten. Ich wage es demnach Euer Excellenz meinen Chef vom Generalstab den Major von Seutter zu schicken, um mir noch einige Tage Frist zu gönnen, da ich sicher darauf rechne, unverzüglich Nachricht zu erhalten. Da es übrigens leicht der Fall sein könnte, daß dem General von Schäffer auf seiner Reise etwas zugestoßen wäre, so bin ich so frei, Euer Excellenz zu bitten, dem Major von Seutter zu erlauben zu Seiner Majestät dem König zu reisen, damit ich durch ihn Nachricht von den Schritten unseres Hofes erhalte.

Ich würde dieß als eine besondere Gunst Euerer Excellenz betrachten. Euer Excellenz werden selbst einsehen, in welcher Verlegenheit ich mich befinde, da ich so gerne meinem Herzen folgen möchte, um mit Ihren braven Truppen zu dienen und besonders unter Euer Excellenz zu fechten, ich aber auf der andern Seite meinem Souverän nicht vorgreifen darf. Zudem liegt mir Alles daran den Rest der Truppen, die ich hier bei mir habe, zu erhalten, da ohne diese Cadres es dem Großherzog unmöglich würde, Truppen wieder zu organisiren und so der deutschen Sache nützlich zu sein. Haben Euer Excellenz die Güte auf diese meine Gründe einige Rücksicht zu nehmen.

Indem ich Euer Excellenz bitte diese meine Gründe einer nähern Prüfung zu unterwerfen, muß ich schließlich darum ansuchen, daß mir und den Officieren meines Generalstabs in dem Fall, wo wirklich gegen mein Verhoffen der Transport der badischen Truppen stattfinden sollte, — die bereits von Sr. Majestät dem König ertheilte Erlaubniß in Berlin bleiben zu können, nicht zurückgenommen werden möge, indem bekanntlich Generallieutenant Prinz Emil von Hessen-Darmstadt, der ohne Kapitulation gefangen wurde, einer gleichen Vergünstigung genießt. Die mir von des Königs Majestät in Leipzig geäußerten gnädigen und huldvollen Gesinnungen lassen mich an der Gewährung dieser meiner Bitte nicht zweifeln, und ebensowenig glaube ich, daß Euer Excellenz mir hierbei Ihren Beistand versagen werden, da ich bereits früherhin so starke Beweise von Dero wohlwollendem Antheil an meinem und meiner Untergebenen Schicksal durch milde und schonende Behandlung erfahren habe, wofür mein dankbarstes Andenken nie aufhören wird. Der Großherzoglich badische Generallieutenant Graf von Hochberg.

---

1) Das Datum fehlt im Original.

Beilage 22.

Antwort des Generallieutenants Grafen von Tauentzien auf das Vorige.

Domitsch 19. November 1813.

Hochgeborener Herr Graf! Insonders Hochzuverehrender Herr Generallieutenant! Euer Excellenz sehr geehrtes Schreiben habe ich die Ehre gehabt zu erhalten.

Es setzt mich in Verwunderung daraus zu ersehen, daß die Antwort Sr. Königlichen Hoheit des Großherzogs noch nicht erfolgt ist. Die Befehle, welche ich von Sr. Majestät dem König meinem allergnädigsten Herrn in Bezug auf die kriegsgefangenen Großherzoglich Badenschen Truppen erhalten habe, sind so bestimmt, daß ich mir nicht die geringste Abweichung oder Auslegung erlauben darf.

Um Euer Excellenz meine Bereitwilligkeit zu bezeigen, werde ich aber in Erwartung, daß die Erklärung Sr. Königlichen Hoheit Ihres Souverains durch den dahin abgeschickten Herrn General von Schäffer unverzüglich einlaufen muß, noch einige Tage mit der weitern Ausführung der mir zugekommenen Befehle anhalten.

Ich bitte Euer Excellenz sich zu überzeugen, daß dieses das Einzige ist, was ich mir in dieser Angelegenheit erlauben darf, und erwarte zugleich, daß Euer Excellenz diese Maaßregel als ein Zeichen der ausgezeichneten Hochachtung annehmen mögen, mit welcher ich die Ehre habe zu sein Euer Excellenz ganz ergebenster Diener Tauentzien.

Beilage 23.

Antwort des Großherzogs Karl von Baden auf die Meldung des Generallieutenants Grafen von Hochberg vom 20. Oktober.

Karlsruhe 31. Oktober 1813.

Mein lieber Graf! Der General von Schäffer überbrachte mir Ihre Meldungen und ich habe durch denselben das Vergnügen zu erfahren, wie vortrefflich und ganz meinen Erwartungen entsprechend Sie sich benahmen. Empfangen Sie, lieber Graf, meine vollkommene Danksagung, welche ich Sie ersuche auch den Truppen in meinem Namen bekannt zu machen. Ich schicke denselben an Seine Majestät den König von Preußen[1]), er wird Ihnen eine Summe von 20,000 fl. zur Disposition

---

1) Den Gegenstand dieser Mission enthält das höchst merkwürdige Schreiben des Großherzogs an den König, unter Beilage 24.

stellen und seine Aufträge zielen auf die Erhaltung meiner braven Truppen. Die jetzigen Umstände sind höchst wichtig für unser Vaterland.

Halten Sie immer guten Geist unter dem Officierskorps, welches die Soldaten beseelt und die allgemeine Achtung wird unsere Belohnung sein. Haben Sie die Güte, Ihrem Herrn Bruder meine Empfehlungen zu machen und General von Stockhorn und Major von Seutter viel Verbindliches von mir zu sagen.

Ich verbleibe mit der ausgezeichnetsten Achtung, mein lieber Graf, Dero ganz ergebener Karl.

Beilage 24.

Großherzog Karl von Baden an König Friedrich Wilhelm III. von Preußen.

Karlsruhe 31. Oktober 1813.

Sire! Mon Généralmajor de Schaeffer qui vient d'arriver de retour de Leipsick, m'a rapporté la générosité avec laquelle V. M. a daigné traiter mes troupes, qui ont eu le malheur d'être faits prisonniers de guerre à la prise de cette ville. Je m'empresse Sire, de faire agréer à V. M. l'hommage de ma plus sensible gratitude pour un procédé, auquel on reconnait si aisément Votre inappréciable caractère. Veuillez cependant me permettre Sire, que j'ose prier V. M. d'ajouter encore à Vos bontés. D'après ce que Votre M. a dit à mon Lieutenant Gl. Comte de Hochberg Elle a l'intention de laisser mes troupes dans leurs cantonnements aux environs de Berlin, l'éspace de trois semaines passé, elles seraient traitées d'après la rigueur des loix de la guerre, si dans l'intervalle je n'aurais pas déclaré mon adhésion au parti embrassé par le reste de l'Allemagne. Le motif même de cette détermination me fait cependant espérer que V. M. ne s'en tiendra pas rigoureusement à un espace de temps aussi resserré, quand d'un côté Elle voudra apprécier la situation vraiment unique de mes états et quand de l'autre Elle saura la démarche, que j'avais déjà faite avant que l'intention de V. M. me fut connue. Quant à la situation de mon pays, il suffit de jeter un coup d'oeil sur la carte pour l'apprécier. Soixante lieues de frontière sans un seul point fortifié pour les couvrir, hérissées de l'autre côté par une double et triple ligne de forteresses redoutables me préscrivent impérieusement le cercle dans lequel je dois me contenir abandonné à mes propres forces. Cet état de choses date de la paix de Westphalie, qui a donné l'Alsace à la France. Aussi dans toutes les guerres entre l'Allemagne et la France depuis cette époque toute l'étendue de mon pays actuel a été ou réduite en cendres, comme dans les deux guerres terminées par les traités de Nimègue et de Ryswyck, ou du moins saccagée et dévastée comme dans les guerres de succession d'Espagne et de Pologne, sans que de belles et nombreuses armées, commandées par les premiers Généraux de leur temps et entre autre par un Prince même de ma Maison[1]) aient pu l'en garantir.

Une aussi terrible expérience a du régler la politique de feu mon grand Père. Quoique membre du corps germanique et fidèle à ses devoirs pendant tout le cours de sa vie, il ne pouvait pas balancer un seul instant de faire sa paix séparée avec la France, dès que cette Puissance eut transporté en 1796 le Théatre de la guerre sur la rive droite du Rhin. Il maintint sa neutralité pendant les 3 Campagnes de 1797, 1799 et 1800 et cette neutralité fut au moins tacitement reconnue même par l'Autriche, malgré la présence d'une armée autrichienne et de l'Empire, dans le Pays même. On reconnut que mon grand Père n'avait pas d'autre parti à prendre et on eut la générosité de ne vouloir pas le contraindre de violer les premiers devoirs d'un Souverain envers ses peuples. Il manifesta cette même intention au commencement de la guerre de 1805. Ses déclarations envers la France furent préssantes et le ministre de S. M. l'Empereur de toutes les Russies en fut prévenu par une note où réspirait la plus abondante loyauté. Si mon grand Père fut peu de temps après dans le cas de prendre une part active dans cette guerre, il s'y trouvait forcé par la réponse péremtoire de la France, qui en même temps où elle était en mesure de porter ses armées à 20 lieues en avant de mon pays, déclara qu'elle ne pouvait admettre de neutralité et qu'il fallait se résoudre d'être pour ou contre elle.

Je ne me permettrai pas d'appuyer par le propre exemple de V. M. les conséquences résultantes de ces réflexions. Elles m'ont prouvé que ce que dans les circonstances actuelles je dois désirer avant toute autre chose, c'est une neutralité reconnue par les deux parties belligérantes et applicable à toute l'étendue de mon grand duché. Il y a déjà quelque temps que j'ai fait faire, pour y parvenir, des ouvertures à Paris, dont j'attends avec anxiété le résultat. Dès qu'il me sera connu il règlera ma marche ultérieure, et ce sera d'après la nature de la réponse qui me sera faite, que je compte entrer sur le champ dans une négociation franche et ouverte avec les hautes Puissances alliées. Ce que j'ose donc demander de V. M. d'après l'esprit de justice et de modération qui Lui est propre, c'est qu'Elle veuille bien prolonger jusque là, le délai qu'Elle a cru devoir se fixer par rapport au point de vue, sous lequel mes troupes doivent être considérées et traitées. J'ai chargé en conséquence mon Généralmajor de Schaeffer de demander une audience particulière de V. M., dans laquelle il aura l'honneur de Lui remettre les présentes. Rempli de confiance en Ses bontés envers une maison, qui a toujours été dans des liaisons intimes avec la Prusse, je vais même jusqu'à me flatter que V. M. daignera appuyer mes représentations vis-à-vis de Ses hauts alliés, et c'est avec cette confiance ainsi qu'avec les sentiments du plus inviolable dévouement que je suis etc., etc.

---

1) Markgraf Ludwig von Baden-Baden gest. 1707.

Beilage 25.

Antwort des Generallieutenants Grafen Wilhelm von Hochberg auf das Handschreiben des Großherzogs Karl von Baden vom 31. Oktober.

Berlin 27. November 1813.

Durchlauchtigster Großherzog! Euerer Königlichen Hoheit gnädiges Schreiben vom 31. Oktober, das ich Gestern erhielt, hat mich ungemein glücklich gemacht. Es war mir ein neuer Beweis von Euerer Königlichen Hoheit väterlicher Fürsorge für Ihre Truppen, indem durch die erhaltenen Wechsel aller Noth nun abgeholfen ist. Wir sind dadurch vor allen andern Gefangenen besonders begünstigt und es ist gewiß Keiner unter uns, der es nicht mit dem lebhaftesten Dank erkennt.

Daß Euere Königliche Hoheit mein Benehmen in Leipzig gebilligt haben, gewährt mir die süßeste Freude, und ich finde in der Art, wie sich Höchstdieselben in Ihrem Schreiben gegen mich ausgedrückt haben, die größte Belohnung meiner Bemühungen. Möchte ich nur Gelegenheit haben, Euerer Königlichen Hoheit Beweise meiner aufrichtigen Anhänglichkeit geben zu können.

Seit 8 Tagen bin ich hier. Nachdem wir nämlich den 22. Oktober Leipzig verlassen hatten, wurde uns zuerst Brandenburg, dann Neu-Ruppin zum Aufenthalte angewiesen, wo wir ganz auf freiem Fuß, gut verpflegt wurden. Den 16. November kam plötzlich ein Generaladjutant des General Tauentzien, Major von Vogel, und brachte mir einen Brief des Ersteren, wonach mir die Wahl gelassen wurde, in Preussische Dienste mit dem Korps überzutreten oder als Gefangene nach Rußland transportirt zu werden. Alles Einreden half nichts, es hieß, dem General Schäffer seien drei Wochen zu seiner Rückkehr gegeben, die seien nun verflossen, und ich müßte mich erklären. Ich nahm keinen Augenblick Anstand, darauf zu antworten, daß ich nie ohne die Befehle Euerer Königlichen Hoheit darin handeln würde, indem mir noch unbekannt sei, was für eine Entschließung Höchstdieselben genommen hätten, und daß ich lieber Alles erdulden würde, als Euerer Königlichen Hoheit vorzugreifen. Darauf hin wurden wir sogleich hierher in Marsch gesetzt, um weiter gegen die Russische Grenze transportirt zu werden. Ich fürchtete nun in einem Augenblick alle meine bisherigen Bemühungen wegen Zusammenhalten der Leute auf einmal fruchtlos werden zu sehen, und war in großer Besorgniß, da mir Alles daran liegt, Euerer Königlichen Hoheit die Stämme zu neuen Regimentern zu erhalten. Aus dieser Ursache schickte ich den Major von Seutter an den General Tauentzien mit der Bitte uns noch vor der Hand in Neu-Ruppin zu lassen. Zu gleicher Zeit gab ich ihm einen Brief an Seine Majestät den König von Preußen mit, worin die nämliche Bitte enthalten war, und Meldungen an Euere Königliche Hoheit, indem ich hoffte, es möchte dem Major von Seutter erlaubt werden, sie Euerer Königlichen Hoheit selbst zu überbringen. Ich reiste sogleich hierher voraus und machte hier beim General Lestocq Vorstellungen über unsern weitern Marsch, indem ich vorstellte, daß selbst der Sache der Alliirten dadurch geschadet würde, indem es Euerer Königlichen Hoheit schwer sein würde, uns schnell wieder zu organisiren, wenn wir so weit weggeschickt und Sie im Falle wären, Sich für diese Sache zu erklären. Dieß half aber nichts und ich konnte mit großer Mühe nur einen Rasttag hier erlangen. Es war mir Alles daran gelegen Zeit zu gewinnen, in welcher ich etwas von Karlsruhe zu hören hoffte. Glücklicherweise geschah auch, was ich erwartet hatte. Die hiesige Zeitung brachte die Reise des Ministers von Reitzenstein nach Frankfurt und einige Tage nachher auch die von Euerer Königlichen Hoheit ebendahin. Darauf gestützt, verlangte ich noch einmal, daß man uns bis auf weitere Nachricht von Haus hier in der Gegend lassen möchte, und war so glücklich, es durchzusetzen. Unsere Leute wurden nun in die nächstgelegenen Dörfer verlegt, und in der Verpflegung wie preußische Truppen gehalten. Mehrere unserer Soldaten hatten auf die Nachricht, wir sollten nach Rußland transportirt werden, bei den englischen Werbern Dienste genommen; ich fürchtete auf diese Art viele unserer besten Soldaten zu verlieren, nur durch die Gefälligkeit des preußischen Kommandanten General von Brauchitsch gelang es mir diese Leute wieder zu erhalten, nebst der Versicherung, daß keiner von unsern Soldaten mehr sollte angeworben werden. Unterdessen kam auch Major von Seutter vom General Tauentzien wieder zurück, der ihn zuerst höflich aufgenommen hatte, ihm aber die Erlaubniß, nach Frankfurt zu gehen, nicht gestatten wollte.

Wir erwarten nun mit jedem Tag die Befehle Euerer Königlichen Hoheit und jeder ist von dem lebhaftesten Wunsche durchdrungen, sich für Fürst und Vaterland schlagen zu dürfen. Schließlich muß ich Euerer Königlichen Hoheit das artige Benehmen aller preußischen Behörden gegen uns rühmen und besonders das menschenfreundliche Betragen des Generals Lestocq. Graf von Hochberg, Generallieutenant.

Beilage 26.

Ordre des Großherzogs Karl von Baden an das badische Truppen-Kontingent in Spanien.

Frankfurt den 18. November 1813.

Da ich nunmehr der Sache Deutschlands und der alliirten Mächte gegen Frankreich gleichfalls beigetreten bin, so befehle ich hiermit dem kommandirenden Offizier meines 4. Linien-Infanterie-Regiments in Spanien oder wo dasselbe sich befinden mag, die nächste Gelegenheit wahrzunehmen und zu den Truppen der allerhöchsten alliirten Mächte überzugehen, um von da in das Vaterland zurückzukehren. Karl.

Beilage 27.

Ordre des Großherzogs Karl von Baden an das badische Armeekorps.

Karlsruhe 20. November 1813.

Meinem Armeekorps, welches sich zu allen Zeiten meiner Zufriedenheit durch sein tapferes und noch in den letzten Zeiten ruhiges und sinnevolles Betragen würdig gemacht hat, eröffne ich hierdurch, daß ich mich bewogen gefunden habe, der Verbindung mit Frankreich zu entsagen und mit den allerhöchsten alliirten Mächten die Sache Deutschlands zu der Meinigen zu machen. Die frühere Zeit, in der meine tapferen Soldaten sich unverwelkliche Lorbeeren erworben, ist mir Bürge, daß nunmehr, wo es die Sache Deutschlands gilt, Jeder mit Freuden ferner seine Pflichten erfüllen wird.

Allen Denjenigen, welche in den vergangenen Feldzügen sich Ehrenzeichen und in Folge derselben Pensionen und Dotationen von Frankreich erworben haben, garantire ich dieselben hiemit feierlich.

Das ganze Armeekorps wird unverzüglich in und um Karlsruhe nach den noch zu erfolgenden Ordres zu fernerer Organisation zusammengezogen. Karl.

Feldzug 1814.

Beilage 28.

Graf Artois an Generallieutenant Graf Wilhelm von Hochberg.

Nancy, 3. April 1814.

Monsieur le Comte. Vous jugerez façilement avec quelle satisfaction j'ai reçu la lettre que vous m'avez envoyée par le Major de Callenberg. C'est lui, qui vous porte ma réponse et je n'ai rien à ajouter à tout ce qu'il est chargé de vous dire de ma part et de celle de Mr. d'Alopäus Gouverneur Général de la Province. Mais j'ai voulu vous témoigner moi-même combien je suis touché de votre parfaite obligeance, et combien j'ai à me louer sous tous les rapports du Major de Callenberg. Je vous aurai une nouvelle obligation, si vous voulez le charger d'accompagner la bonne et loyale garnison de Phalsbourg depuis cette ville j'usqu'à Nancy.

De plus je dois vous recommander particulièrement le Colonel Comte de Trogoff auquel j'ai confié mes pouvoirs pour traiter au nom du roi, mon frère avec le Comte de Bransion. Cet excellent officier a toute ma confiance et mérite la votre.

Je saisis avec empressement cette occasion pour vous assurer, Monsieur le Comte, de tous mes sentiments d'éstime et de considération. Charles Philippe.

Beilage 29.

Waffenstillstandsvertrag mit Straßburg.

Son Excellence le Lieutenant général Comte de Hochberg commandant les troupes du Blocus dans la Basse-Alsace ayant été prévenu officiellement par Mr le général de division Comte Broussier, Commandant supérieur de Strasbourg et Kehl de l'adhésion de la garnison et des habitans des dites places aux décrets .rendus par le Gouvernement provisoire de France; et les deux chefs désirant de faire cesser sur le champ les hostilités entre les troupes alliées du Blocus et les troupes françaises, Son Excellence a nommé Mr le Général Major Baron de Franken, son Chef d'Etat-major, avec autorisation de conclure avec Mr le Général de brigade Humbert Chef d'Etat-major du Gouvernement de Strasbourg, muni de pleins pouvoirs de Mr le Général de division Comte Broussier, un armistice de la teneur suivante:

Article 1. Toutes hostilités entre les troupes alliées du Blocus de Strasbourg et de Kehl et les troupes de la garnison des dites places cesseront, à compter de demain, seize Avril à cinq heures du matin. Les ordres nécessaires à cet effet seront expédiés de suite aux Commandants des différents Corps.

Article 2. Chaque poste de troupes des parties contractantes restera dans la position respective, qu'il occupe aujourd'hui quinze Avril à midi.

Article 3. La libre circulation des personnes non militaires et des objets de commerce, à l'exception de ceux qui peuvent être regardés comme faisant partie d'approvisionnement de bouche et de guerre d'une place, est permise pendant la durée de l'armistice.

Article 4. Les hostilités ne pourront recommencer qu'après s'être prévenus vingt-quatre heures d'avance.

Fait à Brumath le quinze Avril 1814, à midi.

Le Général de Franken. Le Général Humbert.

Beilage 30.

General der Kavallerie Graf Wittgenstein an Generallieutenant Graf Wilhelm von Hochberg.

Paris 27. April 1814.

Euer Excellenz soll ich hiermit den Auftrag ertheilen, alle Arbeiten am Rhein sogleich einzustellen und die schon fertigen Befestigungswerke in Fort-Louis im vorigen Stande demoliren zu lassen.

Zugleich erhalten Euer Excellenz annoch hierdurch die Anzeige, daß der k. k. österreichische Generalstabs-Obrist von Bahrenbühler von Seiner Durchlaucht dem Fürsten Schwarzenberg nach der abgeschlossenen Waffenstillstandsakte beordert ist zur Uebernahme des Forts Kehl. Ich ersuche daher Euer Excellenz, wenn sich der erwähnte Obrist deßfalls bei Ihnen meldet, ihm die nöthige Anzahl Truppen, um dieses Fort nach seiner Anordnung besetzen zu können, zu geben unter Befehl eines Ihrer Stabsofficiere. Euer Excellenz Berichte vom 18. und 22. habe ich soeben erhalten. Da das Magazin von Fort-Louis nicht mehr nöthig ist, so fallen auch die weitern Demarchen hierüber weg.

Was die Besetzungen der übrigen Festungen anbetrifft, so habe ich Euer Excellenz schon hierüber die Willensmeinung des Fürsten Schwarzenberg mitgetheilt, woher denn auch Euer Excellenz alle diejenigen Festungen, die den Eid der Treue an den König Ludwig XVIII. geschworen haben, nicht mehr einzuschließen gebrauchen und Ihre Truppen in ausgedehntere Kantonnirungen verlegen können.

Insbesondere trägt mir annoch der Fürst Schwarzenberg auf, Euer Excellenz den verbindlichsten Dank für Ihre außerordentliche Thätigkeit und für Ihre stets weislich getroffenen Anordnungen abzustatten und daß er nicht unterlassen wird Euer Excellenz Seiner Majestät dem Kaiser von Oesterreich vorzustellen. — Die von Euer Excellenz abgeschlossene Konvention mit dem Kommandanten von Pfalzburg ist förmlich bestätigt worden. Ich werde nicht ermangeln, die von Euer Excellenz erhaltene Eingabe der sich ausgezeichneten Offiziere gehörigen Orts vorzustellen. Graf Wittgenstein.

Beilage 31.

Feldmarschall Fürst Schwarzenberg an Generallieutenant Graf Wilhelm von Hochberg.

Wien 14. November 1814.

Hochgeborener Graf! Ich zähle es zu meinen angenehmsten Pflichten die Verdienste, welche sich Befehlshaber der alliirten Armeen um die glückliche Beendigung des letzten Feldzugs erwarben, zur Allerhöchsten Kenntniß Seiner Majestät des Kaisers, meines Herrn, zu bringen.

Da das Blokadekorps vor Straßburg, welches unter Euer Excellenz Befehlen stand, sich in jeder Hinsicht ganz besonders ausgezeichnet hat, und die einsichtsvollen Dispositionen Euer Excellenz, wodurch der Ausfall der feindlichen Besatzung von Straßburg zuletzt, so nachdrücklich zurückgewiesen ward, für das Ganze von ungemeiner Wichtigkeit waren, so haben Seiner Majestät der Kaiser diese wesentlichen Verdienste huldreichst anzuerkennen und auf einen von mir erstatteten Vortrag Hochdenselben das Kommandeurkreuz des Königlich Hungarischen St. Stephansordens zu verleihen geruht.

Anliegend gebe ich mir die Ehre, Euer Excellenz die Insignien dieses Ordens zu übermachen und zugleich meine aufrichtigsten Glückwünsche zu der Hochdenselben zu Theil gewordenen Auszeichnung beizufügen.

Genehmigen Euer Excellenz bei diesem Anlaß die Versicherung der Hochachtung und wahren Ergebenheit, womit ich stets verharre Euer Excellenz ergebenster Diener Schwarzenberg.

Feldzug 1815.

Beilage 32.

Feldmarschall Fürst Schwarzenberg an Generallieutenant Graf Wilhelm von Hochberg.

Hauptquartier Heidelberg 23. Juni 1815.

Nach der Euer Excellenz bereits unterm 18. d. zugekommenen Weisung ist Ihnen die Blokade der Festungen Schlettstadt und Neubreisach übertragen.

Es sind zu diesem Zweck 3 Bataillone Würtemberger und 1 Bataillon Darmstädter unter einem würtembergischen General, ferner 1 Bataillon Bianchi, 3 Bataillone

Badener und 2 Divisionen Kaiser Chevaurlegers nebst 2 österreichischen 3pfünder Batterien unter dem General Volkmann an Ihre Befehle gewiesen. Die unter den Befehlen eines würtembergischen Generalen zur Blokade von Schlettstadt bestimmten 3 Bataillone Würtemberger werden von Seiner Königlichen Hoheit dem Kronprinzen von Würtemberg dermaßen dirigirt werden, daß sie längstens am 3. Juli vor Schlettstadt eintreffen. Euer Excellenz haben eine Division Kaiser Chevaurlegers und jene 3pfündige Batterie, welche Sie bei Offenburg erhalten haben, nach Bischoffsheim, wo sich diese 3 Bataillone am 27. konzentriren, dermaßen zu dirigiren, daß sie von dort aus ihren Marsch mit den zur Blokade von Schlettstadt bestimmten Truppen fortsetzen Mit der Brigade des General Volkmann und dem Bataillon Hessen-Darmstädter vereinigen Euer Excellenz sich selbst am 27. bei Mahlberg, marschiren am 28. nach Freiburg, wo Sie ein Bataillon Badener zurücklassen, am 29. nach Müllheim, am 30. nach Basel, wo Sie die für die Blokade von Neubreisach bestimmte Batterie finden, am 1. Juli nach Groß-Kembs, am 2. nach Blodelsheim, am 3. gegen Neubreisach.

Dem in Freiburg zurückbleibenden Bataillon Badener werden Sie den Befehl ertheilen, am 4. Juli nach Neuburg, am 5. nach Basel, am 6. nach Ottmarsheim zu marschiren, von wo es sich am 7. mit den übrigen vor Neubreisach vereinigt.

Ihr Quartier nehmen Euer Excellenz am 3. Juli in Colmar und besetzen dasselbe mit 1 Bataillon Hessen-Darmstädter, 1 Division Kaiser Chevaurlegers und ½ Batterie. Mit den übrigen 4 Bataillonen übernimmt General Volkmann die unmittelbare Blokade von Neubreisach.

Schließlich bemerke ich Euer Excellenz, daß ich die Oberleitung der Blokaden von Breisach, Schlettstadt, Befort und Hüningen Seiner Kaiserlichen Hoheit dem Erzherzog Johann übertragen habe, an welchen Sie daher angewiesen sind.

Mein Hauptquartier wird am 24. 25. und 26. Juni in Mannheim bleiben am 27. nach Speier verlegt. Schwarzenberg.

Beilage 33.

Erzherzog Johann von Oesterreich an Generallieutenant Graf Wilhelm von Hochberg.

Colmar 9. Juli 1815.

Ich habe bei Besichtigung der Blokade-Korps von Neubreisach und Schlettstadt mit Vergnügen die guten Anstalten, die man getroffen, und die Ordnung und Bereitwilligkeit der Truppen bemerkt. Der Herr Generallieutenant wollen demnach den Herrn Generalen von Volkmann und Stockmaier, sowie der gesammten Mannschaft meine Zufriedenheit bezeugen.

Ich danke Ihnen für den Eifer, die Thätigkeit und Einsicht, mit der Sie sich Ihres Auftrags entledigen und die Oberleitung über beide Blokaden führen.

Sobald der Herr Feldmarschall-Lieutenant Graf Mazzuchelli eintrifft, muß ein Bataillon auf dem rechten Ufer der Ill bei Schenenbichel aufgestellt, und das Dorf Rathsmannshausen mit zwei bis drei Kompagnien besetzt werden. Wenn dann die Verbindung zwischen beiden Orten gehörig gesichert wird, so wird auch der Feind auf dieser Seite vollkommen eingeschlossen sein. Um diesen Zweck vollständig zu erreichen, wird die baldige Ausführung der vorgeschlagenen Abgrabung des Illarms sehr nützlich sein, die ich dießfalls zu betreiben empfehle. Es wird sehr gut sein, wenn die Chausseen und Wege abgegraben und mit Auswürfen versehen werden, um erforderlichen Falls das Geschütz hinter selben aufzuführen.

Der Herr Generallieutenant wollen trachten auch nach Ankunft des Feldmarschall-Lieutenants Mazzuchelli die vollkommene Einschließung von Schlettstadt mit der geringst möglichen Truppenzahl zu bewirken, damit immer einige Bataillone bereit bleiben, entweder zur Unterstützung der Blokade von Straßburg oder zur Sicherung der Straßen in die Vogesen abzurücken.

Der Herr Generallieutenant wollen an die Kommandanten von Schlettstadt und Breisach eine Proklamation des Königs überschicken und sich den Empfang bescheinigen lassen.

Die Tagsbefehle, die mitfolgen, wollen Sie im Lande bekannt machen und für die Aufrechthaltung der Ordnung bestens sorgen. Da der Herr Feldmarschall Fürst Schwarzenberg Ihnen die Einschließung von Schlettstadt und Neubreisach übertragen, so behalten Sie die Oberleitung über beide Blokaden. Der Herr General von Stockmaier wird jedoch an Herrn Feldmarschall-Lieutenant Mazzuchelli angewiesen, dem Sie diesen Befehl mittheilen, und mir von seinem Eintreffen unverzüglich die Anzeige erstatten wollen. Erzherzog Johann.

Beilage 34.

General der Kavallerie Fürst von Hohenzollern an Generallieutenant Graf Wilhelm von Hochberg.

Stützheim, 7. Juli 1815.

Durch einen soeben von Seiner Durchlaucht dem en Chef kommandirenden Generalen Fürsten zu Schwarzenberg erhaltenen Befehl, bin ich beauftragt den Herrn FML. Graf Mazzuchelli nach dem Eintreffen der Division Palombini mit einem Infanterieregiment vor Schlettstadt rücken zu lassen, welcher den Oberbefehl der Blokade dieser Festung führen wird. Durch diese Verstärkung wird das Blokadekorps vor Schlettstadt wohl in die Lage gesetzt sein, auch etwas gegen die im Wasgau herumschwärmenden Partisans zu unternehmen, oder sich wenigstens gegen ihre Neckereien zu versichern, und ihr Erscheinen in der Ebene gegen die Brücke bei Markolsheim zu verhindern, welches auch ein besonderer Beweggrund zur Verstärkung der Blokadekorps von Neubreisach und Schlettstadt gewesen war.

Doch ist auch die Sicherstellung der Straßen von Markolsheim über Guemar, Ribeauvillé, St. Marie aux Mines, St. Die, Rambervillers, Charmes und Neufchateau unserer Sorge vorzüglich anempfohlen worden, um so mehr als der en Chef Kommandirende diese Route zu einer neuen Kommunikationslinie angenommen hat.

Ich beeile mich daher Euer Excellenz hievon ebenfalls in die Kenntniß zu setzen. Da Hochdieselben, als näher an denen bedrohten Punkten, vielleicht sogleich wirksame Maaßregeln zur Erfüllung des hohen Befehls ergreifen können, die ich sodann gewiß nachdrücklichst in dem Verhältniß meiner Kräfte unterstützen werde.

Unter Einem erhält auch der FML. Mazzuchelli den Auftrag vor allem auf die Sicherheit dieser Kommunikation bezugnehmende Ereignisse schleunigst Seiner Königlichen Hoheit dem Erzherzog Ferdinand, welcher seine Direktion nach Neufchateau genommen hat, Meldung zu machen.

Ich freue mich besonders, durch die Umstände mit Euer Excellenz in ein nachbarliches Dienstverhältniß gekommen zu sein. Prinz zu Hohenzollern.

Beilage 35.

Erzherzog Johann von Oesterreich an Generallieutenant Graf Wilhelm von Hochberg.

Jechtingen, 23. Juli 1815.

Es muß mich nicht wenig befremden, daß der Feldzeugmeister Fürst Hohenzollern ohne mein Wissen mit dem Feind einen Waffenstillstand eingehen konnte, der nicht allein seine Festungen in sich begreift, sondern auch auf jene, die unter meinen unmittelbaren Befehlen stehen, sich erstrecket, ohne sich jedoch hierüber mit mir in das nöthige Einverständniß zu setzen. Ich habe den Befehl von dem kommandirenden Generalen Fürsten Schwarzenberg erhalten, die Festung Hüningen zu belagern, die Voranstalten dazu sind bereits getroffen, binnen wenigen Tagen erhalte ich das Belagerungsgeschütz, und wenn keine Gegenbefehle eintreffen, so denke ich diese Belagerung sogleich zu unternehmen. Zu Folge dem kann Hüningen nicht mitbegriffen sein, ebensowenig Befort, welches einen Waffenstillstand mit dem 1. Armeekorps eingegangen hat. Ich kann daher die mir mitgetheilte Konvention nur bedingungsweise eingehen; der Herr Generallieutenant wollen in dieser Beziehung die sich in Colmar befindlichen Officiere der französischen Armee zurücksenden und dem Herrn Fürsten von Hohenzollern diesen meinen Entschluß mit dem Bemerken mittheilen, daß ich bei meiner Rückkunft nach Basel dem Herrn Feldzeugmeister das Nähere über diesen Gegenstand eröffnen werde. Erzherzog Johann.

Beilage 36.

Erzherzog Ferdinand von Este an Generallieutenant Graf Wilhelm von Hochberg.

Sens 20. Juli 1815.

Empfangen der Herr Generallieutenant meinen verbindlichsten Dank über die mir gemachte Anzeige der bei Neubreisach und Schlettstadt stattgefundenen Ereignisse.

Ich entnehme daraus mit besonderm Vergnügen die Zweckmäßigkeit der Leitung dieser Blokaden und den bewiesenen Muth der dabei verwendeten Truppen.

Der Herr Generallieutenant werden mich sehr verbinden, mir auch fernerhin Nachrichten über Ereignisse mitzutheilen, die auf die Sicherheit der Armee so wesentlichen Einfluß nehmen. Die Truppen des Reservekorps sind bereits aus ihren Kantonnirungen bis gegen Briare, La Charité und Nevers sur Loire vorgerückt und ich erwarte mit Ungeduld den Befehl, den jenseits der Loire stehenden Feind angreifen und schlagen zu dürfen.

Ich verlege mein Hauptquartier morgen nach Poigny und am 22. nach Auxerre.

Erzherzog Ferdinand.

Beilage 37.

Der Kronprinz von Würtemberg an Generallieutenant Graf Wilhelm von Hochberg.

Paris 26. September 1815.

Ich habe Euer Hochgeboren Schreiben vom 14 d. M. heute erhalten, wofür ich denenselben meinen verbindlichsten Dank abstatte.

Wenn es mir angenehm ist von Euer Hochgeboren zu erfahren, daß die Königlich würtembergischen Truppen, welche unter Dero Kommando gestanden, ihre Pflicht erfüllt haben, so bitte ich Euer Hochgeboren die Versicherung anzunehmen, daß dieselben sich geehrt gefunden haben unter Ihrem Kommando zu stehen, welches sich so sehr ausgezeichnet hat.

Ich vereinige mit dieser Versicherung diejenige meiner persönlichen Hochachtung und den Wunsch, daß Dieselben sowohl für jetzt als für die Zukunft gleiche Gesinnungen gegen mich und die Königlich würtembergischen Truppen haben mögen.

Friedrich Wilhelm Kronprinz.

Beilage 38.

Generallieutenant Prinz Emil von Hessen an Generallieutenant Graf Wilhelm von Hochberg.

Cosne 14. Oktober 1815.

Euer Excellenz gefälliges Schreiben über den Rückmarsch des 2. Bataillons Groß und Erbprinz habe ich zu Paris erhalten und Hochdero verehrliches Zeugniß von dem Betragen desselben in Beziehung auf Disciplin und Dienst zu dienstlicher Notiz genommen. Wenn dieß Bataillon sich bestrebt hat, in strenger Befolgung der bestehenden Kriegsgesetze und Ordnung die Zufriedenheit seines Oberkommandos zu verdienen, so erwähnen dagegen die Berichte des Herrn Majors Grahn dankbar der Fürsorge und Gewogenheit, mit welchen dasselbe in allen Gelegenheiten behandelt und geleitet worden sei, und ich bitte daher Euer Excellenz angelegentlich meine Empfindungen innigen Dankes dafür genehmigen zu wollen. Emil Prinz von Hessen.

Beilage 39.

Erzherzog Johann von Oesterreich an Generallieutenant Graf Wilhelm von Hochberg.

Basel 11. September 1815.

Ich bewillige dem Herrn Generallieutenant den nachgesuchten Urlaub. Ich ergreife die Gelegenheit Ihnen Meinen Dank für die geleisteten Dienste zu bezeugen und behalte Mir vor, Sie wieder zu einer Anstellung zu berufen, wenn sich noch eine Gelegenheit, etwas Bedeutendes zu wirken, ergeben sollte.

Den Herrn General Stockmaier werden der Herr Generallieutenant an den Herrn FML. Mariassy anweisen und ihm bekannt machen, daß Ich am 13. nach Paris abgehe und Feldmarschallieutenant Baron Wimpffen in meiner Abwesenheit das Kommando des Blokadekorps führen wird. Erzherzog Johann.

Berichtigungen.

Seite 4 Zeile 4 von O. lies den statt denn.
„ 60 „ 11 von O. „ Borisow statt Bovisow.
„ 100 „ 2 von O. „ Petrowieschken statt Patrowieschken.
„ 135 „ 7 von O. „ Leipzig statt Leizig.

CPSIA information can be obtained
at www.ICGtesting.com
Printed in the USA
LVHW040401200422
716646LV00005B/264

9 783752 596724